燕赵学脉文库
郑振峰 胡景敏 主编

李禾瑞文集
李禾瑞／著
王少杰／编

社会科学文献出版社
SOCIAL SCIENCES ACADEMIC PRESS (CHINA)

"燕赵学脉文库"出版说明

"燕赵学脉文库"由河北师范大学文学院策划、编辑，主要编选院史上著名学者的著述。河北师范大学的前身是1902年创办的顺天府高等学堂和1906年创办的北洋女师范学堂，至今已有110多年的历史；文学院的前身是1929年由李何林先生等创建的河北省国立女子师范学院国文系，至今已有80余年的历史。燕赵之士，人称悲歌慷慨；燕赵故地，自古文采焕然。燕赵的风土物理、文化品格、人文精神，以及长期作为畿辅重镇的地缘环境为其培育了独具气质的学风、学派和学术。燕赵学术，源远流长。近年来，河北师范大学中国语言文学博士一级学科秉承燕赵学术传统，锐意创新，取得了无愧于先贤，不逊于左右的成绩。文库的编辑既是向有功于学科建设的前辈致敬，也是对在学术园地上孜孜耕耘的后继者的激励，所谓不忘过去，继往开来。

文库的出版得到了"河北师范大学中国语言文学博士一级学科"的资助，也得到了诸多友好人士与出版方的支持和帮助，在此一并致谢。

"燕赵学脉文库"编委会
2017年4月

目 录

专 著　1950—80年代苏联文学

何瑞师《1950—80年代苏联文学》读后（代序）…… 王志耕 / 003

前　言 …………………………………………………………… 007

概　论 …………………………………………………………… 011

第一章　受到挫折的战后文学 ………………………………… 025
　　一　战争的后果和战后文学状况 ………………………… 025
　　二　文学新时期的"第一只春燕"——《区里的日常生活》… 029
　　三　有胆量的艺术天才——田德里亚科夫 ……………… 032

第二章　开创一个新时期的"解冻文学" …………………… 036
　　一　真正的新时期 ………………………………………… 036
　　二　两大派论战 …………………………………………… 039
　　三　对文学发展有重大贡献的《解冻》………………… 050
　　四　不可少的力作《不是单靠面包》…………………… 054

第三章　50—60年代前半期的小说 …………………………… 057
　　一　短篇小说的发展 ……………………………………… 059

二　长篇小说的状况 ··· 063
　　三　《伊凡·杰尼索维奇的一天》 ································· 065
　　四　《在额尔齐斯河上》 ·· 068
　　五　开创文学新阶段的里程碑《一个人的命运》 ············· 070
　　六　战争小说的"第二浪潮" ······································ 081
　　七　有代表性的长篇小说 ·· 089

第四章　50—60 年代前半期诗歌的繁荣 ·························· 107
　　一　诗歌的主题、体裁、风格 ······································ 110
　　二　两派诗人 ·· 120
　　三　占独特地位的长诗 ··· 131
　　四　获得好评的作品 ·· 138

第五章　50—60 年代前半期戏剧的转机和成就 ················ 146
　　一　开戏剧写普通人新风的《祝你成功》 ····················· 152
　　二　创新艺术形式的《伊尔库茨克的故事》 ·················· 155
　　三　《悲壮的颂歌》 ·· 159
　　四　《女鼓手》 ·· 161
　　解冻文学的性质——50—60 年代前半期文学结语 ··········· 164

第六章　继往开来的新阶段
　　　　——60 年代中期到 80 年代初期的文学 ··················· 166
　　一　文艺政策 ·· 166
　　二　这一时期文学的特点 ·· 168

第七章　60—80 年代初期中长篇小说的复兴 ··················· 172
　　一　战争题材作品的丰收 ·· 173
　　二　生产题材作品的涌现及其演变 ······························· 194
　　三　道德探索小说的崛起 ·· 204

第八章　60—80 年代初期的诗歌 ································· 239
　　一　关于诗的争论 ·· 239

二　长诗的进展 ········· 240
　　三　抒情诗 ········· 250

第九章　60—80年代初的戏剧 ········· 255
　　一　《外来人》 ········· 258
　　二　《及早行善》 ········· 262
　　三　《四滴水》及阿尔布佐夫——罗佐夫派 ········· 263

第十章　80年代中后期的重要作品 ········· 274
　　一　80年代中后期的小说 ········· 274
　　二　被压了几十年而得见天日的旧作 ········· 282

后　记 ········· 304

论　文

肖洛霍夫与《人的命运》
　　——兼谈评论的职责和创作的自由 ········· 309
苏联当代文学的若干问题 ········· 318
两部奇妙的作品
　　——《我是猫》与《白比姆黑耳朵》之比较 ········· 327

译　著

生命的二次方
　　——塞万提斯传（节选） ········· 337
奇特的机缘，奇异的爱
　　——记初入人生的塞万提斯 ········· 350

后　记 ········· 370

―― 专 著 ――
1950—80年代的苏联文学

何瑞师《1950—80年代苏联文学》读后（代序）

我这几天怀着兴奋的心情读完了何瑞师的书稿。整个阅读的过程与其说是一个学习的过程，不如说是一个回忆我与何瑞师相处多年的美好时光的过程。何瑞师的书还保留着讲稿的样子，读起来就像我28年前倾听他在课堂上慢条斯理、清晰而充实的讲述，眼前不时闪现着他看似木讷、而不时流露出很难察觉的一丝智慧微笑的面庞。

当年，在未听过何瑞师讲课时，便知道了他原来是我的同乡，于是到他尚与同事合住的宿舍去拜望，这位1958年北京大学俄语系毕业的老大学生仍保留着一口很浓的任丘乡音，为人平易朴实，这些都成了我们几个同乡同学的精神依赖。1982年初我毕业留校，分到外国文学教研室，成为何瑞师的同事。教授外国文学，自然要先学好外语。我读书期间选修的是俄语，也只开了三个学期的课，基本语法还没有学完。于是何瑞师成了我请教最多的"实用"俄语老师。记得我的第一次翻译实践是一本俄文书的后记，大概只译了千把字，拿给何瑞师看，他看后不动声色，只笑了笑说："译成中文的话起码要让人明白是什么意思啊。"原来我根本就没读懂原文的任何一句话，只是照着词典把一堆牛头不对马嘴的词义堆到一起，就算翻译了。何瑞师把这段话细细地为我译了一遍，我才明白，原来译成中文的东西是要让懂中文的人能看明白！好在我还不算愚笨，也可说"一点就透"。接下来我狂热地迷上了翻译,一年下来,胡乱译了有十几万字的东西,总算窥到了一些门径。在备课查找参考书时我偶然见到了一本俄文的塞万提斯传记小说,觉得很有意思,那时国内还没有一本有关这位西班牙作家的书,于是想把它翻译过来。自知能力不够,便找到何瑞师一起做。那是一段很辛苦也很充实的日子,近一年的时间,在何瑞师的细心指导下,我终于大致掌握了翻译的基本技巧,俄语的整体水平也出乎意料地大幅提高。1985年参加研究生考试,考前我还担心俄语不过关,没想到专业俄语竟得了86的高分,原因就在于有了这20万字的翻译基础。那时的我年轻气盛,骄矜自负,刚得入门之道,便不知天高地厚,在译《塞万提斯》的时候,还常常在何瑞师的译稿上不客气地写下"指导"意见,但何瑞师从来不以为忤,不但为我校正了许多错误,还承担了更多的译稿工作。

　　何瑞师是历次政治运动的受害者,但他从不提这些往事,可我一直能感觉到,他始终在默默承受着内心这些痛苦的回忆,郁郁不得志而不形之于色。我在听他讲课时已注意到,他的讲授与当时的流行观点多有不同,却很少见他把这些观点写成文章发表,他是属于那个特殊时代养成谨言慎行生活方式的人。然而这并不意味着他的敏锐已被磨灭。远赴上海读研究生,我错过了完整修习何瑞师苏联文学专题课的机会,而我毕业回到石家庄不久,他便退休在家,而我则主要做古典作家研究,一直没有关注他的研究工作。因此,时隔多年,我拿到这部书稿,一字一句读完,使我更完整地理解了何瑞师的工作的重要性。

　　这本书的初稿是何瑞师近20年前写成的了。大家知道,20年来在旧日苏联的这片土地上经历了巨大的变革,对以往文学现象的评价也发生了许多变异。我读过多种关于苏联文学的著述,包括近些年出版的,应当说,大多让我感到失望,原因盖出于两点:一是受苏联评论界旧观点的影响过深,二是批评的主体立场不鲜明。因此,当我读完何瑞师的书稿后,心里颇感欣慰,因为它在整体上大都印证了我对那一时期文学的看法。甚至我有点不敢相信这是一部多年前的旧作,书稿对索尔仁尼琴、阿赫玛托娃以及1970年代后的小说创作的评价,赫然就是21世纪的立场。这在一定程度上使我改变了对何瑞师的认识。虽然特殊的历史境遇也许磨平了他日常生活的棱角，但在内心深处他坚守着独立思考的品格，而且正因为他亲身体验了与苏联1950~80年代社会类似的中国历史进程，使得他更有资格对其做出公允的评判。

何瑞师的书是一本文学史教材，但所选的作品却体现着他个人的独到见解。我注意到，书中是把贝科夫的《索特尼科夫》、拉斯普京的《活着，可要记住》和邦达列夫的《选择》都列出专节讲述。这几部小说都不是描写战争宏大场面的作品，但是却有一个共同的特点，即它们都有一个"选择"的主题。在战争的极限境况下，当人面临祖国大义与个人利益、人的尊严与肉体生存等对立冲突的条件时，该如何选择？人类生命的价值与意义正体现在这种选择之中。《索特尼科夫》这篇小说在我们过去的评论中很少被关注，但它后来被改编成电影，由女导演舍皮琴科执导，获1977年柏林国际电影节金熊奖，在西方产生了很大影响。尽管这个小说早已有中文译本，但因我未系统研读苏联文学，所以没有读过。是这次读何瑞师的书稿，才把它从《当代苏联小说专辑》中翻出来阅读，读后方体会到何瑞师对其专节论述的必要性，因为这部小说是集中从正反两个方面展示人的生命抉择的深刻之作。在读何瑞师书稿对这几篇小说的评述时，我一直在想，或许何瑞师在那个特殊年代也遇到过类似的境遇吧，在面对听命于强权而自保或守护良知而遭难的选择时，他一定是深深体味过索特尼科夫的心理状态，所以才对此类题材情有独钟。

这本书的一个特点是，对所选的作品都有相当详尽的描述，读这部书稿等于让我重温了一遍整个1950~80年代的苏联文学，并且趁机弥补了对几篇过去未读过的作品的了解。比如萨伦斯基的剧本《女鼓手》，这是何等震撼人心的作品啊，可惜我们过去对这些作品介绍和研究都很不够。因此，就这个意义来讲，何瑞师的书无论对研究者，还是一般文学爱好者来说，都是了解和深入体会那一时期苏联文学的好读本。

1990年，书稿交到出版社，因编辑对所述内容不熟悉，是一位叫作程正民的苏联文学专家首次对其做出肯定性评价，力荐出版，却未果。7年之后，我投在程正民师门下，成为他的博士研究生，从事俄罗斯文化诗学的研究。也许是一个巧合吧，事隔多年，我又读到这部书稿，难捺兴奋的心情，忍不住写下上面的文字，一为承续程正民师的心愿，向读者传达我的感受,同时也借此机会,表达我对何瑞师的师恩与亲情的感戴之心。

王志耕
2008 年 10 月于南开大学

前　言

　　1989年末，我着手将在大学讲授的"当代苏联文学"课的内容整理、扩充，准备出版。适逢友人相助，将书稿送往一家出版社。那里的总编先生对苏联文学陌生，不能论断书稿之好坏，出版有虑，特请北京的一位苏联文学研究专家审阅定夺。那位专家对事业极其热情、负责，通读全稿，写出了一份颇为详细的《审读意见》：

　　近十年来国内加强了苏联当代文学的研究，据我所知，已出版的专著有"外语教学与研究"出版的《论当代苏联作家》（1981）、《50—60年代的苏联文学》（1984）、辽宁大学出版社的《苏联当代文学》（1987）、北京大学出版社的《当代苏联文学概观》（1988），即将出版的还有江西百花洲出版社的《苏联当代文学史》。尽管如此，在拜读何瑞先生编著的《50—80年代的苏联文学》之后，我认为这是一部有特色的、值得出版的专著：

　　"它对近40年苏联当代文学的发展历程做了简要的概括，既有宏观的展示，又有微观的剖析；概述部分理清了文学发展的脉络，作家作品部分又能抓住作家特色对代表作品作了深入细致的分析。

　　"它力求运用传统的马列主义观点来分析错综复杂的文学现象，既不教条僵化，也不盲目追求新潮时髦。对一些复杂的问题和有争议的作家作品，能做出实事求是的分析，肯定其成就，也不回避其问题。

"书稿内容丰富，选材得当，且有作者自己的见解。作者既不照搬苏联的观点，也不因袭国内的评论，而是在马列主义观点指导下，从事实出发，对许多问题提出自己的见解，使书稿显得颇有生气，很有个性。"

接着，专家先生对稿中所涉及的敏感政治问题及某些文艺政策问题提出具体处理建议，甚至对个别欠妥的词句都一一提出修改意见，足见先生对此书稿重视、关切之深！这是1990年8月的事。

比这早半年，1990年2月，该出版社责任编辑已审稿完毕，并作出结论：

"对50年代以前的苏联文学的翻译、介绍，在我国，相对来讲较为充分，而对50年代以后的苏联文学的介绍是近几年才刚开始的。

"本书以作家、作品的介绍为主体，反映了50年代以来苏联文学发展的全貌。它涉及数十年来这个徘徊与奋进间错的大国的各个时期的文学思潮、重大文学事件、有代表性的作家、作品。……

"……对所涉及文学现象，该书作者坚持用辩证唯物主义精神予以恰当评价。所以，

"本书是一部文学史，不属于有关文件所列的政治、经济、思想理论诸有问题的苏联书籍之行，不在禁止之列。

"作者系坚持传统精神的马克思主义者，能够用马克思主义分析所及文学现象。

"据此，我们认为《50—80年代的苏联文学》一书是健康的，是马克思主义的。建议将其印行。"

本书"适合大中专师生、文艺理论工作者及广大文学爱好者阅读"。

所以"发行范围：全国；发行对象：大、中学校教师、学生及各种文化工作者"。

编辑室主任签字："同意责编意见。"

然而，总编先生不放心这个结论，所以跑到北京请教。北京专家作了那样的毫不含糊的肯定，总编先生仍然不予批准出版。究其原因，也许是受到了国际因素的影响，即碰上了不幸的东欧事变，所有东欧社会主义国家相继消失，苏联解体。这事变震惊了世界，震惊了中国。当时国内出版界严加把关。我这样的题目，加之是总编不熟悉的东西，故此难下批准的决心。不过，这也还是令作者想不通。作者在大学一直讲授苏联文学，课程是系里设置的，也即学校设置的，是教育学生、培养人才的需要。我不是政治家，对国内国际的政治不敢妄谈，但有一点我还敢说，那就是：世界上没有任何一个国家因为一朝政权的消亡那一朝的文学也跟着被废弃。没有这种事！否则，我们的夏商周秦汉唐宋元明清逐朝灭亡，在这些朝代所产生的诗经、楚辞、汉乐府、唐诗、宋词元曲、三国、水浒、西游记、红楼梦……也都被弃，那我们还谈什么"五千年文化史"？苏联解体，苏联文学必定流传后世。文学是人民创造的文化财富，与人民的历史并存。

自然，苏联的解体，一面因为有妄图颠覆社会主义的帝国主义势力的支持，一面也有它自身的复杂原因，这里不容多说，不是专讨论这个问题。读者可以在近 40 年的苏联文学中看到苏联的成功和失败，包括这"自身的复杂原因"的多方面的反映。

从事变至今过去 10 余年了，一时的紧张已变为新的稳定，而苏联文学作为文化遗产依然存在，依然受到重视，苏联文学的研究介绍依然进行。

本来，文学应该是社会的一面镜子。50 年代以前的苏联文学在一个时期里是在"无冲突论"文艺思想指导下的单一的"无冲突"文学，只有歌颂、美化，没有其他；凡出现"其他"，便属"不合时宜"。50 年代以后，文学"解冻"，强调"写真实"，文学反映现实的功能渐渐得到充分的发挥，出现了一些批评性的作品和采用新创作方法的作品，那也是为了社会主义和文学的进步。有些人误把这类作品看成离经叛道。其实，连西方学者们都很清楚。美国学者 M. 斯洛宁说："1956 年以后……尽管出现了许多曲折：进步与倒退，兴盛与衰败，但苏共却从未放弃过文艺界以及国内整个社会生活的控制。党必须维护它对一切创作活动的最高权力和社会主义现实主义的发展，并把它作为唯一适合于这个国家文学领域中的学派。"（斯洛宁：《苏维埃俄罗斯文学：作家与问题》中"解冻"一章）所以他们认为，尽管苏联文学"解冻"了，出现了他们称之为"新批判现实主义"的东西，但并不离开社会主义。

说到"镜子"，自然而然地想起唐太宗的名言："以古为镜，可以知兴替，以人为镜，可以明得失。"近40年的苏联文学之于苏联社会及后来该地人民以及世界各国人民，即贵如这种镜子。本书是文学史，就所论及文学的艺术上的成就、价值，也是世界性的。我们岂能弃之若无？

北京那位专家，我不认识，1991年2月书稿被退回时，专家的《审读意见》夹在了书稿之中，我才看到这份可贵的意见，才知道专家的大名，乃北京一高校苏联文学研究所的程正民先生，近来又知他是博士生导师。编辑先生们，原也不认识，是送稿之后才会面的。我永远把他们作为我的良师益友来尊敬、来为他们祝福！10余年来，凡为本书的出版费过心尽过力的友人，我永远感谢他们、为他们祝福！

书中引用了一些原文，为便于对作家、作品的研究、分析、欣赏。10年前书稿第一次进入出版社时，编辑先生删去了一部分原文。我尊重责编的劳动和意见，删掉的原文一律不恢复了，也算是一个留念吧。

何　瑞
2002年3月

概　论

不管怎么说，文学和社会是分不开的，完全超于人世间的文学是没有的。正如南朝梁刘勰所说：文变染乎世情……逮姬文之德盛，《周南》勤而不怨……幽厉昏而《板》《荡》怒①。所以"文学家的话其实还是社会的话，他不过感觉灵敏，早感到早说出来"②（鲁迅）罢了。

进步的文学是社会向前发展的推动力。俄国十月革命的成功，包含着俄国进步文学的贡献。文艺促进旧的东西渐渐消灭，也是革命。十月革命前，俄国早有了这样的文艺，以高尔基为首的俄国无产阶级文艺家们的创作便是。他们的创作构成苏联文艺诞生和发展的基础。苏联文学是以俄罗斯文学为主的包括16个加盟共和国的各民族、各语言的文学。

十月革命的胜利付出了重大的代价，经过了1905年两次流血和1905—1907年的反革命极端恐怖时期，还遭受过1917年2月革命后社会主义过渡的失败。1917年后的几十年，也不是一帆风顺的，其间有胜利，也有失败；有幸福，也有痛苦；有令人羡慕的欢乐，也有骇人听闻的悲剧。苏联社会的诞生及其发展的每一步，都有进步文学的参与，都在文学作品中留下了真实的、鲜明的印记。

苏联最老的作家之一绥拉菲莫维支，从19世纪末念大学时倾向革命，反对沙皇专制，遭到逮捕，大学没毕业，就被流放到北冰洋附近。苏联文

---

① 《文心雕龙·时序》第二段。《板》《荡》是《诗经·大雅》中的两篇诗。
② 《文艺与政治的歧途》，《鲁迅全集》第七卷，人民文学出版社，1973年，第474页。

学的创始人高尔基也从19世纪末开始为人民的自由解放而奋斗、而创作，4次被沙皇政府逮捕、监禁、流放，其中一次被判了死刑。马雅可夫斯基这位非党的革命诗人从16岁念中学时就写了布尔什维克的地下工作者，也3次被捕。

高尔基的早期作品都为自由而呼号，后来明确为无产阶级革命而歌唱。1901年他感到革命风暴就要来临，在《海燕之歌》中以高昂的战斗热情迎接暴风雨；作品预言了革命的胜利，成为俄国人民奋起推翻旧制度的号角。1905年革命，高尔基亲临其境，并写下了《告俄国人民和欧洲各国舆论书》《一月九日》，愤怒声讨沙皇政府血腥镇压人民的暴行。他的长篇小说《母亲》即以这一时期为背景，描写了革命受到的挫折，特别展示了革命胜利的前景，揭示出历史的必然规律，给革命低潮时期的人民以极大的鼓舞。因此列宁称赞它是一本非常及时的书。绥拉菲莫维支的经典作品《铁流》是肯定十月革命的历史画卷，记录了革命的艰难和革命潮流的不可阻挡。马雅可夫斯基的长诗《好！》史诗般地叙述了社会主义革命的全过程，唱出"我三倍地赞美祖国的将来"的欢乐颂歌。他不是盲目地颂扬一切，他还写了一系列尖锐的讽刺诗，讽刺社会主义社会中的不良现象，诸如官僚主义、压制民主等等。

列宁在十月革命六年后去世，没能亲手建成社会主义。斯大林接替了他。斯大林时期及斯大林其人如何？斯大林为确定列宁主义的历史地位，为建设、保卫社会主义的苏联，立下了功劳，但同时他又破坏了列宁主义的许多原则，犯有不可原谅的过失。1936年苏联宣布消灭了阶级，宣布没有矛盾冲突了，于是文艺只能歌颂必须崇拜的领袖和这领袖领导下的太平国家，产生了大量粉饰现实、美化现实的作品。作家如果对现实的不良现象、矛盾、缺点进行揭露，就要招来自上而下的指责，甚至严惩。一些著名作家和诗人就因此被开除出作家协会，受到粗暴的侮辱。一些发表了这些作家作品的刊物被停刊。这就是1946年《关于〈列宁格勒〉和〈星〉两杂志的决议》等4个决议发布后的历史。

30年代到50年代中期，苏联文学受到极大的政治压力。但真正关心社会进步的作家是正视生活真实的。20、30年代，高尔基的许多意见和主张没有能够完全发表出来，但他没有动摇主见。另外一些作家创作出一批反映生活真实的作品,当时不能发表,湮没了几十年,待到新的历史时期来临终于得见天日,如扎米亚京20年代写成的幻想讽刺长篇小说《我们》,皮里尼亚克的《不灭的月亮的故事》,布尔加科夫的《狗心》,普拉东诺夫的《初生海》《基坑》,阿赫玛托娃的《安魂曲》等等,一些评论认为这是真正代表那个时代文学发展水平的作品。这样的作品却不能及时和读者见面,而一些回避问题、看风使舵、掩盖矛盾的浅薄的图书泛滥全国,如《金星英雄》《光明普照大地》《幸福》《宣誓》……文学评论家阿·鲍恰罗夫说"这个阶段越来越显得贫乏、单调"(1988年8月)。得以公开发表的好作品寥寥无几,被认为经得起考验的不过是《钢铁是怎样炼成的》《青年近卫军》等少数作品而已,而后者还迫于一种政治压力不得不作了一次重大修改。

斯大林晚年觉察到"无冲突论"的危害,1952年发动批判"无冲突论",要求"作家和艺术家必须在作品中无情地抨击社会中仍然存在的恶习、缺点和不健康现象",呼吁还需要苏维埃的果戈里和谢德林。1953年《真理报》又提出"写真实"的口号,反对粉饰现实,号召作家积极干预生活。积极干预生活的奥维奇金派就在这时出现、形成,他们以特写和短篇小说为主要形式,揭露当前现实中的矛盾和严重问题。但是出现了叶公好龙现象,奥维奇金受到了尖锐批评,遭到很大不幸。一些坚持"典型问题任何时候都是一个政治性的问题"的人们,向显示了清新生活气息的奥维奇金派新文艺发动了进攻。作家们本来还有余悸,这样一来,再度沉默不语了。因此,虽然反"无冲突论"无疑正确,可是在文艺实践上未能大见成效。

1953年斯大林去世,苏联历史上出现了一个转折。一般说是从1956年的苏共二十大开始拨乱反正,批判个人崇拜,揭露30年代肃反的重大错误,给受迫害者平反。实际上,敏感的文学早在1954年就发出了这个转折信号。1954年爱伦堡发表了他的小说《解冻》第一部,宣告了一个新时期的到来。小说发表后,很快形成一个新思潮,这就是"解冻思潮"。从此苏联文学进入了一个发展的新时期。苏共二十大批判个人迷信,使思想解放、发扬民主加快了进程,文坛活跃起来,作家们挑起了人道主义旗帜,寻求一直被贬抑的普通人的价值。文学蓬勃发展,迅速成长起一大批有才华、有影响的作家、诗人：B. 杜金采夫、B. 拉斯普京、C. 扎雷金、B. 贝科夫、Н. 鲍戈廷、Ч. 艾特玛托夫、Ю. 邦达列夫、B. 阿斯塔菲耶夫、M. 斯捷尔马赫、Д. 格拉宁、B. 罗佐夫、Э. 梅热拉伊蒂斯、B. 舒克申、Б. 瓦西里耶夫、Г. 巴克兰诺夫、A. 恰科夫斯基、Ю. 特里丰诺夫、E. 叶甫图申科、A. 沃兹涅先斯基、P. 罗日杰斯特文斯基、B. 田德里亚科夫等。还有些老作家，他们在这个时期发表的作品，有重大影响，甚至起了开拓作用，占有突出地位，像爱伦堡的《解冻》，轰动了苏联社会；Л. 列昂诺夫的《俄罗斯森林》（1953），是苏联文学发展出现新局面的奠基作品之一。M. 肖洛霍夫的《一个人的命运》（1957），开创了战争题材作品新阶段，它与《被开垦的处女地》第二部（1959）被称为"近年来文学中最重大事件"；M. 西蒙诺夫的战争三部曲（1954—1971）是新时期卫国战争文学全景小说的杰作；A. 特瓦尔多夫斯基是60年代文学大论战中"革新派"的领袖，其长诗《山外青山天外天》等作品影响颇大；柯切托夫则是60年代大论战中"传统派"的领袖，名作有长篇小说《叶尔绍夫兄弟》《州委书记》《雨落》等。

在这本书中，经常要提到的作家有80来位，加上偶尔提到的有上百位，涉及作品150余部，此处不能列尽。

"解冻"来之不易，首倡"解冻"的爱伦堡遭到了固守"冰冻"的习惯势力的大肆攻伐，但爱伦堡没有让步。不久，反个人崇拜浪潮涌起，势不可挡，文学的"写真实"口号流行开来，文学的批判功能相当程度得到恢复，连续不断地出现一批推动"解冻思潮"走向深入的作品，"解冻"渐成定势。

《解冻》是反官僚主义的作品，暴露了苏联社会中人与人的不正常关系，互不信任的气氛，呼吁这种不正常的关系应该解冻。这正符合广大人民的深切期望。接着是杜金采夫的《不是单靠面包》（1956），引起很大反响，它揭露了正直的知识分子遭受迫害、官僚主义者飞黄腾达的反常现象。小说的批判精神受到人民的欢迎，认为"这本书表达了我们大家对苏维埃人、对我们文化的道德面貌和道德的纯洁性感到的忧虑"。1962年问世的《伊凡·杰尼索维奇的一天》，是以揭露个人崇拜为主题的作品中最有代表性的，影响最大。小说描写了苏联集中营的真实生活。被关在集中营的很多人是冤枉的，许多无辜的农民、工人、军官、战士被抛到社会之外，在这里服 10 年以至 20 年苦役，有用的生命被无情耗尽。小说的巨大影响，几乎促成一个写集中营的文学潮流，以致苏联领导不得不下令禁止再写这类作品。战争题材的小说《一个人的命运》（1957），真实地描写出战争给人们造成的重大牺牲和心灵创伤，对普通人的命运投以人道主义的关注；同时又表现出普通人在反侵略战争中的力量和信心。自此，许多作家都这样来写战争，后来形成了一个新的流派——"战壕真实派"，克服了过去只写英雄、只写胜利、粉饰现实的流弊。

"解冻"思潮的主导思想是人道主义。50 年代提出人道主义，有其历史原因，那就是为纠正"对人的价值的蔑视"，纠正"对人的不信任"，要求"关心人、信任人"。个人崇拜时期，把人当成"历史的燃料"，当成"螺丝钉"，抹煞人的力量和主动性；政治运动频繁，无端地伤害了许多好人，造成许多冤案，都是和人道主义相违背的。到 1955 年，一批在斯大林时期遭到逮捕、清洗、囚禁、处决的作家得到昭雪。一个专门委员会成立了，负责编辑出版"死者的文学遗产"。移居外国的作家，如蒲宁[①]等的作品也大量印刷了。长期被贬抑的陀思妥耶夫斯基恢复了"俄国伟大经典作家"的本来面目。1946 年被批判，而后一直受歧视的阿赫玛托娃，此时也被誉为"俄国诗坛上的天才的和崇高的诗人"。文学可以相当自由地"描述在苏维埃生活中依然存在的冲突和矛盾"了。反个人崇拜运动波及整个国家，大大小小的个人崇拜爱好者，都遭到了否定。苏联作协在个人崇拜时期的所作所为，受到无情的揭露，导致作协总书记法捷耶夫自杀。对于"解冻"思潮，无论是赞成的、反对的，作家们不受其恩泽的几乎没有。就连首先批评《解冻》的西蒙诺夫，还有为西蒙诺夫的批评加油的肖洛霍夫，后来的作品也自然地纳入了这个不可逆转的思潮之中，并为"解冻文学"增添了光辉。个人崇拜被新思潮吞没了。在新思潮——人道主义思想指导下的创作，其特点是：抨击个人崇拜和官僚主义不关心人、不信任人的种种表现，赞美生活中刚刚出现的关心人、信任人的气象。其二，这一时期的文学集中揭示普通人灵魂的美。《一个人的命运》就是这样一部有

[①] 伊·阿·蒲宁（1870—1953），俄罗斯具有民主倾向的现实主义作家，1933 年获诺贝尔文学奖。十月革命后流亡国外。

里程碑意义的作品。三是反对片面强调个人对社会的责任，要求社会对个人也要承担责任。扎雷金的长篇小说《在额尔齐斯河上》（1964），揭示了只顾国家利益与需要而忽视个人的利益与需要的工作偏向。

人道主义成为当今苏联文学的主导思想既是社会现实造成的，是反个人崇拜、反官僚主义的产物，又是历史传统的继承。苏联文学的开山祖高尔基一向把"一切在于人，一切为了人"的人道主义口号作为文学创作的出发点。从世界范围看，文学发展中的进步因素，总是同人道主义思想的发展密切相关。人的命运，人民的命运，始终是一切有进步倾向的文学的基本对象和基本内容。在苏联文艺界形成的强大的人道主义思潮，影响到政界，苏联党和国家也肯定了人道主义。

人道主义不仅深入到政界，它作为人类社会的道德标准，还扩展到人和大自然的关系，扩展到人关于全球性的思维。把人道主义这个道德标准用来处理人和自然的关系，是当今苏联文学哲理思考的一个方面。人与自然的关系不单是生态学方面的内容，还包含着丰富的人类道德内容。人对大自然是践踏、掠夺，还是保护、利用，这是从生态学角度区分是非的标准，也是人道主义区分善恶的标准。

人应当是世界的霸主、独占者吗？自然界的生物应当都听从人的任意宰割、享用吗？这是作家们在人与自然的关系中所作哲理思考的重要问题之一。今天许多自然资源受到破坏而日趋枯竭，许多物种灭绝或濒临绝迹，其主要原因都和人类独霸一切的思想分不开。人类伐光一片片的森林，那里的鸟兽就失去了生活的依赖；人类为了金钱，大量捕杀各种珍禽异兽；人类为了自己的卫生或方便，把大量污秽倾入河海，使那里的水族生物纷纷毙命。有些人只管自己活着，不管别的生灵能否活下去。作家们认为，人类不应该剥夺其他生物的生存权利。这也许被某些人讥为"兽道主义"，但是且慢，作家们反对人蹂躏大自然，并不反对人合理利用大自然。人和自然是互相依存的关系，人不能失掉大自然而独生。当今一些世界性的问题，如人口剧增、土地日减、资源短缺、环境污染，四个问题中有三个属于大自然范畴。不少国家面临这些危机。所以作家们关注人和自然的关系，是时代的客观需要，归根到底还是为了人类自己，还是人道主义。这个问题您将在本书讲到的一些作品中得到形象的回答。例如，阿斯塔菲耶夫的《鱼王》(1975)，讲一个偷鱼人伊格纳齐伊奇为了私利，不择手段地偷捕，一次在捕捉一条巨鱼——"鱼王"时，几乎丧生，失去一条腿，从此大悟，改邪归正，不再杀生，成了善良之人。偷鱼人象征邪恶、贪婪、残暴，鱼王象征大自然和人性美。善与恶搏斗的结局警喻世人：人类对大自然的破坏、践踏，必要遭到大自然的报复；戕害自然，同时就是对人自己心灵的戕害，威胁着人类的生存。此类作品的杰出代表还有《白轮船》《白比姆黑耳朵》等。

　　道德问题是当今苏联文学关注的重要问题之一，也是个人类社会永恒的主题。道德问题在各种社会、各个历史时期、各种领域都存在。在50、60年代的各种题材的作品中常常表现出道德探索的倾向。50年代文学集中地尖锐地提出一系列重大社会问题，如个人崇拜、平反冤狱、官僚主义等，同时已深入到道德领域。揭露官僚主义对人的压抑时，便谴责官僚主义违反道德原则。《俄罗斯森林》(1953)、《不是单靠面包》等作品中的官僚主义者，同时都是道德品质低劣者。批判个人崇拜的作品，提出要以道德良心对待人的命运，如《冷酷》(1956，尼林)、《翅膀》(1954，考涅楚克)。50、60年代对道德的探索是在人道主义旗帜下进行的，即提倡关心人的命运，尊重人的价值，信任人的觉悟。从70年代开始，道德题材跃居其他题材之上，成为文学发展的主要趋势。由于60年代末以来，科学技术发展，改善了人的物质生活，但引起一系列新的社会矛盾。一些人向往西方的物质文明，民族文化和传统道德风尚受到冲击；无限度地追求个性解放，青少年犯罪多起来。什么道德，什么信仰，都让位给利己主义了。苏联文学认为自己负担着捍卫人性完整的责任，必须保护人的内心世界。

　　到了70、80年代，道德主题深化，从要求社会对人负责任，发展到主张人对社会、对人类、对星球应尽义务。哲理化倾向是道德探索深化的另一表现。单纯描绘的、缺乏哲理性的文学，其思想、艺术价值难于久存。有些作品挖掘传统的精神道德财富，以热爱土地、热爱大自然为神圣的传统美德，歌颂传统的道德美，也是深化道德探索的一个途径。拉斯普京的《告别马焦拉》(1976)，人对故土的热爱就代表着对历史传统的道德价值的眷恋。舒克申的《红莓》也歌颂了传统的道德，主人公由于对土地的热爱，对劳动的热爱，从而认识了人的价值，从犯罪走向道德的新生。《一幅画》(1980，格拉宁)则强调，失去对历史的记忆，人就会丧失道德激情。

有的作家主张，创作的目的就是从道德方面研究人的个性，通过这种研究达到感情教育的目的。一个人对社会、祖国和人民失去了道德责任感，就不可避免地受到良心的谴责和社会的唾弃。拉斯普京的名著《活着，可要记住》(1974)的主人公，因为在关系祖国生死存亡的卫国战争中，擅自离队，造成不可挽回的过失，在道德上受到良心的审判，终于被淘汰出人类社会，逃进森林，与野兽为伍。《六十支蜡烛》(1980，田德里亚科夫)的主题也是道德上的良心审判，主人公叶切文的一生"牺牲了别人，也牺牲了自己"。他在过生日之际，回忆往事，进行自省，追究自己到底是善还是恶，发现他做的事都似是而非，都是人云亦云，没有自己的思想，因此不自觉地害了许多人。他丧失了做人的道德原则，最后承认自己罪孽沉重。人失掉自己，失掉自己的思想、自己的判断，不辨别好坏，人云亦云，是可怕的。

另一类道德作品，以揭露社会中的不良习气、丑恶现象为主要内容。特里丰诺夫的《交换》(1969)和《滨河街公寓》(1976)最有代表性。《交换》揭示了人在物的交换后面发生的灵魂的霉变。《滨河街公寓》塑造了一个当代社会中的贪婪、卑鄙、极端利己主义者的形象。作者的追求是大公无私，追求的人的品质是"对理想、事业和他人无限忠诚"。他相信社会的中坚是大公无私的人。他对社会丑恶现象的揭露，是希望能成为消除这类现象的有效手段。即使如此，这类作品出版后还是引起了争论，有些评论认为作者是现社会的"反对派"，认为这类作品不会有好的教育作用。随着时间的推移，争论渐趋统一，特里丰诺夫的作品在文学史上的地位越来越稳固，身价越来越高。

"解冻"以后，到50年代末，苏联文学作品大部分突破了旧的模式，在内容、风格、手法等方面，发生了显著变化。但并不是一切作品都能通行无阻，很多暴露性作品、对历史的反思作品没能及时发表出来，如50—70年代的一批作品：帕斯捷尔纳克的《日瓦戈医生》、雷巴科夫的《阿尔巴特街的儿女们》、格罗斯曼的《生活与命运》、冈察尔的《大教堂》、杜金采夫的《白衣》、舒克申的《柳巴温一家》（第二部）、特瓦尔多夫斯基的《凭着记忆的权利》……都长期被埋没，有的被埋没了二三十年，1958年后才陆续与读者见面。许多文学杂志的编辑们提出一个口号：在文学史上不应有被遗忘的名字和空白点。1985年以后，不仅出了一批50—70年代被埋没的作品，还出了一批20—30年代写成被埋没了半个世纪以上的作品，有扎米亚京的《我们》，皮里尼亚克的《不灭的月亮的故事》，布尔加科夫的《狗心》，普拉东诺夫的《切文古尔城》《基坑》《初生海》，阿赫玛托娃的《安魂曲》……这些作品主要反映了30年代的真实社会生活。

自1986年，苏联文学出现"反思热"，"热点"就在30年代。反思作品都带有反斯大林色彩，认为所有的失误都与他有直接联系：农业集体化、肃反、生物学界大清洗、大俄罗斯政策等等都是。

苏联《十月》杂志1988年2月号刊载文章，对30年代的农业集体化提出批评，指责它"招致了经济、人力的巨大损失，并给苏联后来的农业发展造成恶劣的影响"。集体化脱离了列宁的互助组形式，忽视农民的意愿。莫扎耶夫的《农夫和农妇》（第二部）、别洛夫的《前夜》（第三部），写出了农业集体化的"过火行为"。安东诺夫的《瓦西卡》以一个姑娘的遭遇揭示出农业集体化的偏差造成的不良后果，批判了单凭热情的蛮干。格罗斯曼的《生活与命运》，取材于卫国战争，表现自由与暴力的冲突，描写了希特勒的极权主义造成的极大破坏，同时反映了斯大林造成的某些不良后果。杜金采夫的《白衣》谴责官僚主义、学阀作风对正直科学家的迫害。有的作品反映出某些知识分子因为是犹太人而加剧了自己的厄运。

到目前为止已发表的这类反思作品，影响最大的是《阿尔巴特街的儿女们》。它写成于60年代，直到80年代才在杂志上连载。出版后印120万册，仍供不应求。还被译成多种文字在26个国家发行。这部小说和它的续篇《1935年及其他年代》（1988），第一次塑造了有血有肉的斯大林形象。

1988年苏联还重新评价了一批著名流亡作家，有1987年获诺贝尔奖奖金的移居美国的诗人约瑟夫·布罗茨基（1940—1996），他于1963年被苏联公安部以"没有稳定的职业""半文人寄生虫"的罪名逮捕，判刑5年。他1972年移居美国，1977年入了美国籍。还有彼克特尔·涅克拉索夫（客死法国）、瓦西里·阿克肖诺夫（1932—2009；1980年流亡美国，

1990年恢复苏联国籍）。还有最引人注意的，诺贝尔奖奖金获得者索尔仁尼琴，他于1974年被苏联驱逐出境，直到1994年才回国。

长期以来，一大批有影响的作家、诗人被排除在文学史之外。重写文学史的要求已提出，但重写并不是轻而易举的事，更不是一下子可以写好的。作家雷巴科夫说："人们的心理还需要很长时间才能转变过来。"他的《阿尔巴特街的儿女们》于20年前写成，到1988年4—6月才得以在一家刊物上连载。像索尔仁尼琴这类作家，应如何对待，一时难定。1987年苏联准备出版索尔仁尼琴的《癌病房》，却不打算出版他的《古拉格群岛》，因为怕"会引起公众舆论的极大反感"。

反思过去，有推动现在的效用，现在的某些问题促使作家形成"忧患意识""危机意识"。70年代的政治小说被限制在写国际题材的范围，现在打破了这个戒律，开始写国内的重大问题。《火灾》《悲哀的侦探的故事》都有很强的争论性。作家们思考这些问题，说出自己的观点，寻求解决的办法。有些人不喜欢这样的作家、这样的作品，以为文学一和社会政治问题搅在一起，就没有趣味了，他们以不做政治的传声筒为由，使文学远离社会。其实文学干预生活，总离不开政治，这是很不容易做得正确、不易取得功效的事。所以文学离开社会政治，并不是解放，而是逃避，逃避作家的天职，逃避政治问题的困扰。

苏联文学有干预生活的传统，作家有干预生活的热忱和勇气，他们不仅用作品，而且用行动。1963年契维利欣写了《西伯利亚的明眸》，引起一场保卫贝加尔湖的斗争，扎雷金挺身而出，反对在下鄂毕河修建水电站的计划。照那个计划，就要淹没西伯利亚的广大低洼地。肖洛霍夫也在党的代表大会上发言，要求保卫贝加尔湖。1987年8月，拉斯普京、阿斯塔菲耶夫、别洛夫等6位作家和日本7位作家，在伊尔库茨克举行"生态学和文学问题"座谈会，发起以保卫世界各地湖泊和饮用淡水水源免于污染为目的的"贝加尔湖运动"，以发挥文学在保护自然环境中的作用。"自古以来水、空气和土地是地球上生命的源泉，如今成了疾病的源泉和早死的原因。"贝加尔湖已存在2500万年，本来有336条水源，其中有28条大河。近25年来，由于滥伐森林，有150条水源干涸了。这是多么可怕的趋向！这样威胁着人类生存的严酷事实，难道文学不当过问？难道可以视而不见？

切尔诺贝利核电站事件发生后[①]，作家谢尔巴克立即闯入禁区采访，写成纪事小说《切尔诺贝利》，记述核污染在基辅市引起的恐慌，直率地批判了各级领导中的官僚主义。

作家们对人民的文化生活也十分关注。别洛夫说：摇滚乐是一种麻醉品，而现在许多公共设施为这一丑恶现象服务，电视大肆宣传那种廉价的、平庸的流行歌曲，宣传所谓"节奏体操"之类的表演。这些电视节目制作者早已不知羞耻为何物。侦探小说之类跟摇滚乐一样，没有带来好处。作家们呼吁，必须搞清楚，文化事业中什么是好的，什么是不好的。出版界和图书业不能迎合读者的平庸趣味。

苏联作家们的追求崇高而宏远。

当今苏联文学的追求，是启发每一个公民对社会、对人类作出最大的贡献。作家们清楚自己的社会责任和历史任务。剧作家罗佐夫说："知识分子是国家的脑子……""人之有别于禽兽，在于他不是用肉体生活，而是用心灵生活。可如今许多人用肉体生活，至于精神嘛——用得不多。作家应当使人的内心充实！"[②]

艾特玛托夫强调："作家是他那个时代的良心"，他的任务是"把自己关于精神价值的概念，关于什么是好的，什么是美的，什么是坏的概念传达给读者"，"促使读者思考人的道德价值、责任感……"[③] 促使人去思考时代的重大问题。

什么是重大问题？除了前面谈过的苏联国内的重大问题，在全球范围内，扎雷金认为当代全人类生活中有两个主要问题：战争与和平问题、生态问题。两者都关系到人类的生存。

真正的文艺应当回答具有全球意义的问题。艾特玛托夫提出作家要从"全球性思维"的高度观察世界。他的《早来的仙鹤》《白轮船》《花狗崖》等作品，都是力图解决全球性问题的。

真正的文艺永远引导人们通向尽善尽美的境界。沃罗宁认为，这样的

---

① 1986年苏联的切尔诺贝利发生了震惊世界的核电站泄漏事故。
② 引自《当代苏联文学》1986年第6期《苏联第八次作家代表大会发言摘要》。
③ 转引自《当代苏联文学》1987年第6期第127页黎皓智文章。

文艺不是空洞无物的文艺，而是能给予思考的读者以答案的文艺。侦探小说、侦探影片不是这样的文艺，它们使人不再抱严肃而深思的态度，干扰人们集中注意重要问题，使人的心灵变得贫乏，最终损害其道德基础。

苏联作家把自己对人类命运的忧虑，对世界前途的思考和憧憬，集中表现在道德探索之中。他们讴歌崇高的事业，讴歌充实的有意义的人生，赞美健康的思想和纯朴的情操，鞭笞一切污秽、丑恶的人类恶习。他们提倡人生在于创造、在于贡献的价值观念。这就是苏联文学的精神，就是苏联文学的追求。

苏联作家的思想正在得到进一步解放。过去，苏联人对报刊不感兴趣、不愿看，而热衷私下里议论报刊避而不谈的事。1985年改革开始后，发表了大量20—70年代未及时出版的作品，书刊检查制度也取缔了。1988年，苏共中央宣布废除1946年的《关于〈星〉和〈列宁格勒〉两杂志的决议》，指出那个决议歪曲了列宁关于知识分子的原则，使一些著名作家受到无端的、粗暴的批评。改革的结果，出现了新形式，报刊的发行起了大变化，文学出现新的批判浪潮。1989年有些报刊订户猛增，《消息报》订户比4年前增加了70%，《文学报》比4年前增加了一倍半，《新世界》杂志增加3倍多，《星火》杂志增加6倍。

文学界创作了一批揭示当前冲突、矛盾的作品。苏联多数人认为，苏联社会还存在许多与公平相悖的、不民主的现象、不道德现象、管理不力现象等。这是调整、改革的内容，也是文学批判的现象。这种批判的作品大多出于名家之手，提出的问题尖锐，批判深刻，大受读者欢迎。

批判的新特点是，社会政治批判重新提到第一位，同时，道德批判继续深入。《火灾》猛烈抨击国家经济管理制度，对滥伐森林破坏生态平衡的行为，对商业部门的不正之风，对劳动纪律松弛等现象给予严厉批判，又为社会道德水平下降而忧虑。《悲哀的侦探故事》揭露了种种丑恶现象和犯罪的行为，作者为今天还存在像旧的侦探小说所写的强奸、凶杀的恶性事件，为十月革命后70年还出现残害人民的败类而深感悲哀。《断头台》揭露了过去一贯认为资本主义国家才有的贩毒、吸毒现象，也揭露了计划工作的盲目性和管理制度的混乱，同时抨击破坏自然资源和生态平衡的行为。

当代苏联文学的艺术方法，早已不拘于"社会主义现实主义"一种了。社会主义现实主义本身也经历了多次的修改，不再是1934年第一次苏联作家代表大会上通过的那个定义了。1954年在第二次苏联作家代表大会上，著名作家西蒙诺夫要求把"艺术描写的真实性和历史具体性必须与用社会主义精神从思想上改造和教育劳动人民的任务结合起来"一句话从定义中删去，以避免一些作家、批评家以此句为借口去粉饰现实。1971年，第五次苏联作家代表大会公布的章程中，社会主义现实主义的定义改为："以党性和人民性为原则的社会主义现实主义，是苏联文学的久经考验的创作方法，是在现实的革命发展中真实地、历史地、具体地描写现实的方法。"这一公开修改比最初的定义增加了"党性和人民性原则"，而西蒙诺夫要求删去的那一句话从1959年第三次作家代表大会公布的章程中已经消失了。1976年第六次作家代表大会，接受了理论家马尔科夫前几年提出的意见，把社会主义现实主义看作开放的体系。以后，"开放体系"的概念、意义一直在讨论中，意见分歧。多数意见不赞成把社会主义的"基本方法"变为实际上的"唯一"方法，反对把社会主义现实主义当作僵死不变的创作公式，而主张把它看作一个广泛的概念，只要内容是社会主义的文学作品，都应属于社会主义文学之列；认为社会主义现实主义是"包括它的全部组成部分在内的、一个发展的灵活的体系"，一个"开放的体系"；应该区分"社会主义现实主义文学"和"社会主义文学"，社会主义现实主义文学在社会主义文学中只是一个流派。事实上苏联文学中还存在着其他的流派，还有批判现实主义，叫做"社会主义文学中的批判现实主义"（波斯彼洛夫），谢明的中篇小说《七人一屋》、特里丰诺夫的中篇小说《滨河街公寓》等就是突出的例子。还有浪漫主义，它几乎从来没离开过苏联文学，因为"在伟大艺术家们身上，现实主义和浪漫主义时常是结合在一起的"（高尔基）。当然，在社会主义现实主义被当作唯一合格的方法的年代，浪漫主义也大大被削弱了，到60年代后才恢复它应有的地位。在新文学中，梅热拉伊蒂斯的组诗《人》就使用了典型的浪漫主义方法。还有一般被看作与现代派联在一起的"意识派"，在苏联文学中也是存在的。十月革命前后的名作家安德列·别雷（Андрей Белый，1880—1934）就是"意识流"小说的代表。从30年代开始，苏联用行政手段推行社会主义现实主义创作方法，把"意识流"视为异端，没有人再敢运用。进入50年代中期以后的"解冻"时期，文学开放了，创作趋向多样化，"意识流"倾向又表现出来。阿克肖诺夫的中篇小说《带星星的火车票》（1961）、利帕托夫的《这都是关于他》（1974）、阿斯塔菲耶夫的《鱼王》（1976）、特里丰诺夫的《老人》（1978）、顿巴泽的《永恒的规律》（1978）、艾特玛托夫的《一日长于百年》（1980）和《断头台》（1986）、邦达列夫的《人生舞台》（1985）等，都或多或少地用了"意识流"。当代苏联作家的"意识流"不是西方"意识流"文学的照搬，他们没有接受西方"意识流"的反传统和非理性主义因素，只是表现人的思维除了受理性支配的一面以外，还有不受理性控制的本能的一面，并不以表现后者为唯一目的。他们并不反对现实主义，只是吸收西方及苏联早期"意识流"文学中合理的、符合艺术规律的部分。所以，虽然当今苏联小说中的"意识流"现象普遍了，但它只不过是苏联文学中的部分现象，只不过反映出苏联文学在艺术形式上进一步开放、多种多样罢了。

在苏联文学理论和文学创作中，近二三十年，艺术假定性（условность）得到广泛运用。艺术假定性早在俄罗斯古典文学中就有，在苏联早期文学中也应用过。30年代后，一切浪漫幻想和假定性，诸如象征、寓意、夸张、神话、变形、梦幻、荒诞等手段，都被认为会破坏小说的叙事原则，都会导致文学脱离现实、削弱其内容，因而都被冷落旁置了。70年代起，艺术假定性又在文学中活跃起来，成为从那时到80年代文学发展的显著特点之一。有人认为苏联文学中出现了一个"假定性流派"，突出的代表作家是艾特玛托夫，他的《别了，古利萨雷!》《白轮船》《花狗崖》《一日长于百年》《断头台》，不同程度地用了假定性的表现手段。其他此类重要作品还很多，如《鱼王》《告别马焦拉》《永恒的规律》《选择》《鸡叫三遍以前》……苏联文学的假定性是依附现实而存在的概念，是现实的假定，是不脱离现实基础的，是与现实主义相结合的审美形态。有人认为，当今能达到艺术顶点的作品，将在写实与写虚艺术的融合中产生。也有人认为，假定性手法是一种时髦货，是回避矛盾的，它企图以虚幻代替现实。假定性手段如果运用不当，失去分寸感，一味只顾表现主观情感，忽略实与虚的沟通，过分抽象，隐喻不明，确实就可能导致艺术真实性的破坏，读者不能理解，作品也就难以获得普遍承认。

第一章 受到挫折的战后文学

一 战争的后果和战后文学状况

1945年，卫国战争胜利结束。胜利付出了沉重的代价，700万人阵亡，1600万人受伤，数百万人死于饥饿和疾病，400万孩子成为孤儿，1700多个城镇、7万个村庄、600万所建筑物被摧毁，共损失6790亿卢布。

战时和战后初期，苏联人民在战争中反法西斯的英勇斗争史成为文学创作的主要题材。法捷耶夫以文献材料为基础写成著名长篇小说《青年近卫军》，塑造出在苏维埃政权下成长起来的抗敌爱国青年群像。波列沃依的中篇小说《真正的人》，取材苏联英雄阿·马列席叶夫的真实事迹，对文献事实进行艺术概括，赋予人物以典型意义。小说歌颂了苏联红军为保卫祖国百折不挠的战斗精神。

40年代末到50年代初，恢复生产的规模逐渐扩大，不少作品塑造了先进劳动者和生产组织者的典型，如阿扎耶夫的《远离莫斯科的地方》、尼古拉耶娃的《收获》等。

历史题材的、描写十月革命前后社会生活的重要作品，有老作家费定的《早年的欢乐》《不平凡的夏天》，老作家革拉特柯夫的自传三部曲《童年的故事》、《自由人》和《艰难的时代》。

战后初期，苏共中央认为文艺创作中出现了不问政治、无思想性、唯美主义和个人主义等倾向，因而作出了4项决议：《关于〈星〉和〈列宁格勒〉两杂志》《关于剧场上演节目及改变办法》《关于电影〈灿烂的生活〉》《关于穆拉杰里的歌剧〈伟大的友谊〉》。这些决议和日丹诺夫为阐述这些决议所作的报告，成为这一历史时期文艺界的重大事件，影响匪浅。苏共根据这些决议用简单、粗暴的方法，对一些作家、作品作了不实事求是的无情批判、打击、处罚。著名女诗人阿赫玛托娃被斥为"为艺术而艺术的谬论的典型""不关心政治的典型"。著名讽刺作家左琴科被扣上"惯于嘲弄苏联生活、苏联制度和苏联人"的罪名。

阿赫玛托娃（Анна Андреевна Ахматова，1889—1966）在十月革命后确实曾远离革命现实，但她强烈谴责那些与祖国断绝关系的白俄，写有《我和那些抛弃国土的人不同道……》。卫国战争年代她写有爱国主义诗篇。只是她的诗善于抒发内心的感情，强调艺术形式，音乐性强，不同于一般革命诗人的诗那么突出政治，便成了打击的对象。

左琴科（Михаил Михайлович Зощенко，1895—1958）于20年代出版第一个幽默故事集《蓝肚皮先生纳扎尔·伊里奇的故事》，嘲笑小市民的愚昧、粗暴、自私、贪图安逸以及自我欣赏等习气，反映的都是"赤裸裸的事实，活生生的人物"。接着又写了不少小说、剧本、儿童故事，受到高尔基高度赞扬，说他的作品具有"独特的风格和'社会教育价值'"。不料这样的作品却招来了祸害，他的中篇小说《日出之前》（1943）、《猴子奇遇记》（1946）被说成"污蔑苏联人民"。此后，这位被高尔基称为有"独特才能"的作家，再没有发表什么重要作品。他和阿赫玛托娃都被开除苏联作家协会。刊载他们作品的杂志《星》和《列宁格勒》，一个被改组，一个被勒令停刊。

从30年代末，对斯大林的个人崇拜渐渐形成，给文学带来极坏的影响，出现了"指示性"的、简单化的、政治鉴定式的文学批评，也出现了一批公式化的、概念化的、为政治口号作图解的作品，粉饰现实的作品。"无冲突论"特别助长了粉饰现实的倾向。只有《光明普照大地》《幸福的生活》这类作品才算得上符合生活事实，才被认为代表现实发展的主导倾向。写战争的小说、诗歌，必须具体地歌颂党的领导、路线，必须歌颂斯大林的一贯正确，否则就通不过。法捷耶夫于1945年写成的《青年近卫军》，本已脍炙人口，但他把克拉斯诺顿的反法西斯运动写成人民自发搞起来的，不合乎党所要求的模式，结果受到了批评。作者于1951年把小说改写成抵抗运动是由党的领导巧妙地组织起来的,这才被誉为卫国战争题材的杰作。卡达耶夫(Валентин Петрович Катаев,1897—1986)的《为了苏维埃政权》(1948)描写卫国战争中德寇占领了敖德萨,一批共产党员和游击队员躲进城里的公墓,展开地下斗争。人物塑造成功,但受到批评家的攻击,说它没有强调共产党员的崇高道德品质,没有把他们放到完美无瑕的高度上,而把他们写成了普通人,没有突出党的领导作用等等。卡达耶夫不得不修改,删节,于1951年写出新版本。

法西斯德国进攻苏联是闪电式的,苏联国内秩序突然被打乱,有的党员或普通群众在暂时失掉党的领导的情况下,自发奋起反抗,保卫国家,为苏维埃政权而战,为什么不可以写?这样的行动和品质怎么不崇高?这样写对党的领导有什么损害?有党领导的斗争是正常的,是时代的主要特征,当然应该写。同时,非正常情况也是现实中有的,而且党员和群众在失掉组织和领导的情况下,自发组织起来反抗侵略者,不是正可以说明党的思想、党的教育在人民的意识中生了根吗?不是更可以说明党员的道德品质崇高吗?有党的领导,我干,没党的领导,我就不干了,难道这反而能强调出党员的崇高品质吗?《铁流》中那支走向革命的难民军就没有党组织的领导,作者虽然接受了评论界的批评,承认这是个不足,然而他没有修改小说,而小说始终被公认为苏维埃文学中肯定十月革命的宝贵图画。

"无冲突"的文艺理论,政治鉴定式的文学批评,造成了文学的落后状况。十九大前夕,中央发现了这些问题,作了克服落后状况的努力,发社论,作报告,要求文艺大胆地表现生活中的矛盾、冲突,但由于坚持艺术典型和政治直接联系,使作家们害怕在作品中出现政治错误,常常违背自己的意愿和作品情节发展的逻辑,额外地加加减减。尼·鲍戈廷是位有威望的剧作家,受党的器重,他也承认有这些事实。他的剧本《当辩论激烈的时候》(1953),结尾时额外加了一幕:一个"办事公正的机构"施行了赏罚制度。为什么要这样做呢?他说:"我担心,如果一切不都是做得恰如其分,这个剧本就不可能获得……通过。"

但《真理报》反"无冲突论"的社论还是有其历史意义的,在它发表之后5个月,文学创作打响了反"无冲突论"的第一枪,这就是《区里的日常生活》的发表。这第一枪打出来是很艰难的。奥维奇金这篇特写的手稿，莫斯科许多编辑部都读过，都给他退了回来。那时杂志上发表的尽是四平八稳的、粉红色的作品，而他的特写却把生活中的尖锐问题集中地表现出来。在他走投无路之际，《新世界》的主编特瓦尔多夫斯基接受了这篇特写，并予以高度赞扬。

《区里的日常生活》塑造了一个官僚主义者的形象，触及农村生活的阴暗面，是从来没有人写过的东西，是作家们个个回避的现实。它能和读者见面，特别是它的续篇《在前方》于次年7月发表在《真理报》上，标志着苏联社会和苏联文学开始了一个重要的变化。从1954年到1956年，奥维奇金又先后发表3篇特写：《在同一个区里》《亲自动手》《艰难的春天》，提出农村生活中的多种问题，塑造了不同作风的领导者形象，产生了深远的影响，不久形成了一个"奥维奇金派"。田德里亚科夫（В. Тендряков）、特罗耶波里斯基（Г. Троепольский）、多罗什（Е. Дорош）、沃罗宁（С. Воронин）、卡里宁（А. Калинин）是这一派的主力。他们的作品从政治思想、生产管理、人的关系、社会生活和道德等方面，真实地揭示矛盾和冲突，暴露缺点和困难，根本不同于过去农村题材的作品。过去的作品中，歌舞升平是农村的唯一景象。奥维奇金派的兴起，宣告了"无冲突论"文学思潮走向末日。

"无冲突论"被扬弃了，"写真实"的口号重新提出来。1932年提过这个口号，针对的是"拉普"（РАПП，俄罗斯无产阶级作家联合会）脱离生活的倾向。"拉普"以哲学观点代替文艺的创作方法，宣称艺术手法就是作家的"世界观的实践"。它"沉湎于抽象地玩弄辩证的概念"，受到了批评。1932年，"写真实"的口号提出之后，出现了一批优秀作品。奥斯特洛夫斯基《钢铁是怎样炼成的》、马卡连柯（А. С. Макаренко，1888—1939）《教育诗》、鲍戈廷《带枪的人》、马雷什金（А. Малышкин，1892—1938）《来自穷乡僻壤的人》，都成书于那时，但不久"写真实"口号被"无冲突论"排挤，文学受到惨重的挫折。50年代重提"写真实"，针对的是粉饰现实的"无冲突论"。《真理报》《文学报》都发表社论，要求作家写真实，认为"'写真实'就是要看到并正确反映现实生活的发展、矛盾，以及新旧事物之间的斗争"；指出"粉饰现实，害怕表现困难、缺点和矛盾，追求轻易地可以解决的虚假的冲突——这是拒绝生活真实和艺术真实的表现"。

要写真实,就必须加强同生活的联系,一些批评家开始用"干预生活""大胆干预生活""积极干预生活"一类词句,来赞扬那些勇于揭露矛盾、勇于批判反面现象的作家、作品。《真理报》社论提出,作家要"积极干预生活——这是社会主义现实主义的战斗口号。对当代一些最尖锐的问题采取畏缩态度,是与这种艺术完全背道而驰的"。社论强调语言艺术家的崇高使命是"勇敢地提出广大劳动人民关注的问题,鼓舞人心地表现生活的真实、矛盾和冲突,反映历史创造者——人民的活动,并善于看到我国的明天"。这番议论肯定了文学的批判功能,阐明了所谓"苏维埃的果戈里和谢德林"应该是:既要揭露生活的阴暗面,又要反映人民的活动,特别要看到社会主义的明天。

在"写真实"口号下产生了一些有争议的作品,受到截然不同的评价,反映了作家、评论家以及读者对"写真实"口号理解的不一致,反映了新旧思想的冲突。如杜金采夫的《不是单靠面包》(1956),被一些评论者斥为是对苏维埃生活的诽谤,同时受到另一些作家和广大读者的支持、欢迎。在国外,一面有人批评它不该用"批判的烈火对待苏维埃社会",一面有人称它是"揭露时弊的文学"的"高峰"。在苏联国内否定的势力是强大的,作者因为这个作品招致强烈的打击,很长时期内不能发表作品,甚至造成生活困难。若干年后这个作品才被读者普遍地理解;评论界一致誉为"杰作"。1987 年杜金采夫发表长篇小说《白衣》,被称为苏联文学中的"一件大事"。成为人们注意的中心。其实,《白衣》和《不是单靠面包》一样,也是以内容的尖锐性和富有现实意义引起强烈反响的,不过时代不同了,《白衣》没有再给他带来厄运。

二 文学新时期的"第一只春燕"
——《区里的日常生活》

《区里的日常生活》(Районные будни, 1952)是奥维奇金的一篇特写,也是他的一个特写集的名字。这个特写集包括《在前方》(《На переднем крае》)、《在同一个区里》(《В том же районе》)、《亲自动手》(《Своими руками》)、《艰难的春天》(《Трудная весна》)。这些作品是同一题材,有共同的主人公,又各自独立。

瓦连京·弗拉基米罗维奇·奥维奇金(Валетин Владимирович Овечкин,1904—1968),俄罗斯作家,苏共党员。1929年开始发表作品,多以农村生活为题材。特写集《区里的日常生活》是他的代表作品。他在农村做过扫盲教师,任过党支部书记和集体农庄主席;30年代从事记者工作,这是他多取农村题材和善写特写的基础。他真实地暴露农村现实生活中问题的勇气,影响、鼓舞了一批作家,但他坦率的语言给自己招来了灾祸。1962年,他成为赫鲁晓夫农业"冒险主义"的反对派首领,在政治压力下,被逼自杀,虽未丧命,却失一目。被送往精神病院住了一时,退隐塔什干,未久去世。

《区里的日常生活》的矛头指向苏联农村基层领导的官僚主义,描写的焦点最后集中于农民的愿望和利益上。书中塑造的主要反面人物形象包尔卓夫,是区委第一书记,一个官僚主义者,自私,保守,冷酷无情,盲目执行上级指示,只管完成计划、任务,只关心装点自己工作的门面,显示"成绩"。乍一看,他表面像个积极的人民公仆,然而很快就露出了愚蠢和专断的特性,不顾集体农庄生产的实际情况和庄员们的疾苦,也不顾国家的利益。在雨季到来之际,3000公顷庄稼成熟,他让庄员们冒雨收割,不管粮食烂不烂,完成他的任务是主要的。他的对立面,第二书记马尔登诺夫,反对他这样做,主张先搭好盛粮食的棚子再说收割。

马尔登诺夫是具有新型领导作风和工作作风的代表,有人道主义精神,尊重农民,向先进集体农庄主席请教,理解庄员们的心理。他反对包尔卓夫随便给已经完成交粮任务的农庄加码,反对违背"按劳分配"的原则。他能分享农民的苦乐。他体会到,当农民不是在独断专横的人随意指使下干活,而是在重视他们的意见、关心他们的物质利益的人鼓励下干活,他们会是热情洋溢的,干得无比出色。反之,他们的热情就会下降,生产自然搞不好。在这个特写的续篇《在前方》里,包尔卓夫的第一书记被马尔登诺夫取代了,马尔登诺夫支配了舞台,而包尔卓夫从特写场面消失了。

《区里的日常生活》揭示了从前作家们都不敢问津的农村生活中的真

实矛盾，在文学创作上第一个给了"无冲突论"以有力的打击，为苏联文学冲破沉寂空气进入繁荣新时期建立了特殊功勋，被誉为当代苏联文学的"第一只春燕"。它不仅揭露了阴暗面，也描写了光明面，塑造了两个截然不同的领导者形象，成为苏联文学史上两个不灭的形象。尽管如此，发表之时却困难重重，由此可见"无冲突论"思潮是根深蒂固的。

奥维奇金的特写几乎与短篇小说相同，人物是虚构的，人物的活动安排在简单场面上。正面人物马尔登诺夫的日常活动是召开会议，找人谈话，如请教先进人物奥漂金，考虑种种问题。他想，许多农庄情况糟糕，劳动日收入少，粮食不足，要多些奥漂金这样忠于人民事业的人才能扭转局面。作者的叙述是客观的，但也不掩藏自己的感情。马尔登诺夫是他心目中的英雄人物，他主张集体农庄的管理上应取革新态度；作者为说清自己的观点，叙述中带有争论的调子。因此，他的特写是争论性的，目的是使读者在具体例证的基础上合乎逻辑地思考，然后得出有关问题的结论。

奥维奇金激发读者思考问题的主要方法，是让人物长时间交谈、辩论。这样容易使读者感到枯燥，也容易把人物降低到一种思想的代理人，结果人物在艺术上显得苍白无力。不过这也是一般特写的特点，特写一般都是不太重视人物塑造的。

总起来说，《区里的日常生活》是一部有批判力量的现实主义作品，它的力量产生于艺术的真实和巨大的现实意义。他触及的农村阴暗面是典型的，并且它的干预生活的程度步步深入。《在前方》中，马尔登诺夫常到下面了解情况，否定了官僚主义的瞎指挥；《在同一个区里》矛头指向农村官僚主义的后台——州委。州委领导有较长的党龄，他们也有后台——在莫斯科的中央权力机关。特写集最后一篇《艰难的春天》里，马尔登诺夫和州委书记面对面地争论，获得胜利。整个特写集有强烈的时代气息，显示出作者非凡的勇气。作品的意义不单是激励了作家们勇敢地去探索农村问题，奥维奇金派的主要作家们田德里亚科夫、特罗耶波里斯基后来的作品不再限于农村题材了。

三　有胆量的艺术天才——田德里亚科夫

弗拉基米尔·费多罗维奇·田德里亚科夫（Владимир Федорович Тендряков，1923—1984），俄罗斯作家，苏共党员，生于农村。有人说，在当代苏联文学中，言必称艾特玛托夫，艾特玛托夫是当代苏联文学的代表，而田德里亚科夫是他的老师。田德里亚科夫是有影响、有成就的作家，但没有获得过什么文学奖。他生前没有什么地位，没有做过什么领导。他在创作上不愿随波逐流，不愿投人所好，难免讲些真话，这就少不了受批评。批评得不对，也没有人替他辩护。因为几十年来文坛上存在着一种弊病，这就是文学批评的投机和趋附。这个弊病的后患是使不少人学会了戴假面具。1987年苏联作协4月全会上才第一次公开地、在大范围内高度评价了田德里亚科夫这类作家的正直和恪守原则的品格。他们去世之后，人们才看到他们难能可贵之处，才承认他们是出类拔萃的作家。

1941年，田德里亚科夫在10年制中学毕业，卫国战争爆发，他应征入伍，1943年负伤退役。1946年入电影学院艺术系，第二年转高尔基文学院，同年开始发表作品。作品最初的题材是卫国战争和自身经历。真正进入文学界是到50年代初。1953年12月发表短篇小说《伊凡·楚普罗夫的堕落》，1954年发表《不合适》（《Не ко двору》）。1954年，他连续发表特写《阴雨天》、中篇小说《不称心的女婿》（1956年拍成电影），引起广泛注意和激烈的争论，使他"在读者心目中一下子如庞然大物赫然显现"；奥维奇金高兴地称赞他"作为'人类灵魂工程师'，作为艺术家，一下子长高了一头"。1956年中篇小说《死结》问世，他的作家声誉得到巩固。（《死结》1957年拍成电影，改名为《萨沙走向生活》。）1958年出了《圣像》（《Чудотворная》，1960年拍成同名电影）。1959年第三次苏联作家代表大会，他成为代表，并获得"有胆量的艺术天才"的雅号。1961年的中篇小说《审判》（《Суд》）于次年拍成同名电影。他的其他作品还有中篇小说《毕业生的夜晚》（Ночь после выпуска，1974），《月蚀》（1977）、《六十支蜡烛》，以及一些长篇小说、短篇小说。

田德里亚科夫有自己的艺术主张。关于文学的任务，他认为是"描写正面事物与反面事物之间的斗争"。新旧斗争所表现的具体形式是"首创精神同官僚主义之间的斗争",他认为这是"我们时代进行的斗争的主要内容"。文学是否必须塑造正面人物？他认为不是必需的；小说中只有反面人物登场,"并不表示这儿对他们没有斗争,作者在社会舆论面前将他们揭露,这就是斗争"。他的理论和他的创作表明,他脱离了粉饰派的影响,站到揭露派立场上来了。这一转变来自他对现实的正视,来自奥维奇金的表率作用。奥维奇金首闯难关,难能可贵。田德里亚科夫紧跟着闯上来,也需要勇气,也是难能可贵的,因为立刻紧跟奥维奇金闯上来的作家并不多。在50年代初期变化莫测的年月,一部分作家沉默,一部分作家埋头历史题材,一部分陷入政治斗争,还有相当一部分抱着"无冲突论"不放。1953年,农业总产量还未达到十月革命前最高的1913年水平,农民生活仍然不富裕,因为战争的破坏,农业政策的失当,对农民征购过多,农村干部又有不少是贪赃枉法、独断专行、强迫命令之徒,严重挫伤了农民生产积极性。而农村题材作品多数回避这种生活真实,绕开矛盾,盲目地把农村描写成乐园：花满园,谷满仓,载歌载舞送公粮。这样的作品政治上没有风险,作者人身安全,但读者厌恶。读者是评价作品的最高法庭。然而作者也确实为难,许多作家对当代生活题材望而却步。在1953年以后的3年内,属于苏联作家协会的3500余名会员中,只写出了大约50部当代题材的作品；写出引人注目的农村题材作品的作者,不过五六人。可见"无冲突论"遗患之深,可见说奥维奇金首闯难关的勇气可贵,说田德里亚科夫紧步其后尘的勇气可贵,决不是过誉。

田德里亚科夫是有胆量的艺术天才,他不单是勇冠文坛,同时是真正的艺术家。他创作的许多情节复杂的小说,真实而鲜明地再现了时代的主要冲突,刻画了复杂的人物性格。50年代中期以后,他在研究人和环境的相互关系问题上取得了很大成绩。他把自己公民的热情同艺术家的、心理学家的以及画家的技巧有机地结合起来。他的艺术风格越来越明朗。他的艺术描写的特点是,人物心理复杂,情节紧张,善用象征和明暗的对比手法。他的创作目的愈加明确而坚定,这就是积极干预生活,努力对生活的进程施加影响。他对于道德问题越来越重视。

《伊凡·楚普罗夫的堕落》的主人公,红霞集体农庄主席伊凡·马尔凯洛维奇·楚普罗夫,本来富有首创精神,曾为扭转农庄落后状况开荒种麻,发展副业,使农庄摆脱了危机。但后来由于有了个人威信,专断的意识增长了,脑子里尽是"我决定""我的农庄"之类了。随后,以公肥私的癖好也养成了,"很难把自己的东西和集体农庄的东西分开"了,农庄的鹅、蛋上了他家宴请宾客的餐桌,名义上是为农庄拉关系,套购难买的物资,但套购来的东西也往往用在他家,比如套购来的铁皮,就上了他家的房顶。这种癖好逐渐发展到"心里想要什么就拿什么"。由于他经常违反财经制度,交不出票据,受到另一个贪污分子——农庄会计的要挟而不能自拔。庄员们看上行而下效,结果,回升的农庄经济重陷危机。作者抓住了生活中的重要冲突,塑造了一个蜕化变质的基层领导干部的鲜明形象。蜕化的过程写得生动、细致,令人信服。小说突破了把农村写成乐园的旧框,引起截然相反的两种评论,有的肯定,有的否定,争论激烈。结果评价不高,只获得基本确认。

《不称心的女婿》以一场家庭冲突反映出新旧事物的斗争。女婿费多尔·索洛维柯夫看不惯岳父雪兰奇·梁许金家的"邪气",从不满、憎恶,直至最后决裂。整个情节围绕费多尔下决心离开岳父家来展开。费多尔是拖拉机队长,共青团员,关心集体。梁许金是个自私的庄员,在家里干活是把好手,给农庄干活却不肯白卖力气,还整天牢骚不断。发生冲突的导因有两件事,一是梁许金以费多尔的名义向农庄借马,犁自己宅旁的园地;二是费多尔的岳母和妻子对别人太狠,"残酷惩罚"闯进他家菜园糟蹋了黄瓜的山羊。费多尔看不惯这些,不过只认为岳父"不正派",而农庄主席瓦尔瓦拉把冲突推到了激化的程度,她对费多尔说,梁许金虽是中农,但"骨子里面是个十足的富农,是集体农庄真正的敌人",这种人"倒也做不出什么特别的坏事,可他们总是车轮里面的砂子"。因此,她问费多尔为什么要和这样的人家结亲,劝他"既然走错了路",就该把妻子"从那棵烂树的枝子上摘下来"。在这番纵容下,费多尔离开了岳父家,连怀孕的妻子也不要了。

这篇小说比上一篇得到了大得多的赞扬,被认为"大胆而尖锐地揭露了旧事物与新事物对抗时采取的一切形式的特点,揭露了小私有者世界的实质",是"具有哲学深度"的作品。照这种评论,小说的批判矛头应该针对的是农庄庄员的小私有意识。小私有意识是现实中存在的，应该抵制、批判，但对中农的看法，对私有意识抵制的做法，不能说是正确的，怎么能把"干不出什么坏事"的、仅仅是小私有意识浓厚的中农看成"真正的敌人"呢？这不是混淆敌我、乱定政策吗？评论家的慷慨称赞，恐怕首先是因为这篇小说不像上一篇那样担着政治上的风险，上一篇是批评党的领导干部的。赞扬政治上担风险的作品的评论家，自然也要冒风险。评论《不称心的女婿》，在不担风险的条件下，挖出了它的"哲学深度"，就是所谓两种意识斗争的普遍性和抵制小私有意识的深刻意义。这些评论家不愿比较，农村经济停滞的原因究竟是什么，是某些庄员的私有意识？还是农庄主席的责任？有没有国家计划的问题？农村政策有没有错误？有心的读者不难看到，农庄主席瓦尔瓦拉领导的农庄工作是混乱不堪的。

从50年代后半期开始，对田德里亚科夫争论的焦点，从农村官僚主义主题转到了道德主题，他是在其他作家之前首先提出道德问题的。

奥维奇金派使特写、短篇、中篇小说繁荣起来，在这一时期占有突出地位。除了主要写农村题材的作家外，谢·安东诺夫、艾特玛托夫、贝科夫等也从特写、中、短篇小说走入了文学界，他们写的范围比较广泛了。

第二章 开创一个新时期的"解冻文学"

一 真正的新时期

奥维奇金派在反"无冲突论"中起了先锋作用，但苏联文学要进入全新的时期，还需要新的社会条件和更有威力的大量新作品。

1953年3月5日斯大林去世，以此为转折，国家在非斯大林化的旗号下发生了重大变化。1953年到1963年期间，苏联的社会、经济、政治和文化生活都经历了一场大变革。赫鲁晓夫上台后，对立派别之间的斗争一直存在。无休止的攻击和反击导致苏联社会的所有领域，尤其是文学艺术领域，出现进退交替现象。而文学这面镜子真实地反映出当时的总形势，描写出西方称之为冰封和解冻的混乱局面。

所谓"冰封"局面是指"无冲突论"从30年代发展到50年代初，给文学各个领域带来严重后果，到了非扫除它不可的地步，不扫除它，文艺就无法前进。肖洛霍夫在1956年2月苏共二十大上发言说："在过去的20年间，我们创作出的有教益的优秀作品微乎其微，但却抛出了堆积如山的糟粕之作。"苏联作协是"由3773位持笔写作的会员组成的"，这一事实并不能使人们高兴，因为作协成员中有一大批"死魂灵"[①]。从十九大前后开始，苏共领导虽然从理论上宣告了"无冲突论"的破产，但教条主义和"个人崇拜"仍然弥漫在苏联社会生活中。有些作品的命运常常决定于某

[①] 1956年2月2日《真理报》，肖洛霍夫在苏共二十大的发言。

个"长官的意志"。到 50 年代初期，苏联作家协会还是一个个人专权的行政性机构，并不能帮助作家写作。直到 1987 年，这种情况还未得到根本改变。在作家代表大会上，格拉宁指出："所谓作家协会，无异是门禁森严的官府。"诗人沃兹涅先斯基质问："为何一些真正有代表性的作家不准出席会议？"剧作家罗佐夫对作协使他的许多同行受到冷落而表示反感。其次，社会主义现实主义这个创作方法被绝对化、教条化，被曲解，和其他方法完全对立起来。不少作家"不是肯定新事物，而是歌功颂德，不是同生活中的阴暗面作斗争，而是对之熟视无睹。""回避对生活作真实的描写。"（西蒙诺夫）这就是所谓"冰封"局面。

所谓"解冻"，开始于斯大林逝世之后。斯大林逝世后，社会上很快出现了新气候——大批作家从监狱和流放地释放回家；审查制度放松了。一些曾经被禁止的题材在报刊上悄悄出现；作家会议上，出现从未有过的热烈讨论，著名艺术家们开始大胆抒发意见。作曲家阿拉姆·哈恰图良直截了当地指出："官僚主义的领导方法不能解决创作问题"。爱伦堡提醒人们："艺术上的统计和工业上的统计完全是两码事。"他说，契诃夫和高尔基想写什么就写什么，并不受行政官员和作家协会的指使。作家波麦兰采夫（В. М. Померанцев，1907—1971）1953 年 12 月在《新世界》发表一篇文章，引起一场轩然大波。他在文章中说，当代许多作品缺乏真诚，像留声机的唱片，一再重复陈旧的口号，丝毫不想反映现实生活的真实情况，"甚至在谈情说爱时，他们也好像是在公共集会上发表演说那样"。他指出："文学史表明，作家不光是说教，而且也要进行自我表白"。同年，女作家别尔格丽茨（Ольга Федоровна Берггольц，1910—1975）在《谈谈抒情风格》一文中强调说，诗歌不可能离开作者自己个性的自我表现。后来潘菲洛夫（Ф. И. Панферов，1896—1960）的三部曲《伏尔加——母亲》（1953—1960）在《新世界》连载，作品尖锐地批评了官僚主义和"僵化的"党政首脑，批评他们不顾平民百姓的住房状况多么糟，却大兴土木盖起豪华的政府大厦。小说中的主人公大声疾呼："忘掉规划，想想人民的需要吧！"潘诺娃（В. Ф. Панова，1905—1973）的长篇小说《一年四季》（1953 年、1962 年拍成电影，改名《闰年》），描写党的某些高级干部成了利己主义者和畏罪自杀的投机家，揭露了青年人道德堕落，以及父辈与子辈的裂痕。这样的内容是以前文学中罕见的。在所有的变化中，最惊人的变化是马雅可夫斯基的讽刺剧《澡堂》在停演了四分之一世纪后，于1953年底在莫斯科讽刺剧院再度上演。几个月后，1954年5月，一桩轰动文坛的事件出现了，这就是爱伦堡的中篇小说《解冻》的发表。小说的标题画龙点睛地宣告了一个新时期正式到来，同时也可以作为整个这一时期的象征。小说反映了人民的心理和要求，千万读者争相传阅，9月22日以单行本发行时，在莫斯科当天便被抢购一空。但在评论界，批评者多，肯定者少，这反映了两种文艺思想、两种文艺派别的对立。此后，两个壁垒分明的派别很快形成、壮大，互相攻击，争论不休。

两派之争反复不断，愈演愈烈，表面看去很混乱，内里却促进了文艺的发展。两派中的传统派把持着行政要职，他们向奥维奇金、波麦兰采夫、潘菲洛夫等发起进攻。《解冻》刚一问世，就遭到了攻击。爱伦堡、波麦兰采夫、潘诺娃、佐琴科遭到公开批判，潘菲洛夫被解除《十月》杂志主编职务，两个月后（8月）特瓦尔多夫斯基被解除《新世界》杂志主编职务。

但是"解冻"已经形成思潮，像滚滚潮水难以阻挡。1954年12月的全苏第二次作家代表大会上，出现了坦率的争论，暴露在代表和观察家们面前的争论，说明了这一思潮的意义。大会的发言，一方面是大声疾呼必须为文学的党性、人民性和高度艺术技巧而奋斗；另一方面则对文学的粉饰倾向提出批评。《解冻》和《一年四季》受到苏尔科夫、西蒙诺夫等大作家为首的官方的批评，批评《解冻》歪曲了生活图景，很难让人相信书中的描写是真实的。爱伦堡的回答发言极爽快，说这样的批评"太不能令人满意了"，"我要自责的，完全不是批评界所责备于我的。如果我还能写一部新书的话，那么我要尽力使它比我最近这部中篇小说前进一步，而不是朝旁边走一步"[①]。会议上还批评了文学界的官僚主义领导方法。作家 B. 凯特林斯卡娅（1906—1976）说："我们苏联作家协会像政府的一个部，它与部不同之处是诗人和小说家任部长。"关于文学应该写什么，不该写什么，诗人卢戈夫斯科依（В. А. Луговской，1901—1957）批评了粗制滥

---

① 北京大学俄语系编译《关于〈解冻〉及其思潮》，北京大学出版社，1982年，第207页。

造的作品，认为有些作品虽然得到评论界的赞扬，甚至获得国家奖金，实质上毫无价值。他呼吁文学应该写"每个人所共有的崇高永恒的东西。如嫉妒和背叛引起的不幸，对友谊和爱情的失望，失去亲人的悲哀，所有这些对我们，对于整个人类都是存在的……在我们的小说中，这些东西哪里去了？我们面前看到的是陈规俗套、冷酷无情、不容反驳的腐朽概念……"

在尖锐的批评中，党对文学的领导、作协的组织机构并没有动摇、改变，但作家们获得了比较多的自由，扩大了"准许"范围，得到了相当令人鼓舞的保证：作家们将能得到较多的谅解，一般错误不会再被看作是反国家的罪行，不会再有被逮捕和镇压的威胁。此后，文学可以自由地"反映苏联生活中仍然存在的冲突和矛盾"。随后有些事实证实了政府的这种态度，特瓦尔多夫斯基、潘诺娃等受到严厉批评和处分的人，被选进作协新的理事会，阿赫玛托娃恢复了作协会籍。

这次大会后，马林科夫下台，反个人崇拜运动进一步发展，但文学界两派的争论并没有减弱。

二　两大派论战

《新世界》和《十月》是苏联历史悠久、影响极大的两个文学刊物。《新世界》（《Новый мир》）是文学艺术和社会政治月刊，苏联作家协会的机关刊物，1925年1月创刊于莫斯科。最早的编辑是卢那察尔斯基。西蒙诺夫于1946—1950、1954—1958年两度任主编。特瓦尔多夫斯基也两度任主编，是在1950—1954和1958—1970年间。《十月》也是文学艺术和社会政治月刊，是俄罗斯联邦作协的机关刊物，1924年于莫斯科出版，发起人和主编有富尔曼诺夫、革拉特柯夫、绥拉菲莫维支等。1931年至1960年主编是潘菲洛夫，1961—1973年主编是柯切托夫。从50年代开始的争论，渐渐围绕这两个刊物形成了两个中心、两个流派，各以特瓦尔多夫斯基和柯切托夫为首。两派的形成有社会历史的原因和文学本身的根据。这场论战所以引人注目，因为它反映了50—60年代政治斗争的重要内容，同时又是这一时期文学走向繁荣的催化剂。文学的发展不仅意味着新的潮流

"非英雄化"问题争论中必然要涉及的概念。1954年,教师普拉托波波娃发表一篇文章:《正面英雄人物的力量》,提出要写"理想人物"的主张①。她针对文学中的"中间人物"、"小人物"和反面人物,提出"共产主义教育的目的和理想问题",引起作家们广泛的论争,结果只把"理想人物"和"正面人物"作了区别。经过论争,主人公的概念得到了深化。要求文学只塑造理想人物、英雄人物不仅没能实现,反而向着相反的倾向发展了。

事实上文学中从来不可能只有英雄人物、正面人物,从来少不了普通人、中间人物等,葛利高里就不是"正面人物",达维多夫和纳古尔诺夫也不是"理想人物"。创造了葛利高里、达维多夫等形象的肖洛霍夫,在这次争论中没有发言,然而到了1956年他忽然发表了《一个人的命运》,使整个国家为之震动,这篇小说的主人公索科洛夫也并不是什么理想的英雄,而是个典型的"平凡的人""小人物"。自此以后,写"非英雄"人物的作品如雨后春笋生了出来,如《前进中的战斗》(《Битва в пути》,1957,Г. Е. 尼古拉耶娃)中的主人公希列夫,《感伤的罗曼史》(1958,潘诺娃)中的谢瓦斯季亚诺夫,巴克兰诺夫《一寸土》中的莫托维洛夫,《生存与死者》(1959)中的谢尔皮林,《第三颗信号弹》(1962)中的洛兹涅克,还有受了批判的《不是单靠面包》《日瓦戈医生》中的主人公……到60年代,"普通人"得到越来越普遍的承认,文学可以写各种类型的人物了。

《新世界》明确主张,就是要"非英雄化"。特瓦尔多夫斯基批评过去文艺追求主人公形象高大、品质非凡的做法牺牲了人物形象的真实性。他指出,"过分抬高理想的'主人公',必然轻视'普通群众'",而且"才能愈平庸的作家,愈热衷于描写杰出的、非凡的人物",相反,"伟大俄罗斯文学获得世界声誉的基础就在于它密切关注普通人……"特瓦尔多夫斯基反驳《十月》对《一天》的批评时,指责《十月》用的是"个人崇拜"时期"规范式的批评手法","个人崇拜时期的文学总是写领导者和组织

---

① 北京大学俄语系编译《关于〈解冻〉及其思潮》,北京大学出版社,1982年,第288页。

者"，而索尔仁尼琴则是写"担负着日常劳动的，被领导、被组织的人们"①。

《十月》批判"非英雄化"倾向时说，"非英雄化"作品的"主人公的生活被描写得平庸琐碎，那是从西方抄袭来的'按本来样子'表现生活的方法"。柯切托夫要求作家"写出生活的正面范例"，要"用共产主义精神教育人们"②。在《十月》杂志的座谈会上，斯特罗科夫大声疾呼：要保卫体现苏维埃人优秀品质的英雄性格，"正是这样的人才是我们时代的主要现象"。柯切托夫在战时札记《是这样开始的》中，批评"战争文学"的"非英雄化"倾向，强调是党英明地领导苏联人民打败了法西斯，"组成前方和后方两亿苏联人民大军的，不是胆小鬼，不是庸人……而是英雄"。

（三）文艺的性质问题

《新世界》派坚持别尔格丽茨的主张："自我表现"论。这一派中有人认为，"自我表现"是抒情诗中表现党性的唯一形式，是"典型化的唯一方法"。在艺术与生活的关系上，有人认为"在认识中，客观的感觉是没有的"，"艺术家在创作时，越积极越充分地展示自己"，他的作品就"越有表现力"，"越有思想性"。③这些议论都是针对文学缺乏真实性而发的。原来作家们不能按个人意愿写，只能盲从地描写社会生活，作品中只有呆板的说教而不能表现个人感情。"自我表现"论就是为纠正这种偏向而提出来的。《新世界》派还提出，题材无所谓大小，重要的是"个人的折射"也就是"自我表现"。《十月》随之发文批评。提出分歧不在于艺术家在创作中表现不表现自己，而在于艺术创作和艺术本身的性质："艺术是否具有认识和反映客观现实的性质或只是反映主观意念。"这样，论坛上又出现一个问题——文艺的性质问题。关于题材，《十月》派认为，"忽视'大'题材，就会贬低当代生活提出的，亟待解决的题材的意义"。《新世

---

① 转引自吴元迈等编《五、六十年代的苏联文学》，外语教学与研究出版社，1984，第126~127页。
② 同上书第127页。
③ 转引自吴元迈等编《五、六十年代的苏联文学》，第123~124页。

界》则强调"正是作者的个性才决定作品成为完美的艺术品的价值"。

(四) 人道主义问题

这个问题与上述诸问题(写真实、非英雄化、文艺性质)密切相关,与政治、文学都不可分离。50年代提出人道主义,有其历史原因,前面已经说过。个人崇拜时期,把人当成"历史的燃料",当成"螺丝钉",抹煞人的力量和主动性,还无端地伤害了不少好人。重新提出人道主义,就是要纠正过去年代里"对人的价值的蔑视"。在文学艺术中,"人道主义原是世界历史上最卓越的成就之一","对艺术来说,还有什么比人及人类的命运更为重要更为宝贵的呢?"[①](塔拉先科夫)这里所说的人道主义,不是和平主义的人道主义,而是社会主义的、战斗的人道主义,一方面它充分尊重人的自由,爱护人,一方面它对损害人的侵略战争和剥削人、压迫人的势力进行不屈的斗争,对蔑视人、伤害人、不信任人、不关心人的观念和行为进行斗争。"解冻"思潮的主导思想就是这样的人道主义。在这种思想指导下的创作有下列特点。

第一,抨击个人崇拜,抨击官僚主义,它们都是以不信任人、不尊重人为主要特征的,开一代之先声的《解冻》给读者提供了一个缺乏人性的官僚主义者的形象,呼吁"要关心人的生活",呼吁互不信任人的关系应解冻。《冷酷》(《Жестокость》又译为《残酷》中篇小说,1956,1958年改为同名电影。作者 П. Ф. 尼林,1908-1981)描写了"人性和冷酷无情的搏斗,真诚、信赖和感情狭隘多疑的搏斗,活跃的政治思想和政治教条主义的搏斗"。《这位是巴鲁耶夫》(《Знакомитесь, Балуев》,1960,中篇小说,作者 В. М. 柯热夫尼科夫,1909—1984),直接表现人与人之间应该建立正常关系的观念,塑造了一位新型领导者形象——巴鲁耶夫,他关心人,尊重人,富有同情心。诗人们也以自己的诗作反对扼杀人的个性和自觉性,强调人是活的人而不是死的螺丝钉。斯麦里雅科夫(Я. В. Смеляков,1912-1972)的《螺丝钉》讽刺个人崇拜说:

---

① 参见《关于〈解冻〉及其思潮》第242页。

这是个从容而严峻的人，
人民的命运由他决定，
……
按照他那权威的概念，
你真的就是这样：
你只不过是一个螺丝钉，
而不是生活的奇迹和现象。

叶甫图申科在一首诗里指出，人生来是有个性的，不容抹煞：

世上哪个人会没有意思？
他们的命运都像星球的历史。
每个星球都有自己的特色，
没有另一个星球同它相似。
——《世上哪个人会没有意思》

叶甫图申科是受《新世界》派高度赞扬的诗人。《十月》自然不赞成这样的诗人及其作品，批评他们是从抽象的人性、抽象的人道主义出发，把苏联写成不人道的社会，是歪曲现实，等等。但人道主义和其他文学论题相比，遇到的麻烦要少得多，因为人道主义不但在文艺界形成了强大的思潮，同时受到了苏联党和国家的肯定。于是人道主义成为"一个时代问题，成为政治、哲学、道德和文艺"的共同问题（奥泽洛夫）。

第二，文学创作中人道主义倾向的另一表现是，把个人命运作为描写的中心，揭示普通人灵魂的美。《一个人的命运》开创了这种倾向的一代新风，此后文学普遍地对普通人的命运给予深切关注。"战壕真实"派的代表作品《一寸土》（巴克兰诺夫）、《最后的炮轰》（邦达列夫）、《第三颗信号弹》（贝科夫）、《坦克成菱形前进》（阿纳尼耶夫）……都以平凡的人、普通人为主人公，都强调普通人的历史地位，都赞美普通人在维护正义的事业中表现的崇高精神。

第三，反对片面强调个人对社会尽义务，而忽视社会也应该对个人承担责任。《山外青山天外天》（特瓦尔多夫斯基）描绘出社会繁荣发展而个人生活凄惨的不协调景象，一方面是宏伟的京城，瑰丽的公用大厦；一方面是把丈夫奉献给卫国战争的寡妇，住着不能抵御风寒的茅屋，耕种着难以养生的贫瘠的土地。《在额尔齐斯河上》（扎雷金）也揭示了只顾国家利益与需要而忽视个人利益与需要所造成的不良后果。阿勃拉莫夫（Ф. А. Абрамов，1920-1983）的长篇小说《两冬三夏》（1968）等，也提出国家利益和个人利益的关系问题，要求社会对个人承担责任，要求关心人的幸福。

在人道主义思潮中产生的作品，也难免有表现出抽象的人道主义倾向的。

在组织上，有的作家提出文学领域要"自治"，有7名作家联名致函，说苏联作协是个官僚机构，不如没有，这些被看作"资产阶级自由化倾向"，超出了两派争论的范围，不仅《十月》反对，还引起了党的干预。

两派论战不分胜负，各有长处和短处，苏共领导对两派的态度和政策是不偏不向，而提出反对两个极端，既反对"抹黑"，也反对粉饰；提出消除派别斗争，加强团结，共同发展文艺事业。由于这种消除矛盾的政策，更由于两派领导人相继去世（特瓦尔多夫斯基1971年去世，柯切托夫1973年去世），论战终于平息。

从这场论战中，可以总结出不少经验教训。

1. 由共产党领导的社会主义国家，关于文艺的理论和政策务求正确，党的理论、政策左右着文艺发展的方向，理论和政策出了错误，必然使文艺的发展遭受损失。"无冲突论"就是明显的一例，这个对社会发展所作的政治结论，是完全错误的，又把它硬加给文艺，文艺便走上了粉饰现实的道路，以至几十年中苏联文艺只有虚假的繁荣，极少有经得起考验的有价值的作品。当苏共发现"无冲突论"是错误的，决心纠正，提出了"写真实""文学要干预生活"的正确口号后，文艺立即有了起色，开始发展。

对于文坛的论争，要能宽宏，善于引导，不能轻易地用打击一方的方法来求统一。论争对研究问题、探索文艺发展规律是有益的，可以促进文艺的发展。但论争中出现的资产阶级自由化倾向不能忽视，不能任其发展。同时要严格区分"革新"和"自由化",决不可给有革新精神的作品扣上"自由化"的帽子;决不可把对社会主义社会中不良现象表现出批判激情的作品扣上"抹黑"的罪名。"自由化"泛滥对社会主义事业是威胁;乱造罪名也会扼煞文艺的正常发展。

2. 一部作品,一个见解,在挑起争论之初,形成对立的两方,少数人的一方不一定是错的,少数人的新主张,可能有偏激之处,但那主要的、合理的部分,必然要产生影响,即使当时多数不予承认,也还是能保存下来,成为文学史的一部分。这场大论战中,新主张提倡者就不占优势,就是少数。像爱伦堡接连发表文章、作品,不向压力低头,近乎一意孤行,这样的人当时很少。多数作家、批评家是随大流,或躲躲闪闪,模棱两可,即使有名的"有超人胆识"的肖洛霍夫也一时令人不可捉摸:他公开批评爱伦堡的"解冻"主张,但在创作上却毫不含糊地站到了新思潮一方,而且冲到前面,起到了开路作用。

3. 在文艺发展中,不符合规律的,人为的导向不可能全面起作用,不可能长期起作用。文学自身的发展规律会使一些作家离开人为的导向,创作出与盛行的理论相违背的作品。"无冲突论"似乎是全面起作用了,其实不然,它制造了虚假的繁荣,代表这"繁荣"的一批粉饰现实的作品,"解冻"以后,渐渐被读者唾弃了,而那个时期创作出来,当时不能发表的一批作品,到70、80年代陆续与读者见面,那才是真正代表那个时代文学水平的,在本书的第十章可以看到。再说当时的"理想人物"的主张,在政治上有理直气壮的根据,但文学创作并没有依它进行,偏偏转向了写不理想的普通人,带缺陷的主人公偏偏越来越多。这种矛盾现象,已经证明那个理论的浮浅,没有科学性,是违背文艺规律的。

4. 作品应该写什么样的主人公,不应该写什么样的主人公,不能由个别人来限定。不同的时代,作品有不同的主人公。一个成功的艺术形象,只有反映了它所在的时代的特征,才具有永久的生命力,如尼洛芙娜[①]、恰巴耶夫[②]、保尔·柯察金等。《新世界》派认为保尔·柯察金过时了,应该写普通人了。说它过时,从而贬低它的意义,那就错了。如果说新时代

[①] 高尔基长篇小说《母亲》中的主人公。
[②] 富尔曼诺夫长篇小说《恰巴耶夫》中的主人公。

有新时代的要求，不能老是塑造保尔一样的形象，那当然完全合理。《十月》派和某些外国研究家，认为写"普通人""小人物"不适合社会主义时代的要求。社会主义时代按理不应该再有"大人物"和"小人物"的区别，但文学既然要写"小人物"和"普通人"，那必然是现实中还存在这样的事实。不允许写，限定主人公的范围，不利文学的发展，也不利社会的进步。

5. 不能把社会主义现实主义教条化。社会主义现实主义作为苏联文学和文学批评的基本方法，对苏联文学的发展有功绩。但对这方法的理解，往往各有所见。有人说社会主义现实主义是肯定，或主要是肯定。这种解释对文学走向粉饰负有责任，使苏联文学在一个长时期内没有苏维埃的果戈理和谢德林。《十月》派虽然说过"社会主义现实主义的力量既在于肯定，又在于否定"，表面看是全面了，实际与上述解释无异。因为这个"否定"指的是对旧社会和阶级敌人的否定。请看他们的具体说明："社会主义现实主义是作为最坚决、最彻底的否定旧社会的艺术而诞生的。但同时从它一诞生起，……就以强大的朝气蓬勃的力量去树立当代最先进的阶级——工人阶级的理想。"①由此可见其"否定"的对象是有限的。在批判"个人崇拜"和纠正文学的粉饰倾向的运动中，他们片面强调文学的歌颂职能，表现出他们这一派的保守性质。

《新世界》派颇有开创的勇气，但不免有过激之处。在强调作家个性时，把"自我表现"说成是"典型的唯一方法"走向另一个极端。在批判文学的粉饰倾向中，有矫枉过正之弊，有些揭露性作品令读者一时不易接受。

总之，对社会主义现实主义不能完全否定，也不能当作教条不许变动、不许发展。社会主义现实主义应该颂扬社会主义的优越性，也应该暴露、批判那些妨碍社会主义健康发展的坏东西。社会主义现实主义只是苏联文学的基本方法，不能奉为唯一的方法，凡是能为社会主义服务的方法，都可以借鉴、吸收、运用。这是以后文学发展证实了的。《十月》以正统面目维护社会主义文学传统，不能说一点功劳没有。《新世界》致力

---

① 转引自吴元迈等编《五、六十年代的苏联文学》133页。

于社会主义文学适应时代发展的需要，健全其职能，功莫大焉！

6. 社会主义人道主义是社会主义文学必然崇尚的精神。一般文学中的人道主义总是富有感染力的。人道主义在苏联文学中并不是反个人崇拜时第一次出现的，在高尔基的早期作品中就已经作为一个重要指导思想而起作用了。进入苏联时期的人道主义称为社会主义人道主义，即在共产主义目标下的人道主义。人道主义并没有代替共产主义。但这样的人道主义竟有人不容，在苏联的各个时期都有人力图把人道主义排除在文学之外。20年代，"无产阶级文化派"否定"人道主义"概念，只承认"阶级本质"。30年代，有人提出应该重视古典文学中的人道主义价值，却受到了批评，个人崇拜时期，人被贬低、糟蹋、乱杀，人道主义根本不能提了。但文学是离不开人的，人的命运、人民的遭遇是进步的文学不能不关注的对象，是有良心的作家、诗人不可能忘怀的基本问题。以反个人崇拜发难的解冻文学自然是人道主义的。否定给中国人民制造了空前灾难的"文化大革命"的伤痕文学，也不能没有人道主义。

7. 典型理论被歪曲，文学发展必然受挫。50年代以前流行的典型观是，"典型只是那些表现苏联社会中的正面事物，反面事物绝不能决定苏联的面貌"[1]，据此，所谓塑造典型环境中的典型性格就是塑造社会主义建设中的劳动英雄，特别是布尔什维克的英雄。这种典型观有明显的片面性。"典型环境中的典型性格"怎么能只包括正面人物和英雄形象呢？所以苏共十九大"总结报告"中提出还"需要苏维埃的果戈理和谢德林"，也就是承认反面人物在苏联文学中也是不可少的艺术典型，更正了上述的片面典型观。但1954年有人提出"理想人物"的主张。"理想人物"或"非英雄化"实质都是典型问题。"理想人物"的提出，是上述片面典型观的新表现，再次歪曲了典型理论。事实上，任何作家都不能铸造出一个在一切方面都完美无缺的"理想人物"，因为这样的人物在世界上根本不存在。（绥拉菲莫维支）典型理论的被曲解，给苏联文学造成一时混乱，干扰了作家们的创作。后来普通人形象在文学中出现，获得巨大成功，典型的塑造走上康庄大道，也标志着文艺思潮发生了重大变化。

---

[1] 引自吴元迈等编《五、六十年代的苏联文学》第19页。

《新世界》的文学主张，主要倾向是反虚假，强调文学的批判功能，强调新文学对旧事物、丑现象的暴露、否定的必要性，而《十月》指责这就是"抹黑"，未免过甚其词。《十月》的文学主张，主要倾向是肯定、颂扬，强调文学创造正面范例的重要性；《新世界》批评它是"粉饰"，不无根据。双方互相攻击，互相牵制；双方文学主张中的不可否认的合理因素，也少不了互相渗透。论争的结果，社会主义文学的方向、社会主义现实主义的优秀传统仍然坚持、继承，而新思潮的"写真实"、"写普通人"、揭露的倾向以及人道主义，也得到了充分的发展。

对不同理论的分析、判断，最终根据是作品，是作品里的形象。没有具体形象的验证，单纯的理论探讨是缺乏说服力的。

三　对文学发展有重大贡献的《解冻》

爱伦堡的《解冻》（《Оттепель》，第一部，1954）有两条主要线索。一条是某工厂厂长茹拉甫辽夫，官僚主义者，他的工作作风、工作目的以及他和周围人的关系。他的工作目的是完成生产任务，争取上级表扬和嘉奖。至于工人的生活，他概不关心，任他们住在破草房和木棚里。下级谁胆敢不赞成他，他总是不择手段地打击报复，加害其人。这个工厂的总设计师索科洛夫斯基是个纯洁、耿直的人，看不惯厂长的为人，常说些带嘲讽的、不满意厂长的话，他对别人说："茹拉甫辽夫快被革职了。"厂党委会上，领导计划要建筑三幢职工宿舍，索科洛夫斯基接着说："早在1952年就该开始。"茹拉甫辽夫听了这些话，怀恨在心，立刻散布流言，说索科洛夫斯基不是什么老党员，历史上有污点，妻子在比利时，对这样的人只能相信百分之五十。后来据安德烈·普霍夫说，茹拉甫辽夫还起了杀害索科洛夫斯基的念头。这个安德烈是位老教师，老布尔什维克，对茹拉甫辽夫之流痛恨至极，他痛心地说："有多少人因为这样的人痛苦流泪呀！可是他们（茹拉甫辽夫之流）却无动于衷。"一般工程技术人员看到厂长那样对待索科洛夫斯基，也深为不满。厂长的妻子莲娜是个教员，也渐渐发现丈夫不关心别人，缺少人的感情，只顾个人，便与他疏远起来，最后决心离开了他。莲娜的行动得到母亲的支持，她母亲正任农庄主席。某一日，天气预报将有大暴风，茹拉甫辽夫充耳不闻，全不在意，结果三排工棚在暴风中倒塌，造成严重损失，他被撤了厂长职务。

像茹拉甫辽夫这样的官僚主义者多得很，照普霍夫说，多得像雨后春笋，你剔掉一个，马上就会有一个新的生出来。不过人们已经感到，世态已有了变化，现在不是厂长能随意陷害人的时代了。索科洛夫斯基由于被诬陷病倒了，当茹拉甫辽夫被撤职后，他从病床上起来，望着窗外松软的雪，感到"春天就在眼前了"。

另一条线是艺术界的反常现象，有才能的艺术家得不到重视，无人欣赏，而粗制滥造者倒获得成功。安德烈·普霍夫之子弗洛佳·普霍夫是个画家，他作画为的是荣誉和金钱，专门给茹拉甫辽夫这类挂着"先进生产者"的牌号、又有权势的人画像，艺术水平不高，但干这种事吃香，很走运。他的同学萨布罗夫勤奋钻研，安于贫困，显得孤僻，埋头画自己喜爱的风景画和妻子的像，受到社会的冷遇。后来，随着世态的变化，艺术家的身价翻了个个儿，萨布罗夫挂满风景画的屋子"被赞叹不已的来访者挤得满满的"，而弗洛佳的画没人要了。

《解冻》要表现什么思想呢？作者自称：我这作品主要是写感情，写人的不正常关系，这种关系应该解冻。《解冻》直接触到了社会生活的矛盾，它提出的不仅有官僚主义问题，艺术的反常现象，还有肃反扩大化的祸害，有人被无故关押了十几年才放出来。战后的互不信任气氛，既表现在政治关系上，也表现在婚姻爱情关系上。茹拉甫辽夫和索科洛夫斯基的关系，茹拉甫辽夫和莲娜的关系，都是不正常的关系。这些问题反映在作品中，当时还是罕见的，还不能为停留在旧的观察界限的评论家们所接受。评论界认为《解冻》"主要强调了生活的阴暗面，认为它描写了一些庸俗而虚伪的人物，又没有可以与之对抗的任何正面因素，歪曲了生活的真实"（《共青团真理报》：《肯定生活——这是我们文学的力量所在》，1954）。这类评论指责小说竟然把一个大厂的厂长描写成一个笨拙的利己主义者和诽谤者，而把两名工程师写得没有幸福，生活和工作受到了妨碍，因此他们感到烦恼痛苦，这样，小说构成的是"一个拙劣的人物画廊"。

《解冻》创作的目的正是要写这些，非这么写不可，否则，光明一片，还解什么冻？而这么写并没有"歪曲生活的真实"，书中所写没有一项不是现实中的存在。官僚主义盛行，被领导者受压抑，文艺粗制滥造，艺术家撒谎、投机取巧，独创精神受扼杀……这些谁能说当时生活中没有？肖洛霍夫在苏共二十大讲的文学创作"抛出了堆积如山的糟粕之作"，谁能否认？

《共青团真理报》又载文批评作者是"站在客观主义立场来描写事件和人物"的，说作者"仿佛声言：你们瞧吧，这就是生活，至于如何分析，那就是你们的事了"①。《解冻》是否这样的？西蒙诺夫评论《解冻》的文章无意中否定了这个批评。西蒙诺夫说："例如，爱伦堡借老教师安德烈·普霍夫之口肯定说，任何一个苏联人根本没有权利对不公平的现象和虚伪的东西采取熟视无睹的态度。"②这能说是客观主义的吗？西蒙诺夫批评爱伦堡"这篇小说对我们整个广义的艺术界的看法是不公正的"，"在这篇小说中描写出了一幅讽刺我们艺术界生活的图画"。③这段话又可证明爱伦堡并不是"站在客观主义立场"的。至于小说"讽刺了艺术界生活"，那倒是真的，是否"不公正"，则要看事实。西蒙诺夫批评小说中正面人物绝少，而坏人为数众多，造成一幅阴暗的背景。《共青团真理报》还批评小说没有"任何正面因素"。这种批评可以成立吗？小说中除茹拉甫辽夫是明显的反面人物，还有哪个是呢？科罗捷耶夫工程师和索科洛夫斯基有些烦恼，难道就不算正面因素了？安德烈·普霍夫、莲娜、薇拉、索尼娅（大学生）难道可以算反面人物？弗洛佳·普霍夫开始时像反面人物，可最后发生了转变。萨布罗夫因为绘画的题材是自然风光，就被这些评论家说成是"违反时代要求"，是"脱离生活"，"是形式主义道路"，这些批评只能证明自己的理论是僵化的、片面的。他们的理论没有跳出那个旧的圈子：社会主义文学只能肯定、歌颂，必须塑造理想人物。这些批评证明"无冲突论"阴魂未散。

《解冻》不能说是艺术杰作，风格有些类似新闻报道，缺乏深度，人物性格不够鲜明。但小说适时的政治影响弥补了艺术上的缺陷。它的"重

---

① 转引自《关于〈解冻〉及其思潮》第145页。
② 《关于〈解冻〉及其思潮》第149页。
③ 《关于〈解冻〉及其思潮》第161页。

大题材"，加上描写的坦率，适时地表达了人民的希望，顺应了社会发展的要求，对文学发展也有重大贡献。假如没有《解冻》及其引出的10年间的"解冻"文学运动，很难想象苏联当代文学发展到今天的规模。这部小说的时代意义是不可磨灭的。

伊利亚·格里戈里耶维奇·爱伦堡（Илья Григорьевич Эренбург，1891-1967）是苏联老作家，大作家，诗人，著名社会活动家，世界知名人士，著作甚丰。他从中学时代就开始革命活动，被开除学籍，被捕过。1908年流亡巴黎。1910年开始发表诗作，在巴黎先后出版几本诗集。1917年回到俄国。1922年发表第一部长篇小说——《胡里奥·胡伦尼多》（《Хулио Хуренито》），小说反映了作家那时的哲学观和艺术观是复杂的。这小说是他以记者身份长期居住国外期间写的。30年代初他重返苏联，写了长篇小说《第二天》（《День второй》），可以看出他的思想起了巨大变化。30年代后半期，他以反法西斯作家的身份两度出席国际保护文化大会。1941年发表的长篇小说《巴黎的陷落》（《Падение Парижа》），描写了"法国的悲剧"，从政治、道德、历史等方面揭示了德国法西斯摧毁法国的原因。小说于1942年获斯大林奖金。卫国战争期间，他发表许多政论文章，揭露法西斯的侵略政策和罪行，这一阶段的作品都收入政论文集《战争》（《Война》分三卷，1942-1944）中。他最著名的长篇小说《暴风雨》（《Буря》1946—1947）也是写第二次世界大战的，获1948年斯大林奖金。60年代发表回忆录《人·岁月·生活》（《Люди, годы, жизнь》，1—6卷，1961-1965），内容庞杂，写到1905年革命，第一次世界大战、十月革命、第二次世界大战及战后的生活，还写到法国、西班牙、美国、印度、中国等许多国家的事件。回忆录继《解冻》之后发挥了反个人崇拜的思想，也和《解冻》一样曾引起激烈的争论，遭到国内外多方攻击。历史的发展证明爱伦堡是忠于社会主义的。他晚年多受批评，但并未屈服，坚信自己无愧于祖国。当然，受围攻最厉害的是《解冻》，而《解冻》便是在最初发表的年代也并不是完全没人理解。早在1956年就得到过比较公正的评价，比如在这一年法捷耶夫发表的《关于爱伦堡的〈解冻〉》的文章中就指出，《解冻》的主要思想是社会主义人道主义，它强调"必须对人进行全面教育，进行社会主义感情的教育"，批评爱伦堡的许多评论家都没有看到他这个主要思想,所以批评是片面的。文章谈到《解冻》中揭露的现象,认为无可否认,因此是"可悲的",因为"在我们的生活中……还存在着不少旧的残余和简直是粗暴的行为……还有不少这样的现象,如漠不关心,官僚主义,以及只顾个人福利不为社会福利担忧而对社会和国家说谎和欺骗。"所以《解冻》"公正地指出"必须"培养一种崭新的感情和人的关系"。法捷耶夫谈到《解冻》的构思,认为小说"写得很紧凑,……就其构思而言,也写得很完整"。小说所以"引起过多的异议",是由于它的缺点。法捷耶夫认为小说的缺点在于人物的艺术描写局限于小房间的生活和个人感受,以致显得苏联人的精神生活偏于贫乏;尽管爱伦堡对普通人给以真正人道主义激情的关怀和温暖,但未能弥补这个缺陷,未能弥补有的环境描写不全面、不准确。①

这种评论完全不同于那些出于偏见的恶意攻击,几十年后的今天回头再看那些攻击,就不免觉到十分乏味了。

四 不可少的力作《不是单靠面包》

《不是单靠面包》(《Не хлебом единым》)是杜金采夫的成名之作。发表在1956年秋季的《新世界》上。

弗拉基米尔·德米特里耶维奇·杜金采夫(Владимир Дмитриевич Дудинцев,1918-1998)俄罗斯作家。1940年毕业于莫斯科法学院。卫国战争时应召入伍,受过伤。战后在军事检察机关工作。1933年开始发表作品。有不少特写和短篇小说。1959年出《中短篇小说集》(《Повесть и рассказы》),在这前后还出过别的短篇小说集。《不是单靠面包》发表后,受到严厉批判,60年代后很长时期他主要从事文学翻译工作。到80年代后半期的进一步"解冻"的历史条件下,他发表了《白衣》,又一次轰动了文坛。

Не хлебом единым,可以理解为:生活不是为一块面包。所以也可译为《不单是为了面包》。这个长篇小说的情节曲折复杂,但主题明了:反

---

① 《关于〈解冻〉及其思潮》第213—215页。

官僚主义。它描写苏联发明家和官僚主义者的冲突。主人公洛巴特金，是中学物理教员，孑然一身，专心致志地搞发明创造，不参加任何"帮派"，孤僻，古怪，被认为和人们没有"正常的联系"。战后他成了发明家。但在他工作的部里，在学究式的专家和一般职员眼里，他是一个蠢货，是一个废物。他研究设计的离心铸管机，得不到支持，他的规划被官僚主义者的拖拉的公文程序埋没了。他的产品设计好之后，跑了一趟莫斯科，也找不到支持和出路。后来他的发明引起军方兴趣，不料福音变成灾祸，他莫名其妙地被扣上"泄露国家机密"的罪名，遭到逮捕，送到北极集中营。由于一个正直的法官怀疑此案不合法律，他得到重新审理。但直到斯大林逝世后，他的冤案才得到平反。军队采用了他发明的机器，他的事业也得到了承认。但是过去那些嘲笑、打击他的大小官员无一不在，尤其是他的冤家对头官僚主义者德兹洛夫不仅没受到惩罚，还将要升任副部长。

德兹洛夫和一般反面人物不同，他和他代表的一伙人没有被写成恶棍，也不是明的或暗的阶级敌人，他们是共产党员，是真正的公民，是社会主义事业家。但他们就是不能容忍这个不随声附和的、有创造精神的洛巴特金，把他看成是散漫的理想主义者，把幻想当成现实、天生与集体作对的人，特别讨厌他整天嘟囔的"不单是为了面包"。德兹洛夫的靠山是一大批党的领导干部、院士、将军、专家和行政干部。他们无情地压制、打击、惩治像洛巴特金这样有才华而又不迎合他们口味的人。

《不是单靠面包》的结局类似《水泥》① （1925）中对巴钦的描写。读者最后可以看出巴钦是个阴险分子，是个假革命，但在作品中他没有受到揭露和惩罚。《水泥》的作者革拉特柯夫有远见，他憎恨巴钦这种人，但看清了这种人将长期存在，所以没有采取简单的办法处置，而让他留下来，以引起后人的警惕。果然，30 余年后，德兹洛夫这种人还是成批的。

西方称《不是单靠面包》是苏联揭露时弊文学的高峰，说它超出了反对"机构上有某些缺陷"的批判，委婉地对整个制度表示了怀疑。这是站在反社会主义立场的猜度和希望，赫鲁晓夫虽然批评了这个作品，也不过说它描写了苏维埃生活的阴暗面，"不健康、有倾向性、令人生厌"，而且

---

① 《水泥》（《Цемент》，又译《士敏土》）。

到1958年转而赞扬小说写得不错，还不无骄傲感地说"有些章节是我提供的"。作家帕乌斯托夫斯基（1892—1968）认为，小说的描写不但没有过分之处，而且意味着对德兹洛夫这类人，刚进行了第一个回合的斗争。他认为"文学应该同德兹洛夫们继续斗争，直到他们全部消灭为止，……这本书表达了我们大家对苏维埃人、对我们文化的道德面貌和道德的纯洁感到的忧虑"。

《不是单靠面包》的批判精神，在50年代后期以后的众多小说中得到广泛的发扬。文学冲破旧思想的束缚，造成一个新局面，单靠《解冻》一本书不行，还需要有力的后援，——《不是单靠面包》便是一个。这小说风格平淡而影响强烈，对促进一个新的文学思潮的形成，有不容忽视的意义。

第三章　50—60年代前半期的小说

50年代开始的社会生活的大变化，导致文艺在主题范围、作品题材、表现手法、形象塑造等方面都出现了新特点。在50—60年代的文艺发展中，小说占有重要地位。老一代小说家如爱伦堡、列昂诺夫、肖洛霍夫等的新作为这一时期小说的发展奠定了基础，同时涌现出一批有才华的青年作家，如奥维奇金、田德里亚科夫、贝科夫、巴克兰诺夫、邦达列夫、扎雷金、艾特玛托夫、阿斯塔菲耶夫等。

小说的主题方面，作家们特别对社会问题和道德心理问题加强了关注，对揭露性主题、对生活中的阴暗面发生了浓厚兴趣。揭示、分析生活中存在的问题，成为许多小说的基本内容。有人把这类小说称为"社会问题小说"。"文学积极干预生活"的口号产生了积极的影响。人道主义主题几乎遍及所有作家的创作。写人道主义，既可以从批判的角度揭露、批判反人道的现象，也可以从赞美的角度歌颂合乎人道的事物。

题材方面，此时最先引起注意的是短篇小说，特别是奥维奇金派那些特写式的短篇，还有阿斯塔菲耶夫等人的作品，继承了18、19世纪短篇小说的优秀传统，创造出新的境界。长篇小说，此时数量较少，但在反映生活的广度、深度方面逐渐显示出优势，如《俄罗斯森林》、《被开垦的处女地》（第二部）、《生者与死者》等。第三种体裁是系列短篇小说，不受长篇小说情节连贯性和结构严谨性的限制，篇篇联系，又联系不多，或者是没有联系的无数短篇的统一体，像《猎人日记》那样，能包罗众多人物、事件。

在表现手法和人物塑造方面也出现了许多新特点。首先，"写真实"已得到肯定，大多数作家坚持"写真实"的原则，对苏联社会的发展过程、先进与落后的斗争、人们的各种遭遇，都给予真实的描写。过去长期内，作品中自我牺牲的思想被理想化了。现在则真实地揭示出个人意愿与历史趋势之间相互关系的复杂性。其次，这一时期，作家不仅力求对复杂的现实生活作出真实的反映，还力求综合反映，因此有的小说既可列入这种题材，又可列入那种题材，主题也往往不是一个。其三，出现了新的公民概念。从前作品人物的公民性，主要指个人利益服从国家利益的能力，现在作家们乐于描写的是那种能创造性地思维的人。50年代以前的那些忠于革命但僵化教条的人，现在有的成为历史发展的绊脚石，变为官僚主义者。第四，性格刻画提到首位，事件描写退居二位。"无冲突论"与无个性描写是孪生姊妹。生活中人物的真实性格是复杂的，要真实地反映生活，塑造生动的形象，势必重视性格的刻画，而事件描写自然后退。描写中突出性格刻画，主要表现在心理描写加深，写出人物的复杂心理冲突。这是托尔斯泰传统的继承。第五，接受了浪漫主义和现代主义流派的某些手法，兴起一种"自白性小说"，以描写城市"现代精神文明"为内容，以表现社会上部分青少年对社会现实不满的思想情绪，来表达对现实、对社会和人生的看法；主人公是城市青少年和小知识分子，他们内心世界空虚，精神生活奇形怪状，生活方式落拓不羁。这类作者被称为第四代作家，多数生于第二次世界大战前，经历过战时和战后的艰难岁月，没有进大学的机会。阿克肖诺夫、马克西莫夫、列克姆丘克都是，以 B. 阿克肖诺夫最有才华，他的《带星星的火车票》是苏联小说中最早显示了"意识流"倾向的作品。有的作家受了海明威风格的影响，如肖洛霍夫、贝科夫等。

从这一时期起，小说的风格改变了过去没有主观色彩、风格雷同的倾向，克服了没有真话的弊病，突出了讽刺、政论、抒情的特点。

在文学史整体内对各种体裁、思潮、流派、风格进行分类研究，在各种体裁和流派内部又按不同类型进行研究，是"类型学研究"方法。第三章中讲"小说"这种体裁，又把小说分成短篇和长篇两个类型，即属此方法。在这一研究中，又注意把文艺放在整个社会文化体系中，放在整个社会精神文明之中来对它进行考察，以把握其功能和规律，这是"系统分析"方法。前者是传统方法，后者方法较新。其实系统分析的多层次——人物性格、艺术主题、作品激情、具体描写、语言体系、作品结构——显然过去也不是毫无注意，只是没有明确强调其系统性罢了。

一 短篇小说的发展

　　50、60年代短篇小说的发展呈现两个明显的阶段。1952—1956年是崛起阶段，50年代末至60年代末是繁荣阶段。

　　崛起阶段。战后到50年代初，短篇小说处于相对低落的时期，偶尔出现的具有新意的作品，如 C. 安东诺夫（1915—1995）的《雨》（1951），没有对文学发展产生明显影响。引起短篇小说整个趋势变化、对短篇小说发展有决定意义的，是1952年奥维奇金发表的《区里的日常生活》。这是短篇发展中出现转折的标志。特瓦尔多夫斯基说，这篇小说问世以来，"无论就读者的反映或评论文章之多来说，没有任何大作品可与之相比"。由奥维奇金开始，特罗耶波里斯基、田德里亚科夫、卡里宁、多罗什、扎雷金、索洛乌欣，接连发表了许多短篇小说，形成一个潮流，短篇小说发展进入了一个新阶段。这个发展的客观条件就是前面说过的社会政治生活的变化和文艺思潮的出现。

　　1952—1956年称为短篇小说发展的"特写时期"，时间不长，却有承前启后作用，是短篇发展的重要环节。

　　这个时期的特写式短篇小说代表作除奥维奇金和田德里亚利科夫的作品，还有特罗耶波里斯基（Г. Н. Троепольский，1905—1995）的《一个农艺师的札记》（Из записок агронома，1953—1954，共7篇），多罗什（Е. Я. Дорош，1908—1972）的《农村日记》（《Деревенский дневник》，第一部，1953—1954）等，索洛乌欣（В. А. Солоухин，1924—1997）的《弗拉基米尔乡间公路》（Влодимирские проселки，1957）、《金窖》（1956）等，扎雷金的《今年的春天》（1955）、《红色的三叶草》（1955）等。

　　这些作品的注意力集中在农村的根本问题——农业生产发展缓慢的问

题，党的领导作用问题，以及经济政策、干部制度、经营管理、人的思想意识等问题。在探究这些问题时，多数作品特别揭露了农村干部的官僚主义。这些作品以富有批判精神获得了广泛的社会声誉。另一方面，这些作品也描写了农村生活的积极因素，如勇于创新的生产者、群众要求改变现状的呼声。因此评论界肯定了这样的作品，说它们是"批判的激情与肯定的激情紧密结合"的佳作。特别是这些小说多以先进战胜落后的喜剧结束，官僚主义者被撤职、被降职或落选，甚至受到法律制裁，而先进人物则多被提拔。这样的结局反映了群众的愿望，有大快人心的艺术效果，但就其处理的方法说，未免简单化。这种结局成为一种公式，流行于当时，"几乎占垄断地位"，其重要原因是"作家害怕作品没有幸运的结局就不能出版，所以往往走上妥协的道路"[1]。

这类小说有时称为"特写"，有时称为"短篇小说"，因为它们兼有二者的性质。特写要求绝对忠于事实，不容虚构，而这些小说与一般特写不同，它一方面有真实而具体的内容，另一方面又不是真人真事的报道，而是概括了生活的真实，作品中的人物多是有典型性格的，如包尔卓夫和马尔登诺夫就是党的领导干部的两种典型。所以把这类作品称为"特写式短篇小说"。

特写式短篇小说的最大成就表现在创作思想上有重大突破，这就是把文学引向积极干预生活、大胆揭露社会矛盾的道路，它的批判倾向经过磨难终于在苏联文学中站稳了脚跟，成为社会主义现实主义的一个方面。这个倾向很快超出了短篇小说的范围。

在艺术手法方面，这类作品的贡献是在短篇小说中引进了戏剧成分。传统的写法，一般是作者或叙述人讲述某一件事。奥维奇金等作家的作品往往放弃由叙述者的依次讲述这种结构方式，而是由几个关键性的生活场面构成全篇；其次，人物对话占很大比重，人物性格，情节冲突，主要在对话中展开，常常出现激烈争论的场面；最后，作者不向读者发表评论。而让人物在读者面前表演。这种戏剧化的结构和表现手法影响了以后的短篇小说家，突出的是舒克申（В. М. Шукшин，1929—1974），他的不少短

---

[1] 爱伦堡：《必要的解释》，北京大学俄语系编译，北京大学出版社，1982，第122页。

篇是镜头式结构，性格冲突通过人物的对话和活动展开，作者的叙述也常取小说主人公的角度。

戏剧化的手法使作品增强了直观性和客观性。戏剧化倾向表现出短篇小说发展的趋势，在形式上也打破了传统规范，走向开放和自由。戏剧成分引进短篇小说，不能说是奥维奇金派的发明，但他们使这一手法得到了发展、推广。在"崛起阶段"的这类特写式短篇小说，虽然在创作思想和艺术形式上都有突破，和后来的小说相比，它的艺术成就不算高，而是思想价值和社会价值大于文学价值。

繁荣阶段。《一个人的命运》（1957）的发表是短篇开始进入繁荣阶段的标志。

在社会和文化产生急剧变化的时代，短篇形式易于发达、繁荣，因为它着眼于单一的、有限的主题和环境，在新的社会、文化倾向刚刚显露尚未固定的变革时期，这种形式是最合适的体裁。当时批评斯大林的错误的运动给生活带来某些变化和灵活性，政府允许对一些历史问题和社会问题重新评价，但仍有比较严格的控制。在这种情势下，短篇小说是一种特别恰当的文学表达形式。它可以集中描写复杂多变的具体环境中的个别情节，而不必提解决问题的方法。这样，它可不直接触犯什么戒律。

"解冻"开始后的短篇小说作品，表现了两种倾向的结合：一是斯大林时代留下来的，一是对20年代创作态度的复活和发展。斯大林时期正确的方针政策仍在起作用，苏联文学仍然坚持社会主义方向，没有因受西方影响而失去独立性。可是允许写反面的东西了，不限定必须写集体、必须写正面事物了。20年代的短篇小说生动活泼，形式多样，主题广泛，观点、情节、人物典型都反映着社会的动荡。如皮利尼亚克（Б. А. Пильняк，1894—1941）、巴别尔（И. Э. Бабель，1894—1941）、Е. 扎米亚京（1884—1937）、М. 左琴科（1895—1958）等作家的作品。皮利尼亚克是被镇压的，后来得到平反。他的创作体裁多样，有带自然主义倾向的散文，有利用文献和统计材料写的新闻报道，对现代特写体裁的形成有贡献。巴别尔善作短篇，文笔精练，有出色的描写技巧和别具一格的创作构思，对苏联文学风格的形成起了作用。他也是受迫害，死后才平反的。扎米亚京和左琴科专门描写不合理现象和人类的愚蠢，突出嘲讽那些人们习焉不察的形形色色的市侩心理、庸俗习气和官僚作风。20年代短篇中的叙述者的独特个性、主观自我的充分表现，抒情、嘲讽和不取道德说教的种种特征，在短篇小说的繁荣时期都复活了。

在重新评价历史的气氛中，文学必然也要从新的角度对历史和文学的使命重新认识。从新的角度认识战争，文学中就出现了写战壕真实的作品，出现了以纪实方法反映战争灾难、描写战争中普通人的命运的作品。表现战争的悲剧性，表现战争与人性的冲突，成为50年代末到60年代战争文学的新特征。开短篇小说繁荣之端的《一个人的命运》写的就是战争的残酷真相和普通人在战争中的悲剧命运，为文学描写战争提供了新的视点、新的途径，为写战争的新一代作家树立了绝好的典范。此后，用人道主义重新评价历史的作品源源流出。

这一阶段中，短篇以社会道德问题小说最突出，作品以人物之间的道德冲突为主要内容，歌颂善良、同情心、真诚无私等美德，谴责人性的丧失和道德的堕落。沃罗宁、舒克申、阿斯塔菲耶夫等人的作品有不少是属于这一类的。舒克申的《慈母心》（1969）、沃罗宁的《夜间的恐惧》（1963）、特罗耶波里斯基的《河岸上的田庄》（1963）等，都是从道德视角揭发官僚主义的典型作品。

与人道主义思潮和道德主题相关，短篇小说发生了重大变化：从揭露社会政治和生活中的弊端，转向探索个人命运、个性和人的内心世界。反映现实的这种角度的转变，成为50年代以来苏联文学的显著特点。这一变化为文学反映现实开辟了新途径，也是短篇小说繁荣的原因。

50、60年代，"抒情浪潮"在苏联文学中兴起，造成这"浪潮"的文学形式中也包括短篇小说。短篇小说从以写农村题材为主的奥维奇金的创作开始，便露出了这种势头。这一派的主要成员多罗什、索洛乌欣的作品就具有客观的特写风格和主观的抒情风格相结合的特点（如《农村日记》和《弗拉基米尔乡间公路》）。战争题材作品，抒情风格也由短篇开始，《一个人的命运》为其标志。纪实性小说中，女诗人别尔格丽茨的自传回忆性系列短篇《白天的星星》（《Дневные звезды》，1959），首先以抒情风格引起普遍注意，引起关于主观抒情风格的热烈讨论。

从短篇小说的戏剧化和抒情性的增强，表现出短篇小说打破了传统的格式。传统的短篇小说是篇幅短小、内容紧缩、视线集中、以写个别事件和生活中的一个片段为特点，人物不多，线索单一。50年代末兴起的命运短篇打破了这一概念，不再是写局部或个别事件，而往往是写人的一生经历，反映相当的社会历史时期，篇幅也不太短小，竟有达数万字之长的，接近中篇了。

二　长篇小说的状况

20年代末到30年代，战后到50年代初，在这两段历史时期中，长篇小说创作是繁荣的，可以说占统治地位，出了一批各具特色的名著。20—30年代出了《恰巴耶夫》（1923）、《铁流》（1924）、《水泥》（1925）、《毁灭》（1927）、《克里姆·萨姆金的一生》（1936）、《静静的顿河》（1928—1940）、《苦难的历程》（1921—1941）、《钢铁是怎样炼成的》（1934）《彼得一世》（1930—1934）、《被开垦的处女地》（第一部，1932）等等。20年代的作品，多表现革命事件的群众性和豪迈气魄，较少注意人物形象的个性化，这是由于环境因素的影响，那时社会的特点是延续着轰轰烈烈的革命运动，最突出的代表当然是《铁流》。其次，作品多取材于亲身经历或目睹的真人真事，如《恰巴耶夫》。这是因为作者首先是革命实践者。30年代的作品，则以高度的艺术概括和生动描写为主，描绘出历史性变革的画面，宏伟壮观，俨然史诗，人物性格鲜明，如《静静的顿河》《苦难的历程》。这时是新型现实主义——社会主义现实主义形成和开始发展的时期。40年代到50年代初也还出了一批艺术水平较高的长篇，如《早年的欢乐》和《不平凡的夏天》（1945—1948）、《暴风雨》（1947）、《青年近卫军》（1947，1951）。然而就多数长篇说，越来越缺乏创新了。从40年代下半期，长篇在"无冲突论"的影响下，逐渐雷同化、表面化、城市化，它们以事件为主，较少注意性格刻画，事件顺利，收场圆满，有意回避生活的矛盾和困难。有些主人公高大完善而缺乏个性。叙述风格俗浅，缺乏艺术含蓄。这些是战后初期多数小说的通病。可悲的是这类小说竟有不少获得了斯大林奖金，像巴巴耶夫斯基的《金星英雄》（1948）和《光明普照大地》（1950），尼古拉耶娃的《收获》（1950）、布宾诺夫的《白桦》（1947，1952）等。这样，更助长了长篇小说的雷同化、表面化倾向，促使长篇小说表现手法单调划一，没有艺术上的进取精神。有人还想为这类作品辩护，说这些作品的思想内容"难以说不正确"。那么正确在什么地方呢？盲目地歌功颂德，掩饰生活中的矛盾和困难，墨守成规，不求进取，这类作品的思想无疑只能妨碍社会进步，如何谈得上"正确"？

50年代初期以后，民主空气逐渐浓厚，思想迅速解放，文学开始活跃，但长篇小说一时失去了垄断地位，因为短篇已崛起，显著地占了优势。短篇繁荣的原因正好不利于长篇的多产，长篇不能像短篇那样能迅速适应社会、政治、思想的剧变，只有少数才能非凡的作家写出了为数不多的长篇佳作，这就是《俄罗斯森林》、《不是单靠面包》、《被开垦的处女地》（第二部）、《人血不是水》、《生者与死者》以及《解冻》。好的长篇数量不多，但在反映社会生活的广度和深度上有所发展，在人物塑造和技巧方面有所突破，既不同于20、30年代的长篇多以亲身经历和真人真事为基础，也不像战后初期那种缺乏真实性的只有光明的千人一面的事件小说。这时期的重要长篇作品，都把描写人物及人物性格提到首位，事件只是一种情节线索和显示人物性格的背景，着重揭示人物的道德内涵和人性美。肖洛霍夫的《被开垦的处女地》第一部和第二部写于不同时期，两相比较，似出两个作者之手。第一部写于1932年，着力表现的是一个个迅速发展的事件，对人物性格的描写，采用粗线条素描笔法。发表于1959年的第二部，则正相反，事件退居次要地位，人物的复杂个性特征升到主要地位。两部书的重大区别代表了长篇小说发展上体裁特征的变化。50年代中期以前，小说中的事件导致人的变化，写人物是为表现事件的社会意义。50年代中期以后到60年代，长篇中的事件仍是人变化的根据，但人被突出了，人物的性格、人物道德精神的复杂性被突出了。因此，小说的思想深度和艺术感染力得到增强。

50年代到60年代，一种被称为"系列中、短篇型的长篇小说"得到了复兴。这种小说介于中、短篇和长篇之间，又兼有三者的性质。全书不一定有一贯的情节和中心人物，而由许多联系不多甚至完全独立的中、短篇构成，却又是一个艺术统一体。这种形式是古已有之的，像《一千零一夜》《十日谈》《从彼得堡到莫斯科的旅行记》《死魂灵》等都是。这种小说的特点是：灵活、自由，不像中、短篇受篇幅的限制，而能包罗众多的人物和事件，广泛地反映世态风情，又不必像长篇那样必须顾及人物和情节有个中心，必须顾及结构严整。潘诺娃的《一年四季》和《感伤的罗曼史》，索洛乌欣的《一滴露水》(《Капля росы》，1960)，冈察尔(Олесь Гончар，1918-1995，乌克兰作家)的《小铃铛》(《Тронка》，1963；1964年获列宁奖金)，都是这种形式的代表作，其中以《小铃铛》最典型。《小铃铛》表面描述一个飞行员探亲休假的经历，他由部队回到家乡——乌克兰大草原，一路的见闻构成小说的内容。但飞行员并不是小说的主人公，作者不是要塑造一个飞行员的形象。飞行员只起叙述者的作用，叙述他在旅途中的见闻和感受，引出十来个故事，有草原牧民的今昔，刚拆除的火箭实验场，新开凿的运河流水，思想僵化、丑态百出的退休老干部，远洋轮船的出海，青年男女的幸福追求等。这些故事长短不一，或短篇或中篇，各自独立完整，又都因飞行员连接在一起，使全书成为一幅50年代末60年代初乌克兰草原上社会、政治、经济、人的道德、心理以及乡土风习等多方面复杂变化的图景。

三 《伊凡·杰尼索维奇的一天》

以揭露个人崇拜为主题的作品很多，著名的有《人·岁月·生活》、《这样生活才有意义》(《Иначе жизнь не стая》)、《在额尔齐斯河上》、《生者与死者》、《走向雷电》(《Иду на грозу》)，苏联人认为最有名的三篇是《伊凡·杰尼索维奇的一天》《斯大林的继承者》《焦尔金游地府》。

揭露斯大林领导时期的弊病的文学，至《伊凡·杰尼索维奇的一天》(以下简称《一天》)的发表，达到了顶点。1962年11月《新世界》发表了《一天》，立刻轰动苏联，苏共中央政治局讨论小说出版问题时，参加成员沉默不语，赫鲁晓夫用一句谚语作了结论："沉默就是同意。"

《一天》的素材在苏联文学中是非同寻常的，写的是一个普通农民在苏联集中营的生活。作者在小说中只选择了集中营生活中从起床到熄灯的最普通的一天。主人公伊凡·杰尼索维奇·舒霍夫是个诚实、勤劳的农民。他参加了卫国战争，一次战役中他的部队被敌人包围，弹尽粮绝，舒霍夫做了俘虏，两天后他逃出来，回到苏军阵地。一回来便被自己人逮捕，他被怀疑是德国人派回来的。善良的同志们劝他主动承认，至多坐几年牢。大家都知道，如果不按检察官的意图在口供上签字，只有死路一条，签了字也许还能保存生命，所以他没有争辩，顺从地承认了，被判10年徒刑。他听天由命，只希望能活下来。为生存而斗争，是小说的主题。

小说虽然只写了一天的日常生活，却反映了主人公10年苦役的真相，反映了苏联集中营的生活。除了舒霍夫，小说还描写了一群有个性的人物，各种各样的"犯人"，还有"管理"集中营的各类人物。早晨5点，起床钟（一段钢轨）一响，"犯人"如果谁没有及时跳出床铺，即罚禁闭3天。起床后的第一件事是在食堂里吃早饭，吃的是菜汤，汤里有点胡萝卜或黑菜，或是切碎的荨麻、小烂鱼之类。然后是列队点名，犯人们站在刺骨的严寒中，常是零下30多度，但他们必须脱下衣服，接受搜身检查，再出发去劳动。看守们穿着皮大衣，带着警犬，监视着犯人队伍。"犯人"越出队列，就会遭到枪击。这里冰天雪地，渺无人烟。犯人们劳动一天后，喝口荨麻汤，又是点名、搜身，然后回到寒冷的工棚睡觉，个人把凡能找到的东西都堆到身上，以免冻僵。这个集中营共有囚犯240名。

集中营里有各种各样身份的人。有个海军中校，卫国战争中和盟国的英国海军来往过，接受了人家一点礼物，被怀疑里通外国，也关进了这个集中营，他后悔莫及地叫苦：我干嘛收人家礼物呀[①]！

被描写的一天，各种活动结束后，舒霍夫觉得自己还是幸运的，没有生病，没有被关禁闭，还能喝上一碗汤，并且弄到一撮烟叶。小说结尾写道："简直是愉快的一天。在他服刑期间，从起床到熄灯，像这样的一天共有3053天，那多出的3天是因为逢到闰年。"

问题在于舒霍夫是冤枉的，还有不少别人也是冤枉的。老作家西蒙诺夫说："舒霍夫这个人是个好端端的善良的俄罗斯人，怎么会关进集中营3053天呢？这是怎么发生的？……是谁使这些苏联人——农民、建筑工人、劳动者、战士——离开自己的家庭、工作以至同法西斯的战争，置他

[①] 《伊凡·杰尼索维奇的一天》，斯人译，作家出版社，1963年，第125页。

们于法律和社会之外？"①

《一天》是根据作者的亲身经历和体验写成的，具有真实性，所以政治局默认了。

作者亚历山大·伊萨耶维奇·索尔仁尼琴（Алексадр Исаевич Солженицын，1918-2008）生于一个哥萨克知识分子家庭，由当中学教师的母亲养大。1941年毕业于罗斯托夫大学数理系，后在莫斯科大学函授部攻读文学。同年参加卫国战争，任炮兵上尉。战中两度受勋。1945年在随部队向德国挺进时突然被自己人逮捕，未经审讯即判8年徒刑。罪名是在一封信里谈了卫国战争中的军事失误，未指名地批评了斯大林。收信人也是军官，被判10年徒刑。索尔仁尼琴过了8年集中营生活，1953年2月刑满，又加了3年流放，被流放到哈萨克江布尔州。1956年苏共二十大后恢复名誉，当了中学教师。1962年发表《一天》的次年成为苏联作家协会会员。1964年被推作列宁奖金候选人，但未能入选。此后几年中他沉默无作。1967年第四次苏联作家代表大会后，他每况愈下，因为他在大会上散发了对苏联书刊检查制度的抗议书，抗议对作家的限制，赞扬文化自由。1969年末被开除苏联作协。1970年瑞典科学院因他的小说"在追求俄罗斯文学不可或缺的传统中所具有的道义力量"，授予他诺贝尔文学奖奖金。莫斯科称这一事件是"政治挑衅"，把索尔仁尼琴视作不同政见者的首领，于1974年2月把他驱逐出境，剥夺苏联公民权，开除国籍，用飞机遣送到德国慕尼黑。后来，苏联把他一家老小也送到国外。全家居住在美国佛蒙特。除《一天》外，索尔仁尼琴还写了些短篇，如《玛特辽娜的一家》（1963）等，还有60年代末的长篇小说《第一圈》、《癌病房》（1968），70年代又出了长篇小说《古拉格群岛》（1973—1976）。

西方大力赞誉索尔仁尼琴，首先出于政治原因，因为他是持不同政见者和被驱逐者。但在索尔仁尼琴和苏联对立之前，在《一天》刚发表时，苏共中央也高度评价《一天》。赫鲁晓夫说，这部作品是"真正从党的立场来阐明那些年代苏联真实情况的作品"。塔斯社评论中，说《一天》充

---

① 斯人译《一天》中的《附录》，康·西蒙诺夫评《一天》《为了未来而写过去》。

满艺术的力量。西蒙诺夫赞扬索尔仁尼琴是党对个人崇拜做斗争的助手……①

总之,《一天》被认为是"政治性和艺术性都很强的作品"(苏共中央书记伊利切夫)。但因为《一天》政治影响太大,好像打开了一道闸门,由此涌现出一批"集中营"文学,几乎也成了一个潮流,影响苏联的声誉,所以不久苏共中央说这类东西不能再写了。后来索尔仁尼琴和苏联对立,越走越远,终于被逐,他的作品也就不再受重视了。80 年代后半期,对待索尔仁尼琴的态度又有了改变,1987 年苏联宣布出版他的长篇小说《癌病房》。1988 年,苏联加快了对著名流亡作家重新评价的过程,如约瑟夫·布罗茨基、彼克特尔·涅克拉索夫、瓦西里·阿克肖诺夫等人的作品已在苏联有代表性的文艺杂志上介绍出来。索尔仁尼琴则于 1994 年回到俄国定居,直至 2008 年去世。

四 《在额尔齐斯河上》

《在额尔齐斯河上》(《На Иртыше》)是俄罗斯作家扎雷金的中篇小说。谢尔盖·帕夫洛维奇·扎雷金(Сергей Павлович Залыгин,1913—2000)生于乌拉尔地区巴什基尔自治共和国的一个村子里,职员家庭。1920 年随父母迁西伯利亚的巴尔纳乌尔市,在那里读了中学和农业学校,此后长期从事农业科技工作,参加过农业集体化运动。1939 年后任水利工程师。1948 年获技术科学副博士学位,成为副教授,领导鄂木斯克农学院水利土壤改良教研室的工作,又是苏联科学院西伯利亚分院水利科学研究员。

扎雷金 1929 年开始写作,1936 年才发表作品。1941 年出第一本《短篇小说集》。1947 年出版第二本短篇集《北方的故事》。50 年代初,在奥维奇金的影响下写了一部系列特写集《1954 年的春天》。1956 年访华,1958 年发表访华特写集。1961 年发表第一部长篇小说《阿尔泰山上的小路》,为写这小说,他放弃科研工作,此后成为专业作家。

---

① 《为了未来写过去》,见斯人译《一天》的《附录》。

他最重要的作品是《西伯利亚三部曲》，包括《在额尔齐斯河上》、《盐谷》（《Соленая падь》，1968，获苏联国家奖）和《委员会》（《Комиссия》，1975）。三部小说描绘了西伯利亚人民自十月革命到30年代农业集体化运动的历史。他的小说中逐步增强着哲理思辨性。他探求的重点是在"人民深层亘古以来治国才略的理想与本质"。三部作品没有统一的人物和连续的情节。

1973年的中篇小说《南美洲生活方式》（《Южно-американский вариант》，又译《南美变体》），表达了他对科技革命时代的家庭、婚姻、爱情问题的意见。80年代他发表了一系列短篇小说，题材不一，风格各异。扎雷金风格最突出的特点是理智往往超过感情，有人认为这是他创作上的特点。1985年他完成《风暴之后》，创作意图依然是透过历史总结人生与人类永恒的道德经验。他的作品中贯彻始终的历史主义、广阔深邃的哲理思辨、对时代气息的准确把握，以及对人物性格的敏锐观察，使他拥有众多的读者。

扎雷金不仅是出色的小说家，还是著名政论家和文艺学家。

发表于1964年的《在额尔齐斯河上》蕴涵有广泛的社会内容，触及当代许多重要问题。它不仅有揭露个人崇拜的思想内容，又是农村题材的代表作品之一，反映了当代农村的迫切问题和现实的需要，同时探索了道德问题。

《在额尔齐斯河上》所写主题是30年代初的集体农庄建设，和以前同类作品不同，它第一次把中农在集体农庄中的遭遇作为艺术探索的对象。作者感兴趣的，已不是克服依恋个体经济的过程，而是农民的精神世界——他们热爱劳动，理智健全，有自尊心和正义感。

主人公斯杰潘·察乌佐夫，中农，其性格特点是耿直，有同情心，有社会积极性。因此他人缘好，很受群众尊敬。国内战争时，他自愿参加了反白匪的斗争；集体化时，他积极参加集体农庄，对集体农庄事业有主人翁感情。这些新的优点是在建立苏维埃政权的斗争中、在同白匪的战斗中产生和形成的。新的优点与他素有的优点融合在一起，就产生了人类天性的一种特殊的、非常宝贵的品质。一个富农分子放火烧了农庄一座房子，逃跑了，留下自己一家老小不管了。察乌佐夫将他们收养起来，他认为犯罪者是富农分子一人,他的老婆孩子无罪。这表现了他的人道的品质。上级收粮,要把粮种也收走,察乌佐夫拒绝把粮食一粒不留地全交给国家。他这样做,不是对集体农庄不忠,不是觉悟不高,而是出于对真实情况和实际困难的合理估计,他选择的是理智的道路:粮种没有了,明年种什么?吃什么?"我不能让孩子们挨饿。"农庄领导说他是怪人,怕他影响别人,便设计惩治他,把他的中农升为富农,剥夺了他的一切,赶出农庄。

收公粮,不顾农民有吃的没吃的,牵涉到政策问题,干部的道德品质问题。基层领导为显示自己的成绩,虚报产量,把农民的口粮甚至种粮也要收去,农民挨饿,积极性何来?生产如何能发展?作者把这种侵犯农民利益、造成危害的事件和斯大林的政策及其粗暴、专断的作风连结起来。

故事中对待劳动者的态度的粗暴、残酷,应直接承担责任的是贫协主席柯里亚金。此人的经历和性格某些方面像纳古尔诺夫。柯里亚金也参加过游击队,也跟高尔察克打过仗,战后拉着老婆去宣传反对上帝,反对富农,反对神父。他铁硬死板,狭隘教条,刚愎自用,对上级指示一味盲从。他把正直的中农劳动者察乌佐夫定成"个人主义和私有制的代表",丝毫不怀疑自己有什么不公正。他不考虑人的命运,他的随意决定就是你的命运了。在这一点上纳古尔诺夫与他迥然不同。纳古尔诺夫虽然糊里糊涂,但真诚、正直、信赖别人。

1964年,该小说被授予列宁奖金,评价很高。评论家库兹涅佐夫说:这部小说揭示了道德败坏的根子——个人崇拜。当时评论界还存有异议,有人认为它夸大了个人迷信的影响。

五 开创文学新阶段的里程碑
《一个人的命运》

《一个人的命运》(《Судьба человека》,也译作《一个人的遭遇》)是俄罗斯老作家米哈伊尔·亚历山大罗维奇·肖洛霍夫(Михаил Александрович Шолохов,1905—1984)的重要作品。肖洛霍夫是苏共党员,早于1939年就是苏联科学院院士。1967年获得社会主义劳动英雄称号。从1961年起被选为历届苏共中央委员。出身职员家庭,中学肄业,参加过国内战争。1923年在地方小报发表作品，随后写了一系列短篇小说，反映国内战争时期人们的斗争和生活。这些小说收入1926年出版的短篇集《顿河的故事》和《浅蓝色的原野》中。他于1925年开始创作长篇小说《静静的顿河》（共四册，分别在1928、1929、1933、1940年出版。）他的另一部巨著《被开垦的处女地》（《Поднятая целина》，又译《新垦地》），第一部于1932年发表，第二部于1959年出版。卫国战争期间，他以上校军衔在前线任军事记者，写有短篇小说《仇恨的科学》（《Науки ненависти》，1942）和长篇小说《他们为祖国而战》（《Они сражались за Родину》，1969）。1956年除夕到1957年元旦发表了《一个人的命运》。1965年作者获诺贝尔文学奖。

《一个人的命运》的问世是50年代苏联文学和苏联人民生活中的重大事件。小说在《真理报》连载后，接着在中央广播电台播发，立刻强烈震动了整个苏联，几乎家家收听，人人落泪，许多人致函报社，询问作家小说中的主人公索科洛夫目前怎么样。小说的汉语译者也曾一边译一边流泪。大学文学史课堂上，先生讲着索科洛夫的遭遇，竟也止不住泪水，哽咽难语。在美洲的海明威看到小说，立刻致电肖洛霍夫表示祝贺。一位巴西作家读了《一个人的命运》，致函苏联对索科洛夫表示由衷的崇敬和感戴。苏联评论界几乎一致赞扬。小说所受的评价之高、赞美之多，在苏联当代找不出第二个作品可以相比。这种反响说明小说的产生绝非偶然，必有其背景，又有其经得起推敲的成就。

先看看小说产生的背景。

卫国战争是苏联人民历史上少有的重大事件，深刻地影响了人们的思想、道德、情操和心理。全国人民都投入反法西斯的斗争，作家也有1000多名奔赴前线，其中，275人为国捐躯，18人获苏联英雄称号。肖洛霍夫加入抗敌斗争行列，并多次受勋、受奖，获一级卫国勋章，镰刀和锤子奖章，多枚列宁勋章，特别是获得作家们罕见的荣誉——国防部奖他一柄佩剑，这是只有元帅才有可能享受的荣誉。

关于卫国战争的题材，作家们凡是有公民责任感的，凡是感到自己的历史使命的，凡是有和祖国共存亡的崇高感情的，凡是有怀念战友的良心和关注人民命运的，都不能在这个题材面前沉默。其次，苏联文学有描写革命战争的传统，积累了丰富的经验。《铁流》《恰巴耶夫》《静静的顿河》《苦难的历程》，这些描写战争的文学作品都成了苏联文学的宝贵财富。在50年代新的条件下，战争文学必然有新的发展，反映出新思潮，写出新人物。同时，苏共领导和文艺界非常重视战争题材，鼓励写这个题材，并且提出新问题。1955年苏共中央开会讨论到战争文学，提出：我们反映卫国战争初期的作品，常常是理想化的，实际上敌人在坦克的优势中进犯，我军遭到不利，遭到了撤退的痛苦；浮浅地、理想地描写战争，就是歪曲历史。

在这种背景上，文艺思想活跃，肖洛霍夫发表了他的《一个人的命运》，以自己的作品冲进当时文坛理论争论的阵地，使"理想人物"和"写真实"的争论立见分晓，他写的战争的真实和创造的普通人典型立刻使绝大多数人折服，使战争文学看到一面向新的道路前进的引路大旗。

说《一个人的命运》的产生不是偶然的，还有小说的构思过程可以说明。从肖洛霍夫偶然认识主人公索科洛夫的原型算起，到小说写成，足有10年之久。一个不到3万字的短篇思索这么长时间，可谓深思熟虑了。他思索什么呢？他思索的中心问题是小说标题点明的"人的命运"。小说译为"遭遇"是就小说的故事内容而论，本意的"命运"才体现小说的中心。单是思索这个问题，以肖洛霍夫的才能，也许不需要这么多的时间，他是一个非同凡响的作家，是苏联文学界散文之魁。他的巨著《静静的顿河》创造了庞大完整的艺术形象体系，反映了无产阶级革命取得胜利的客观发展过程，并独具胆量地描写了苏维埃政策的偏激，布尔什维克对哥萨克中农的过火行为；他的《被开垦的处女地》第一部，真实地反映了苏联实现农业集体化的过程，反映了新旧势力的殊死搏斗，塑造了一批有鲜明性格的典型形象，特别在当时人们对集体化的一片赞扬声中，作家又一次提出布尔什维克的左倾错误。他的胆敢一再地暴露布尔什维克的政策过失，给自己招来许多批评、攻击，然而作品的艺术力量不断加强他在文学界的地位，而且随着时间的推移，他的作品的影响越来越大。但是批评、攻击、行政的、舆论的压力，毕竟给作家的心灵上投下了阴影。在构思《一个人的命运》的日子里，他迟迟不愿动笔，政治的原因怕是主要的。40年代末到50年代初是只能写光明的时候，写创伤是不能想象的，写了难以发表，即使发表了，首先得到的必是批判，而《一个人的命运》正是写创伤的，只有到 50 年代中期以后，新气候出现，人们开始敢说敢听了，肖洛霍夫思索的问题也成熟了，这才一挥而就。

肖洛霍夫是一个有独特艺术风格的作家。一些评论家称他是史诗作家，因为他善于在广阔的历史背景下反映社会变革当中的整个人民生活的巨大变化。有一些评论家称他是悲剧作家，因为他善于描写在历史急剧转折时刻的悲剧性冲突。同时，他不乏幽默的才能。这些特点都在《一个人的命运》中得到了高度的发挥。《一个人的命运》被认为是长篇史诗式的短篇，而小说主人公的命运中又含有浓烈的、撼动人心的悲剧性。小说中史诗因素和悲剧因素融为了一体。

《一个人的命运》对苏联文学的发展"具有原则意义"的贡献是，在典型塑造上，在战争题材作品上，开创了一个新阶段。在 50—60 年代文学的人道主义潮流中，它是一个里程碑。在批评"完美无缺"的"理想人物"之后，开拓出一个塑造普通人形象天地的，正是《一个人的命运》。在小说中，肖洛霍夫在描写战争和人的关系时，把普通人的遭遇放到艺术描绘的中心，集中揭示普通人的崇高灵魂和丰富的人性；真实地描写出战争的惨祸给人造成的重大牺牲和心灵的创伤，对人投以人道主义的关注；同时，表现出普通人在反侵略战争中、在和命运的斗争中对未来的信心，对祖国、同胞充满的爱以及在斗争中的力量。《一个人的命运》之后，许多作家都这样地来描写战争，描写普通人的生活和命运，从而形成战争题材小说的"新浪潮"。《布列斯特要塞》（1957）、《这儿的黎明静悄悄》（1969）是这浪潮中引人注目的浪头。而且这浪潮不限于战争题材，也不限于小说，它影响了几乎所有的文学体裁，都涌向这个新倾向。剧本《伊尔库茨克的故事》、长诗《严肃的爱情》、电影剧本《鲁缅采夫案件》，都是各个领域中新倾向的代表作品。

一般说，塑造出成功的形象，是一个作品获得公认的依凭。《一个人的命运》成功地塑造了安德烈·索科洛夫这个普通劳动者的形象。这个普通士兵的遭遇是艺术家集中研究、精雕细刻的对象。他对索科洛夫性格的塑造，被认为是"艺术上的一大建树"。小说以索科洛夫这个历尽艰辛的普通士兵对自己的一生所作的质朴无华的叙述，构成一个颂扬俄罗斯人英雄气概的极其感人的故事。这种颂扬与以往的颂扬不同，它既表现了人的勇敢、坚强，还表现了富有惊人的精神力量的哀伤。作家在这个形象上表达的关于战争和人的关系的哲理构思，既真实又深刻。

索科洛夫原是个普通工人，参加卫国战争后是个普通士兵。他在战争中的不幸遭遇，对他个人说是异乎寻常的，就全体苏联人说，又是普通的，因为所有苏联人都程度不同地经历了他的不幸。他普通，却极坚强，是在苦难中始终屹立的形象，是一个民族的代表形象。他的遭遇是一个民族遭遇的艺术缩影。

索科洛夫的遭遇，概括地说是八个字："受尽苦难，家破人亡"。战前，他有一个美满的家庭，有一个贤惠的妻子，妻子虽无惊人的美貌，但那美好的性格和品质是万里难挑一个的，她"快活，又温柔，又聪明，又体贴"。他们生了一个儿子两个姑娘，有吃有穿有住，心满意足。德国法西斯突然进攻苏联，战争爆发，索科洛夫响应祖国号召，参军到了前线。战争开始不久，他被俘，在德国集中营里受了4年非人的折磨，逃了出来，仍然留在苏联军队，直到战争胜利结束，复员返乡。说他返乡，不说他回家，因为他已经没家了！他的妻子、女儿连同房子早被德国炮弹炸得无影无踪。他的儿子是红军炮兵连长，正在胜利的那一天——1945年5月9日，牺牲在前线。一家五口剩了他孑然一身。他天天思念亲人，夜夜伤心流泪。偶然的机会，他在街上碰到一个因战争的破坏无家可归的孤儿——万卡，当了自己的儿子昼夜带在身边。两代无家可归的人的结合，加重了故事的悲剧气氛。但因此有人指责小说宣扬"战争恐怖"。这种指责有道理吗？一点也没有！索科洛夫的遭遇是战争的必然结果，反映了战争的残酷，但与恐怖无关。有位论者说得好，"恐怖"是人对战争的主观反应，而"残酷"是战争对人的客观影响，不是一个概念。索科洛夫称得上是无私无畏的战士形象，没有任何恐怖的表现。他撇下爱妻幼女赴前线时，是坚定的，义无反顾。打仗不到一年，受伤两次。他是司机，任务是往前线送炮弹。敌人火力封锁很严。汽车连长问他："窜得过去吗，索科洛夫？"索科洛夫感到，这个时候还有什么好问的，同志们正在前线牺牲，我能坐在这里喘气吗？于是回答说："您这是什么话？我应该窜过去，我窜过去就是了！"他开足马力，一辈子没开过这么快，可是你知道，车上装的不是土豆，而是炮弹、需要小心，不过话说回来，伙伴正在前沿急等弹药，而且一路上枪弹横飞，哪里还顾得上小心！他的车被炸翻了，他受了重伤晕死过去。这有恐怖心理吗？

他晕倒期间，红军放弃阵地撤走了，他落入德寇战线之中。他醒来时，一群德国兵正走过来。以下几个情节，则不但表现了他的无畏，还表现了高度的爱国主义，一个典型的普通的俄罗斯爱国者的形象节节矗立起来。他看着走近的德国兵想：我的死期来到了，我得坐起来，我不愿躺着死。然后他又站了起来。一个德国兵从肩上卸下自动步枪。索科洛夫感到人是很有趣的，此时此刻，他既没有任何慌张，心里也没有胆怯，只是看着那个德国兵想道："现在他就要给我来个短程射弹，可是要打在哪儿呢？是脑袋还是胸膛？"打在什么地方，对他似乎不是无所谓的。面对死亡，这样的从容不迫，这样的坦然，这样的带有一种幽默的无畏精神，和"宣扬恐怖"挨得上边儿吗？

他的从容、幽默决不是玩世不恭，而是为国捐躯死而无憾的精神。不仅如此，他对敌人是绝对的蔑视。德国兵要他把靴子脱下来，他不慌不忙脱掉了，而且连包脚布也解下来扔给德国兵，这使德国兵似乎感到了羞辱，像狼一样的看着他。

索科洛夫反法西斯的意志，始终如一。他对祖国的忠贞，在任何情况下都没动摇过。但他表现的形式不是慷慨激昂的，只是普通人的朴素的民族尊严感的维护。他没有和德国人拼命，就惹得有人指责他是活命哲学，是叛徒。

俘虏是失去抵抗力、为敌人所获、被迫接受不自由的生活甚至虐待，也是为国家作出的一种牺牲。叛徒是主动投靠敌人，或被俘后自首，卖国求生，卖友求荣，是国家的罪人。这是两种概念，怎么能随便在二者之间划等号呢？索科洛夫不仅不是叛徒，正是他惩罚了叛徒。在俘虏被关押的破教堂里，他发现一个红军战士为保全自己准备出卖红军军官和共产党员，索科洛夫为了同志的安全，满腔义愤，把叛徒掐死了。

被俘之后，他一直寻找机会逃跑。第一次失败了。第二次跑了20公里被抓回，军犬咬得他全身血肉模糊。最后一次成功了，还带回一个俘虏——一个德军少校工程师。红军首长热烈欢迎他，说他带回的少校和少校的提包比20个"舌头"更宝贵。在过了几年挨打受骂的非人的生活之后,听到自己人的这样温暖的话,他十分激动,要求把自己编进红军战斗部队。结果由于他身体虚弱,把他先送进了医院。

咸肉和面包的情节,最充分地表现出索科洛夫的性格特点:不卑不亢,在关键问题上决不含糊;幽默,坚定,祖国第一,生命第二。

索科洛夫被迫为德国人劳动,心中怨恨,常说怪话。一次他说:"他们要我们采四方石子,其实我们每人坟上只要一方石子也足够了。"这话被人告发,德国警卫队长要枪毙他:"怎么样,俄国佬,你说采四方太多吗?"他回答说:"不错,警卫队长,太多。"(Так точно, герр комендант, много.)"你说做坟只要一方就够了吗?""不错,警卫队长,足够了,甚至还有剩余。"(Так точно, герр комендант, вполне хватит и даже останется.)

警卫队长要亲自枪毙他,为了开心,倒了一大杯白酒,拿了一小块面包,又放了一点咸肉,一面递给索科洛夫,一面说:"临死以前干一杯吧,俄国佬,为了德国军队的胜利。"索科洛夫刚接过酒杯和面包,听到最后这句话,像被火烧着一样,他想,"怎么,要我一个俄国士兵为德国军队的胜利干杯?你想得太过分了吧,警卫队长?反正我要死了,可你和你的酒给我滚蛋吧!"(Чтобы я, русский солдат, да стал пить за победу немецкого оружия?! А кое-чего ты не хочешь, герр комендант? Один черт мне умирать, так провались ты пропадом со своей водкой!)他把酒和面包放到桌子上说:我不会喝酒。德国队长明白他不愿为德国的胜利干杯,就让他为自己的死亡干杯。为自己的死亡干杯,这对他没有什么损失,他把酒喝了,但没吃完面包,虽然他饿得要命,只是为了"我有我俄罗斯人的尊严和骄傲,任他们费尽心机也不能把我变成牲口"。(У меня есть свое, русское достоинство и гордость и что в скотину они меня не превратили, как ни старались.)

这是一场特殊的战斗,一场精神战斗。索科洛夫在死亡的威胁下,坦荡,冷静,不失体面,一切都以维护自己的民族尊严、维护俄罗斯战士的荣誉为准则。他以不屈的正义感战胜了武装的敌人,使警卫队长不得不承认:"你是真正的俄国士兵。你是勇敢的士兵。……我尊敬可敬的敌人……"他没有枪毙索科洛夫。死亡又一次从他身边溜过。

索科洛夫是个普通人，又是英雄，是普通人的英雄形象。这是个新的文学典型，他有坚定的信仰，坚强有力，百折不挠。他在祖国遭到严峻考验的年代，个人承受了无法弥补的损失，却在内心里战胜了悲剧的个人命运，用生存去征服死亡。小说令人感奋的力量，这个形象令人同情和敬仰的原因，就在于此。

《一个人的命运》的成功，还在于小说的独特的艺术风格，这风格产生出莫大的艺术魅力。小说不仅为塑造具有对抗生活风暴的坚定性格开辟了道路，还赋予短篇小说这个体裁以新的职能，这个小说证明，短篇小说也可能阐明人的性格的根本特点，也可能以史诗的手法反映一般的战争。所谓独特风格即指其悲剧史诗风格。肖洛霍夫的作品，尾声都有淡淡的哀伤，唯《一个人的命运》哀伤更深沉，而且贯穿始终，成为小说风格上的突出特点，故有评论家称它是悲剧短篇小说。又因为它是压缩成短篇的史诗，所以又是悲剧史诗般的短篇小说。

因为它是压缩成的短篇，故有超短篇的思想容量，有对现实生活高度的概括，对人民思想感情的高度浓缩、提炼。要做到这一点需要高超的艺术技巧。乍一看这小说没什么技巧，但恰好在给人的这个印象中，说明小说的艺术达到了炉火纯青的程度。在这很有限的短篇中塑造了一个有完整性格的普通人典型，反映了一场世界战争的灾祸和人民远远没有愈合的心灵创伤，还表现了重新评价历史和人的地位的新思潮的丰富内涵。而这一切是那么真实，那么感人。这是靠什么完成的呢？靠的是作者艺术手法的含蓄和简洁，描写的朴实和准确。

小说的结构极为简单、朴实。开首是一个不长的引子，最后是作者一段很短的结束语，当中是主干，约占全文 4/5，这就是主人公对自己命运的叙述。分配恰当，线条利落，总之是严整而和谐。三个部分各以特殊的音调区别其他部分。引子，像叙事诗；中心故事，充满戏剧性；结束语，有浓厚深沉的抒情味。中心故事讲述的时间，相对讲述的内容，是极短促的，因此极大地加强了紧张的戏剧性。

作者本善写景，且常趋"艳丽"，唯此篇朴实无华，正与悲剧气氛相谐。小说没有书本气，则为与人物的普通相谐。小说写景处不多，开首的写景段落算是较大的了，也不过两个印张便转入人物的对话。那景的描写朴实简洁，如"一座村庄远在一边，码头附近如此寂静，这是只有在深秋和初春人烟稀少的地方才有的。河水散发出潮气，还有腐烂的赤杨树的苦涩味儿，……"（Хутор раскинулся далеко в стороне, и возле причала стояла такая тишина, какая бывает в безлюдных местах только глухою осенью и в самом начале весны. От воды тянуло сыростью, терпкой горечью гниющей ольхи, …）

  小说中的任何描写，包括对人物和自然的描写，都是与故事的发展密切相关的，都是能在下一步"发出枪弹"的细节。就连小说的第一句"在顿河上游，战后的第一个春天"，也不是随意的点染，不是偶然的。因为是"春天"，所以不久作者交代他的穿戴是"棉袄、棉裤"；又是"士兵的棉裤、棉袄"，并且坐在一辆破旧的军用汽车旁边。因为是军衣和军用汽车，这才使走过来的索科洛夫把他当成度过战争年代的"自己的司机弟兄"，顿时亲近起来，无拘无束地倾诉起自己的遭遇。因为是春天，又不是随便某一年的春天，而是"战后的第一个"，这就从一开头赋予了故事以特有的情调，接着是"交通阻塞的倒霉的日子"，作者的士兵服装，破旧的军用吉普车，立刻把读者的意识引向刚刚结束的战争的悲惨年代，从而，引起与战争有关的联想，以共有的情思进入叙述者讲的不幸遭遇的故事。

  在肖像描绘上，用词也同样朴实，但每一笔都表现出人物合理的特征，与整个画面十分协调。索科洛夫"是一个背有点驼的高个子"，手"又大又硬"，衣服穿得很整洁；万卡呢，"很小"，他的"小手""嫩红冰冷"，穿得虽然简单，但衣料很坚固（因为房东夫妇特意照料）；特别是眼睛的刻画，成了人物命运的镜子：索科洛夫目光充满无法医治的创伤，令人看了很难受，这眼睛"沉浸在极度悲痛之中，充满了绝望的忧郁，叫人不忍多看"，……这都是时代、季节、人物遭遇和心理状态的必然表现。

  小说沉重的感伤的音调，许多哭泣的情节的描写，使人心碎，正是高度的现实主义技巧的力量。小说的矛头对着法西斯战争，还突出地用被侵略者受到的残害来揭露它的罪恶，回避这一点，不是现实主义。《一个人的命运》真实、具体地描写了人在战争中的苦辣辛酸的感受。几个哭泣的场面特别增添了小说的感伤气氛。索科洛夫参军前一天，妻子伊林娜的泪水就湿透了索科洛夫的衬衣；告别时，她哭得失去常态，抱住索科洛夫不放，泣不成声地说着："咱们……今生……再也……见不着……见不着面啦！"索科洛夫发了火："人家都是这样送别的吗？"一把把她推开，她几乎摔倒。这一推，使索科洛夫追悔终生，至死不能原谅自己。特别在知道永远失去了亲人们以后，索科洛夫几乎每日每时地追悔着这个不能原谅的动作，愈来愈加大伤感的重量。他夜间梦中总是流泪，泪水湿透整个枕头。另一个场面，作者目送索科洛夫和万卡离去时，也哭得赶紧转过脸去，怕伤了孩子的心。这些描写是不可少的，也不能减弱。少了，不真实；减弱，没有感染力。肖洛霍夫在1942年写的《仇恨的科学》与《一个人的命运》是同一样的题材，故事相类，但感染力与《一个人的命运》不能相比。《仇恨的科学》中也有夫妻告别的场面，但是平淡一般，只是一般的描写，一般的拉手，一般的告别，没有像《一个人的命运》用很多细节抒发告别的感情。

　　有的文学研究者批评《一个人的命运》过分伤感。一位苏联评论家反驳说："没有比这种指责更皮相、更不公正的了！"① 真是不近人情！这种指责是出自冷酷的心。在小说中，作者有意制造了感伤气氛，不仅是作者的风格，更有其目的：揭露侵略战争给人造成的灾难，表达他对人的深厚同情。主人公的眼泪，并不是毫无节制地描写，他没有声嘶力竭的悲号，而以宣泄出压抑在心头的悲伤为度。作者赋予索科洛夫的胸怀，绝非拘于个人内心感受的感伤主义者可比。他的生活是悲剧性的，不错；他摆脱不掉悲伤的情绪，也不错，但他的心是坚强的，任何打击都没有使他叫一声"唉唷"，更为重要的是，他虽然改变不了自己的"被摧残的命运"，不能使自己"死气沉沉的眼睛"获得新的生命，他却能改变孩子的生活命运，能够使孩子的眼睛保持蓝天一样的清澈，能够使孩子不再去做不应该做的事情。万卡在认他做爸爸之前，流落街头，满身灰土，头发蓬松，一脸西瓜汁，脏得要命，刚会跑路，已经学会叹气。索科洛夫看了，心中不宁，自我发问："难道他也应该这样吗？"他的热泪怎么也忍不住了，一下子打定主意："我要领他做儿子"。

---

① 孙美铃编选《肖洛霍夫研究》第314页。

批评《一个人的命运》过分伤感的人，特别不满意万卡的出现。他们不能理解，万卡的遭遇不但加重了作品的悲剧情调，还特别加重了作品的思想意义，加重了作品的人道主义，把小说最重要的、最感人的旋律推向了高潮。全力关怀下一代，全力不让任何东西伤害孩子的内心世界，这是贯穿全书的最重要的主题之一。这一主题在索科洛夫圣洁的谎言中表现最鲜明有力。他在认万卡做儿子时撒谎说："Ванюшка, а ты знаешь, кто я такой?""Кто?""Я-твой отец."（"万纽什卡，你可知道我是谁？""谁呀？""我是你的父亲。"）立刻出现动人心弦的情景，万卡勾住索科洛夫的脖子，脸挨着脸，泪水流在一起。谎言而圣洁，立即成为比真实还感人的真实，不仅万卡深信索科洛夫即其生身之父，而且索科洛夫从此永远感到这就是他的亲儿子。两个人的命运共同体现了"人的命运"——苏维埃人的命运，他们为了保卫祖国，英勇地历尽了战争的摧残，忍受了非人的苦难，经受了闻所未闻的考验。

极富感情的结尾，最后一次回响起那最感人的旋律："在战争几年中，白了头发、上了年纪的男人，不仅仅在梦中流泪，他们在清醒的时候也会流泪。这里重要的是及时转过脸去。这里最重要的是不要伤孩子的心，不要让他看到在你的脸颊上怎样滚动着吝啬而伤心的男人的眼泪……什么东西在前面等着他们呢？我想，这个俄罗斯人，这个具有不屈不挠意志的人，能够经受一切，而那个孩子将在父亲的身边长大，长大了，也能经受一切，并且克服自己路上的各种障碍，如果祖国召唤他这样做的话。"

《一个人的命运》发表之后，那些经受过法西斯奴役和折磨的人的悲惨遭遇，越来越强烈地引起作家们的关注，写出了许多作品。这些作品都对精神生活问题和苏联人的性格发生兴趣；都努力寻求战争胜利的根源，认为这根源首先在于苏联人民不屈不挠的战斗精神，在于人民对自己的土地和民族的无限忠诚；都努力塑造这样的人物——其遭遇能概括战争年代人民的功勋和苦难；都有人道主义激情和悲剧性冲突；都对普通劳动者的精神给予充分信任，透过平凡的日常生活发现、表现他们精神上的美。这就是所谓战争小说的"新浪潮"。

六　战争小说的"第二浪潮"

　　战争结束后，战争文学继续发展，并形成"第一浪潮"。战争年代的战争文学开始露出两种倾向，一是"局部性"，二是"全景性"。"局部性"作品是写地点不大、时间不长，人物不多的战斗活动。"全景性"则地广事繁，时间长，人物多，既有战斗事件，又有人民生活。前者以《日日夜夜》最典型，后者以《青年近卫军》为代表。"第一浪潮"中属于"局部性"倾向的有潘诺娃的《旅伴》（1946）、波列沃依的《真正的人》（1946）、卡扎凯维奇的《星》（1947）等。属于"全景性"倾向的有冈察尔的《旗手》，爱伦堡的《暴风雨》和《九级浪》（1952）、布宾诺夫的《白桦》（1947—1950）。

　　此时，长篇小说较多，短篇危机。但长篇缺乏思想和艺术的深度，人物性格简单化，忽视个性化。自《一个人的命运》发表，开始了战争文学新时期，这就是"第二浪潮"。"第二浪潮"复兴了短篇小说。短篇和中篇是"第二浪潮"的基本体裁。

　　"第二浪潮"中，一批经过战争锤炼的青年作家（或称"前线一代"）登上文坛。这些人的大多数在战争开始时从课堂走上前线，当时不过18岁，在战争中一般是尉级军官或战士，故又称"尉官作家"或"士兵作家"。他们以自己亲身经历和感受为基础，创作出一批篇幅不大的战争小说，写些规模不大的战斗，描述普通战士的生活和战壕真实。这些作家的作品在题材、主题思想、表现手法等方面大同小异，如邦达列夫的中篇《营请求火力支援》（1957）、《最后的炮轰》（1959），巴克兰诺夫的中篇《一寸土》和《一死遮百丑》（1961），贝科夫的中篇《第三颗信号弹》，鲍戈莫洛夫的短篇《伊凡》（1958），等等。这些作品都表现了人们为胜利付出的昂贵代价；都真实地描写了在严酷的战争环境中人们经受的考验和锻炼。这样的作品很多，都相当引人入胜，于是在不长的几年中形成一个流派，叫"战壕真实派"。

　　"战壕真实派"创作的特点是，第一，现实主义艺术手法有突破，写的是自己在战争中的生活经验，真实地描绘出许多战地生活画面，克服了粉饰现实的弊病。第二，作品多有紧张的戏剧冲突，不是战场的外部的戏剧性，而是人物内心矛盾的戏剧性。注意人物内心的剖析，有大量的心理描写。克服了过去人物性格简单化的缺点。第三，"局部性"倾向充分发展，只写战争中的某一阵地，时间不过一昼夜，至多几个昼夜。事件是围绕主人公展开的一场小战斗。这种特点类似古典主义戏剧的"三一律"："在一天一地完成一件事"。这种创作原则使作品结构紧凑。第四，体裁以中短篇为主，因此，中短篇得到振兴，迅速改变了40年代至50年代短篇危机的局面。第五，不良倾向是有的作品过分突出战争中的牺牲，突出抽象的"生与死"、抽象的人道主义等主题。有的作品恐惧心理压倒一切，有的作品的人道思想走向敌我不分，说"敌人也是人"！宽容敌人灭绝人性的暴行，模糊了善恶界限。不过这种次要的倾向没有妨碍"战壕真实派"的健康发展。

"战壕真实派"突出的代表人物是三 Б——Бакланов，Бондарев，Быков（巴克兰诺夫、邦达列夫、贝科夫）。他们的代表作品分别是《一寸土》《最后的炮轰》《第三颗信号弹》。

巴克兰诺夫（Григорий Яковлевич Бакланов，1923-2009），俄罗斯作家，1942年的苏共党员，卫国战争参加者。1951年毕业于高尔基文学院。1950年开始发表作品。1959年发表中篇小说《一寸土》，引起文学界激烈论战，延续两年之久，作者从此成名。还写有反映卫国战争的中篇小说《一死遮百丑》（《Мертвые сраму не имут》1961）、《永远十九岁》（1979；获1982年苏联国家奖金），以及揭示伦理道德问题的中篇《朋友们》（《Друзья》，1975）等。1982年发表一组战争题材短篇小说。

《一寸土》（《Пядь земли》）写的是解放摩尔达维亚首都时，一个小据点的战斗中，普通士兵和下级军官们艰苦奋战，受伤、饥饿、疾病，体力难支，痛苦不堪。这种战斗的真实集中反映在主人公、炮兵连长莫托维洛夫身上。以莫托维洛夫为代表的战士们为保卫苏维埃的每一寸土地，不惜任何代价，顽强战斗，这就是"一寸土"的含义。

《一寸土》反映了战争中无处不牺牲的普遍现象。虽然人们同样勇敢，并不是每个人都有一个光荣的机会在冲锋陷阵时建立奇功。在战争中生死无常。有的死于战斗过程，有的死于日常生活中的意外。传令兵送饭到前沿，中弹身亡；女卫生员到花园采桑葚，被飞来的炮弹炸死；侦察班长在和敌人混战中被自己人射中；团长战死；接替团长的营长巴宾早餐前刮胡子时死于流弹；通讯兵接线时中弹身亡……一个个地牺牲，到处是尸体，河里漂着，地上躺着，活着的人吃的是染上鲜血的面包，……这种描写的意义何在？这些牺牲的意义何在？在死亡面前战士的思想情操如何？连长莫托维洛夫的几句话可作为答案：过去二十年，我走的是别人铺的路；现在，我要和大家一块打开一条路，为我自己，也为后来人。

《一寸土》引起两年之久的争论，争论什么？

称赞者说：小说写出了战壕的真实，也就是革命的真实；写出了战士的内心世界；写出了战争的代价；写出了人性；从一寸土可看到整个战争，看到全部战场。

另一种意见：从一寸土的战壕中了解不了战争；从《一寸土》看不出战争的性质，是反法西斯战争呢，还是一般的只是涂炭一切生灵的战争；小说对死亡作了照像式的记录，是在"顽强地走向雷马克主义"。

有人指责《一寸土》是自然主义描写，特别对战士伤亡的惨状的真实描写大加批评，如侦察兵连着皮肉的断指，战士被打穿的面颊，口里吐出带血的牙齿，残缺不全、血渍斑斑的尸体，鲜血染红的面包……但《一寸土》描写战壕真实，其目的和效果是显然的，即反对侵略战争。读者是最好的评判官，《一寸土》受到读者欢迎。

尤里·瓦西里耶维奇·邦达列夫（Юрий Васильевич Бондарев，1924-），俄罗斯作家，1944年加入苏共。苏联作协书记。卫国战争中在炮兵部队任指挥官，参加了斯大林格勒保卫战。从斯大林格勒进军到捷克斯洛伐克，受过伤。1946—1951年在高尔基文学院学习。1949年开始写作。1957年的中篇《营请求火力支援》（《Батальоны просят огня》）和1959年的中篇《最后的炮轰》（1961年改编为同名电影）使他成名。1962年发表长篇小说《寂静》（《Тишина》；1964年改编为同名电影）。1969年长篇小说《热的雪》（《Горячий снег》）于1975年改编为同名电影，获奖。1975年的长篇《岸》（《Берег》）获苏联国家奖金。还有其它不少长篇、中篇、短篇，以及他与人合编的电影剧本《解放》（《Освобождение》）获1972年列宁奖金。他的多数作品以战争为题材，是苏联受推崇的军事文学作家。1980年的长篇小说《选择》讲知识分子的生活,也与战争有关。

《最后的炮轰》(《Последние залпы》)写1944年苏军某炮兵连,在波捷交界的一个小城,截击德军的一场战斗。炮兵连长诺维科夫是故事的中心,从他夜里11点查哨开始,到第二天早晨他被打死为止,小说探讨了"战争中的善和恶",表现了"战争的残酷和人性的力量。"

诺维科夫是青年军官,这个形象反映了青年一代在战争中的遭遇。他中断了大学学业,从课堂走上战场,"一直在打仗,击毁了一批又一批德国的坦克"。他年轻有为,对人对己都要求很严格。他心地善良,但命运给他们这一代的痛苦太多了,他在战争中见到的尽是"恶",尽是"坏事",尽是违反人性的事。他要依他善良的本性行事。他在战争中的遭遇和感受通过他和其它人物的关系展现出来。

奥夫钦尼科夫是炮连一排长,战斗中德军坦克冲向一排阵地,他临阵脱逃,受到斥责,返回阵地的中途受伤,被俘。在他遭擒前的一刹那,诺维科夫想到他身上带着苏军火力配置图,向他开枪,打算击毙他,但忽然良心受责,"我有权利支配他的生命吗?"所以子弹没有打中。奥夫钦尼科夫被俘受审中,痛骂敌人,还想设法抢回被搜去的火力配置图。他虽临阵脱逃过,虽被敌人俘虏,并未丧尽天良,他的心还在红军一边。情节表明诺维科夫的自责是有道理的。

列麦什科夫,装填手,小说的陪衬人物,26岁。诺维科夫命令他跟随自己去前沿阵地,他因为害怕而拒绝,诺维科夫坚持,他只好跟着走。一路上列麦什科夫哀叹呻吟,向圣母娘娘祷告,以求保佑。他希望连长受伤,他好背他去后方。到前沿,刚听到枪声,他便惊慌失声大叫"打中我的脑袋啦……"诺维科夫对这些表现没有动怒,而是谅解,认为他这是受伤回家休养时带来的"后方情绪",后方有热炕头生活,使人不高兴去死。他耐心地引导列麦什科夫,促使他转变,后来真的转变了,在战斗中无所畏怯,对冲过来的敌人坦克顽强回击。诺维科夫满意地想:"一个战士诞生了。"这又证明,诺维科夫对人谅解、信任的做法是对的。

莲娜,卫生指导员,也就是卫生兵。在一次战斗中她受伤,诺维科夫救了她,二人产生了爱情。诺维科夫原以为爱情一类的幸福在战地是不会有的,战争只能给人带来不幸。现在不料在战壕中得到了爱情。然而这不是结论。转眼又得到证明,战争终究是"恶"的。爱情幸福刚刚降临,战斗又打响了,他不得不把莲娜送到后方医院去,他诅咒战争的可恶,是"残忍的行为"。更残忍的是他送走莲娜,回到阵地的途中,被自己人的卡秋莎(一种火炮)打死了。

苏联评论界认为,《最后的炮轰》是写战壕真实的杰作,小说的结局集中反映了战争的残酷;小说用特写镜头照出了人类的苦难,诺维科夫的死不是象征,而是真实,是对人类的未来、人类的青春遭残杀的描写。他虽死于自己的卡秋莎,归根是死于侵略者发动的战争。

《最后的炮轰》中现实主义表现手法的新倾向,在当时引人注目。它选取了战场上的一般活动,特别描写了战地生活事件,以此反映在紧张的战地生活中士兵的艰苦,他们的思绪,心理的复杂,精神的变化,官兵的关系,等等。比如对战地生活的这段描写:

> 掩蔽部里油灯昏然,朦朦胧胧。"当班的电话兵,脑袋溜圆的古索夫,脑勺抵着墙睡着了——他双眉困乏地颤动着,撅起的嘴唇夹着烟卷,耳朵上面还塞着一支弯曲的纸烟。他面前的炮弹箱上搁着饭盒,里面有没吃完的麦粥,粥里戳着一柄木勺。饭盒旁边有一截很脏的铅笔,还有一张从练习本上扯下的揉皱了的白纸,写有工整的字迹,上面洒落了不少面包屑。显然,他刚才是一边吃一边写信的。诺维科夫瞧了一眼信纸,被那上面端正的学生作业似的字迹逗乐了。"
>
> 他想问一下电话兵,营长是否来过电话,但是不忍唤醒对方。四面全是酣睡的、发出惊悸的呻吟和昏谵的梦呓的士兵。诺维科夫外衣也不脱,侧身躺在自己通常憩息的地方,闭上双眼,仿佛沉浸到炎热的金星乱舞的蒸汽中,在人们纷乱而不连贯的睡语声中,眼前朦胧地浮现出莲娜、中尉奥夫钦尼科夫的面庞,——他进入了常有的、难解的短暂的梦境。

短短一段描写,把前线掩蔽部的情景生动地真实地显现在读者面前。

小说在苏联没有引起什么争论,公认为战争小说的代表作之一,但在国外某些评论中被看作极恶劣的作品,邦达列夫此人则是一个要不得的作家。如一位评介者说：诺维科夫形象被作者的抽象的反战思想所破坏，失去了完整性，因为他诅咒战争；诺维科夫没有打死奥夫钦尼科夫，是因为作者与逃兵息息相通；列麦什科夫是贪生怕死的人，诺维科夫能使他转变为"战士"，是作者的"编造"；小说中出现"战地鸳鸯"，是宣扬"情欲""爱情至上"；写战场死那么多人是散布"战争恐怖论"……总之，小说一无是处。

这类评论有没有道理？诺维科夫诅咒战争，没有标明"法西斯"字样，是一破绽。他没打死奥夫钦尼科夫，怎么就是与逃兵相通？怕死的战士怎么不能转变？战争，特别是法西斯强加给人类的战争，不死人是可能的吗？少死人都是不可能的！如果只写胜利、不写死亡，只写英雄、不写普通人的感情，也就没有什么"第二浪潮"了，没有战争文学的新发展了。

瓦西里·弗拉基米罗维奇·贝科夫（Василь Владимирович Быков，1924-2003），白俄罗斯作家，用白俄罗斯语和俄罗斯语写作。他出身农民家庭。中学毕业后在艺术学校学雕塑。1941年入炮兵学校，1943年毕业后走上前线，任炮兵排长，后升至营长，参加了解放东欧的战役，作战勇敢，获政府嘉奖。两次负伤，一次被认为死亡，向他家属发了死亡通知书。并且名字入了烈士公墓，墓碑上刻着"贝科夫"，保留至今。他在那次"死亡"后被别的部队打扫战场时救活了。战后留在部队，任新闻记者，长达10年。1949年开始发表作品，写战争年代的生活感受，未引起注意。1955年被调到《格罗德诺真理报》当文学编辑。1957年发表短篇小说《一个人之死》（《Смерть человека》），是一个红军重伤员临死爬到敌人阵地消灭敌人的故事。60年代初，他的创作进入新阶段，创作思想和艺术手法有了提高。1960年用俄罗斯语出版了中篇小说《鹤鸣》（《Журавлиный крик》）。1961年发表中篇《第三颗信号弹》，一跃成为当代战争文学的著名作家。此后20多年，写了一系列以战争为题材的中篇小说，到70年代，创作出现一个高峰。1970年的《索特尼科夫》（《Сотников》），作者自认为是一部珍贵的作品。评论家则肯定是一个有分量的、受到广泛谈论而没有异议的中篇小说。《方尖碑》（《Обелиск》，1973）、《活到黎明》（《Дожить до рассвета》，1973）、《狼群》（《Волчья стая》，1975)、《他的营》(《Его батальон》，1976)，分别获得苏联国家奖金和白俄罗斯国家奖金。1983年的纪实性中篇小说《劫难的标志》获1985年度列宁奖金。1986年全苏第八次作家代表大会选他为作协书记处成员。1986年的中篇《采矿场》引起文坛注目，小说还是对反法西斯战争中人的遭遇的回忆和探索，中篇《雾茫茫》(1987)的题材也不例外。当代作家始终专写战争题材的，大概唯有贝科夫。

贝科夫作品的特点是篇幅不长，情节简单，只写战争的一个侧面，表现普通战士的日常生活和战壕真实，写得细腻、逼真，特别注重道德问题的探索。

《第三颗信号弹》(Третья ракета)写的是1944年在罗马尼亚境内，苏军一个反坦克班的5名战士，在班长日尔狄赫率领下，夜里坚守阵地。第二天黎明，与敌人接了火，班长和三名战士相继牺牲。战士扎多罗日内依怕死，离开了战场，只剩下战士洛兹尼亚克一人坚守阵地。他要与敌人决一死战，危机之际，大批苏军赶到。胜利到来，躲在安全地方的扎多罗日内依回到阵地，并把自己的过错推得一干二净。洛兹尼亚克用第三颗信号弹惩治了这个懦夫。

从这个作品可以看出贝科夫创作的一般特点。第一，对前线的生活和战斗，描写细腻、逼真，这也是"第二浪潮"作品的特点之一。用战壕的细节真实烘托出主人公的英雄主义。班长负伤，几股热血从他咽喉里喷出来；一个战士的手被打断，几乎同手腕脱离，血淋淋地张开着五指。接着是一个一个的牺牲，阵地上只剩洛兹尼亚克活着，而敌人的进攻又开始。"胸墙上传来一阵熟悉的扫射声。沙子、泥块和灰尘纷纷落到他头上。"平静了四五秒钟，"又是一阵扫射，重复了好几次"。洛兹尼亚克毫不犹豫，自言自语地喊："打就打吧，让我来进行一次决死的战斗吧！"

第二，作品篇幅不长，情节简单，人物不多，主人公是普通人，反映的是战争的一个侧面，战斗场面紧张激烈，人物和场面都描写得惟妙惟肖。《第三颗信号弹》是6个炮兵战士和敌人坦克部队的战斗，打得十分艰苦，激烈到顶点，一个人顶起一个战斗集体的任务。《鹤鸣》也是6个战士，那是和敌人强大的摩托部队作战。

第三，歌颂爱国主义和顽强不屈的精神是其主要创作思想。竭力显示主人公的英雄主义和忠于职守的精神。忠于职守是战士爱国主义的具体表现,为祖国、为同胞复仇是顽强不屈的力量源泉。洛兹尼亚克进行决死战斗的意志正出于此。两年前他做游击队员时,夜宿一庄,坏蛋失密,敌人来袭,他们冲出了村庄,但村民遭了殃。男女老幼被敌人赶到公路上,被迫卧在车辙里,然后敌人的汽车队轧过去。这一惨景,洛兹尼亚克至死不忘,他渴望同敌人清算这一笔血债,为同胞们报仇。加上这次战友的牺牲,他心爱的姑娘柳霞也战死了,于是他心里发出愤怒的呼喊:"我决不甘休!我一个人要为所有的人报仇!"这类英雄都能在生命将尽之际尽到自己应尽的职责。《活到黎明》的中尉伊万诺夫斯基,也像洛兹尼亚克,虽剩一人,剩一口气,也要坚持到底。他执行任务,受了重伤,身陷绝境,忍着剧痛,活到了黎明,乘敌人一辆马车走近时,他拉响手榴弹,与敌人同归于尽。这种壮举的意义重大,他死了,别人会活下来,胜利就多了一点希望。

第四,塑造人物形象用对比方法。贪生怕死、临阵脱逃的扎多罗日内依,灵魂自私卑鄙,而洛兹尼亚克富有爱国主义精神和正直战士的英雄气概,他重友谊,忠于职守,敢于和比自己多得多的敌人对峙,毫无惧色。两个人相形之下,品质的高低愈加分明。

第五,人物不重外貌描写,而重心理刻画,突出人物的精神世界和道德情操。洛兹尼亚克是个反法西斯的不屈不挠的英雄,同时有丰富的人性,有鲜明的个性,有成长为英雄的过程。他有爱国心,有对敌人的仇恨,但并不是单知道冲锋,他的心理活动是复杂的,第一次碰到开来的坦克,他全身颤抖,心想这就完了,但坦克没开过来,他又觉得应该冲上去,可是两腿沉重,抬不起脚。班长已命令另一个战士冲上去,他松了一口气,但感到惭愧。后来他冲上去,救下自己的同志。这种情况,作者解释过,是真实的,一个战士难免有时牙齿打颤,对这种情况,不应大惊小怪,人在死亡面前,这些表现是真实的。不用说战士、军官,高级将领也有这样的成长过程。哪里有天生的英雄?《恰巴耶夫》中的师政委克雷契科夫,第一次上战场,听到枪炮声,不就躲到马肚子底下去,还是感到可怕,终于逃出了阵地吗?这并不妨碍他后来成为勇敢的指挥官。洛兹尼亚克也是经过一次一次的考验,一次一次的心理冲突,渐渐成熟,成为英雄的。

第六，贝科夫小说的结局别具一格，不少主人公在结尾时悲壮地死去。《活到黎明》的伊万诺夫斯基与敌人同归于尽了，索特尼科夫视死如归上了绞架，《方尖碑》的莫洛兹也从容就义，《第三颗信号弹》死得剩了一人。所以他的作品多带悲剧色彩。他认为悲剧因素常常是战争的本质因素，而作为作家，有责任写出法西斯的暴行和自己人民的血泪，有责任告诉人们这个真理：胜利是由无数爱国者的牺牲换来的。

《第三颗信号弹》受到过批评。1963 年苏共中央 6 月全会，讨论作品要加强党性问题，点名批评了一些作品，其中有《第三颗信号弹》，批评它们只注意战争中个别军人的胆怯和反面现象，竭力贬低苏联军人的英雄主义。但《第三颗信号弹》在文学界评价甚高，1964 年拍成电影，获克拉斯奖金。70 年代至 80 年代，小说多次再版，被收入"英勇精神丛书"。文学史也肯定它是战争文学优秀代表作之一。

七 有代表性的长篇小说

（一）《俄罗斯森林》

《俄罗斯森林》（《Русский лес》，1953 年）"是 50 年代最有代表性的一部作品"（科瓦廖夫）；是 50 年代以后苏联文学发展出现的新局面的奠基作品之一；是描写苏联科学家的献身精神的代表作品之一；是"艺术综合"的范例；是列昂诺夫许多重要作品中最重要的一部，由于这个作品，作者成为苏联第一个获得列宁文学奖金的作家。

作者列昂尼德·马克西莫维奇·列昂诺夫（Леонид Максимович Леонов，1899—1994），俄罗斯作家，苏联科学院院士（1972），社会主义劳动英雄（1967），俄罗斯联邦功勋艺术家，苏联作协书记。出生在莫斯科一个诗人家庭。16 岁在其父亲主编的地方刊物《北方的早晨》发表诗作和剧评。1920 年参加红军。卫国战争中任《真理报》等报纸的前线记者。1924 年发表第一部长篇小说《獾》（《Барсуки》），描写革命前夕和革命初期莫斯科市民生活和农村革命事件，从一个侧面反映出革命的趋势，受到高尔基和卢那察尔斯基的高度评价。1927年的哲理长篇《贼》（《Bop》），描写新经济政策时期的市民心理，反映了作者对新经济政策不理解，有些评论家认为小说表现了对革命前途的悲观主义和怀疑主义，表现了"主观、反动的浪漫主义"。高尔基有不同的看法，他认为这是一部结构独特的长篇，描绘非常生动，"这部作品在俄国不为人们所理解，没有获得足够的评价"。由于作者被认为观点模糊，20年代被列入"同路人"作家。30年后，他修订了《贼》，新版（1959）有作者新的构思。主人公维克申的悲剧说明：个性的毁灭是从小市民思想的让步和利己主义的动机开始的；他抛弃自己的社会道德理想，变成一个消费者，不仅盗窃社会财富，而且在精神上偷窃自己。一般认为，新版的《贼》仅次于其代表作《俄罗斯森林》。1929年的长篇《索契河》（《Соть》，又译《索溪》）被公认是苏联文学中最早的成功地反映社会主义工业化的优秀作品之一。戏剧创作是其作品的重要组成部分，10来部剧本中以1942年的四幕话剧《侵略》（《Нашествие》）最重要，描写卫国战争的悲惨事件，获1943年斯大林奖金，评论界认为是"战争期间文学创作上一个卓越的奇迹"。1961年的电影剧本《麦金利先生的逃亡》（又译作《马克—金利先生的逃亡》），反对原子战争，获1977年苏联国家奖金。

《俄罗斯森林》从卫国战争开始的前一天写起，到1942年春莫斯科保卫战胜利止。书中穿插着20-30年代往事的倒叙，内容涉及半个世纪俄罗斯历史的变迁。

主人公伊万·马特维耶维奇·维赫罗夫，是著名林学家、林业教授，是著名林业学家托里亚柯夫的得意门生、助手，后提为林业研究院研究室主任。婚后生女波丽雅。维赫罗夫是个清白地做人、老实搞学问的科学家。他认为"十月革命……首先是一场为赢得人性的纯洁的战斗"。在研究上继承老师的观点，主张保护俄罗斯森林资源，反对无限制的采伐，要求年采伐量不得超过森林的年增长量。他尖锐地指责放任对森林大砍大伐的人是"恶人"。此时正是20年代中期，第一个五年计划要上马，基建需要大量木材，因此他的主张遭到非议和围攻，主要对手是他的同班同学、林学教授格拉齐扬斯基。1911年，二人曾同入一革命组织，后来格拉齐扬斯基被沙皇警察以美人计诱降，做了叛徒。革命后，他隐瞒历史，伪装进步，结党营私，玩弄阴谋，打击有真才实学的维赫罗夫和托里亚柯夫，污蔑维赫罗夫限制森林采伐是"为了见不得人的目的"，致维赫罗夫被免去主任职务。接着生活上又遭不幸，妻子叶林娜离开了他，因为她出身富农，觉得自己没有权利在莫斯科享福，同时怕自己的出身连累丈夫。这段隐情，她一直没给女儿波丽雅讲清，不明真相的波丽雅把父母分离的原因归咎于父亲。再加格拉齐扬斯基之流在报纸上对维赫罗夫进行政治陷害，使波丽雅更加憎恶父亲。正直的维赫罗夫蒙受双重不白之冤，但始终没改变自己的信念。卫国战争爆发，情况发生了变化，俄罗斯森林成了苏联祖国的象征，维赫罗夫保护森林的观点被越来越多的人理解和接受，过去的学阀作风遭到谴责，格拉齐扬斯基的不学无术逐渐暴露，正巧一个知其底细的外国间谍夜间来访，他无地自容，开枪自杀。而维赫罗夫获得了国家勋章，被任命为林业科学院领导人。波丽雅消除了对父亲的怀疑，在参军上前线的前一天，与父亲告别时表示："要为清白而斗争，……那就是不再有战争，不再有怨恨，……不再有人欺侮弱者，……要使周围都是朋友而不是敌人……"这段话也是作者的理想，是小说的主题。作者希望，人有正确、无私的信念，应坚持到底。

《俄罗斯森林》以保护森林为形式，探讨了一系列重要的哲学问题，像战争与和平、民族的历史、科学研究的本质、人的生活意义品行、道义等等。保护森林的努力，成为社会主义人道主义的象征。社会主义人道主义与贪婪残暴针锋相对。作者特别强调，一个人在祖国和人民面前，要对自己的所作所为承担道义的责任。作品的全部情节和冲突，主要人物维赫罗夫和格拉齐扬斯基的活动，都是对这一思想的诠注。

小说通过维赫罗夫形象，表现了苏联学者高尚的思想情操，而这个人物和格拉齐扬斯基的冲突，反映出许多重要社会问题，如30年代的思想斗争，某些领导干部的不学无术，知识界的学阀作风等。所以小说被称"是一部关于半个世纪以来俄罗斯人民和俄罗斯文化的命运的真正史诗般的作品"。[①]

维赫罗夫是作者竭力讴歌和诗意化的人物形象，是一个有鲜明民族特

[①] 科瓦廖夫主编《苏联文学史》，张耳等译，天津人民出版社，1982年，第480页。

点的学者和爱国志士的形象。他心地十分善良、纯洁，有时显得过于温情。他最突出的特点是有顽强的意志和探索精神。他是在为祖国未来而进行的艰苦斗争中变得坚强起来的。他性格的基础就是深厚的爱国主义情感。维赫罗夫是当代文学中最出色的形象之一。

反面人物格拉齐扬斯基，阴险诡谲，心灵丑恶，完全没有爱国心和人道主义意向，为个人的得失、安危，不择手段地损害他人，是知识界的败类，国家的蛀虫，是小说谴责的对象。

俄罗斯森林是作品中的重要形象，贯串作品始终，是俄罗斯国家、人民和永恒生命的象征。

小说优美生动的语言，激动人心的情节，充满哲理的概括描写，有机地结合在一起，使整个叙述具有一种独特的音乐性。在这样的描写中，森林中一股小小泉水，也成为有生命的、与民族存亡相关的形象。伊凡和杰米德卡想穿过奥布洛格森林到"世界尽头"一游，到那里去探宝。他们来到一处，"幽深的峡谷中，在一棵老椴树的浓荫下，有一块像圣餐桌那样大小的圆石，远处小树林的反光映像在它那凸凹不平的，长着一层苔藓的表面上，泛着一片红光，就像祭祀是牺牲品的鲜血那样殷红。叮咚作响的滴水声吸引着孩子们继续往下走去。他们走到那块圆石旁，一个个都像朝圣者似的垂下了自己的头"。

孩子们如此感动，是因为发现了一泓泉水。泉水像儿童巴掌那么大，从石块下喷出来，汇成细流，这就是山涧溪水的发源地，在泉眼旁边，甚至可以用手掌挡住泉水，使它改变方向；可是流出50步开外，细流已变成溪水。而这溪水乃是把俄罗斯北部平原劈成两半的一条大河的上游（延加河第一条支流斯克兰河之发源地）。半个俄国都沐浴着这条从峡谷中流出的活水。没有它，婴儿不会出生，庄稼不会生长，歌声不会发出。只要喝一口它的水，人们就能建树千古不朽的功绩。小说的自然景物描写，往往赋予这样的象征意义，并形成作品的哲理性抒情和浪漫主义风格。

列昂诺夫被称为"独特的语言艺术家"，语言的表达手法丰富多彩，色调鲜明。在语言艺术上，在长篇小说的成就上，他与肖洛霍夫、阿·托尔斯泰、费定等并称。当短篇小说兴起，长篇小说趋于衰落，不少作品陷入公式化、冗长乏味的时候，《俄罗斯森林》和肖洛霍夫等大作家的作品，仍力图用长篇这个体裁对生活作大规模探索，为长篇重新振兴，作出了奠基性贡献。

（二）《被开垦的处女地》

《被开垦的处女地》（《Поднятая целина》）描写顿河哥萨克农村实现农业集体化的复杂斗争过程。第一部发表于 1932 年，从 1930 年 1 月列宁格勒普梯洛夫工厂工人达维多夫受党的委派来到格内米雅其村开始，到反动军官波罗夫采夫第二次潜到这个村子，写的是格内米雅其村"斯大林集体农庄"的建立经过。第二部发表于 1959 年，写的是农庄的巩固过程。两部同获 1960 年列宁奖金。但两部书却有不同的反响。第一部获得一致好评，不论在苏联还是在中国。第二部引起评论界的不同看法，因为两部书存在着实质性差别。

1930 年前后，是苏联农业集体化运动时期。顿河地区 1930 年开始了这个运动。当时照斯大林的解释，"这是一个极深刻的革命运动，是从社会的旧质态转变到新质态的突变。按其结果来说，它与 1917 年革命具有同等意义"（《联共（布）党史简明教程》第 375 页）。这个运动是否适时，是否与十月革命"有同等意义"，半个世纪后人们提出了质疑。当时的人们，多数是为之振奋不已的。肖洛霍夫参加了这个运动，也为迅速变革的社会现实所吸引，起了创作意图，他要"不失时机地"写出这个作品。第一部出版，立即被认为是文学干预生活的范例，被看做是生活的教科书，被认定是苏联文学中描写农村集体化时代新农村的最重要的作品，是"大转变的一年"的纪念碑。它的问世，不仅成了文坛上的一个卓越成就，也成了社会生活中的一件大事。小说描写了农村实行的社会主义改造，描写了农民在生活方式、思想、心理上所发生的重大变化。揭示了现实中错综复杂的矛盾和斗争——两种敌对势力的斗争，农民克服私有感情的斗争，不同领导作风的冲突，共产党和村民之间的矛盾，村领导和区领导的矛盾。肖洛霍夫表现出素有的艺术描写的直书真理的风格。

实现集体化，克服千百年来农民私有者的感情，是第一部的中心主题。在这一主题中，中农梅谭尼可夫的形象占重要地位。第一部可以独立存在，从内容看，格内米雅其集体化发展的道路已经很清楚，农村旧的所有制覆灭了，新的社会关系建立起来了，虽然斗争没有停止。

与第一部相隔27年才发表第二部（1960年全书问世），有深刻的历史原因。本来，1932年11月，他已经完成第二部的提纲，按这提纲的构思，第二部和第一部的基调是一致的。"加入集体农庄的中农人物，仍然像以前一样是中心人物，……以达维多夫为首的三个人将留下来，让舒卡尔老爹不失去他快乐的秉性，区委的人员将变得聪明些，有教养些。波罗夫采夫和季莫菲将参加一个小小的叛乱集团。在第二部我也不想把话说尽，而给读者留下思考的余地。"但是1932—1940年作者忙于写完《静静的顿河》的第三、第四部，未能动笔；不久，卫国战争开始，而第二部的手稿又于1942年失落于炮火中。1955年，再谈第二部构思，已非昔貌："我不再喜欢我在战前所写的，……第二部是两个世界——黑暗和光明的残酷斗争，……是最后决战。我方不可能没有牺牲"。"结尾将是悲剧性的，……将会出现生活真理所预示的那种情景。那个时代是严酷的，……牺牲不会是轻微的。"

这个构思来自社会现实的变化。第二次大战给苏联造成巨大破坏，在农村中表现得尤其突出，几千万人丧生，无数家庭破亡，农业发展上存在着极为尖锐、亟待解决的问题，农民的命运以及全人类的命运，引起肖洛霍夫极大关注，使他痛心。他写第一部时激动的、兴奋的心情不见了。法西斯虽然失败了，但作家为人类命运担忧的心理没有消失。又由于50年代展开的关于人道主义的争论，也引起肖洛霍夫深入的思考。第二部当然不可能脱开这种思考。结果第二部和第一部相比，出现了实质性变化，小说的基调发生了根本改变，结尾是悲剧。

第二部开头说，同年6月（第一部写到5月），庄稼丰收在望，奥斯特罗夫诺夫眼看暴动困难，把希望寄托在窝藏在他家里的波罗夫采夫和廖切夫斯基一伙残匪身上。他怕他母亲败露机密，将她锁在小屋里饿死。

从这个开端之后，小说的发展多头并进：

新区委书记聂斯捷连科要达维多夫提高警惕，说最近反革命分子有活动，并送他一支手枪。随后，达维多夫了解到奥斯特罗夫诺夫本是富农，尼基塔就是他杀死的；

一天夜里，纳古尔诺夫挨了一黑枪，伤好后密查，发现他的荡妇老婆鲁什卡仍和季莫菲偷偷幽会。正是这个季莫菲打了他一枪。他开枪打死了季莫菲；

寡妇之女华丽雅爱上达维多夫，达维多夫送她去上学，约好毕业后结婚；

村里积极分子不断发展，又接纳一批新党员；

村上来了两个采购员，是伪装的公安人员，他们告诉纳古尔诺夫等，有一个反革命集团小头目藏在这村，叫波罗夫采夫。

捉反革命分子时，达维多夫和纳古尔诺夫牺牲了。整个农庄沉在悲痛之中。少尉廖切夫斯基被当场打死，波罗夫采夫逃跑了，三星期后被捕。600多名参加阴谋暴动的哥萨克，包括奥斯特罗夫诺夫父子，被判了徒刑；十几个白卫军官和将军（包括波罗夫采夫）被处决。一场没来得及的暴动被平定了。

第一部表现30年代农村社会主义改革的急速变化的现实，第二部着重表现劳动人民的精神世界。伦理道德问题和人道主义趋向是第二部思考的中心，具体地说，思考的是人性的实质是什么？人道主义和历史必然性有怎样的联系？是什么东西使人"高尚"和"堕落"？作者的人道主义激情产生对旧世界的否定，旧世界私有者的本性、利己主义，腐蚀着人们的心灵。

在否定旧世界的同时，揭示出高尚人物的本质：热情关心人民利益，勇于自我牺牲。这就是崇高的人性，人性的实质。与此相反，则是非人性，兽性。

第一部中以达维多夫为首的3名共产党员被放在群众教育者的地位，突出他们的革命精神和忠于党的事业的品德。第二部则把他们当作普通劳动者，着重表现他们在日常生活中的个人欢乐与痛苦，强调他们的民主作风，突出他们尊重人、同情人、爱护人的心灵素质。因此揭示人物性格的手段也就不同了：第一部主要通过有社会意义的事件揭示主人公的性格，第二部则偏重以日常生活——爱情，与人的交往等活动，揭示人物性格。

第二部中事件描写减弱了，情节发展变得缓慢。

在典型塑造上，肖洛霍夫反对划框框，反对表面的道德说教，反对指给人"这是坏的，这是好的"。但读他的作品，自会得到识别善恶的知识。他反对没有个性的创作倾向。他描写的主人公，不但写出他的力量，也写出他的弱点，他的性格的一切方面，他的一切品质都在复杂的生活环境中经过严酷的考验。作家就是这样来使读者接触到人物性格的本质。

达维多夫，农庄主席，主要人物之一。在第一部中，他的英雄性格在具有重大社会意义的事件中显示出来。他目的性强，有内在的力量，因为有高度的责任感。第二部中，检验主人公的尺度不仅有集体化这样的历史事件，还有生活中各种关系——家庭关系、男女情感关系等，例如达维多夫和鲁什卡的恋爱，就占有重要地位。他因此受到人们的笑话、谴责而变得萎靡、烦躁，但他的人性美并没有从此失色。他发觉跌了一跤，迷途知返，改正错误，爬了起来。他没有忘掉，没有比格列米雅其村人民的利益更珍贵的了。

达维多夫和鲁什卡的关系，降低了他的形象，后来和华丽雅的爱情，则提高了他的身价。他和华丽雅的恋爱史，作者是用无限美好的柔情和灵感写成的。他们有初恋的真挚，高尚纯洁，又有忧伤情感，一位批评家说真是"令人心醉"。达维多夫对待这个少女的态度，充分表现出他崇高的美德，显示出他心地善良，道德纯洁，富有同情心。他因为自己比她大一倍，而且一身创伤，又不漂亮，内心痛苦地想：你这个瞎了眼的姑娘，干嘛只盯住我一个人！我不需要你。这么好的姑娘，我得离开她远一点。

达维多夫的爱情不是盲目的、自私的、狭隘的感情。他终于和华丽雅相爱，首先想到的是她的命运。他心中恋爱的柔情，几乎是和慈父般的感情融合在一起的。华丽雅跟着守寡的母亲生活，没有人供养，显得孤苦，达维多夫把这一家人都装进了自己充满怜悯痛苦的心里。其实，他在一切行动中都贯穿着对人的无微不至的关怀，令人感动。他听说学校的教师柳德米拉的日子非常清苦，吃的是面包加克瓦斯，立即批了一个条子："发给教师白面32公斤，小米8公斤，猪油5公斤。"最后注明："账算在我的劳动日上。"

他一直都在良心自我监督下生活。他坦率地承认自己的过错。在把家禽收归公有问题上，他责备自己"在那些该死的鸡鸭上犯了政治错误！"

最后，在逮捕反革命分子的搏斗中，他毫无畏惧地牺牲了。表现出为人民事业勇于献身的战士性格，表现出他所遵循的共产主义道德的特征。这是他的崇高人性、美好道德的最高表现。

纳古尔诺夫的形象有悲喜剧的特点，悲剧性和喜剧性交错在一起。小说以对照的力量揭示出这个人物内在的激情，并嘲笑了他的禁欲主义、刻板生硬等等。他性格中有使人厌恶的东西，作者毫不宽容地指出了这点，然而他性格中更多的东西是吸引人的、令人赞叹的。他首先是一个战士，时刻准备为党和人民的事业牺牲自己。离开了这个目标，他不能想象自己还能生活。区委因为他的"过火行为"把他开除出党，他不想活了，"我现在活着还有什么意思，把我从生活里开除吧……"他想自杀，但又想到敌人会因为他自杀而感到满意，就改变了主意。

纳古尔诺夫形象中的悲剧性产生于崇高的激情和实际工作之间的矛盾。他在私生活中主张禁欲主义，否定家庭，经常嘲笑自己的"前妻"，仿佛她束缚了他这个革命者，而鲁什卡是个放荡的女人，这就构成了紧张的悲剧冲突。他了解她是个游手好闲的"贱货"，怎么能为她而丢下革命工作呢？他把她赶走了。但看着她和别人搞起来，又抑制不住旧有的感情和妒忌之心。

肖洛霍夫用了一个"结束性"细节表现出纳古尔诺夫的隐秘的爱情力量。他打死季莫菲，却放走了鲁什卡，让她逃脱了审判。

在第二部里，戏剧艺术手法加强了，提高了对话的地位，赋予手势、动作以充实的心理内容。在显示心理状态中，潜台词获得了特殊的意义。在纳古尔诺夫和鲁什卡最后告别时的心理冲突中，纳古尔诺夫的举止，说明他完全不是那种没有感情、对妻子无动于衷的人。鲁什卡最后目送纳古尔诺夫的动作也证实了这一点。她眼光长久地停在纳古尔诺夫身上，然后低低地弯下她那骄傲的头，鞠了一躬。这里包含有特殊意义的潜台词：她在这个严肃和怪僻的人身上，发现了她从前没注意过的东西。

在第二部里，作者以喜剧形式揭示了纳古尔诺夫性格中最致命的弱点：无依无凭的空想和天真幼稚的激情。他对未来的向往充满浪漫主义。他感到受压迫的人类的痛苦就是他个人的痛苦。在生活中，他以"亲爱的党"代替父母，革命工作代替家庭。他经常引用马、恩的名字，爱讲"世界革命"，但对阶级力量对比的情况很少认识。他不能把有时表现动摇的中农和敌人区别开来，骂他们是"王八蛋！"还要"敲他们的脑袋"。村里人受谣言蛊惑乱杀牲口，他主张"枪毙那些恶意乱杀牲口的人"。

人性是拉兹苗特诺夫性格中的鲜明特点。因为这个特点，他招致了各种各样的罪名。在没收富农财富时，他表现了"软弱"；"这下得了手吗？我……是刽子手吗？我的心是铁打的吗？迦耶夫有11个孩子呀！我们一到，他们哭得多惨啊，真叫人受不了！我听了头发都竖起来了！……"一些社会学研究家就谴责他表现了"不可容忍的软弱性"和"对阶级斗争的全部复杂性和残酷性"不理解。

拉兹苗特诺夫在国内战争中饱尝了痛苦，失去了家庭和幸福，成了一个孤苦伶仃的人。他作为村苏维埃主席，不会让任何人受冤屈，他会帮助一切需要他帮助的人。在抓反革命的搏斗中，是他打死了白匪少尉廖切夫斯基。他虽被谴责为"软弱"，可毕竟是人民利益的捍卫者。达维多夫等牺牲后，他担当起他们的未竟之业。只是战友的死亡，加重了他的悲伤。作者用有力的抒情语言，表现他的内心感受。小说结束在他在墓地上和亡妻的叙语中："我的忘不了的人，……我老是没工夫……我们难得见面……"他一直把死亡了十几年的妻子当活人牵挂着。战友的死亡，更增加了他的孤独感。

奥斯特洛夫诺夫，一个彻头彻尾的贪财的人，过去有财产，希望发展成巨富。贪婪的私有者的阶级本能在他性格中成为决定的因素。他仇恨苏维埃政权，这个政权搞公有制，毁了他致富的希望。但他成为波罗夫采夫的支持者和助手，并不是轻而易举的。第二部开头便描写他选择道路的痛苦。"我这个老傻瓜当初应该等一等，……等他们把共产党打败了，到那时我就可以加入他们一伙享个现成；可是现在——他们很容易教我上当，……但凭良心说，如果人人都……袖手旁观，那会有什么结果呢？让苏维埃政权一辈子骑在头上吗？也不行！"他又咬牙切齿，又惶恐不安，因为他看清劳动哥萨克不支持阴谋家们，看到集体农庄的生产很顺利，苏维埃政权很走运，"布尔什维克会打败我们的，天哪，会打败的！……到那时凡是起来反对他们的人都要完蛋了"。他由于担惊害怕，而犯下残忍的罪行，因为怕他母亲泄露他们的阴谋，他怀着保住自己的自私心理做出决定：饿死他的母亲。

在阶级斗争中相互间的残酷是不可避免的，但"残酷"的性质不同，纳古尔诺夫一类人在"残酷中"仍归是人，而奥斯特洛夫诺夫一类只有狼性般的凶狠。作者以人道主义激情，反对非人性，他在奥斯特洛夫诺夫形象身上反映出人民的敌人堕落到了何等地步！

肖洛霍夫不仅善于看到生活中的悲剧因素，还善于看到喜剧因素。表现喜剧人物，他有足够的幽默才能。舒卡尔老爹是个喜剧人物，作者以幽默的形式描绘出这个人物的身上先进理想同过去时代的烙印之间的冲突。舒卡尔很想成为达维多夫一类的人，这是他的理想，但旧时代使他成了爱撒谎、吹大牛的人。旧时他贫穷，不幸，孤独，他为摆脱痛苦，学会了在漫天吹牛中自我找乐趣。他的性格要成为纯喜剧性的，不带痛苦的，只有在新的生活方式取得彻底胜利的条件下才有可能。因此，这个人物被安排在集体农庄建立之后来揭示，不是偶然的。舒卡尔懂得，新时代为他这样的穷人开辟了真正人的生活的前景。他站在苏维埃政权一边，深信他有权受到关心和爱护。他自认为是个积极分子，他的积极表现得令人可笑。为了加强喜剧印象，作者在他的语言中用了许多喜剧色彩的词汇。舒卡尔对达维多夫说："自从革命那天起，只有我跟你两个人站稳立场。""立场"一词在当时很新，一般人还不大理解，他想用这个词表明自己的"学问"。他又说："我们在格列米雅其村构造了集体农庄。""构造"原文是"сочинили"，有"创作""构想""编造"之意。描绘出他的吹牛习气，用词轻率。他还滥用政治色彩的词汇，对咬了他的一条狗说："我真想打死这个破坏分子。"舒卡尔的内心有珍贵的感情，在他的"亲爱的"达维多夫和纳古尔诺夫牺牲后，他失去了欢乐。这个艺术形象深为广大读者喜爱。

《被开垦的处女地》第二部在创作上的变化，代表了苏联文艺出现的新特征：强调革命事业的胜利，是正义和人道的胜利，第二部主要人物是富有人情味的人道主义者；作家的艺术视野集中到人物丰富的个性特征和内心世界；事件仍是导致人变化的基础，但突出的是事件当中的人了。

（三）《生者与死者》三部曲

西蒙诺夫的三部曲包括《生者与死者》(《Живые и мертвые》)、《军人不是天生的》、(《Солдатами не рождаются》) 和《最后一个夏天》(《Последнее лето》)。

康斯坦丁·米哈伊洛维奇·西蒙诺夫（Константин Михайлович Симонов，1915-1979），俄罗斯作家，苏共党员，曾任苏共中央候补委员和监察委员。社会主义劳动英雄。《文学报》《新世界》主编，苏联作协副总书记。著名小说家、诗人、剧作家、政论家，尤以军事小说家著称，影响颇大。他是社会主义教育出来的一代新人，身上没有旧社会的尘污。他对时代精神很敏感，能迅速抓住时代的脉搏。他的作品和人民的思想情感息息相通。他是现实主义作家，其创作总有生活的原型。

他生于军人家庭，父亲是教官。军人生活从小给他留下了印象。幼年富有浪漫主义的革命热忱，1930年开始五年计划时，他在中学里坐不住了，弃学做了旋工。1934年开始发表作品，同年考入高尔基文学院，1938年毕业，又考入文史哲研究院。1939年日苏战起，他被派到前线《英勇红军报》任编辑。1941年写了剧本《我城一少年》(《Парень из нашего города》)，获斯大林奖金。剧本表现了苏维埃培养的一代青年对祖国的忠诚。卫国战争开始，他立即写了抒情诗《等着我吧》(《Жди меня》，1941)，诗很快传遍全国，对前方将士，对后方人民，都起了极大的激励作用。他满腔热情地投入了战斗，作为《红星报》记者到战斗最激烈的前沿去，到士兵中去采访，九死一生，与他同时到阵地的记者17人，生还者仅4人。但是他说："我自己不亲身体验一下，不好意思向战士问长问短。"战争的考验加深了他的认识，他找到了作品的基本主题和自己喜爱的主人公。1942年发表剧本《俄罗斯人》(《Русские люди》)，被誉为卫国战争三大名剧之一，获斯大林奖金。1944年的长篇小说《日日夜夜》(《Дни и ночи》)，1946年的剧本《俄罗斯问题》(《Русский вопрос》) 和1948年的诗集《友与敌》(《Друзья и враги》) 等，连获斯大林奖金。《生者与死者》三部曲被认为是他的最佳作品，获列宁奖金。以后还有小说、剧本、诗集、讲演集多种发表。

有几件事对三部曲的创作产生了直接影响。第一，作品自1955年写到1971年，用时16年，这一时期苏联生活正发生大变化；第二，1955年的军事文学会议指出，描写战争初期的作品往往理想化；第三，当时出版了一些高级将领写的战争回忆录，提供了大量可靠的文献资料；第四，《一个人的命运》的发表，"战壕真实派"的形成。这些都对西蒙诺夫产生了影响，使他考虑艺术的真实性和感染力，考虑创作要符合时代的要求，于是大量阅读文献，找战争的幸存者面谈，从元帅朱可夫等到普通战士，接触了几百人，对战争有了全面了解。在广泛的访问中，了解到这些人都迫切地、热烈地希望把那个时代写出来。他的战争观点就是在这许多不同职位的人的观点上交织而成的。结果，三部曲真实地反映了苏联人民的思想、观点，热情歌颂了苏联人民抗击法西斯的英雄业绩，广泛描绘了战时生活的各方面，堪称苏联战时生活的百科全书。

《生者与死者》反映了苏联人民卫国战争初期的悲惨遭遇。1941年希特勒突然袭击，造成苏联抵抗的措手不及，一时出现惊慌混乱，苏联将士虽顽强抵抗，但缺乏准备，武器落后，被迫节节败退，敌军长驱直入，从大面积丧失国土，到莫斯科保卫战，人民付出了惨重牺牲。

《军人不是天生的》描写斯大林格勒战役中的事件。反映了前线将官们不同的观点和不同的指挥。一种人盲目地指挥，不顾战士和下级军官的伤亡，只求建功（巴拉巴诺夫团长一类），另一类人爱惜下级和士兵，避免无谓的牺牲，但往往受处分（师长谢尔皮林一类）。在前一种指挥中，营长塔拉霍夫斯基白白牺牲了。辛佐夫被任命为营长。辛佐夫是三部曲的中心人物之一，贯穿三部曲，从第一部就出现的战地记者。谢尔皮林师长感叹地说，没料到辛佐夫"现在居然成了一个营长，虽然生下来不是当兵的"。另一条线索是写后方的生活。在后方，一批批军政干部因出言不慎，与上级意见分歧，或因被俘过，或丢失过证件而被降职、撤职，甚至关进集中营或枪毙。人民过着忍饥挨饿的生活。

《最后一个夏天》主要写在白俄罗斯的巴格拉齐昂战役，末尾描写红军如何把苏联从法西斯的铁蹄下解放出来。经过三年战争，红军回到了最初同德寇进行战斗的地方——白俄罗斯的莫吉廖夫城。三部曲开始时，谢尔皮林旅长带一团人从这里突围东去，末尾，他升为集团军司令，率大军解放了莫吉廖夫。因此，整个三部曲是一个环形结构。

西蒙诺夫积极主张"写真实"，反对"轻描淡写地表现生活中本来严峻、甚至残酷的情景"，反对"隐瞒或回避人们在为未来而斗争时所遇到的困难",反对"有意忽视现实生活的复杂性、矛盾和阴暗面",反对"把愿望当作现实"。三部曲真实地再现了战争初期的悲惨局面、不幸和艰难,也真实地反映出人民抵抗的英勇和信心的坚定。但小说遭到了评论界一些人的指责,说它反映的战争真实是"片面的",只写了"无边的苦难",没写"苏维埃人的英雄主义"(托卡列夫《凭吊战场》);有人说它给卫国战争"抹黑"。多数评论肯定小说揭示了"1941年这悲惨岁月里战争的全部真相"。著名评论家拉扎列夫引用列夫·托尔斯泰对1812年战争的评论:"如果我们胜利的原因不是偶然的,而是在俄罗斯人民和军队的性格实质之中,那么,这个性格在挫折和失败的时刻,必然表现得更为光辉夺目",这对1941年也是适用的。西蒙诺夫描写最艰难的日子、极其危急的情况,首先是要说明胜利的原因:苏联人民和军队的性格,他们爱国主义感情的力量。作者自己深信所描绘的全部战争详情是真实的:"我至今还未遇到参加过战争的人们的指责。"历史的发展,不断加强对作者自信心的肯定,到80年代,苏联国内外一致地认为三部曲是写"战争真实"的史诗性作品。

三部曲的真实不同于"战壕真实派"的真实,它竭力克服战壕真实和司令部真实之间的矛盾,从艺术上对二者进行综合,而侧重司令部的真实,对普通战士的描写相对地少些。它不像"战壕真实派"作品篇幅不长,类似"三一律"的写法,而是描写战争全景的长篇,事件众多,布局复杂,时间有几年之久,再现事件的复杂矛盾和多种变化时,写得真实动人,有时带有特写的纪实性。作者力求把历史的教训同当代的文艺思想问题进行联系,在突出野蛮的法西斯必遭历史惩罚的主题时,也强调了战争的悲剧性,否定了把悲剧事件轻描淡写的粉饰作法,因而小说带有强烈的政论风格。作者反对只写攻克柏林的胜利,也反对只写布列斯特保卫战的惨败,表现了他创作中力求坚持辩证的历史观。

三部曲全书贯穿社会主义人道主义思想。人道主义是当时文学的主潮,作为当代长篇小说的杰作,当然不可能离开这个思潮。作者在观察战争、评价历史、塑造人物等方面,都以人道主义为准则。战争初期的失利跟30年代肃反扩大化有直接关系,跟搞个人崇拜造成的不爱惜人的风气分不开。作品表现出肃反扩大化造成军队有经验的指挥官缺乏,内部互相猜疑。对这些重大失误，斯大林负有责任。

《军人不是天生的》中，谢尔皮林在妻子病故后，对儿子瓦吉姆谈到自己战前被捕的事，那时好像存在着两个时代：一个是实现五年计划的时代，另一个则是每天发生着不可思议的事的时代。后一个"时代"即指30年代末的肃反，闹得人心惶惶，仿佛人人都有"问题"，军队的"每个团、师、集团军里，都有指挥员、政委和参谋长送进集中营，甚至有的三者一齐被送进去"。战争爆发，前线缺少有经验的指挥员，而集中营里却"关满了甘愿为苏维埃政权献身的人们"。为此，谢尔皮林痛心地说：这种作法，简直为法西斯"战胜我们铺平了道路"！肃反扩大化，是由于对人的多疑、不信任。不信任人的恶风在卫国战争中仍然流行，造成许多悲剧。战争之初，谢尔皮林部队在敌强我弱情况下被围，他们顽强战斗，突围而出，但第二天被上级收缴了武器，遣送后方，接受审查。遣送途中，一座小桥被炸，队伍被割成前后两半，未能过桥的后半队遇到敌人坦克袭击，这群忠勇的红军战士，赤手空拳，无法抵抗，白白地死掉了。而过了桥的一半还得继续前往接受审查。这就是《生者与死者》题名的来历。小说借一个突围战士的嘴，对不信任人表示了深沉的哀叹和谴责："我们对于'此人不可靠'这一点，往往想得过早、过多，而后来，对于'此人毕竟可靠'这一点，又往往醒悟得过迟！应该相信自己人，不信任这已经不是警惕，而是多疑、是惊慌失措！"

小说的人道主义还体现在作战的指挥原则上。一种指挥原则是"爱惜人"的，避免"不必要的"流血、争取"少流血而夺取辉煌的胜利"。另一种则相反，滥用权威，"追求表面成绩，造成无谓的流血"。《军人不是天生的》中描写了这两种原则的冲突。1942年除夕，在斯大林格勒郊外一个掩蔽部里举行新年晚会，322团团长巴拉巴诺夫"为了用辉煌的胜利迎接元旦"，下令趁新年之夜夺取"山冈"高地，结果造成一批战士无谓的丧生。又一次，最高统帅部要在红军节的战报上增添一条胜利的消息，"以壮观瞻"，要求谢尔皮林部队限期攻克格拉契。谢尔皮林反对这种打乱战斗部署、不顾时机成熟与否的进攻要求，坚持原则，实事求是，不让子弟兵作无谓牺牲。但此举惹恼上级，撤了他的师长职务。小说对信任人和爱惜人的描写，针对的是个人崇拜。三部曲"令人信服地显示了个人崇的反人道性"（梅特钦科）。

三部曲塑造了各种各样的人物，对各种人物都竭力以道德准则揭示其性格。

辛佐夫是三部曲情节和结构的核心，作者借他在前线的遭遇，展开对战争各方面的描写。除了辛佐夫，还有两个中心人物：谢尔皮林和塔尼雅。他们都是反抗法西斯、誓死保卫祖国的英雄，是作者歌颂的人物。另一类是作者谴责、鞭笞的，有吹牛拍马、贪生怕死的懦夫芭兰诺夫上校，有逃避上前线的医生、塔尼雅的丈夫，有阳奉阴违投机取巧的官僚、迫害正直人起家的"出类拔萃的混蛋"、集团军政治部副主任巴斯特留科夫，有发国难财的奸商阿尔基利也夫等。

西蒙诺夫塑造的正面人物是站在时代生活中心的人，是从事创造性劳动，普普通通而又有英雄气概的人。他反对用沉溺于个人忧虑的市侩来代替普通人。他为自己的正面人物规定了道德规范：个人生活上，为别人着想；工作上，为国家利益勇于牺牲个人。辛佐夫、塔尼雅、谢尔皮林，都是合乎这种道德规范的人。

辛佐夫是普通的公民、记者、军官，具有种种优秀品质。他有他自己的道德原则，他说：从我的道德原则看，个人中心主义，脱离人民共同利益的立场，我从青年时代便不能容忍。他原是军事记者，正在和妻子度假时，战争爆发，他急忙回编辑部，但路已经不通，立即加入他碰到的谢尔皮林的部队，遭强敌袭击，突围时受重伤，失掉了党证。伤愈后入炮兵部队，多有战功，但因失落党证受到怀疑。他要求恢复党籍，遭拒绝。他十分气愤："什么更重要？是人还是纸片？"他感到委屈，但斗志不减。不久当了营长，他要追究造成战争初期溃逃局面的罪魁祸首是谁。他是第一个俘虏了德国将军的人，因而获红旗勋章。他是英雄，又有普通人的正常感情，送妻子玛莎到敌后时，只有一个希望："我什么也不希望，只希望你活着。"任炮兵班长时，和敌人激战过15昼夜，战斗间隙中，他也想：多么愿意活着呀。他救过军医塔尼雅的命。塔尼雅得知丈夫为逃避上前线，托庇于后方一个官员，对丈夫产生了厌弃之情，又闻辛佐夫爱人玛莎遇难，便和辛佐夫结合了。不料后来得知玛莎还活着，塔尼雅不愿破坏别人的幸福，毅然离开了辛佐夫。

在这些具有人的多面性的英雄当中，谢尔皮林最突出。这一形象有鲜明的独立精神和坚强的理智，十分动人。这个形象"是西蒙诺夫的天才的重大成果"，是苏联当代文学中突出的艺术成就之一。他蒙冤受屈，历尽苦难，坚持革命，始终不渝。在30年代肃反中，他无辜受害，那时他在伏龙芝军事学院任教，提出应注意希特勒军队战术观点的优越性问题，受到同事巴兰诺夫诬告，被扣上罪名，判刑10年，关进了集中营。他认为这是一种愚蠢的错误，并不埋怨革命。战争爆发，他被提前放出来。他要立刻上前线。他本是师长，党籍也没给恢复，就以团长职务上了任。大敌当前，他不计较个人得失。他善于打仗，又爱护士兵。他认为指挥官的职责和良心就在于尽量减少由于指挥不当造成的损失。必要的牺牲不能含糊，却不能让战士作无意义的牺牲。基于这种思想，他抵制上级的错误指令，在格拉契事件中被撤了师长职务。

他在接二连三地遭受的折磨中，绝不动摇自己的信念，不苟且偷生，仍然仗义执言。无论在战场上，工作上，还是家庭问题上，都以高度的道德准则行事。他上书斯大林，请求释放和他一同坐牢的格林科将军。在怀疑成风之时，这需要非凡的勇气。他自己正泥菩萨过河，但一想到战友为革命做出的贡献而受不白之冤，他刚直不阿的性格就又放出光辉。在战场上与敌人厮杀，毫无惧色的人不少，但在政治逆流中，敢于坦率直言真理者罕见。谢尔皮林的胆量，不仅是他个性坚强的表现，也是一个真正的共产主义者的信念的力量。他以服刑早释犯的身份参加卫国战争，从战争开始时的大撤退，到1944年的胜利大反攻，从团长到集团军司令，南征北战，为祖国人民建立了功勋，在白俄罗斯战役中，即卫国战争将要取得胜利的最后一个夏天，他牺牲在疆场上。

谢尔皮林有真实原型，只是换了名字，本叫库杰波夫，后来也牺牲了。但谢尔皮林的性格和遭遇，不是库杰波夫一个人的，而是包括了作者所遇到的很多身受怀疑而仍忠心报国的军官的性格和遭遇。

斯大林形象，在相当长一段时期，有些人不能接受，说这个形象有缺陷。"缺陷"指什么？指书中，特别指三部曲前半部分中描写到斯大林的"专横""残暴""刚愎自用"。作者这样描写有他的依据，他对斯大林有个结论："他是个可怕而又伟大，伟大而又可怕的人，一提到他，这两者都不会忘记。"在三部曲的开始,"可怕"超过"伟大",到最后一部对比有了变化,"伟大"增强了,他指挥的战争,终于要胜利了,对曾被无辜关押的谢尔皮林不断增加信任,升他为中将集团军司令,在他殉职后,又赞扬他是"忠于祖国的军事将领"晋上将军衔,亲表哀悼。

西蒙诺夫三部曲达到了他创作的顶峰。他抓住了具有时代特征的东西,对历史事件、社会生活,作了广泛而准确的概括。他用大与小相结合、局部与全景相结合的办法,写出了人的悲欢离合、人民的精神和祖国的命运,以广阔的画面反映了卫国战争时期多方面的生活,塑造了具有魅力的正面人物典型。描写卫国战争的深度和塑造人物的成功,使三部曲成为卫国战争文学全景小说的杰作。

中国有《感谢苏联文学对我们的帮助》一书,其中记有西蒙诺夫作品对中国的影响。《日日夜夜》曾用作八路军的军事教材,主人公沙布洛夫成为八路军将士的榜样。解放战争中,打太原之际,徐向前命令将士学习《日日夜夜》。解放石家庄时,聂荣臻有同样的命令。全国战斗英雄、解放军师长张明4次读《日日夜夜》,在攻打开封的争夺战中,在敌人飞机大炮猛轰下,他以沙布洛夫为榜样,坚守了阵地。

第四章　50—60年代前半期诗歌的繁荣

在历史和文艺发展的每个转折时期，诗歌常常走在前面。50年代至60年代诗歌的繁荣是苏联诗歌发展史上少见的，它表现在：涌现出大批蜚声诗坛的青年诗人，很多老一代诗人焕发了"第二次青春"；诗论上争论热烈；创作上主题开掘广泛、体裁多样、风格和形式多有创新。繁荣的背景是国家政治生活和文艺思潮的剧变，科技飞跃，对战争的回忆，这些都使诗人不能平静。50年代中期后，过去被否定的"颓废派"大诗人阿赫玛托娃、茨维塔耶娃、叶赛宁、巴格里茨基和肃反扩大化时被迫害的著名诗人曼德什坦姆（1891—1938）、瓦西里耶夫（1910—1937）、柯尔尼洛夫（1907—1938），都恢复了名誉，他们的艺术成就得到了肯定，影响了一批青年诗人。青年们受到启发，立志革新，要打破几十年习以为常的现实主义诗歌传统，吸取现代派诗歌创作手法。原来被称作"颓废派"的象征派、未来派、阿克梅派就都属于现代派。另一方面，50年代中期后，科学技术迅速发展，文艺应如何适应"原子时代""火箭卫星世纪"的特点，成为作家、诗人们思考的重要问题。

诗歌创作总带有时代的特征。20年代是革命的年代，诗歌繁荣，其创作主要是礼赞革命的伟大。30年代基本上是颂扬建设的成就。卫国战争时代集中讴歌祖国的尊严和人民的英雄主义。战后时期大量的诗歌欢呼苏联国际地位的提高和斯大林的历史功绩。50年代中期至60年代人道主义思潮涌来时，诗歌突出地表现普通人的喜怒哀乐。

50年代至60年代，4代诗人同时活跃在诗坛上，他们的创作各具特色。

第一代诗人，主要指20年代末以前成名的。他们有新旧两个时代的不同生活感受。其中有人已近暮年，诗作不多了，如 М. В. 伊萨科夫斯基（1900-1973）。另有一些人焕发了"第二次青春"，有的还写出了新意，如阿谢耶夫（Николай Николаевич Асеев，1889—1963），有的从20、30年代的第二三流诗人一跃而成为第一流诗人，如 В. 卢戈夫斯科依。老一代诗人很少活到70年代的，他们中最著名的是阿谢耶夫、А. 普罗科菲耶夫（1900-1971）、阿赫玛托娃、卢戈夫斯科依、Б. 帕斯捷尔纳克（1890-1960）、马尔夏克（Самуил Яковлевич Маршак，1887-1964）等。

第二代指30年代末以前成名的诗人。他们一般都理解时代的要求，不少人参加了文艺论战，写出大批争鸣性的诗作。这代诗人分激进派和保守派，前者的代表有特瓦尔多夫斯基、别尔戈丽茨，后者的代表是多尔马托夫斯基（Евгений Аронович Долматовский，1915—1994）。此外著名的还有斯麦里亚科夫（Ярослав Васильевич Смеляков，1913—1972）、斯米尔诺夫（Сергей Васильевич Смирнов，1913—1993）、米哈尔科夫（Сергей Владимирович Михалков，1913—2009）等。

第三代诗人在战时或战后成名，多数经历了卫国战争，因而被称"前线一代"或"战争一代"诗人。他们对时代作出了积极的、乐观的反映，写出肯定社会前进的诗作，成为当代文坛一支重要力量。著名者有鲁科宁（Михаил Кузьмич Луконин，1918—1976）、费奥多罗夫（Василий Дмитриевич Федоров，1918—1984）、维诺库罗夫（Евгений Михайлович Винокуров，1925—1993）以及梅热拉伊蒂斯等。

第四代从50年代初至60年代初陆续登上诗坛，年轻、敏感、热情，其中一些诗人对重大社会政治问题直率表态，博得青年人喝彩，遭到中老年人指责。这些诗人好以政治口号为诗，对活跃诗坛起了作用，影响最大的是叶甫图申科、沃兹涅先斯基等。另一些诗人的兴趣转向大自然，代表人物有鲁勃佐夫、索科洛夫。这一代诗人推动了诗歌的发展，扩大了苏联诗歌的世界影响，有些人在西方引起了轰动，如叶甫图申科。

50~60年代诗人阵容的强大是各个时期都不能比的。俄罗斯诗人在各个时期的人数变化可以为例：

时期	十月革命前后	20年代	30年代	卫国战中	战后	50~60年代
诗人数	24	44	52	68	20	98

50~60年代诗歌的繁荣，与诗歌理论上不同观点的自由争论分不开。争论的最大的一个问题是别尔格丽茨提出的"自我表现"，即诗人与诗的关系问题。她批评诗坛的"很多诗篇缺乏主要的东西，没有人，即没有抒情主人公，没有对事件和风景的个人态度"，连爱情诗都不用第一人称写。所谓"没有抒情主人公"是指抒情主人公没有个性，没有个'人'的命运，没有自己的生活态度。照她看来，许多抒情诗是以代用品、冒牌货取代了真实的感情："在应该有痛苦的地方，来一点小小的不愉快；在需要欢乐主义的地方，来一点朝气；而经常的手法，则是搞平衡。"如果有的诗人表现了某种悲愁，如果这悲愁不马上矫正，用另外一种比较令人高兴的事情来求得平衡，那么，一些批评家就会"狂喊乱叫，说什么这是'悲观主义和没落情绪'等等"。她认为"抒情诗的使命本来正是要使人的心灵冲破平衡的……就是要激动、点燃和震动人的心灵。"① 不少人赞同她的观点，西蒙诺夫在《诗中的人》（1954），卢戈夫斯科依在《关于诗歌的沉思》（1954），瓦西里耶夫在《美寓于千姿百态之中》（1951），都表示了近似的看法。反对别尔格丽茨的，以索洛维约夫（Владимир Алексадрович Соловьёв，1907—1978）为代表，他在《诗与真实》（1954）一文中说："把抒情诗的使命归结为'自我表现'……完全忽视了生活真实和忠于客观现实的环境和规律性问题"，他说，"别尔格丽茨所说的'自己抒情性格的全部复杂性'，就是表现自己的痛苦、忧患和烦恼"②。他不顾别尔格丽茨在同一文章中表明的："我完全不是要让诗人们去写那些充满忧郁、悲伤和迷惘之类的诗歌"，而是写"克敌制胜、排除困难的诗歌"。

这场争论为增强诗的生活气息、丰富诗的风格打开了通路，使50年代后半期出现了诗歌的"抒情浪潮"，抒情诗、抒情叙事诗、抒情散文大量

---

① 《关于〈解冻〉及其思潮》（北京大学出版社）第226—227页。
② 《诗与真实》，原载苏联《星》杂志1954年第3期，可参考《关于〈解冻〉及其思潮》第231—233页的节译。

出现。相形之下，更显出 30 年代和战后时期诗歌的厄运，那时有人情味的诗，有"我"的诗，必难立足。50 年代后争论的自由，不仅繁荣了诗歌创作，还推动了诗歌遗产的发掘，重新评价了叶赛宁，肯定了他与马雅可夫斯基是苏维埃诗歌两大流派的两个奠基人。对巴格里茨基、茨维塔耶娃、蒲宁的诗给予了不同程度的肯定。巴格里茨基（Эдуард Георгиевич Багрицкий, 1895—1934）的诗富有革命浪漫主义激情，诗剧纯朴、明朗。茨维塔耶娃（Марина Ивановна Цветаева, 1892—1941）的诗音调铿锵，节奏快，诗韵和用词有独到之处。蒲宁（Иван Алексеевич Бунин, 1870-1953），其诗句优美，又是出色的小说家、修辞学家、翻译家，十月革命后流亡国外，1933 年获诺贝尔文学奖。他们的创作都对苏联诗歌的发展产生了影响。

一　诗歌的主题、体裁、风格

主题的广泛开掘，是 50、60 年代诗歌繁荣的显著特征。30 年代后期到 50 年代初，流行的诗歌不少是外表华丽、内容空泛、豪言壮语的粉饰生活的赝品。到 50 年代中期，这种诗歌消失不见了。老一代诗人，有的沉默，如伊萨科夫斯基；有的歌颂俄罗斯的土地、民族和文化历史，如普罗科菲耶夫；有的改换主题，以适应新时代的需要，如特瓦尔多夫斯基。中年一代，有的抒发对大自然的眷恋之清，如费奥多罗夫；有的歌颂往昔共青团员们的功勋，如斯麦里亚科夫；有的以回忆战争为基本主题，如鲁科宁。总的趋势是除了写一般传统主题（共产主义，国际主义，苏维埃爱国主义，战争的回忆……），大力开掘现实主题，恢复"永恒的主题"。从 1953 年别尔格丽茨提出"自我表现"的创作主张后，卢戈夫斯科依继而提出要恢复"永恒的主题"的传统（《关于诗歌的沉思》，1954）。他说："俄罗斯诗歌以其有能回答一切的永恒主题的抒情诗而自豪。生、死、高尚的爱情、嫉妒、热情、公正、人生、使命、人在自然界的自我认识、不朽——这些都是自古以来抒情诗的真正主题。"[①] 诗人瓦西里耶夫也强调

[①] 原文载苏联《文学报》（1954 年 11 月 16 日），可参看《关于〈解冻〉及其思潮》234 页的节译。

"永恒主题"。自此，一般传统主题和永恒主题、现实主题常相融合。永恒主题的恢复，消除了50年代前抒情诗缺乏真情和不够含蓄的毛病。梅热拉伊蒂斯、苏尔科夫、阿谢耶夫、费奥多罗夫、索洛乌欣、鲍科夫、维诺库罗夫等都以写"永恒主题"活跃在诗坛上。

此期的永恒主题中，人的主题占据首位，诗人们认为它最能反映时代冲突、最富于时代精神。表现这一主题，诗人们多以普通人的坎坷遭遇、他们的喜怒哀乐，来总结革命与建设的得失。梅热拉伊蒂斯的抒情诗集《人》（《Человек》，1961）是这一时期写人的典型作品。

爱德华达斯·别尼亚米诺维奇·梅热拉伊蒂斯（Эдуардас Беньяминович Межелайтис，1919—1997）立陶宛诗人，共产党员，出身工人家庭，在大学学过法律。卫国战争期间任军事记者。1954年后历任立陶宛作协书记、作协主席、苏联作协书记、立陶宛最高苏维埃主席团副主席。1974年获"立陶宛人民诗人"和"苏联社会主义劳动英雄"称号。他从1935年发表作品以来，出有诗集《抒情诗集》（《Лирика》，1943）、《从祖国吹来的风》（《Ветер с Родины》，1946）、《兄弟的诗篇》（《Братская поэма》，1954）。诗集《人》获1962年度列宁奖金。还著有许多诗学理论著作，如《抒情杂感》（1964）等。1980年的诗集《我的里拉》获立陶宛共和国奖金。

《人》"这种抒情诗的源泉是一个社会性的人对于世界和自己的思考"（苏尔科夫）。《人》要"唤醒人身上的人，培养积极的善和高尚精神的感情，同一切妨碍人们成为人，使人们受奴役——物质上和精神上——的东西斗争，同一切唤起兽性、对人的憎恨、玷污人的灵魂的邪恶意向进行斗争。"个人迷信掩盖了人，当迷信消除，又伟大又普通的、有着自己全部美的人，就庄严地出现在舞台前面了。（梅热拉伊蒂斯《自传》）

《人》中的普通人是顶天立地、充满智慧和创造性的形象，他是：

> В шар земной упираясь ногами,
> Солнца шар я держу на руках.
> Так стою, меж двумя шарами —
> Солнечным и земным.

... ...

Что земля без меня?

Неживой,

Сплюснутый и морщинистый шар —

Заблудился в бескрайних просторах

И в луне, словно в зеркале, видел,

Как он мертв

И как некрасив.

... ...

Подчинилась земля мне, и я

Одарил ее красотой.

Земля сотворила меня,

Я же землю пересотворил —

Новой, лучшей прекрасной — такой

Никогда она не была!

（脚下踏地球，

手托太阳球。

我如此站定宇宙间，大地太阳都似球。

……

如果没有我，

地球像什么？

那将是一个无生气的球，

扁扁多皱褶；

在无边无际的大气中，

它会迷失方向，

找不到归宿；

在明亮如镜的月亮中，

它像死尸一具，

简直太丑，看不得。

……
大地服从我，
我赋予大地美观的外貌。
大地创造了我，
我重新把大地创造，
它从来没有现在这样
新鲜美好！）

诗人不是盲目乐观地对大地一味赞美，同时看到了大地使人担忧的一面，表现出对人类不幸命运的深切关注和对世界的良好期望：

Но не только теплый ветер дует——
Задувает вьюга злая.
Бьют по веку бомбы и ракеты.
Не дают столетию покоя,
Дрогнуло, забилось у поэта
Сердце окровавленное,
Сердце людское.
Где бы в человека ни стеляли,
Пули—— все!
Мне в сердце попадали.

（但不止有温暖的风在吹拂，
仇恨的暴风雪也从地而起。
炸弹和火箭不让世界安宁，
正对着我们时代轰击。
诗人的被割出血的心脏，
人类的心脏，
剧烈地跳动，不止地战栗。
无论哪儿有子弹向人发射，

都会打穿

我的心底!)

　　诗人珍视这个世界,他呼吁:让人们有越来越多的面包,让"和平"代替"战争",让"幸福"代替"痛苦"。

　　梅热拉伊蒂斯属于新派诗人,他创作中的一个基本思想是,人是大地的轴心,如果没有人,地球便是死的。《人》中所写都是关于人、关于人的命运及其历史使命的,都是表现人与大自然的统一的。人来自大自然,是大自然的一部分,爱大自然之美,应当是人的天性,但人又高于大自然,他是创造者,他在大自然的基础上创造出与大自然媲美的新事物:"鸟儿的继续——飞机,闪电的发展——火箭。"梅热拉伊蒂斯诗中也多联想和比喻,但不像沃兹涅先斯基诗中有那么大的跳跃。他所写的对象,一般不脱离其基本属性。因此,他的诗形式新颖,思想也清新。他在诗中热情歌颂人,不能说是敌我不分,他的人性和阶级性是统一的。虽然表示"无论哪儿有子弹向人发射,都会打穿我的心底",但接着便明确了要谴责的对象:"不论干涉者、占领者在哪里踏上了别国的田野,他们都是践踏着我的心。"不仅有谴责,还表现了社会主义人道主义的战斗精神:"我的心甘愿受任何的死亡,只要在未来的时代里能响起幸福的歌曲。"

　　许多诗人写过人这个主题。阿谢耶夫《人类的心》歌唱人的心即使在原子时代仍与和平息息相通。《我们都是人》指出,人可以飞向宇宙,但不能消灭心灵的真理。费奥多罗夫《奴性的血液》阐明阻碍现代人前进的病症之一是祖先遗留下来的"奴性的血液"。维诺库罗夫《我是人,请你们爱我……》弹响了人应受到社会尊重的旋律,而在《人各有自己的面容多么好……》中热烈赞颂了通过战斗才得到的人各自的面孔。叶甫图申科在《庸人颂》中鞭挞了那些无功受禄的"天才"的庸人,等等。诗人们往往以写人的主题作为针砭时弊的手段,从而避免了政治诗常有的概念化毛病。

　　有的诗人的永恒主题诗,主要是歌颂大自然,如索洛乌欣,除了小说创作,他还被誉为大自然的歌手。他的诗集《草原落雨》(1953)和许多诗篇仿佛给读者重新打开了自然界的大门,使读者看到平时视而不见的自然趣事。不过他的永恒主题诗并不是对自然的纯自然的歌咏，他写出了大自然与人的关系，写出自然界的美能培养人的心灵美。有的"永恒主题"的诗打上了时代政治生活的烙印，如《苹果》（1960）一诗，可视为对苏共纲领中"一切为了人，一切为了人的幸福"的艺术注释：

> 一只苹果
> 使牛顿发现了地心引力，
> 但它最终被吃了，
> 这——
> 我深信不疑。
> ……
> 它绝不是为了掉落下来
> 证明落体运动，
> 证明万有引力，
> 而主要是
> 要美而甜香，
> 脆而清凉，
> 让人们一面欣赏，
> 一面切开，
> 嗅到扑鼻的香气，
> 让人善于辨别味道的嘴，
> 把它的甘美品尝。

索洛乌欣的诗多用自由体，自然流畅。

费奥多罗夫（Василий Дмитриевич Федоров, 1918—1984）的"永恒主题"诗，也注重人和大自然的关系。他主张保护自然界的一切，对大自然有天真无邪的崇拜。对破坏自然美的行为，他以极大的愤慨给予谴责。他强调人要按道德良心行事。他的第一本诗集《森林亲人》（1955）和1965年的《第二次开火》都属这类作品。此外，阿谢耶夫的《夜莺》，帕斯捷尔纳克的《芳草与顽石》等，也都是通过对大自然的吟咏，表示出对美丽、纯洁、清净的大自然的眷恋之情，或借此表达对时代的沉思、对生活的渴望、对故土的挚爱。

爱情主题是永恒主题中的重要主题，50、60年代的诗人特别喜欢写爱情，爱情诗在数量和质量上都超过前一时期。这是别尔格丽茨的主张产生了积极影响的结果。费奥多罗夫写了不少爱情诗，如《情诗》(1964)等。他认为幸福是缺少不了爱情的。阿瓦尔族诗人加姆扎托夫（Расул Гамзатович Гамзатов, 1923—2003）被称为"爱情的歌手"，其诗文质朴，比喻巧妙，能细腻地传达出恋人相爱过程中的深刻感受，如一首无题诗所写：

> 我们俩在同一条轨道上转圈圈，
> 只是你和我有不同的速度，
> 我像分针那样奔跑，你像时针那样漫步。
> ……
> 我们一圈又一圈地旋转，
> 路遥遥，永远走不完，我们离别是多么漫长，
> 相会的时间却非常的短。

他的爱情诗很富激情：

> 在三步之内遇上伟大的爱情，
> 死神也得绕道而行。

有的"永恒主题"诗，在日常生活的描写中，表达对人的道德良心的关注，如鲍科夫（В. Ф. Боков, 1914—2009）的《母亲与女儿》：

> 在电气火车里，我看到他俩，
> 出于一个作家的习惯，
> 我躲在一位老人的后边，
> 从远处把她们仔细察看。

女儿戴的是宝石戒指，
母亲手指上却一无所有。
老人已近风烛残年，
满怀心事，满面忧愁。

女儿身穿珍贵的轻裘，
貂皮围着白皙的脖颈。
母亲穿着普通的衣裙，
戴的是只值三卢布的头巾。

她们默默无语地坐着
四周是一片恼人的沉默。
仿佛在过去的岁月之中，
都犯过什么过错。

鲍科夫的诗有民歌的明快节奏，短小精致，许多被谱成歌曲，受到青年的特别欢迎。战争主题中，侧重于对生活的意义、人生的职责、生与死等问题的哲理思考的诗，在50、60年代也不少。鲁科宁的《方尖碑》一诗有代表性，用死人的口吻写出阵亡战士对人世间的斗争念念不忘。诗人借此提醒活着的人不要忘掉死去的烈士，不能忘掉无数方尖碑下的英灵，不可忘掉人生的职责：

不，
当时我在战斗中倒下时满怀信心，
说我牺牲，说我阵亡——
这些说法多么荒唐。
你们在追悼会上的哭声对我是一种侮辱。
如果威胁生命的时刻重新来到，
我这个不死的战士

要再次迎战，

重新奔赴战场！

"永恒的主题"在50年代以前讳莫如深，50年代以后作为一种创作主张被提出，响应者纷纷，这类诗作在文学刊物上占了重要地位，标志着"诗歌的时代到来了"（奥沙宁）。

诗歌繁荣时期，诗歌的形式也必得到丰富和发展。50、60年代，诗人们对纷繁的事件进行思考时，也对历史进行回顾，并瞻望未来，以便真实、准确地反映时代，如特瓦尔多夫斯基说的："艺术家在当代任何一件新事物中都要找寻与他感到亲切的'古代'的联系。"

体裁的丰富特别表现在叙事诗方面，此时的叙事诗多半是立体地反映时代，即以过去、现在、将来的对比描写反映时代，因此，必须扩大容量，增强抒情性和哲理性，而由于诗人经历不同，对体裁各有选择，故而叙事诗的体裁也是多样化的，有抒情—哲理性史诗（如《世纪的中叶》，1958）、抒情性叙事长诗（如《被卖掉的维纳斯》，1958）、抒情性长诗（《没有主人公的长诗》，阿赫玛托娃，1962）、诗剧（《忠诚》，别尔格丽茨，1954）、诗体长篇小说（费奥多罗夫《志愿者》）、诗体中篇小说（《严峻的爱情》）。从内容看，这些诗大体可分为两类：历史题材和战争题材。从手法上看，都十分注意反映生活的真实面貌，既写光明，也写忧患。

抒情诗也不像战后的那么单调，那时的抒情诗以颂歌为主，多如伊萨科夫斯基的诗，风格明快，此时出现了哀歌、短歌。哀歌以感情为主，过去这是不能写的。此时的颂歌也不同以前了，增添了哲理思辨、心理分析的音调。政治诗、风景诗、爱情诗、咏物诗、寓言诗、讽刺诗、哲理诗都得到了发展。最引人注目的是三类抒情诗——政治抒情诗、风景诗、哲理抒情诗。

诗体也多样化了，有自由诗、格律诗、有韵诗、无韵诗、楼梯诗。有的诗人在一首诗里用多种诗体，如阿赫玛托娃的《时代在飞奔》（载诗集《光阴的飞逝·1909-1965年的诗篇》）中就有哀歌、讽喻诗、颂歌、十四行诗、肖像题咏。

50、60年代的诗出现了思考和探索的新风,突出特点有三:第一是抒情性增强,产生了大批优秀的抒情诗集;叙事诗也增加了抒情因素。第二是哲理味变浓,无论抒情诗或叙事诗,都意近旨远,饱含哲理。最有影响的抒情诗集《人》就是由31首哲理抒情诗组成。最大的叙事诗《世纪的中叶》又被称作哲理抒情长诗。第三,论战气氛突出。

战后到50年代初,诗歌以马雅可夫斯基的创作为唯一正统,而漠视古典诗歌。50、60年代,诗人们自由地吸收各种传统。马尔蒂诺夫(1905—1980)、维诺库罗夫继承了巴拉丁斯基和丘特切夫的传统。巴拉丁斯基(Евгений Баратынский,1800—1844),是"与普希金同时出现的诗人中""占有首要地位"的诗人(别林斯基),其诗在欢快明朗之中含有悲观失望的情绪,普希金称他是"酒宴与忧愁的诗人"。他力求忠实地描绘现实。丘特切夫(Федор Тютчев,1803—1873)的创作被认为"除描写自然外,还有热烈的感情和深沉的思考"(杜勃罗留勃夫)。他的作品多数是哲理、爱情、风景诗,受到普希金等的好评。索科洛夫继承了勃洛克的传统。勃洛克(Александр Александрович Блок,1880—1921)是象征主义的代表,其诗节奏性强,艺术手段丰富,富有革新精神。罗日杰斯特文斯基继承了马雅可夫斯基的传统。马雅可夫斯基早期属未来派,十月革命后的诗洋溢着为共产主义理想而斗争的新的社会美学思想。鲁勃佐夫等继承了叶赛宁的传统。叶赛宁(Сергей Александрович Есенин,1895—1925)的抒情诗感情真挚,格调清新,擅长描写农村大自然景色。阿赫玛杜林娜模仿阿赫玛托娃的情调,阿赫玛托娃早年为阿克梅派,其诗多以短小精致的形式袒露复杂的内心矛盾。

风格的千姿百态,不仅表现在不同诗人、不同流派、不同题材与体裁的作品之间,而且表现在同一派的不同诗人或同一题材与体裁的作品之间。同属于哲理抒情诗流派的马尔丁诺夫和维诺库罗夫各具个性,马尔丁诺夫的风格境界开阔、景真意深,而维诺库罗夫则是朴实风趣,深入浅出。同样具有浪漫主义气质的诗人普罗科菲耶夫和卢戈夫斯科依,前者质朴中含深情,后者豪放中见自然。同样以现实主义笔调为特征的特瓦尔多夫斯基和斯麦里亚科夫,一是风趣而睿智,一是严峻而深沉。"悄声细语"派的鲁勃佐夫和索科洛夫,前者的诗轻柔而沉郁,后者则婉转而清新。同一体裁的作品《世纪的中叶》和《山外青山天外天》,都是史诗体裁,题材相近,前者取畅想曲的形式,风格激昂悲壮,是无韵诗,是现代浪漫主义的杰作,而后者用日记形式,风格乐观风趣,用古典格律,是现代现实主义诗作之珍品。

总之,50、60年代的诗歌在时代风云的推动下,在文艺政策开始宽松、对古典诗歌遗产开始重视的条件下,获得了显著进步。诗歌在各方面表现出的新倾向,都带有这个时代的新特点。

二 两派诗人

50、60年代诗坛上的争论——自我表现与表现时代之争,歌颂与暴露之争,继承与创新之争,把诗人们分成了互相对立的种种流派。但区分这些流派不容易,因为这时的任何一派都没有共同的创作纲领,没有统一的组织,只是作品的风格、创作倾向相近而已。原来只有传统派—马雅可夫斯基派,50年代后出现叶赛宁派、阿赫玛托娃派、创新派、城市诗派、"前线一代"派、"工业歌手"派等等,而轰动一时、影响最大的是"大声疾呼"派与"悄声细语"派。这两派诗人融合交错着上述各派的特点。

"大声疾呼"派("Ромкая",又译"响"派)由苏共二十大后涌现的一批青年诗人组成,他们自称是"苏共二十大的产儿",政治上代表了社会上反个人崇拜的舆论,对国家大事深为关注。他们常带着自己的诗到广场或游艺舞台去朗诵,呐喊呼号,故又被称"游艺舞台"派。他们的诗回答人们最关心的政治、社会问题,唱出人们的心声。他们的风格各不相同,其共同点主要是表现出激进的思想倾向。他们的创作对诗歌的发展起了推动作用。这一派被公认的代表是叶甫图申科、沃兹涅先斯基、罗日杰斯特文斯基。

叶夫根尼·亚历山德罗维奇·叶甫图申科(Евгений Александрович Евтушенко,1933—)是"大声疾呼"派最突出的代表人物,出生在西伯利亚一个小站济马站。第二次世界大战中,幼小的叶甫图申科饱尝了生活的艰苦。他的父母爱好文艺,影响他十几岁就爱上了诗歌。他的第一本诗集《未来的侦察员》(1952)是模仿马雅可夫斯基的。他的处女作发表在

1949 年 16 岁时。二十几岁成为惹人注目的诗人，无论写诗、待人，毫不隐瞒自己的态度。他有天赋，有胆量，敢作敢为。1957 年当杜金采夫因为《不是单靠面包》而受到文艺界有组织地批判的时候，叶甫图申科公开为杜辩护，因而被开除团籍。等到那股"左"的势力不太受欢迎的时候，他恢复了团籍，还当了支部书记。对批评家给他的"训诫"，他常据理驳斥。

叶甫图申科有多方面的才能，不但是诗人，还是小说家、编剧、导演、演员。几年前他在影片《起飞》中主演过科学家齐奥尔科夫斯基，影片在第十一届国际电影节中获银质奖章，1984 年他又在《幼儿园》影片中充当了一名配角。《幼儿园》的文学剧本是他写的，故事有自传成分。

叶甫图申科已出版了 30 多本诗集，大量的短诗和十几部长诗，在苏联诗人中确属罕见。著名作品有《布拉茨克水电站》（《Братская ГЭС》，长诗，1965）。他的诗题材广泛，以政治性、抒情性著称。他既写国内生活，也干预国际政治，以大胆触及尖锐的社会问题闻名。他的诗反映了新时期政治的、道德的价值观，不少评论家认为他的诗体现了苏共二十大后"精神解放"的社会情绪。在《布拉茨克水电站》等诗中，突出了"普通人"的主题。他的诗充满辩论、呼吁和号召的激情。1960 年后，他多次到国外访问，在一次访问中把《自传》发表在法国的《快报》上，又由于他思想激进，因而在西方引起轰动，然而在国内遭到严厉批评，批评他缺乏生活经验，缺乏美学和思想上的纲领。批评他不分青红皂白地进行揭露、幼稚无知地发出呼吁。批评他诗中往往是渺小的"我"越来越泛滥。批评他诗中的主人公性格混杂，指出他议论肤浅，把他的《斯大林的继承者们》列入"抹黑"作品之列。60 年代初的《娘子谷》也受到批评，说他"没有表现出政治上的成熟"。（《真理报》1963，10）《娘子谷》写第二次世界大战中的事件，德国法西斯在基辅郊外一个名叫"娘子谷"的深谷杀害 9600 名犹太人。诗人在诗中控诉这种伤天害理的暴行，同时暗示俄罗斯人当中也有"反犹分子"，也有排犹情绪。诗人对犹太民族历来的不幸遭遇寄予极大同情。《娘子谷》引起国内外的注意。法西斯屠杀犹太人，必须反对；俄罗斯人中的排犹情绪为什么不能批评？叶甫图申科不为自己的民族护短，正表现了他的正直和对自己祖国真正的爱。

有人称他是"秽事的歌手"，又有人赞他是"革命的诗人"。他承认自己写的总共 11 万行诗中"有三万行是污秽,两万行是半污秽"。好诗毕竟占多数。1965 年的《白白的雪花慢慢地飘》中可以看出诗人的爱国的真情:

> 白白的雪花慢慢地飘,
> 朵朵串串,洁白妖娆,
> 真想在人间久久地活,
> 可惜大概办不到。
> ……
> 我爱俄罗斯祖国,
> 用全部热血,用整个心胸——
> 爱她那泛滥的河水,
> 也爱河水在冰下流动,
>
> 爱她那五面墙壁的气氛,
> 爱她那松林的精神,
> 爱她的普希金、斯坚卡,
> 还有她的列祖列宗。
>
> 如果说过去的生活苦涩,
> 我却并没有受到多少折磨。
> 即使我的生活道路坎坷——
> 我也是为俄罗斯而活着。
>
> 我怀着一个意愿
> (心中充满隐秘的不安),
> 但愿我对俄罗斯,
> 有点微薄的贡献。
>
> 任凭俄罗斯祖国

轻易地将我遗忘，
只要她，俄罗斯，
地久天长。
……
我不配成为不朽的人，
但我却怀着希望：
只要俄罗斯存在，
我也会沾她的光……①
（乌兰汗译）

他的一组外国旅游诗，对资本主义世界各种社会矛盾作了揭露和剖析。揭露苏联社会阴暗面的诗，嘲笑了小市民习气、官僚主义、教条主义、僵化的思想方式等，如《庸人颂》对庸人表现了极端的厌恶：

要做一个庸人也不能没有条件：
他要有热情，
他要有气概。
不！要受到奖励，就得平庸。
做个庸人——
也需要天才！

在《俄国人要不要战争》（1961）中强调了和平的可贵，以深沉、哀伤的感人诗句引起了读者的共鸣：

你们去问一问
埋在白桦树下的士兵，
让他们告诉你们，
俄国人要不要战争。

---

① 选自《当代苏联文学》1985年5期《叶·叶甫图申柯诗三首》。

他敢于针锋相对地驳斥某些批评家的陈腐的"训诫"：在《别人认为我过着灰溜溜的生活……》（1963）一诗中，承认自己"不精通麦穗""不精通机器"，但自己"也是人民"，他要求工人、庄员也了解他是"怎样地焦虑""怎样地苦恼"，而不要把他当作"交不完税"的人，老是要求他去"了解人民"。他提醒人们，并不是"只有种地的和打铁的才是人民"，"用脚尖走路"的芭蕾舞演员乌兰诺娃"也是人民"！他自称是人民思想的代言人，用诗歌回答社会生活中最迫切的问题。他把"大我"与"小我"统一起来，"小我"里包含着"大我"，这也是"大声疾呼"派诗人共同遵循的艺术信条。

对于叶甫图申科，肯定的意见居多，而且越来越多。近年来他创作的中心思想是反对战争、保卫和平。《妈妈与中子弹》（1982）的主旋律即反对世界核战争，获得1984年苏联国家奖金。

叶甫图申科属于创新派诗人，但他重视继承传统，他认为"文学不可能有空中之根"。他表示要"在自己的诗中把马雅可夫斯基、布洛克、叶赛宁和帕斯捷尔纳克的某些特点结合在一起"（《青年作家自述》）。《妈妈与中子弹》这题目有强烈的象征性，中子弹象征新的战争威胁，妈妈象征生命之源，二者不能相容，毁灭性的核战争必须防止。诗中有对童年的回忆，有战争的描写，有访问外国的记叙，也有艺术的虚构，在抒情的基调上托出了有关全人类的重大问题。长诗思想丰富，艺术形式自由，成功地继承和发展了马雅可夫斯基的诗歌传统，是当代叙事诗的佳作。

叶甫图申科访问过70多个国家，他希望能够访问中国，"希望写出关于中国的好诗"。

安德列·安德列耶维奇·沃兹涅先斯基（Андрей Андреевич Вознесенский，1933—2010）本学建筑，1958年登上诗坛，以文笔清新、题材多样而引人注目。他曾被誉为城市文明的歌手。1959年的长诗《师傅们》被赞为独具一格的天才作品。描写列宁的长诗《隆儒莫》（《Лонжюмо》，1963）得到了读者和评论界的赞扬。隆儒莫是巴黎一个近郊区，1911年列宁在这里开办过党校。沃兹涅先斯基参观此地有感，在诗中写出列宁同人民的血肉关系：列宁以雄辩的哲学思想武装人民，而自己"像电池一样"在人民群众那里得到"充电"。形象地说明领袖的智慧来自人民，他又以此智慧为民造福。沃兹涅先斯基诗中的形象荒诞，"标新立异"倾向严重，诗集《反世界》（《Антимиры》，1964）、《扎列夫》（1967），都受到强烈批评。他的创作被认为西方先锋派在苏联的翻版。他把诗看作高于一切、把诗人看作有特殊权利的、按照自己特殊法则生活的人（如《俗事纷繁——诗人们万岁！》），这种思想把艺术家与社会对立起来，对他们的创作产生了不良影响：内容含混、形象古怪（《没有妇女——只有反男人》）。《新世界》主编、诗人纳罗夫恰托夫（Сергей Наровчатов，1919—1981）指出：在沃兹涅先斯基的诗中，独创性开始转变为标新立异；思想解放转变为卖弄风骚；大胆变为粗俗的自然主义；故弄玄虚、莫名其妙毁坏了诗的本身。

叶甫图申科和沃兹涅先斯基是革新派中的闯将，他们要冲破几十年来诗歌界习以为常的现实主义诗歌传统的旧框框，吸取现代派创作方法以丰富诗歌形式，故又有"形式创新"派之称。他们在革新的态度上和创作实践上各不相同。叶甫图申科要把马雅可夫斯基等多种流派的特点结合在一起，而沃兹涅先斯基"不认为作家接近文学上的老前辈是有益的。血族通婚会导致退化"。"大胆联想"和采用"隐喻"是沃兹涅先斯基的重要创作方法。其实这方法也是"老前辈"常用的，20世纪初象征主义诗人就善用这些手法，他们的诗追求瞬间的幻觉和飘忽的意念，思想感情无端地跳跃。沃兹涅先斯基的联想有的是根据事物或物体的形态的近似，可以猜度，如把摩托车手比喻为坐在"夜壶"里的人，把夜航飞机比作燃着的香烟。有的比喻不美，甚至失雅。有的联想不受形式逻辑的约束，荒诞奇特，令人不解。如把海滨游泳者比喻为"抽水马桶"，把海鸥比喻为"上帝的游泳裤"，把妇女称为"反男人"，把列宁说成"像物质一样简单和复杂"。如果说这样的"大胆联想"还有一点意义的话，那就是有助于扩大表现手法。沃兹涅先斯基还是个画家，举办过抽象派画展，这对于他的诗歌风格无疑是有影响的。他在诗歌形式上的追求，目的是要革新艺术的表现手段。虽然他在理论上否定老前辈，但创作上不可能不受影响。他的诗在音响、节奏、联想、比喻等方面，显然继承了马雅可夫斯基的传统。这就像马雅可夫斯基当年革新形式一样，开始时要把普希金、陀思妥耶夫斯基、托尔斯泰"从现代轮船上丢下水去"（《文学宣言》），可是后来由不自觉到自觉地继承了他们的传统。

到70年代后半期，沃兹涅先斯基的诗得到广大读者的肯定，他在形式方面的探索被公认为创新。诗集《大提琴似的柞树叶子》（《Бубовый лист виолончельный》，1975）、《镂花巧手》（1976）表现出诗人对社会、对人类未来的责任感加强了。《镂花巧手》获1978年度苏联国家奖金。他成为名副其实的革新派代表人物之一。

罗伯特·伊万诺维奇·罗日杰斯特文斯基（Роберт Иванович Рождественский，1932—1994）是另一类型的"大声疾呼"派诗人，擅长用夸张和讽刺手法干预社会生活。他出身于军人家庭。1977年加入苏共。曾在彼得堡工业大学学习。1956年毕业于高尔基文学院。1950年开始发表作品，1955年出第一本诗集——《春天的旗帜》，便表现出积极的生活立场。他主要写争论性的抒情诗，其诗坦率，有强烈的公民感。1962年12月在《真理报》发表政治诗《致祖国》，向揭露、批判个人崇拜的"不怕真理的人们"表示感谢。他的诗多以人道主义为主题，为人的自觉存在、人的个性解放、人的神圣权利而呼喊，慷慨激昂，铿锵有力，如《致同龄人》（《Ровеснику》，1962）。他的长诗有《寄往30世纪的一封信》（《Письмо в тридцатый век》，1963）、《献词》（《Посвящение》，1969）、《二百一十步》等，后者获1979年苏联国家奖金。

诗界公认罗日杰斯特文斯基继承了马雅可夫斯基的传统。他的风格特点是独白性和演说式。这种倾向对他的创作发生了两方面的影响，一方面使他的诗积极向上、目标坚定、气势宏伟；另一方面，过分的教训人的口气、宣言的模式，成为他创作发展的障碍。60年代中期以后，他开始消除这种障碍。

罗日杰斯特文斯基属于官方赏识的"大声疾呼"派诗人之列，后来做了苏联作协理事。这一派中还有著名女诗人阿赫玛杜林娜、卡扎科娃（Римма Федоровна Казакова，1932—2008）。

50年代末60年代初，"大声疾呼"派在鼎盛时期，揭露个人崇拜和社会弊端，充满否定和斗争的愤慨情绪，起了积极作用，但诗歌的艺术性不高，不能长久地打动人心，当读者对政治的注意转向对艺术的追求时，他们便渐渐失去影响，而为"悄声细语"派取代。

"悄声细语"派("Тихая",又译"静"派)在 60 年代后半期"大声疾呼"派渐趋消沉时,开始显示其影响。"静"派与"响"派的区别在于,它不是走上街头、广场去慷慨激昂地朗诵,而是在"小范围"内轻声慢语地低吟,又称"室内抒情"派;它不以政论性为主要特点,而以抒情性为首要特征;不注意大题材,而专写小题材,甚至回避重大社会政治课题,而从大自然、古迹或身边琐事中寻求宁静与和谐。一般说,"大声疾呼"派属创新派,"静"派属传统派,主要沿袭叶赛宁的传统。"大声疾呼"派以号角气势取胜,"悄声细雨"派则以情境夺人。试比较:

"响"派诗
快接纳我参加进攻吧——
请不要对我责备苛求。
同辈人中的佼佼者们哪,
请把我当作号手接受!
我就要吹起冲锋号了,
一丝一毫也不会走调,
如若我的气力不够,
定以步枪代替军号。
　　——(叶甫图申科:《致同辈人中的佼佼者们》,1957)

"静"派诗
多年来我一直渴望
生活在可爱的故乡。
我爱那里清澈的流水,
我爱那里深深的池塘。

草原望无边,
幼芽破土钻。
那森林,那莺啼雁鸣,

悲愤凄婉，切切深情。
……
我要以无限的深情
为他们服务终生，
为我身旁褐色发辫的小姑娘，
为那满天的繁星。

（索科洛夫）

一般认为，索科洛夫、鲁勃佐夫、日古林、库尼亚耶夫是"静"派的主要代表。

弗拉基米尔·尼古拉耶维奇·索科洛夫（Владимир Николаевич Соколов，1928－1997），俄罗斯诗人。1952年毕业于高尔基文学院。1948年开始发表作品。他的诗是最早表现出"悄声细语"的特征的，可称此派鼻祖。第一本诗集《途中之晨》（《Утро в пути》，又译《途中拂晓》）于1953年出版，得到批评家的好评。1958年又出诗集《雪下青草》（《Трава под снегом》，又译《雪野芳草》），接着出版了诗集《向阳的一面》（《На солнечной стороне》，1961）、《日月如梭》（《Смена дней》，1965）、《不同的年代》（《Разные годы》，1966）、《九月雪》（《Снег в сентябре》，1968）、《第二次青春》（《Вторая молодость》，1971）、《感谢音乐》（《Спасибо музыке》，1978）、《长短诗选》（《Стихотворения и поэмы》1978）、《岁月和心灵》（1982）等。他的诗无论写什么主题，都着意描绘出现代人复杂的内心活动，笔触细腻，如：

Какими красивыми были
Мальчики семнадцати лет,
Которых еще не любили,
Которых давно уже нет.
Летели над ними разрывы,
Осколки великой войны.
Но всё ж они, мальчики живы,

... ...
Как живы отцы и сыны
... ...
Какими красивыми были,
Такими и в земль ушли.
А там, где мы их хоронили,
Там красные маки взошли.
... ...
Такими красивыми были
Ребята семнадцати лет.

（男孩儿刚刚十七，
那是多么的美丽，
还没有谁爱过他，
就早早地与人世分离。
伟大的战争爆发，
炸弹在他头顶上爆炸。
但他们
男孩儿
还是活着一般，
就像活着的父亲们
和无数的儿男。
……
他们以那样的美丽，
走进了厚厚的大地。
在我们埋葬他们的地方，
鲜红的丽春花破土生长。
……
孩子们是那样的美丽，
他们刚刚十七。）（《歌谣》）

对于人的过去的记忆，对古典文学传统的社会道德基础的尊重态度，对新事物锐敏的感觉——是他的抒情诗的特点。前面举的"多年来我一直渴望"的抒情诗，可认为是他创作的纲领。他要为美丽的大自然、为生育自己的故土、为还未成年的孩子们服务终生。

鲁勃佐夫有《抒情诗》（1965）、《田野之星》（1967）、《心灵保留着》（1969）等诗集。他的题材多取农村自然景色、对往事的回忆、日常生活琐事，在描写中抒发瞬间的内心感受和感情的冲动，写得真切优美，洋溢着对故乡、大自然的眷恋之情，时而带出惆怅、哀怨之声，如在《我的宁静的故乡》（1964）中所写：

> 我宁静的故乡！
> 柳条轻摆，河水淙淙，夜莺歌唱……
> 在我童年的时候，
> 我母亲就安葬在这个地方。
> ……
> 我跟每座农舍和每片乌云，
> 跟每一阵就要落地的雷响，
> 都有一种生死与共的关系，
> 我对他们的感情如此火热深长。
> 又如一首感伤抒情诗：
> 我爱白桦树的落叶缤纷，
> 我爱白桦树沙沙作响，
> 谛听着这样的声音，
> 泪水就盈满了我难得流泪的眼眶。

诗人忧郁的心境，似乎在大自然的怀抱里才能找到慰藉。有人认为这是俄罗斯抒情诗人固有的气质，又有人从他的死因找到了解释。"1971年1月18—19日夜间，他被与他同居的一个女人杀死，事情发生在一次激烈的争吵之后。那女人本可以成为他的妻子……"（杰缅季耶夫《诗人的世界》，1980）作品中的忧郁反映了他生活中的不愉快。鲁勃佐夫有叶赛宁的风格，诗界称他是"农村歌手"。

日古林擅长以描写大自然的景色来阐发爱情、信念、生与死等永恒的主题。他的诗多有情节，调子往往是低沉、哀怨的，因此有"悲伤歌手"的称号。

"大声疾呼"派大致存在了10年，到60年代末基本完成"历史使命"。"悄声细语"派进入80年代后，也趋向衰落，因为他们一味挖掘内心感受，回避社会主题，不能满足人们的希望，不能在诗中渗透进对当前震撼人心的社会事件的感受。

三 占独特地位的长诗

(一)《山外青山天外天》

《山外青山天外天》(《За далью-даль》，1960)的作者亚历山大·特里丰诺维奇·特瓦尔多夫斯基（Александр Трифонович Твардовский，1910-1971），是继普希金、马雅可夫斯基之后的又一个高峰，是苏联当代的伟大诗人。曾任苏共中央监察委员、中央候补委员、苏联作协书记、《新世界》杂志主编、欧洲作家联谊会副主席等职。出身铁匠家庭。1939年毕业于莫斯科文史哲学院。自童年能诗，14岁做农村通讯员。1931年发表长诗《社会主义大道》。1936年的长诗《春草国》(《Страна муравия》)是描写集体化运动的成功之作，获斯大林奖金。1945年完成最著名的长诗《瓦西里·焦尔金》(《Василий Тёркин》)，获斯大林奖金。1946年的长诗《路旁的人家》(《Дом у дороги》)，是对人民历史命运深刻思考的代表作，获斯大林奖金。长诗《山外青山天外天》和《焦尔金游地府》(1963)，都是他的重要作品，影响很大，在50—60年代的苏联诗歌中占有独特地位，前者获列宁奖金。《近年抒情诗抄，1959—1967年》获苏联国家奖金。此外，还有短篇小说、中篇小说、散文集、论文集若干。

《山外青山天外天》写了10年，从1951年在报刊上陆续发表，到1960年完成，共15章，每章有标题：《途中》《七千河》《两个打铁房》《两个远方》《关于文学的谈话》《西伯利亚的火光》《前线与后方》《莫斯科在前进》《在安卡拉河上》《童年时代的朋友》《同自己谈话》《有过这样的事》《接近旅途的终点》《新的远方再见》等。

长诗的标题汉译用了中国一句古诗,原文的意思是"一个远方接着一个远方"。"远方"的意义有两层,一是时间的远方,一是空间的远方。时间远方是回忆往事,追溯卫国战争年代,展望未来。空间远方是诗人乘坐的列车向东开驶,驶向远东,同时写到世界的西方。

长诗有个副标题名《旅行日记》。这个副标题透露了长诗的结构特点,他是在祖国大地上漫游的日记形式,诗体日记形式。这种形式很自由,可以自由地描述不同时代发生的各种重要事件,探索社会前进运动的规律。长诗的主导思想正在于此。它既是日记形式,又有标题,每篇有独立的风格。结构自由,情节也自由,"既无头,也无尾",这一篇是对战争的回顾,另一篇是对建设的歌颂,再一篇是对某事件的议论,也有揭露斯大林过错的篇章。长诗各篇尽管在主题和基调上不相同,但构成了一个严整的统一体。长诗对祖国进行了广泛的描述,表现了过去的历史,也表现了现代生活。诗人的主要任务是从现代生活的角度描述过去,从历史经验中描述现代生活,力图揭示出时代的重要规律。长诗对人民的英勇业绩、艰难困苦、悲惨遭遇,都作了历史主义的理解,既没有涂上盲目的乐观主义色彩,也没有留下悲观主义情绪,而给人以向前的勇气和力量。

长诗对当代生活中的严重迷误现象——个人崇拜,最先给予了批判:

怎么样,如果经验证明不妙,
又该向谁去抱怨他的为人?
伟大的列宁不是上帝,
他也没有教我们去创造神,(飞白译)

长诗从开头便把现实生活和历史的回顾连在一起:

时间到了!灯火辉煌的车站上
响起了开车铃声。
昔日的生活又一幕幕地

> 在我的眼前浮动、闪映。
> 我也许看到过大半个世界，
> 紧跟着时代的步伐前进不停。
> 但多少年来
> 还是第一次作这样的旅行。

接着便自由漫谈式地叙述自己的见闻、观感和印象，今昔生活中各种事件呈现在读者眼前：西伯利亚的开发（《西伯利亚的火光》）、卫国战争（《前线与后方》）、年轻一代的命运（《莫斯科在前进》）、蒙受不白之冤的人（《童年时代的朋友》）、现代建设者的英雄气概（《在安卡拉河上》）、关于文学的谈话、农民的悲苦命运和聪明智慧……写到祖国，写到人民也写了自己，三者被结为一体。

长诗各章都有独特的风格和感情色彩，或抒情色彩浓郁（《两个打铁房》），或悲壮高亢（《西伯利亚的火光》），或是包含哲理的政论风格（《有过这样的事》）。

最出色的两章是《两个打铁房》和《在安卡拉河上》。

《两个打铁房》最富诗情画意，形象宏伟庄严，以浓郁的抒情笔调歌颂劳动人民的创造功勋。诗人在途中见到最大钢铁基地乌拉尔时，引起联想，回忆起童年学会打铁技能的农村小铁坊，父亲在那里打铁，发出"孤寂的叮当声"。他铭记着俄罗斯穷乡僻壤的悲苦生活，铭记着劳动人民的聪明智慧，他们有高超的技艺和高尚的品质。

> 我特别感激我的童年时期。
> 当我还是孩子的时候，
> 就懂得一个简单的道理：
> 经过铁匠技艺高超的手，
> 金属一旦与火相结合，
> 就会出现惊人的奇迹。

诗人在回忆中又从童年回到乌拉尔，乌拉尔是胜利的象征，祖国的象征：

> 乌拉尔啊！
> 你秉承世世代代的遗教，
> 你是未来的先兆；
> 犹如一首低沉宏亮的歌曲，
> 永远回荡在我们心里。
>
> 乌拉尔啊！你是强大祖国的栋梁，
> 你是她的矿工和铁匠，
> 你与我们祖先的功勋同在，
> 又创造出今日的荣光。

《在安卡拉河上》歌颂了当代人的劳动热情和集体主义精神：

> 这是集体智慧的闪光，
> 这是忘我精神的发扬，
> 它体现着
> 俄罗斯人民的剽悍骁勇，
> 集体劳动的豪迈顽强，
> ……
> 雄鹰般的人们啊，
> 你们肩并肩地站在一起，
> 只要团结坚强，
> 定能所向无敌！

长诗用第一人称讲述祖国、人民和自己，没有中心的主人公，形象分两类，一类是象征意义的：时间和空间的远方形象、义务和良心的形象、青春和功勋的形象；一类是实在的人：新时代的建设者，旧俄国的农民，诗人幼年的朋友，战争时期的战士，还有作者自己。

虽然没有中心主人公，但有贯串长诗的中心主题，这就是对人民的劳动、战斗功勋、精神美和永恒力量的赞美。

长诗的自由描写、古今对比、作者作为诗中的重要形象出现，史诗般的叙述，是马雅可夫斯基传统的继承。马雅可夫斯基的《好！》奠定了这种长诗的基础，它第一次组织了这种结构——在结构上起主要作用的不是情节线索，也不是"纯粹"抒情线索，而是"透过"诗人之心的历史本身。诗人在诗中讲述时代和讲述自己的任务，确定了这种历史主义的特性：从现在的角度再现过去，又以过去的角度表现当代。马雅可夫斯基认为叙事诗的使命是创造别具风格的"时代传记"，是描写历史本身的运动。《好！》正是这样的叙事诗。特瓦尔多夫斯基在继承这一传统和发扬自己的风格时，创造了新型的史诗形式——抒发哲理的长篇史诗。他常常率先大胆地在诗中谈论时代的一些极复杂的、充满矛盾的现象，并从社会历史和哲学的角度给予深刻的阐述。

（二）《焦尔金游地府》

《焦尔金游地府》（《Тёркин на том свете》，1963）首先发表在《消息报》上，而后《新世界》转载。它不像《山外青山天外天》那样获得基本一致的肯定，而受到截然相反的两种评价。《焦尔金游地府》的情节是虚构的，是以苏共"二十大、二十二大的精神"为基础的"虚构"，藉此表现苏联"战后的现实"（《特瓦尔多夫斯基论文学》，1973，莫斯科）

长诗中的"地府"只有入口，没有出口，层层拱门，"不论推开那一扇，都会扑来一股强烈的、阴湿的、布满尘土的坟墓里的气息。"主人公焦尔金在战场负伤后"无意中来到了阴间"，口渴难忍而找不到水。好容易等来"全面消毒"的时刻，想趁洗澡之机解除口渴之苦，但阴间洗澡用的是"无水淋浴"。睡觉没有床铺，焦尔金把意见反映给唯一一家报社——"棺材报"社。那报社根本不予理睬，它通常是把"小鬼"的意见登在"不予答复栏"内。"地府"的一切，不可思议，唯官僚主义和文牍主义，他觉得与阳间无二。主宰大权的是"地府卫戍司令，是位已故的将军"。焦尔金遇到的官僚主义、形式主义、保守主义，都出自最高领导人，这人对活人是生身之父，对死人是鬼魂的主宰，他是安排所有人鬼命运的人。焦尔金在"地府"所遇,都与人生相悖,觉得苦不堪言,被弄得垂头丧气,他不能适应"地府"的一套"规矩",得出结论说:"这简直不叫生活!"

> 这位好奇的士兵
> 惊讶万分,皱起眉头,
> 他从骨子里看清了
> 这个秩序和制度。

他与"死神"斗争,逃出了"地府",回到了人间……

长诗引起激烈的争论。一派论者指责长诗是给社会主义抹黑,是控诉社会主义、攻击社会主义,丑化了斯大林,把他描绘成游魂百般冥落的对象,这是诗人的败笔,是对他以前作品中的壮丽历史画卷的勾销。作者答辩说:《焦尔金游地府》不是《瓦西里·焦尔金》的继续,只是借用焦尔金这名字解决新问题,他是讽刺作品,对象是保守主义、官僚主义、形式主义等。另一派论者以苏联官方为代表。长诗在《消息报》发表时,主编阿朱别依为它写了前言,大赞其"真实的描写"。欧洲作家与赫鲁晓夫会见时,肖洛霍夫等作家在座,特瓦尔多夫斯基当众朗诵此诗,欧洲作家皆听得津津有味,时而哈哈大笑,又时而凝神遐想,品其教益。当时的争论中褒多于贬。60年代以后,在勃列日涅夫时期,《焦尔金游地府》被埋没起来,文学史对特瓦尔多夫斯基,只讲他的《春草国》《瓦西里·焦尔金》《山外青山天外天》等。在那之后,国外评论界有的评论把《焦尔金游地府》公开列入坏诗之列;有的评论闪烁其词,在同一篇文章中,前面说它影响很大,是占有独特地位的长诗,后面又说它把斯大林领导下的苏联完全影射成"阴曹地府",糟蹋了社会主义"秩序和制度";也有个别的讲述,把它抬到反个人崇拜的名篇的高位。

(三)《世纪的中叶》

诗人卢戈夫斯科依由于《世纪的中叶》(《Середина века》,1958)、《不落的太阳》(《Солнцеворот》,又译《太阳门》,1956)和《蓝色的春天》(《Синяя весна》，1958) 三部力作，在 50 年代由二三流诗人一跃而成为第一流诗人。《世纪的中叶》被认为是他创作的高峰。

弗拉基米尔·亚历山德罗维奇·卢戈夫斯科依（Владимир Александрович Луговской，1901—1957），1921 年毕业于军事教育学院。曾服役红军部队。1924 年开始发表作品。1926 年出版第一部诗集《北极光》，描写国内战争的历史事件，这类题材的作品还有《肌肉》(《Мускул》，1929)。他早年参加"构成主义者文学中心"，到 30 年代开始和构成派决裂。30 年代初几次到中亚细亚深入生活，发表长篇史诗《沙漠与春天》(1-4 卷，《Пустыня и весна》，1930—1954)。1936 年的诗集《里海》表现出自己的创作特色：抒情色彩浓厚，格调庄严，形象思维夸张。

《世纪的中叶》用 16 年时间写成，是一部自传体的长诗集，包括 24 部相对独立的叙事诗，描写了 20 世纪中期最重要的历史事件。就其历史容量和长达万行的篇幅而论，在苏联诗歌史上是首屈一指的。它描绘的革命所经历的壮烈场面和曲折道路，与抒情主人公的生平见闻交织在一起，形成一部别具一格的世纪的自传，也是诗人作为历史同行人的"自白"。

> 但是它——
> 在你身上，你——在它身上。你要对它负责，
> 负责一切——胜利、光荣，
> 痛苦和错误。
> 还要对那些
> 领你前进的人负责，……

长诗追述了第一个社会主义国家的苦难历程，回顾了社会主义新人的过程，歌颂了十月革命的道路和列宁的英明领导以及人民的回天之力。长诗的各个篇章的结构各有特点，一类以叙事的情节和画面为主要表现手段，抒情主人公藏于画面之后，如《与奥古赛河一起游泳》《阿布——姆西姆的坟墓》《巴库啊，巴库！》。另一类的情节发展常被抒情主人公的插话打断，如《新年》《十二夜》。再一类主要是抒情性独白，时而讲述各种

事件，时而因这些事件陷入沉思，如《捷尔宾特》。长诗对众多历史画面和人物的描绘由抒情主人公串在一起，表现了一个历尽险阻但创建了奇迹的世纪形象。这个形象十分抒情又饱含哲理，它的灵魂是列宁：

> 我们跟他走，
> 永远，永远跟他前进，
> 跟着列宁，跟着自己的人，
> 他不是青铜铸造、大理石雕成或书本上的人，
> 他是活生生的人，……
> 他死了？
> 不，没有死吧？
> 他回来了！
> 你在哪里见到他？
> 他和我们没有离分。

《山外青山天外天》和《世纪的中叶》这两部50、60年代叙事诗的最重要作品，在处理近似主题时用的方法不同。《山外青山天外天》是严格的现实主义的，《世纪的中叶》则是一部浪漫主义作品，其童话和幻想成分占重要地位，整部长诗以寓意的或传奇式情节展开。诗人常常远离实际的现象进入哲理思考的领域。

不管是卢戈夫斯科依、特瓦尔多夫斯基，还是斯麦里亚科夫、伊萨耶夫，他们的叙事诗都说明，诗人们越来越致力于从规模宏大的总体上综合地理解时代的意义。

四　获得好评的作品

（一）《严峻的爱情》

50~60年代的叙事诗，除了上节讲的最重要的少数长诗，还有一些比较引人注目的作品，受到官方和文艺界的好评，斯麦里亚科夫的《严峻的

爱情》即其中之一,此外还有伊萨耶夫《记忆的审判》(1962)、马尔青契亚维丘斯的《血与灰烬》(1962)、叶甫图申科的《布拉茨克水电站》等等。

雅罗斯拉夫·瓦西里耶维奇·斯麦里亚科夫(Ярослав Васильевич Смеляков,1913—1972),俄罗斯诗人。七年制中学毕业后辍学,做过临时工。1931年毕业于莫斯科一所印刷学校,入印刷厂工作。这个印刷学校对他影响很大,校名"伊里奇印刷学校",学生的生活有充实的内容。《严峻的爱情》就是以这个学校的生活为背景。做工时发表的第一首诗,作者时年18岁,第二年便出版第一本诗集,名《工作和爱情》(《Работа и любовь》,1932),是自己排印的。他热爱自己的两种职业。他的生活道路是不平坦的,卫国战争开始后,他入伍当了士兵。1941年被大炮震伤,做了俘虏,历3年苦难,到胜利时,才被交换回国,做了矿工。1945年,偶然的机会被一个相识的诗人发现,得其相助,做了编辑。他的诗多取工人、青年为题材,又多以某人某事为依据。因写了许多于青年有教育意义的诗,1968年获"共青团奖"。《共青团车厢》就是这类诗中的一首。青年们到外地去工作,在车厢中个个表现出上进的精神,作者看到有这么多优秀接班人,很高兴。《涉及重要问题的谈话》(《Разговор о главном》,1959)是写工人的,认为没有比"工人"这称号更崇高的了。他不喜欢写花草,认为单纯写花草没有意义;要写,必须写能引起人的思考的东西。他的《俄罗斯的一天》(1967)获当年苏联国家奖金。

《严峻的爱情》(《Строгая любовь》,1956)是诗体中篇小说,写成后《十月》和《新世界》争着发表,《十月》主编维诺古洛夫抢在了前头。

长诗从遥远的故事开始,一笔一画地、天才地再现了20年代末到30年代初艰难岁月的历史特征。那时,"美,……也仿佛在大可怀疑之列",共青团员们觉得,美可能使人偏离最主要的事情——工作,"破坏"劳动热情。因此,青年建设者的生活是艰苦的,像苦行僧。在他们纯洁的、有的是幼稚的革命热情中,在他们的自我牺牲精神中,诗人看到了真正的人所具有的非凡品德。这种品德在以后几代苏维埃英雄人物身上一再表现出来,这就是忘我劳动,对待爱情的严肃态度,把革命看得高于一切。诗人在叙述中强调了这一点,并号召青年一代珍惜这些优良传统。

诗人歌颂了那个时代青年人的高尚情操，在艰苦生活中抱有革命理想，意气风发，但没有美化那个时代。作者对幼稚的、教条的偏向表示否定。

长诗中的主要人物有亚什卡、莉兹卡、金卡，还有"我们"——即作者。

亚什卡、莉兹卡、金卡，都是第一个五年计划时期的青年的典型。女子像男子一样穿普通服装，说话也粗声粗气，手提包里装的是记录本和工业照片，没有化妆品。在那艰苦的时代讲究美是不现实的，不必要的。故事以印刷学校为背景，学校以列宁的名字为名，意在引导青年生活要简朴，理想要远大，像列宁那样。金卡的母亲用一个线团为父亲织衣服，未成而亡。金卡继之，常把线团带在身边，被共青团员们看成是小市民习气，是背叛，还决定要"拯救她"。其实，金卡家中生活极简单，父亲是布琼尼部队的战士，何谈"背叛"？诗人用生活中的具体事例烘托了当年青年们的事业心和献身精神，同时对他们的幼稚的、"左"的表现给予爱护的指点。诗人站在20年后的高度认识过去的事物，同时站在30年代初的角度评论现在。那时以青年的绝对性否定了旧的风俗习惯和旧的社会生活，不追求生活的完美，一切从简。现在生活舒适了，吃穿住发生了巨大变化，再一切从简不可能了，但诗人没有忘掉青年时期的召唤。

长诗写爱情很少，到处是镰刀斧头，但爱情还是有的，亚什卡和莉兹卡在苦行僧气氛中产生了爱情，那种爱情纯洁而严峻，有似《母亲》中巴维尔和莎申卡的相爱。

长诗表现了对30年代人的精神的依恋。斯麦里亚科夫不是写爱情诗的人，作家们在战后那一段时期都不大写爱情诗。他是在写历史，认为历史是用血汗创造的，不能忘记。他说："我们这一代的青年时期与国家的年轻时代正相合，那是人生最美好的时光"，所以他不能不写这首诗，又不能不是这样地写。

（二）《记忆的审判》

长诗《记忆的审判》（《Суд памяти》，1962）是俄罗斯诗人叶戈尔·亚历山德罗维奇·伊萨耶夫（Егор Александрович Исаев，1926—）的成鲍戈廷（《带枪的人》《克里姆林宫的钟声》的作者）的《创世纪》也是这样。他对自己的这样的作品不满意，在1957年的《论剧作家的技巧》中作了检讨，检讨了作品中的"奴性"和"不艺术"的描写。

戏剧落后还表现在欧美戏剧大量出现在苏联舞台，有不少是带刺激性的内容；另外，历史剧相对地比过去多了，对封建统治阶级的生活有美化的倾向。

联共（布）中央一直很重视戏剧，十月革命成功的第二天，列宁即下令检查剧目。卡里宁说：在我们苏维埃国家中，教育群众最有力的形式是戏剧，它是最大的要素。40年代后半期，中央的关于《列宁格勒》和《星》两杂志等4项决议，对戏剧的发展产生了消极影响。后来"无冲突论"盛行，跟这一时期文艺政策分不开。1952年4月7日《真理报》发专论《克服戏剧的落后现象》，指出戏剧内容贫乏，剧作家没有把生活作为创作的基础，无视生活中的冲突。同年10月，苏共十九大总结报告中又谈到戏剧问题，号召作家无情地抨击社会恶习和不健康现象。1953年10月，苏联作协理事会专门讨论了戏剧问题，会后，11月3日《真理报》发表社论《进一步提高苏联戏剧水平》，要求剧作家干预生活，提高艺术技巧。

随着文艺政策和文艺理论的变化，戏剧创作开始活跃。1953年舞台上出现了一批很久以来销声匿迹的讽刺喜剧，如米哈尔科夫（Сергей Владимирович Михалков，1913—2009）的《虾》、明科（Василий Петрович Минко，1902—1989）的《故隐其姓》、马卡约诺克（Андрей Егорович Макаенок，1920—1982）的《肝结石》。《虾》写一个骗子如何在一群昏庸官僚的庇护下拐骗得逞的故事。骗子连斯基冒充学者，勾搭上某个小城市长的女儿。警察局、干部部、会计、女演员等都对他大献殷勤，给他方便，他顺利地拐了一笔钱财，扬长而去。剧本基本套用了《钦差大臣》的结构，并直接引用了《钦差大臣》中的对话，说人们"对那些恶劣地玩忽自己职守的人就要"失去敬意了。《肝结石》的主人公卡里贝罗夫因玩忽职守，半年中受两次处分，从白俄罗斯首都明斯克贬到外地当了一个区的小头。他一无文化二无专长，却有损人利己的权术。为了捞点资本以便再往上爬，他听从狡猾的妻子的主意，佯装得了"肝结石"，做出像牛一样辛苦工作的样子。又用瞒上欺下的手法胁迫集体农庄多交粮、早交粮，骗了个"先进"的名号，但这种不顾人民死活的恶劣作法很快被人检举揭发出来。《故隐其姓》讽刺一个副部长的女儿波艾玛。她从小好逸恶劳、贪图享受。医学院毕业后分配到农村，她不甘艰苦生活，擅离岗位回到基辅。她选对象不计人品，唯一的条件是不离开基辅，选了她父亲部里一个工程师。她父亲听之任之。结果，工程师因贪赃枉法被逮捕法办，父亲因官僚主义严重、工作懈怠、任人唯亲而被免职，调外地工作。波艾玛失去靠山，在一个登记处混事，正好她当年甩掉的对象们一个接一个地来办理结婚登记或小儿出生登记手续。

新的文艺方针的影响开始显露出来，但戏剧真正的转折、戏剧的"解冻"，是在1953年以后发生的。"解冻"的标志是一批反映现实、反映社会变革进程的现代剧目，如江河决堤，把过去剧院中很大比重的莎士比亚、奥斯特罗夫斯基、契诃夫等人的作品挤下了舞台。戏剧创作的新成就和特点表现在：

首先，如小说、诗歌一样，一批剧作家冲破"无冲突论"的束缚，积极反映生活中的矛盾、冲突，创作出一批针砭时弊、讽刺官僚主义、揭露个人崇拜、探索人的精神、道德面貌、真正的爱情等的作品。其中最有影响的作品有《个人事件》《翅膀》《祝你成功》《忠诚》《为自己竖立的纪念碑》《暴风雪》《悲壮的颂歌》《伊尔库茨克的故事》等。

《翅膀》(《Крылья》，1954)的作者亚历山大·叶夫多基莫维奇·考涅楚克（Александр Евдокимович Корнейчук，1905—1972)，乌克兰剧作家，社会活动家，曾任乌克兰科学院院士，苏联科学院院士，乌克兰作协主席，苏联作协书记，乌克兰部长会议副主席，乌克兰最高苏维埃主席团主席。他创作甚丰，先后获得乌克兰国家奖金、列宁奖金、斯大林奖金等9次奖励。他最著名的剧本是《前线》，被认为是同一切妨碍生活发展的反面事物作斗争的艺术楷模。他的剧本《翅膀》和史泰因的《个人事件》是反"个人崇拜"的剧作的先驱。在苏共二十大（1956）正式作出反"个人崇拜"的决议前两年，这两个剧本便触及人们暗中关心的肃反扩大化问题。《翅膀》写的是农业问题，以新的原则、新的态度反映了农业长期得不到解决的生产落后的大问题，批评了不能调动人的积极性的官僚主义领导（州执委会主席德列姆留卡），歌颂了体察民情、关心人的生活的州委书记（罗莫丹），是和 1953 年 9 月苏共中央全会精神呼应的第一声，隐喻苏联农业在新决议感召下，将像长了翅膀一样展翅翱翔。剧本没有完全脱离旧的套数，没有写出深刻的斗争，冲突是靠人为的因素来解决的，不是逻辑发展的结果，人物仍是脸谱式的，它使人振奋的是写了肃反扩大化的内容。州委书记的妻子在 30 年代含冤入狱，丈夫出于对党的忠诚而与她离婚。后来她平反出狱，双方旧情未断，但女方因丈夫当初的做法而难于原谅。至剧本结束时，二人未能重归于好。

《个人事件》（《Пересональное дело》，又译《人事档案》，1956）的作者亚历山大·彼得罗维奇·史泰因（Александр Петрович Штейн，1906–1993），俄罗斯老剧作家。这个剧本也反映了无辜受害的现象。共产党员、老工程师赫列勃尼科夫工作努力，贡献突出，但因不屑与沽名钓誉的人事局长（鲍鲁津）同流合污而遭忌恨、诬陷和迫害，受到开除党籍、撤销职务的处分。后来在群众的声援、监察委员会的支持下，得到了昭雪。

两个剧本在艺术上都没有什么突出成就，解决矛盾冲突比较简单，只因首先反映了人们关心的肃反扩大化问题，引起了普遍的注意。史泰因为此被誉为"第一个向个人迷信所产生的阴暗现象开火的人"。

稍后的《忠诚》（1957，作者鲍戈廷）揭露 30 年代肃反扩大化的错误；《为自己竖立的纪念碑》（1959，作者米哈尔科夫）讽刺当官做老爷的人，不关心人，只想着自己的身后事；《暴风雪》（1963，作者列昂诺夫）写于 40 年代，当时禁止上演，60 年代改写后发表，揭露踏着别人向上爬的阴暗心理，寻找落后现象的社会原因。50 年代人道主义思潮形成，这些剧本是这个思潮在戏剧界的第一个浪头。

戏剧创作的新特点还表现在大力展开道德探索，展开有关当代青年对人生认识的研究。这类作品所占比重很大，超过同期作品总数的半数以上。因这一时期社会生活变化急剧，人的思想解放，青年人尤其活跃，不少人产生了信仰危机，引起剧作家们的关注，一些剧作家在探讨人生意义的命题下表现各种对立的人生观和道德标准，歌颂真正的爱情和友谊，歌颂积极的人生选择。这类作品的戏剧冲突，大多表现为正确的思想信念与小市民意识和心理的对立。反映当代青年道德观的优秀作品有：罗佐夫的

《祝你成功》（1954），阿尔布佐夫的《伊尔库茨克的故事》（1959），沃洛金（Александр Моисеевич Володин，1919—2001）的《工厂姑娘》（1956），列昂诺夫的《金马车》（1946年写成，1957年发表），佐林的《朋友和岁月》（1962），都比较深刻地反映了当代人对人生的探索，对友谊和爱情的重视，互相信任的感情，以及事业上的进取精神。

苏联把这类剧本称为"道德伦理剧"。这类戏剧中的人物活动空间比较狭窄，侧重描写人的日常生活中的道德问题，人物的动作往往建筑在内心冲突上。这类剧本的盛行有历史的和现实的原因。历史的原因是这类题材的剧作自十月革命以来一直受到压抑。30年代发生过戏剧创作上的两派之争。以维什涅夫斯基（В. Вишневский，1900—1951，俄罗斯作家，代表作为《乐观的悲剧》；名作有《难忘的1919年》）和鲍戈廷为一方的剧作家认为，"心理描写不可能为表现无产阶级革命时代的戏剧所吸收"。"无产阶级所需要的不是性格和感受的戏剧，而是原则、行动和斗争的戏剧。"以阿菲诺干诺夫（А. Афиногенов，1904—1941，俄罗斯作家，对苏联戏剧有重大贡献）和基尔松（В. Киршон，1902—1938，俄罗斯作家，苏联戏剧创始人之一）为另一方的剧作家认为，"苏联剧本的基本任务是通过性格的发展，用表现新的人物性格形成的途径来展开动作的"。"就是在家庭中，也像一滴水一样，反映了社会的前进和变化。难道立足于家庭就不能解决共同的问题，通过家庭就不能表现共同的疑案吗？当然能够。因此必须反对""对描写苏联家庭的剧本的专横限制"。

苏联戏剧发展的本身证明，后一种理论是正确的。其实，卢那察尔斯基早在十月革命初期就主张写人的家庭生活："难道社会主义有意要消除一切纤细的、富于表现力的、个人特性的东西吗？……我们不能忘记人的心灵的个性方面，因为人不仅要生活在广场上，还要生活在家庭里。所以个人生活的一切方面都应当被关注和深刻理解……"但那场争论在当时没有结果，道德伦理剧因其"室内性"而常受抨击，爱情的"个人题材"也是禁区。到50年代中期的"解冻"，爱情、友谊、家庭、日常人的心理冲突，就一跃而成为苏联剧作的重要内容了。现实的原因：苏共二十大后把"人"提到空前高的地位，提出"一切为了人""人跟人是朋友、同志和兄弟"等口号，使这类题材的剧作益加繁荣。除了擅长写道德伦理剧的作家阿尔布佐夫、罗佐夫、沃洛金，还有德鲁采这样的主要是小说家的作家，也写起这类剧本，甚至当年反对写个人题材的鲍戈廷都写起"个人题材"、写起道德伦理剧来。

此时戏剧的另一大特点是普通人的命运得到关注，普通人形象大量登上舞台。罗佐夫的《祝你成功》和沃洛金的《工厂姑娘》（1956）开了这类剧本的风气之先，成为轰动 50 年代中期苏联戏剧舞台的大事。

《工厂姑娘》塑造了一个普通的青年女工形象，使人耳目一新，引起轰动。纱厂青年纺织女工任卡生产先进，助人为乐，活泼直率，爱跳交际舞，爱给领导提意见，惹得团委书记仇恨。这位书记无中生有地组织文章在《共青团真理报》上点名批评她，她不理这种威胁，最后被解雇。任卡具有当代青年的共同的"时代性"，追求自由的、真实的生活，对假话非常敏感。她对轻视普通人、搞空头政治、说假话办假事的作风，总要反对。这剧本与过去反官僚主义的作品不同，从前作品中的反官僚主义，多表现为先进与落后的矛盾，此时作品突出普通人的命运；以前作品中的普通人是陪衬，没有个性，没有个人意志，此时普通人的个性、个人意志开始觉醒了。

《祝你成功》的着眼点也在普通人。

第四个特点是战争题材剧作思想内容上发生了重大变化。以前的战争题材作品的思想基础是爱国主义，站在反法西斯的立场讴歌自己的民族英雄，号召人民起来反击侵略者，如话剧《侵略》《俄罗斯人》《前线》。而 50、60 年代的战争题材作品，思想基础是人道主义，站在人道主义立场谴责反人道的侵略战争，反映遭受过战争苦难的人民渴求过和平生活的愿望，如罗佐夫的《永生的人们》（《Вечно живые》，1956；第二年作者把它改编成电影《Летят журавли》，汉译《雁南飞》）即这类剧作的代表。他谴责了罪恶的法西斯战争，歌颂了无声无息倒下去的"永生的人们"，强调了幸运者对死去的人的道德责任。剧本还表明，"战争不仅仅从肉体摧残人，它还戕害人的心灵世界，而且这也许是战争影响中最可怕的一种"。

《永生的人们》中的青年鲍里斯与薇罗尼卡，正在恋爱，无忧无虑，战争突然降临，他们被活活拆散。鲍里斯志愿入伍，薇罗尼卡在空袭中失去了父母和家庭，少女不堪精神上的负荷，屈从嫁给了苟且偷生的市侩马尔克，生活痛苦，无法忍受，终于离开了他，盼望鲍里斯归来，可是鲍已在前线为国捐躯。薇罗尼卡真挚地爱鲍里斯，生活中的失误加深了她的痛苦，她思考人生的真正价值是什么，反复自问："为什么我能活下来？为什么大家能活下来？那不全是因为鲍里斯和其他的人们献出了自己的生命吗？我们应该怎样生活？"表现了它道德上的醒悟和内心的自责。由此，剧本刻画出两种生活态度，一是苟且偷生，一是追求生活的真谛。作者没有直接谴责薇罗尼克对鲍里斯爱情的背叛，而侧重描写酿成这一悲剧的客观原因。战争给人们精神带来的苦难太深重了！

第五个特点是戏剧创作的题材、体裁多样化了。题材有历史政治的、现实生活的、爱情的、道德的、军事的等等。体裁有正剧、喜剧、抒情喜剧、讽刺喜剧、悲剧、纪实剧、心理剧等等。戏剧转向繁荣是借助民主气氛的形成，创作比较自由了。这时批评人也指名道姓，但不会搞臭。像《工厂姑娘》受到部分人的严厉指责，并不妨碍作者继续创作。

一 开戏剧写普通人新风的《祝你成功》

《祝你成功》（《В добрый час》，又译《祝你顺利》）是罗佐夫的主要剧作之一。维克托·谢尔盖耶维奇·罗佐夫（Виктор Сергеевич Розов，1913-2004）。俄罗斯剧作家。生于雅罗斯拉夫尔城一个知识分子家庭，自幼喜欢戏剧，在中学时代开始上台演出，获得了最初的艺术经验。1931年他做了正式演员。1934-1938年他在莫斯科革命剧院附属戏剧学校学习，毕业后进了这个剧院剧团。1941年卫国战争开始，参加红军，受过重伤，愈后不能再战。后来领导一个宣传队，辗转前线和后方。战后在莫斯科一个剧院任过导演。因艺术思想与剧院领导不合，不断发生摩擦，终被解雇（1949）。为吃饭，与很多单位联系工作，皆遭冷遇，受很大刺激。逆境发奋，在这一年创作出第一个剧本《她的朋友们》（《Её друзья》）。他"感到十分沮丧"的心境决定了他的创作思想，他发誓不歌颂那种青云直上的"英雄人物"，而要写下层人民的命运，要揭露生活中的矛盾。因此，他的剧本为广大的普通读者和观众所喜爱。

罗佐夫从自己第一批剧本中就表现出他是一个十分关注青年一代的艺术家。他的作品多以青年为主人公。他的创作热情特别表现在为人的真正道德价值而斗争，反对小市民习气，不单是反对他们的生活方式，而且反对他们的思想和感情的整个体系。他剧作的特点是反映当代青年的精神世界，表现他们内心深处的矛盾冲突，不停留在人物表面的喜怒哀乐；有教育意义，却未流于说教。《她的朋友们》"正是剧作家自己曾经进行过的那场斗争的产物"。剧本讲某医学院学生柳达突然双目失明，朋友们纷纷相助，使她顺利地大学毕业。后经一位外科医生的手术治疗，她得以重见光明。一般的剧评说剧本是在"歌颂光明"，这是对剧作家的动机不了解。他因为"遇到了不少对别人漠不关心、冷淡无情的人，和这些人打交道总使人感到内心的痛楚"。他这才提笔"愤怒地讽刺那些不关心别人痛痒的"权势者们。由此可知他的剧本是怀着嫉恶如仇的感情写出来的，他是借渲染光明的手法来讽刺社会阴暗面的。他借柳达的故事，呼吁人们相亲相爱，而不是冷漠无情。罗佐夫自言"最感兴趣的是伦理道德问题"。他的处女作正是净化社会道德的戏。但这不是他的得意之作，连他的第二个剧本《生活的一页》（《Страница жизни》）也不得意，没有引起舆论注意。他于1949年入高尔基文学院，1952年毕业，《生活的一页》是他的毕业创作。第三个剧本《祝你成功》（1954）才使他名扬剧坛。而1956年的剧本《永生的人们》使他声名大振。这个剧本属于伦理道德范畴。他也写生产题材，但与其他剧作家不同，他是在伦理道德问题上组织戏剧冲突。

罗佐夫无论写什么东西，都离不开心理和伦理，故有人称他是"心理学家和论理学家"。

《祝你成功》于1954年底开始上演。剧本原是给儿童剧院写的，演出的反响大大超过了这个范围。1955年3月发表，1956年搬上银幕。舆论界欢呼戏剧界"出现了新的、巨大的天才"（鲍戈廷），因为剧本"标志着话剧对新的主题和新的冲突的探索"（维霍采夫），使人"看到了生动的、无法抗拒的时代精神"（鲍戈廷）。这就是说，剧中完全没有"无冲突论"的影响了，没有说教的场面，也没有人物脸谱式的毛病了。

《祝你成功》剧情不复杂，但戏剧冲突激烈。名教授、生物学博士阿维林家，暑假期间，小儿子安德烈十年制中学毕业，面临高考难关，九个考生才录取一个。世俗之见，考上大学前程似锦，就业做工则低人一等。不少家长为儿女四处活动，安德烈的父母也在其中。安德烈的母亲世俗观念甚重，为儿子上学到处去打通关口。不料儿子拒绝走后门。16岁的安德烈诚实、正直、爽快，因淘气贪玩成绩不佳。他任性，但不妄为；言谈锋利而心地善良；有头脑，善于观察生活；有是非感，认准了方向走到底。他不喜欢"走出校门领工资、看电影、吃饭、睡觉"的生活，他要寻找自己的"安身立命之地"。他蔑视走后门的行为，自己不走，也不让父母走。他吓唬母亲要把她拉关系的信送到报馆，后来又把信撕碎。高考落第之后，父亲为他安排了植物园实验室的"轻松工作"，他打趣地拒绝了，说宁愿当个园丁，那才有诗意。母亲数落他是"理想主义者"，是"糊涂虫"，"对生活毫不理解"。他满不在乎地回答："我不想了解您所了解的东西。"他决定到西伯利亚做工，靠自己的劳动"过真正的生活"。母亲大哭，说他少年无知，绝不同意他去西伯利亚。他去西伯利亚，并不是由于狂热，不是要去艰苦创业，不是要去建立丰功伟绩做英雄，不过是为了"给自己在生活中找到一个位置"，要过自由独立的生活。在争论中，他对父母说的一段话意味深长："难道上大学才是我的唯一出路？……我要工作！妈妈，难道我最重要的是选择什么职业？不，做个什么样的人，这才是主要的，道路有各式各样的，我要是有出息的话，反正总会表现出来的……"经过一番争执，安德烈最后胜利了，和表兄阿列克赛到西伯利亚去时，一家人为他送行，祝他成功。

安德烈是否会成为"英雄"，能否经得住西伯利亚的暴风雪，难以测定，但他无疑是一个诚实、真挚、正在脱离世俗低级趣味的人。他和过去的英雄人物不同，他嘴里没有豪言壮语，而且在别人看来他是个胸无大志的人。中学毕业时，在班上讨论个人志愿，别人都说得慷慨激昂，要为人民、为祖国如何如何，而他却说"我不知道"。作者塑造这个形象，不是从政治概念出发，不让他照一般的习惯势力的轨道前进，而努力摆脱一切强加给人的束缚和压制，沿着所谓"自然人"的方向发展。或者说，作者要塑造的是普通人形象。

安德烈是普通人，但不是世俗的人。他虽不见得能成为"英雄"，但却是一个生活中"实有的"高尚的"当代主人公"，是"反映了苏联社会精神生活本质倾向的形象"(《苏联话剧史》),是一个纯真可爱的青年形象。剧本的形式是传统的,创作手法是写实的,通过这样一个纯真青年的眼睛观察现实,揭露社会弊端,褒贬分明,使剧本充满生活气息,向观众表明时代变了,人的思想也在变化,给人以新鲜感。演出时不断引起喝彩声。安德烈"对说假话很敏感",而以"诚实"为光荣,然而说老实话的人常常倒霉。他跟哥哥的未婚妻说起毕业时讨论志愿的事,"并不是每个同学都说真话",有人当时吹大牛,而后来是哪儿轻松去哪儿。沃罗加说"只要能造福祖国,干什么都行",实际他是个大坏蛋,走后门比谁都凶。"我当时说了真话,说不知干什么。这下子可闹翻了天!""怎么,还是共青团员哩!九年级学生了,竟不知道!""差点儿没发动全班批判我!"这段家常话生动地反映了安德烈的内心活动,同时尖锐指出社会的坏风气:说假话、空话、大话的可以得到赞扬,而讲真话的却遭到批判。

《祝你成功》的创作建立在强烈的公民责任感的思想基础上,对青年的教育日益增强,它没有教育人的词句,而把教育寓于艺术之中(法捷耶夫,1955)。

二 创新艺术形式的《伊尔库茨克的故事》

《伊尔库茨克的故事》(《Иркутская история》,1958)是老作家阿尔布佐夫的代表作。

阿列克赛·尼古拉耶维奇·阿尔布佐夫(Алексей Николаевич Арбузов,1908-1986),俄罗斯剧作家。他12岁开始舞台生涯。1924年入列宁格勒戏剧学校学习,后在剧院工作。1930年开始发表作品。他创作的基本主题是,苏联青年精神面貌如何形成,共产主义道德如何确立。他的主人公大多是探索者,他们通过对生活经历的思考,克服了个人的迷惘以及青年人脱离实际的浪漫主义情调,最后获得坚强的意志与明确的世界观。他的剧本富有浪漫主义的抒情色彩和尖锐的情节冲突,长于心理描写,结构比较灵活。他已经写了40多个剧本,主要有《漂泊的年代》(《Годы странствий》,或译《漂泊岁月》,1954)、《我可怜的马拉特》(《Мой бедный Марат》,1965)以及70年代的佳作《残酷的游戏》

（1978）。为表彰阿尔布佐夫的创作成就，1980年苏联授予他国家奖金。

《伊尔库茨克的故事》是苏联当代最优秀的剧作之一，1958年上演，1961年发表，随即同时在100多个剧院演出，列全国演出剧目之冠。在国外也有十几个剧院演出。中国青年艺术剧院于1984年开始排练。因为它"所包含的道德课题是很有现实意义的"。"剧中充分展示出强烈的爱情和崇高的友谊……催人觉醒……"

作者认为"爱情能完全改变人的性格，使人……潜在的好品质……显现出来"，"真正强烈的感情能使人的心灵变得高尚"。但当代有些青年恰恰不懂得真正的爱情，他们把精神浪费在奇装异服上。不过真正的危险并不在奇装异服，而在头脑中，在于他们不能辨别是非善恶，感情脆弱，"一旦失意，便消沉绝望，自暴自弃"。所以作者认为，"有必要写出那种强烈的真正的爱情，在舞台上表现它，"使青年们受到教益。这是阿尔布佐夫的创作意图。

剧本在艺术形式上也有创新，能悦人耳目，具有演说家的音调，不关闭在四堵墙内，自由地、毫无成见地吸收他人的艺术经验，创造出不曾有过的新的形式。

剧本的主人公瓦丽娅，是伊尔库茨克水电站建设工地上食品店的出纳员，是一个"尚未最终定性的"、性格上有严重缺点的少女。她漂亮、聪明、俏皮、坦率、胸无大志、作风轻浮、沉湎于及时行乐。她又酸又贱，说话笑声飞扬，动作手舞足蹈，浑身颤抖，因此名声不好，被称为"贱货"。

在建筑工地旁商店木屋不远处。瓦丽娅和拉丽萨下班，维克多和谢尔盖走过来，与她们相遇。维克多给瓦丽娅介绍谢尔盖。

"这么说，您就是谢尔盖啦？"瓦丽娅歪着头，眨巴着眼，调皮地问。

"您怎么知道的？"维加感到奇怪。

"这无关紧要！来光顾我们的商店吗？"她把脸紧凑到谢尔盖跟前，盯着他问道："您干吗那样瞧我，……听说跨步式掘土机的领班司机能挣好几千卢布哪？！"

"差不多。"谢尔盖点点头。

"对不起,你结婚了吗?"瓦丽娅继续问。

"还没有。"

"咦!这可是特大新闻!"瓦丽娅滑稽地一缩脖子,作了个鬼脸,"拉丽萨,来了个求婚的阔佬!"说着装模作样地给谢尔盖行了个屈膝礼,"希望我能中您的意"。

维克多是挖土机作业班第一副司机,工作出色,多才多艺,却也玩世不恭,与瓦丽娅气味相投,常在一块玩乐。瓦丽娅一心爱维克多,但维克多嫌她名声不好,拒绝娶她。谢尔盖是作业班长兼共青团小组长,为人正派,严于律己。他喜欢瓦丽娅,看出她生活路子不对头,又不好直接表示关心,只用匿名信给予劝告,因为他知道维克多和她很要好。他看出瓦丽娅作风虽然轻浮,本质是善良正直的,愿意帮助她。在维克多拒绝瓦丽娅求婚之后,谢尔盖表白了他本来的爱意,向她求婚。谢尔盖坚定的信念和事业心、严肃的生活态度、热烈真挚的感情,特别是他体贴入微的尊重人的态度,使瓦丽娅深受感动,爱上了他。婚后,在谢尔盖的纯洁爱情的感召下,瓦丽娅的精神逐渐升华,由"贱货"变成了贤妻良母。在孩子出生三个月时,他们正对未来满怀希望的生活中,忽然谢尔盖为抢救溺水儿童牺牲了。瓦丽娅悲痛不已,似乎变成了另外一个人,不过她不是消沉绝望,而是走上新的人生。在谢尔盖生活态度的影响下,丈夫所在班组又给她大力帮助,4个人干5个人的活,给原班长保留了工资,维克多继承了班长的志向,接替了班长的工作,带动全班帮助瓦丽娅,使她成为挖土机作业班的成员,成为自食其力的掘土机手。她走出家庭,汇入建设者洪流,体验到自己对社会的价值,从而剧本"不仅表现了人的崇高感情,而且也表现了对人的创造力的坚定意念"。

剧本连年上演,盛况不衰,至今不失其现实意义,因为它在思想和艺术上都达到相当的高度。

第一,剧本针对性强。当时一部分青年由厌弃豪言壮语发展到厌弃崇高感情,看破红尘,故意显示"阿飞习气"。瓦丽娅最初一派又酸又贱的轻佻作风,玩一天算一天的态度,正是这种倾向的表现。阿尔布佐夫在西伯利亚深入生活时发现一桩发扬共产主义风格的事，他把平凡简单的情节结合青年一代的生活进行思考，写成此剧，提到了富有诗意的高度。

　　第二，把冲突的焦点放在不同人生观和恋爱观的对立上，没有使用俗套的三角关系去铺陈情节。形式上出现三角关系，但第三者完全不是那种破坏他人幸福的人，相反，瓦丽娅和维克多对人生和爱情的轻率态度，恰恰是在第三者的影响下发生了好的转变。作者巧妙地用匿名信的方式表达了谢尔盖的人生观："人不能浑浑噩噩活在世上。如果他的工作使周围的一切变得好一些，那么这对他来说就是最大的成功"。他的座右铭是，"人活着，就是为了使别人活得更美好。"并且他言行一致，因此，他的高尚思想情操感染了瓦丽娅和维克多，也影响了他的班集体，以致后来这个集体成了新型的人的相互关系的表率——感情真挚、热诚，互相尊重，互相关心。为这种人的关系而斗争，是剧本的基调。

　　第三，阿尔布佐夫充分利用了戏剧的假定性形式，以扩大舞台范围，不为四堵墙所拘。一般戏剧都用假定性手段，几十年的事情在帷幕一起一落之间就算过去了。阿尔布佐夫的戏剧比这还简单，它没有幕，也没有场次，全凭朗诵者将剧情串起来。

　　第四，采用朗诵者形式收到良好效果。这里的朗诵者不是搬用希腊悲剧中的朗诵队形式，《伊尔库茨克的故事》中只有一个朗诵者，作用是指挥全剧的发展，评论人物，抒发情怀，干预人物的内心世界，分担他们的忧愁，鼓励他们向前。他不是剧中人，却对沟通台上台下思想感情、展现剧中人物的精神世界、阐发哲理，起特殊作用；"绝不是附加人物，不是舞台的点缀，不是导演的代言人，而是舞台演出的灵魂"（阿尔布佐夫）。

　　最后是语言通俗而不粗俗，流畅而富有诗意。剧本中人物对话各有个性。朗诵者的语言风趣、简洁、自然流畅，富有诗情画意，创造出清新活泼的舞台气氛。人物对话含蓄，形成层层悬念。如瓦丽娅和维克多在雨中的谈话：

　　　　维克多："瓦丽娅！下着雨哪，你怎么……"
　　　　瓦丽娅："随它下吧，瞧，大坝上灯火通明，好看吧？"
　　　　"好看。你回家吗？"

"嗯。"

"我送送你吧?"

"不用。"

"你会淋透的。"

"没关系,维加,谢谢你,亲爱的。"

……

瓦丽娅:"听说,在伏尔加河工地上有一位姑娘,人家能指挥一个掘土机组呢。"

"……你怎么啦?"

"瓦连金娜!"维加欲言又止。

瓦丽娅:"我该去托儿所接孩子啦。"

"瓦丽娅!"维加鼓足勇气又叫了一声。

"不要说。"瓦丽娅猝然打断他。

"永远不要说吗?"维加痛苦地望着她。"瓦丽娅!"

《伊尔库茨克的故事》以富有教益的主题思想、新颖独特的形式、自然流畅的语言、富有哲理而又浪漫抒情的格调,在苏联文学史上占有重要地位,后来的剧作家纷纷仿效阿尔布佐夫的形式。

三 《悲壮的颂歌》

《悲壮的颂歌》(《Третья патетическая》,1958)是鲍戈廷歌颂列宁的三部曲最后一部。三部曲的成功是整个戏剧界的胜利,它与高尔基的《列宁》和马雅可夫斯基的《列宁》同被认为歌颂领袖的经典著作。

尼古拉·费奥多罗维奇·鲍戈廷(Николай Федорович Погодин,1900—1962),原姓斯图卡洛夫,俄罗斯剧作家。1920年开始发表作品,任过《真理报》记者、《戏剧报》主编。其代表作即以列宁形象为中心展示苏联的诞生及其初期生活的三部曲:《带枪的人》(《Человек с Ружьем》,1937,获1941年斯大林文学奖)、《克里姆林宫的钟声》(《Кремлевские куранты》,1942)和《悲壮的颂歌》。由于三部曲的巨大成就，作者于 1959 年获列宁奖金。另有电影脚本《库班的哥萨克》（1950，获 1951 年斯大林文学奖）、《仇恨的旋风》等。鲍戈廷获得"俄罗斯功勋艺术活动家"称号（1949）。

三部曲的第一部中列宁形象不占主要地位，只在主要人物、士兵伊万·沙德林的成长过程中起着重要作用。描写十月革命初期列宁组织工农兵夺取政权、巩固政权的活动及他和人民的关系。第二部中，内战刚结束，列宁高瞻远瞩，制定电气化计划，强调信任知识分子。列宁被描写成伟大的实践家和关于人类未来的幻想家。作者通过各种戏剧冲突展示了列宁思想的崇高和它的鼓舞力量。第三部写 1922-1924 年列宁的活动，这是苏联历史上最复杂的时期，正在实行新经济政策，谁战胜谁的问题还没有解决。作者深刻描述了列宁紧张的脑力劳动，他关于国家的未来、关于革命和人类命运的思考。列宁在暂时退却的艰苦年代里为培养新一代、为团结新社会的建设者竭尽了全力。这一过程充满戏剧冲突。列宁的思想曾引起部分党员的怀疑，怀疑他的路线是否正确。

三部曲在创作思想、表现手法上有共同处，都着力表现领袖的英明睿智而又富有人情味；都不大段引用列宁的话，而在忠于历史真实的基础上大胆虚构，只求想象神似。第三部有创新，时代气息强，做到了古为今用，刻划列宁时，显然是基于对苏联当前的现实有所感。这表现在：1. 列宁伟大谦虚，表现出民主的作风和反对突出个人的品质。第一幕第三场，列宁随妹妹玛丽亚参观钢铁厂，进厂前，工人们贴标语、铺红地毯。列宁反对，对工人进行了善意的批评，气氛和谐，领袖和工人感情融洽，写得真挚动人，显示出人们对党的事业的信心。2. 突出列宁的高度原则性。二幕九场，叶林娜为犯死罪的弟弟瓦列里克求列宁发善心。列宁无法满足她的请求，不能因怜悯而不顾原则，说"我个人没有这个权利"。但同时又没有失掉同情心："您提到的这件事的确非常不幸，令人痛心！……他是全俄肃反委员会的重要工作人员，也许他自己就审理过罪犯。而贪污受贿可以说是俄国沙皇制度、鞑靼统治俄国时代流传下来的最卑鄙、最不能令人容忍、最不文明和最腐败的黑暗行为……我们必须采取最严厉的手段，因为它甚至比我们所有的严厉手段还顽强。您只感到个人的巨大悲痛，所以很难理解这件具有决定意义的事情。请您理解，我作为国家一名领导人，不能，也不会袒护这种事情的。我不能够，也不应该；不许可，也不能想象。请您谅解。"最后叶林娜谅解了，明白了列宁的"仁慈"和"同情心"不是狭隘的，他的善良是着眼于广大人民利益的。3. 强调列宁爱护人、相信人的精神。党员工程师伊波里特对新经济政策有看法，怀疑这样的政策，对革命失去信心，产生了退党的念头。连坚定的契卡干部卡特洛夫也对新经济政策心存疑虑。这是新经济政策历史时期的特点的反映。那时国内外资本主义势力乘政策转变之机活动起来，一心夺回在革命中失去的利益。孟什维克也散布说布尔什维克要复辟旧制度了（第一场）。革命队伍中的不坚定者在资产阶级思想侵蚀下蜕化变质，丧失了革命气节，瓦列里克就是其中的一个。一些对革命忠心耿耿的人，一时认不清新经济政策的全部含义，对革命产生了怀疑，伊波里特是这一类人的代表。列宁对后一种人表现出真诚的爱护和信任。他在病中和他们谈话，一面严格要求，批评他们对党失去信心；一面耐心解释，让他们带着新的认识离开，投入工作。在第十一场，列宁和卡特洛夫谈话时强调："爱护人，这是一项十分艰巨的任务。"画龙点睛地突出了全剧的思想中心。

  剧本在刻画人物的手法上，加强了人物内心的描写，多次运用列宁的内心独白，这是以前写领袖的作品中少见的。在叶林娜为弟弟求情离开后，在工程师和卡特洛夫与列宁谈话离开后，都用了这种手法。列宁和叶林娜谈话的情节，表现出列宁心情的复杂，内心的不平静，写得真实、自然，既表现出他高度的原则性，又让人看到他的同情心。他对瓦列里克的失足感到痛心，对叶林娜的请求诚意帮助，一面讲清道理，一面让她找全俄中央执行委员会仔细看看案情的轻重。有力地表现出领袖的民主作风、他和普通人的亲密关系，同时颂扬了导师的原则精神。

  剧本是以浪漫主义方式结尾的，列宁逝世后重新出现在舞台上，号召工人把革命进行到底。这种结尾在过去写领袖人物的作品中从未用过。过去的作品写古代人、普通人用过。革命导师列宁的再现，示其精神永在，思想不死，他的事业犹如江河日月，与世共存！

四 《女鼓手》

  《女鼓手》（《Барабанщица》，1958）的作者阿法纳西·德米特里耶维奇·萨伦斯基（Афанасий Дмитриевич Салынский，1920—1993）是俄罗斯剧作家。曾任俄罗斯联邦作协书记，《戏剧》杂志主编（1972）。他的话剧《女鼓手》和《掌上明珠》（《Камешки на ладони》，1965）都是反映卫国战争年代苏联人的英雄主义的。1969年的剧本《玛丽亚》写道德冲突，获1972年俄罗斯国家奖金。《女鼓手》被认为是他的代表作。这个剧本"在萨伦斯基的创作史上是一部有阶段意义的、创造性的发扬了苏联英雄剧的优秀传统的剧作之一。"（梅特钦科）此剧1958年上演，1959年出版，深受欢迎，作者因此剧闻名于当代。

《女鼓手》根据卫国战争年代一个苏联姑娘的事迹写成。主人公尼拉通晓德语，经共青团推荐，党的地下组织委派她打进某城德军警卫司令部当翻译，她出色地完成了任务。故事开始时，该城已光复，但尼拉未能与人民同乐，她接到新任务，侦破潜伏该城的德国间谍网。为此，这个生性沉静、坦率真诚、爱憎分明的姑娘不得不继续装出另一副嘴脸，对人时而尖酸刻薄，时而阿谀奉承，有时甚至卖弄风情，表现得俗不可耐。她忍辱负重，千方百计地接近苏军上尉军需斯达文斯基——德国间谍分子。她经受各种考验，包括失去爱情。原飞行员费多尔因伤复员，被派来此城工作，爱上了尼拉，后闻其"丑行"而离去。她忍受着屈辱和痛苦，又一次为国立功。组织上得到了间谍网的情报后，立即对费多尔说明真相，并派他保护尼拉迅速离开该城。再过几小时她就可以像自己的同胞那样生活了，就可以重新获得费多尔的爱情了。不料亡命之徒斯达文斯基这个民族败类突然闯入尼拉住所，向尼拉连放三枪。这个从小踏着少先队的鼓点前进的女鼓手倒下了。她对来迟一步的费多尔深情地说："多好，你一切都知道了……祖国和你……"她在《少年鼓手之歌》的乐声中含着幸福的微笑安详地离开了人间。

《女鼓手》内容结构和描写手法与以往同类作品有所不同。萨伦斯基的注意力不是组织尼拉建立功勋的情节，而是剖示英雄的内心世界。作者认为："过去已经有不少影片和剧本描写我们那些身处敌后和敌国的男女侦察员，他们如何在各种各样的环境下行动。我……不……重复那些已经为人写过的东西。"他把主人公放在自己人的特殊环境中进行考验，让她在人民的讨伐声中生活和战斗，因此，戏剧冲突不是常见的正义和邪恶的斗争，而主要表现在一个爱国者不得不装扮成卖国贼所产生的种种矛盾上。她必须在生活中把水火不相容的两种道德品格在自己身上统一起来，——精神和信仰上是苏联姑娘，职务上是"德国鹰犬"。她的工作成绩取决于她能在多大程度上把这两者统一起来。使她最痛心的，主要是失去自己人对她的信任。老百姓骂她是"德国鹰犬""德国婊子""乌贼""女流氓"……连孩子们也追着用石块打她，甚至要用手榴弹炸死她。承受这一切需要多么坚强的力量啊？她对上级说："宁肯在敌人中间待几年，也不要以敌人的身份在自己人中间待上哪怕一天！"

表现尼拉性格的发展和完成，爱情波折起了重要作用，复员到城里来的费多尔对尼拉一见钟情，苦苦追求。姑娘也动了情，但严守地下工作纪律，理智地表示拒绝。费多尔了解到她在德国占领时的坏名声，拂袖而去，姑娘心里很痛苦。后来费多尔决定原谅她的"过去"，要带她离开当地。重任在身的尼拉又拒绝了，而且还挖苦他说："您打算原谅和藏起来的是什么人？""您的荣誉感到哪儿去了？"一天，费多尔目睹她对军需上尉卖弄风情，爬到桌上跳半裸体舞，他怒不可遏，臭骂她一顿以后，声言要与她断交，而在此时，她却第一次向他嫣然一笑，第一次柔情地喊他"亲爱的"，并令人莫解地说："我爱您现在这个样子，……不调和、心狠、坚定……"剧情在尼拉的内心矛盾一再出现和不断克服的过程中推进，而尼拉的形象在作者对其心理的剖析中突现出来。

《少年鼓手之歌》是全剧的主题歌、主旋律，它鼓舞女主人公为神圣的任务赴汤蹈火，给全剧增添了高昂的悲壮情调。这是一出对苏维埃人道德准则进行研究的英雄剧。萨伦斯基的剧本总是要求主人公经受精神力量最大限度的紧张，如《危险的旅伴》（1952）、《被遗忘的朋友》（1955）、《面包和玫瑰》（1957）都是这样，而最鲜明地表现他这一特点的是《女鼓手》。

由上述剧作可以看出50~60年代戏剧发展的一般情况和成就，创作思想活跃，题材和体裁多样，形式不断创新。思想倾向的一个重要特点是真实地反映当代生活，敢于揭露社会中的矛盾；另一个特点是积极探索当代的道路标准，推崇人道主义，呼吁尊重人、信任人。主人公中，"平凡的"正面人物占主要地位。艺术形式上，往往打破传统的章法，结构自由，许多剧本推倒了过去演员和观众之间无形的"第四堵墙",使剧中人和观众的感情得到直接交流。

解冻文学的性质
——50—60年代前半期文学结语

50~60年代的苏联文学是在充满探索、斗争的时期,在经历深刻、巨大变化的背景下发展起来的。在这个时期,苏联文学冲破长期以来教条主义、庸俗社会学的严重束缚,取得了巨大进展,当然在进展中难免出现一些混乱和迷误。在这一时期,苏联文学开始重新评价过去,对一些理论问题展开有益的争论;在作品的题材、内容、人物塑造和艺术形式上大胆开拓,出现了不少真实反映现实的好作品;在作家队伍方面,大批有才华的青年作家涌入文坛,迅速成长。有极少数青年作家在创作上误入歧途,写了些不大好的作品。总起来说,50—60年代的文学打开了一个新局面,在整个苏联文学上占独特地位。

关于当代苏联文学的不良倾向,有人曾一度把它估计得过分严重,引用西方评论苏联文学的话说:"私生子,不忠实的妻子和丈夫,调情的年轻女人,好色的男人,酒鬼以及赌徒等全进入了文学作品。"似乎苏联文学除了这些,再没有什么好东西了。应该承认,西方评论也有比较客观的,但多数有偏见,是抱着与社会主义对立的情绪评论苏联文学的。他们希望苏联文学变得像西方文学一样,可总是失望。他们谈到私生子、酒鬼、赌徒等进入苏联文学作品时,不过是发现"解冻"后苏联文学也开始写家庭问题、婚姻问题、个人问题、爱情等冲突了。这样的东西他们不感兴趣,他们希望有反社会主义制度的作品,但这种作品很难找到。新老作家,包括持不同政见的作家,在批判地再现生活的这种总趋势中,反对虚伪的颂扬,反对"粉饰"现实,也不过是揭露现存制度的缺陷。比较客观的西方评论家得出结论:把希望寄托在苏联作家和西欧作家的接触上,收效甚微,"没有能够促进结束俄国文化的孤立状态"[①](斯洛宁)。美国另

---
① 北京大学俄语系编译《西方论苏联当代文学》第18页。

一个苏联文学研究工作者乔·吉比安也不否认这样的事实:"解冻文学并没有动摇党对文化的绝对领导;当代文学没有多少西方的影响;苏联文学有超文学的力量。"他肯定说:50年代俄国作家开始的革新,"还只限于如何对待他们题材的主题和如何处理方面。他们并不试图摆脱社会主义现实主义在风格手法上的限制。大多数持不同意见的作家,和官方肯定的作家如西蒙诺夫、费定一样,都以尊重事实的态度进行创作,喜爱描绘生活中出现的鲜明、朴实、传统的场面和人物。……1958年仍然和1952年一样,乔伊斯、普鲁斯特、卡夫卡和弗洛伊德对苏联作品的影响是不存在的——这也是事实。"他说到在俄国不可能动摇党在文化方面的绝对领导时指出,"作家敢于对党的领导人所指引的文学方向表示不愿苟同",但并不主张文学自治。他注意到,"鼓励人们从纯文学的角度讨论苏联文学作品,现在还为时过早。对一些新作品所引起的异常激烈的争论,都是就其社会、政治和哲学方面的内容而展开,还不是从文学的角度出发的。这些作品并非没有文学价值,但是它们的超文学力量,却远远超出文学范围。"他认为这是普遍现象,例外者罕见。[①]

由此可知,"解冻"文学仍然是在共产党领导下的社会主义现实主义文学,是力求革新的文学,是有充实的社会政治内容又有文学价值的文学,是能真实地反映现实又能鲜明地描绘出形象的文学。

[①] 北京大学俄语系编译《西方论苏联当代文学》第22页。

第六章 继往开来的新阶段
——60年代中期到80年代初期的文学

1964年勃列日涅夫接替赫鲁晓夫任苏共中央第一书记，内外政策基本照旧，只有某些修改。文艺事业仍然由党制定文艺政策。但60年代中期以后的文学已有50—60年代的基础和传统，没有停顿地发展了下去。文艺理论家、批评家库兹涅佐夫于70年代末分析文学的发展时指出："当代文学越来越清楚地显示出不同于前10年的某些特点，正像50—60年代文学不同于战后10年文学那样。今天的社会形势和文学形势也不同于50年代和60年代初：当文学上的慷慨陈词和争论、思想上的不平静状态和苦楚已远远成为过去的时候，极端现象消失了，文学生活中较为求实和建设性的氛围形成了，时代已变得不再那么喧哗和那么紧张，……文学的进程变得丰富多彩和复杂化了。"

现将这一时期的文艺政策和文学发展的特点简述如下。

一 文艺政策

这一时期的苏联文艺政策，最重要的有两条：一是反对两个极端，既反对粉饰，也反对抹黑；二是要求表现生活中的美，塑造当代英雄形象。这两条构成这一时期文艺政策的基石。第一条有鲜明的针对性，就是为了消除派别斗争。60年代中期文坛的派别斗争仍在继续，"传统派"（又名"粉饰派"）"革新派"（又叫"抹黑派"）争论未已，互相指责。"革新派"强调"写真实",主张揭露阴暗面,表现普通人的生活,指责对方粉饰现实。"传统派"主张表现生活的光明面,写英雄人物,指责对方给社会主义抹黑。

为改变这样的局面,《真理报》连发两篇社论。第一篇是《充分反映苏联人民的伟大事业》(1965年1月9日),阐明了新的文艺政策:"无论是在复杂的生活现象面前惊慌失措,对阴暗色调过分渲染;还是自吹自擂,苟安自满,用粉红色把生活描绘成田园诗式的画面,都应被一律看作是异己的。"第二篇是《新世界的建设者——文学的主人公》(1965年1月17日),进一步阐述新政策,"既反对抹黑,也反对粉饰",作家应"竭尽全力""歌颂今天的现实",塑造"英雄人物形象"。同年稍晚至1967年,党的机关报刊连发文章,批评"两种不利的倾向",批评《新世界》"只看到生活的阴暗面""过分侧重反面事实",因而"堕入自然主义和非英雄化"。批评《十月》"对于目前苏联社会发展中明显的良好进展估计不足",用"简单化的态度"对待严肃的问题。指责它虽然主张写英雄人物,但只停留在"主观愿望上",实则"缺乏艺术要求",结果"使正面人物信誉扫地"。

到1971年3月苏共二十四大,苏共中央将这个艺术方针概括为"反对两个极端",对于文艺界长期争论不休的一个大问题——如何对待斯大林和斯大林领导时期的问题,表示了态度:不要把一切问题都"归之于个人迷信的后果"而到处抹黑;也不要"无视个人迷信的后果"而"粉饰"过去。党的报刊不断呼吁"反对两个极端"、抛弃派别之见、不算旧账、团结起来共同推动文学事业的发展。1972年,苏共中央又就文艺问题发布了《关于文艺批评》的决议,批评了评论界对一些"思想和艺术废品"采取调和主义、主观主义和出于私情的袒护。批评了某些评论的哲学和美学水平不高,同时向评论界提出了任务,要求深入分析现代艺术过程中的现象、倾向和规律性,加强列宁的党性和人民性原则,争取苏联艺术的高度思想性和美学水平。这项决议成了"苏联文学和艺术进一步发展的新纲领",成了理论探索的指南,成了70年代苏联文学的主导方向。苏共中央在解决两派争论时,对待不同政见者,采取了严厉的惩罚措施,不准他们发表作品,取消其作协会籍,褫夺其公民权,判罪或驱逐出境。1966年把作家西尼亚夫斯基和达尼埃尔分别判处 5 年和 7 年徒刑，罪名是"持敌对的反苏立场"、把"诽谤性的作品"寄往国外。接着，苏共强调"积极反对在一些文艺作品和其他作品中塞进与苏联社会的意识形态格格不入的观点的企图"，"全力加强列宁的党性和人民性原则，为争取苏联艺术高度的思想水平和美学水平而斗争"。

1982 年为纪念《关于文艺批评》的决议发表 10 周年组织活动，除了坚持"反对两个极端"的方针，又增加了反对崇拜西方的倾向的内容。有关解释党的文艺政策的文章指出：经济越发展，道德问题越重要；物质建设和精神建设脱节，就要给社会带来灾祸；对青少年阅读的作品，更要严格把关，反对宣传错误思想。

苏共领导一面对脱离党的方针政策、丑化现实的、丑化历史的、思想艺术水平低劣的作品，采取不调和的态度，同时注意尊重文艺的特点，爱护作家，鼓励作家大胆探索、大胆创新和发展个人的风格。这样，多数创作大体符合国家政治要求，内容比较严肃，形式丰富多彩。苏联评论家乐观地估计了这一阶段的文学成就："苏联文学发展的现阶段，是一个不寻常的继往开来的阶段"，"已进入了一个质的新阶段"[①]。一批从战后成长起来的中青年作家，他们的作品受到了广泛的欢迎。

这一时期除调整文艺政策外，政府还不断改善作家的待遇，提高稿酬，设立奖金，建立"作家之屋"，为创作活动提供方便。

二 这一时期文学的特点

70 年代在苏共中央一系列有关文艺的方针政策指引下，苏联文学思潮出现了新的倾向。首先是注重写正面人物、英雄人物。作为作品主人公的正面人物有了新的内容，不是传统的那种相对于"反面人物"的"正面人物"的类型，而是现实中的人，它所代表的"不是例外的现象，而是大量的现象"。在主人公身上，作者的主观色彩减弱了，作者抛弃了写"完美"形象的俗套，因此出现了人物的"复杂性格"。

[①] 华·诺维科夫：《现阶段的苏联文学》，北京大学俄语系译，1980 年，第 1—2 页。

正面人物主要有三类。第一类是传统的英雄人物形象，仍然是产生于阶级斗争和战争年代的英雄、模范人物。写这类人物，苏联文学有丰富的经验，许多作家写得很成功，具有艺术感染力。写过去时代的英雄人物，目的是用来教育当代人。作家们刻画这类人物的方法，一般都是把他们放到最艰险的环境中去考验，以突出他们的英雄性格和道德责任感。如瓦西里耶夫《这儿的黎明静悄悄》、贝科夫《活到黎明》和《索特尼科夫》、邦达列夫《热的雪》等，都有这特点。

第二类是科技革命的当代英雄。苏联正在进行经济管理体制的改革，加强科学技术，发展物质文明，自然出现了反映"科技革命"的作品。这类作品中的正面人物与传统的政治革命家或战斗英雄不同，也不同于过去既努力生产又和暗藏的阶级敌人作斗争的先进工人，而是"现代人的形象"，他们要解决的矛盾是管理不善、效率不高、技术落后等生产问题。有的形象是"现代企业的新型领导人"，如利帕托夫的《普隆恰托夫经理的故事》（1969）和德沃列茨基《外来人》中的主人公。

第三类，为人民事业鞠躬尽瘁的知识分子形象，以格拉宁《奇特的一生》所塑造的典型最为出色，是一个在日常环境中保有英雄主义的正面人物。

有些作家不喜欢"正面人物"这个概念，而对普通人、对活的人物性格更感兴趣，因此，在70~80年代正面人物形象中，有的是具有很高精神境界和道德情操的高大形象，有的则性格复杂，内心存在冲突。如《选择》中的画家瓦西里耶夫，是个爱国的正面形象，但最后出现精神危机。而拉斯普京、阿斯塔菲耶夫、康德拉季耶夫等作家明确表示，宁愿让普通人作自己作品的主人公。

其次，在新倾向中，"写真实"仍是文艺的根本原则之一，但不同于50年代了，被认为"抹黑"的揭露不容许了，提倡文艺的重点是要表现生活中的美，同时对困难、不良现象、错误也要揭露。要求文艺全面地、积极地干预生活。强调塑造正面人物和暴露反面现象是反映现实的两个不可偏废的方面。这两方面在这一时期都得到进展，标志着社会主义现实主义进一步深化。

第三，提出苏联的人道主义是"社会主义人道主义"，反对"普遍的人"，反对"普遍的精神现象"以及"纯粹的人性"等观点。"社会主义人道主义"离不开阶级概念和党性概念。提出在文艺界不同的意识形态也不能和平共处，因此，对资产阶级意识形态，对资产阶级人道主义，要展开批评、斗争。

第四，在文学中占主导地位的小说，长篇繁荣，短篇失去50—60年代的朝气。1981年第七次全苏作家代表大会上回顾小说创作成果，列举了71部作品，其中长篇45部，中篇24部，短篇小说集1部，短篇1个。仅1980年一年就出现了5部被评论界称为"路标性"的长篇小说（《布兰内小站》、《你的霞光》、《追思》第二部、《选择》、《一幅画》）。短篇有拉长的趋势，三四万字的短篇多起来了。

第五，道德探索深入到文学的各种体裁、各种题材中，深入到作品中人与社会、人与自然、人与事业的各种关系。

第六，体裁更新，结构复杂。出现了政治小说（如《胜利》）、论说小说（如《追思》）、寓意小说（《中提琴手达尼洛夫》等）、纪实小说（《围困》）。还有难于归类的如《浆果之乡》，没有一个主要人物，没有贯穿全书的情节线索；《我的带钻石的桂冠》（1978，卡达耶夫），不是小说，不是诗，不是回忆录，也不是日记。小说题材的界限也有的不好划分，如《没有战争的年代》被评论界认为"既不是军事小说，又不是城市小说，也不是农村小说，同时它的每个部分里又有城市、农村，也有战争的回忆"。

第七，永恒的主题扩大、深入了，还出现了全人类的主题。作家对人存在的意义、人在自然界中的位置、人类的命运等永恒性问题进一步探讨，不满足于写"人如何生活"，而要思考"人为了什么而生活"。1984年，艾特玛托夫提出"地球人"和"全球性思维"的概念。这个概念虽非首创，哲学家们早已用过，但在苏联文学领域中它占有特殊地位。全球性思维的实质在于使每个人都关心别人的命运，希望人们都幸福。各民族的作家们早有这种理想，但要人类达到这一步，还远得很。"这种思维在人类意识里的胜利，标志着这样一个时代的来临：我们每个人将超越不同民族的、语言的以及其他方面的差别，从而在别人身上首先看到善意的、而不是敌意的源泉。到那时，我们的黄金般的理想就实现了，如果不是我们，就是我们的后代将会说：'我是地球人，这个星球上所有的人都是我的兄弟姐妹！'"①（艾特玛托夫）他的《布兰内小站》和叶甫图申科的《浆果之乡》体现了这一概念和这种理想。由此，文学出现了把人放在与整个世界的联系中来描写的趋势。

第八，艺术风格和创作手法突破传统的现实主义，抒情的描写正在代替史诗性的叙述，如邦达列夫的《岸》、贝科夫的《狼群》等。有些作品中出现象征性潜台词，如阿斯塔菲耶夫的《牧童与牧女》，拉斯普京的《告别马焦拉》等。有些作品用了假定性手法，或把传说和现实结合而带上神秘色彩，如艾特玛托夫的《白轮船》。还使用了时序颠倒、自由联想、幻觉和梦境等艺术手法。这些手法与对现实生活的如实描写相结合，使艺术出现了新的面貌。《选择》中有大量的内心独白、梦境、幻觉的描写，而《布兰内小站》（即《一日长于百年》）引进了科幻故事，把现实和幻想、目前和未来、天上和人间连在了一起。

这一时期的文学成就，评论界有过不同评价。80年代初有两种看法，一种是悲观的，认为这时的文学出现了"衰惫"现象，没有真正的创新，在很大程度上是重复50—60年代说过的内容；认为1981—1984年没有出现"大作品"；"好作品"有一些，"大作品"没有；没有出现一个新的大作家。另一种看法乐观，认为这一时期的小说比前一个10年更深刻、更具有分析性、更丰富多彩；认为从60年代中期到80年代初，在作家的数量和质量上是超纪录的和令人惊异的，特别是战争小说进入了"本质上新的发展阶段"，标志是贝科夫、康德拉季耶夫等人的战争文学新作问世。争论的结果，乐观的看法获得越来越广泛的承认。

---

① 《当代苏联文学》1985年5期，第124页。

第七章　60—80年代初期中长篇小说的复兴

"反对两个极端"和要求"塑造英雄人物"的文艺政策，对70年代的文学繁荣起了促进作用。这里的"70年代"不是纯时间概念，不是指70~80年代这段时间，而是苏联文学史分期的概念，指的是60年代中期到80年代初期。"文化发展的历史时期的分界线，同10年纪年表远不是总相吻合的"（库兹涅佐夫，1982）。从60年代中期到80年代初期算一个历史阶段，根据的是那时具有同以往时期相区别的"突出而有决定意义的特征"，包括社会和文学发展两方面的特征。[①]

这一时期文学的各种题材中成绩最突出的是散文（Проза，是相对于"韵文"而言的，不是中国概念的"散文"），散文主要成就又在长篇和中篇小说。国家一级文艺杂志每月发表10多部长篇小说，每年就是100多部。质量也不断提高，出现了一批好的、较好的作品。最受评论界重视的有6部：《选择》《布兰内小站》《你的霞光》《一幅画》《奔跑》《永恒的召唤》。

70年代中长篇小说发展的主要倾向和这一时期文学的总特点是一致的，即力求综合地反映生活，描写方法上采取全景性、多线形、多层次；体裁多样；作品多主题、多人物，一般多以正面人物为中心；道德问题受到特别的重视；艺术风格和手法大大丰富了。

[①]《中国大百科全书·外国文学卷》，第275页。

一　战争题材作品的丰收

"前线一代作家"经过 50 年代的探索，随着年龄的增长，社会经验的丰富，思想和艺术趋向成熟，在创作上表现出各具个性的风格，所以，60 年代以来的战争小说达到了新的水平。长篇是规模大、范围大、时间长、人物多，结构多层次多线索。恰科夫斯基的《围困》是突出的代表之一，1978 年获列宁奖金。《围困》描写了列宁格勒被德寇包围的 900 天中城内军民反包围的斗争，作者用现实主义手法真实地再现了几次有名的战斗和许多战争场面，以及被围困的人民的艰苦生活，他们遭到的巨大损失和牺牲。同时用纪实与虚构相结合的手法，描绘出众多的艺术形象，有著名的党政军首脑斯大林、日丹诺夫、朱可夫、伏罗希洛夫等，有德军统帅希特勒、戈培尔等，有盟国的使节，有苏军的下级指挥员，有普通工人和知识分子。小说的政治主题突出了苏联人民在第二次世界大战中的巨大作用和意义，因此评论界把它称为"政治小说"。此外，斯塔德纽克的《战争》，普罗斯库林的《命运》（获 1974 年俄罗斯联邦国家奖），邦达列夫的《岸》（获 1977 年苏联国家奖），都是有代表性的作品。

中篇小说一般反映战争中的一个局部事件，时间和情节都较集中、紧凑。作者主要通过富有戏剧性的冲突表现鲜明的人物性格、精神力量和道德情操。一批优秀的中篇继承现实主义传统，利用象征手法、抒情描写、心理分析、文献纪实等艺术手段，为军事小说的风格增添了光彩。像瓦西里耶夫的《这儿的黎明静悄悄》已成为家喻户晓的作品。在它之后，贝科夫推出一系列重要的中篇，如《索特尼科夫》《方尖碑》等；巴克兰诺夫的《永远十九岁》（1979）获 1982 年苏联国家奖；阿斯塔菲耶夫的《牧童与牧女》和拉斯普京的《活着，可要记住》是战争文学中哲理寓意和道德心理小说的重要代表。战争小说又出现一个新浪潮，评论家称其为"第三浪潮"。从 70 年代后期开始，战争小说出现一个新倾向，不再重写战争中的争杀，而是写战争中的日常生活，在日常生活的描写中表现人物的精神面貌。这类作品有代表性的是《萨什卡》（В. Л. 康德拉季耶夫）。萨什卡 20 多岁，是卫国战争中的红军士兵。作者通过日常生活中的几个情节，表现出这个青年战士总会有一天在战场上为祖国建立功勋。他的连长很久没鞋子穿了。萨什卡到战壕中找来死亡的德国人的靴子给他穿；一次，营长命令萨什卡枪毙俘虏，他冒着不执行命令受罚的危险，没有执行营长的命令，维护了俘虏政策；食堂伙食不好，一个中尉因此发火摔了盘子，吃得胖胖的少校追问，萨什卡挺身担当起来，为了免得中尉上军事法庭，而作为士兵的自己，不过挨顿批评罢了。西蒙诺夫对小说评价很高，说它充实了人的生活。

（一）《这儿的黎明静悄悄》

《这儿的黎明静悄悄》（《А зори здесь тихие》，1969）——鲍里斯·利沃维奇·瓦西里耶夫（Борис Львович Васильев，1924—2013）因这部小说而名扬天下。他是俄罗斯作家，出身职业军官家庭，参加了卫国战争，又于1948年毕业于装甲部队军事学院。自1954年发表作品以来，即以写战争题材小说而著称。他是作为一个有经验的、成熟的、熟悉生活的人走进文学界的，他创作了一系列中篇和长篇小说。长篇小说《不要向白天鹅开枪》（《Не стреляйте в белых лебедей》，1973）阐述善与恶的斗争和青少年教育问题。长篇《未入名册》（《В списках не значился》）描写一个普通战士如何成长为英雄人物。多卷历史小说《虚实往事》（1980）写俄土战争。此外还有剧本、电影脚本多种。他作品中的正面主人公具有道德的纯正、真正的人性，以及对自己、对自己的行为，对自己同胞的生活、对自己的国土所产生的高度责任感。他总是把自己的主人公放到悲惨的情景中去经受考验，去展示他们的精神力量和道德的优势。瓦西里耶夫善于在普通人的特点中寻找精神的价值。

《这儿的黎明静悄悄》是瓦西里耶夫的第一个中篇小说，为他赢得了广泛的声誉。在作品中通过主人公的悲剧命运，反映了战争的严酷的真相。1971年小说被搬上舞台，1972年改编为电影。小说获得了苏联国家奖金和列宁共产主义青年团奖金，又编入中学课本。

故事讲1942年春天在苏联北方一个火车站附近，一个男排长带领5名女兵到山林中搜索企图破坏铁路的德国兵。5个女兵——丽达、冉妮娅、索尼娅、莉莎、嘉里娅，都战死了，只剩排长瓦斯柯夫，他最后活捉了全部残存的德国人，完成任务。

小说充满了爱国主义精神，6个男女青年只有一个目的：保卫祖国。5个女兵个个悲壮捐躯，极其感人，体现了苏联人民不惜牺牲一切保卫国土的主题。

小说的情节不复杂，作者主要运用细腻入微的心理分析，热情洋溢地赞美普通青年男女在祖国危亡之际表现的圣洁感情，描写了他们的忧愁和欢乐，痛苦和幸福，爱情和仇恨，以及最后为祖国英勇献身的壮烈行动。

小说巨大的艺术成就表现在刻画6个个性鲜明的形象上，特别是5个女兵形象。她们出身于不同的家庭，有不同的遭遇，不同的性格。

丽达·奥夏宁娜，是班长，性格朴实、稳重，感情深沉，比较成熟。她已是一个年轻的母亲。她的丈夫是边防军的上尉，战争爆发的第二天牺牲在一次战斗中。突如其来的战争和失去亲人的悲痛，使她"无声而又无情地仇恨"敌人。她主动请求留在前线。在战斗中，她沉着冷静，勇敢坚定，狠打敌人。作为班长，她严格要求自己，以身作则，也不姑息女兵嘉里娅的临阵胆怯。她和瓦斯柯夫配合追击敌人，身负重伤。瓦斯柯夫感到没有照顾好战士而内疚，难过地对她说："到了和平时期，……要是有人问我：你们男子汉都上哪儿去了，为什么不能保护妈妈们？……我拿什么回答呢？"丽达却平静地回答道："何必这样！战争嘛。""我们是在保卫祖国，首先是祖国。"这两句简单的、极普通的话，表现了她真挚的崇高的爱国主义情操。

冉妮娅·康梅丽科娃是小说中最动人的形象。作者在这个人物身上倾注了无限赞美之情。她是将军的后代，性情乐观活泼，有点调皮，长得漂亮，又能歌善舞。她才19岁就落得孤身一人了。法西斯杀害了她的全家，"妈妈，妹妹，小弟弟，通通死在机枪下面。"她只身逃出虎口，毅然从军。作者以富有人情味的抒情笔调刻画了这个柳芭式的少女形象。在部队中，她的热情活泼温暖着同志们的心，鼓舞着同志们的斗志。在战斗中，她大胆泼辣，英勇无畏，带有罗曼蒂克的冒险性。在追踪德国空降兵的战斗中，她们发现并不像出发时得到的情报那样只有两个空降兵，而是16个，兵力大大超过自己。为了迷惑敌人，搞乱他们的观察，冉妮娅毫不犹豫地跳下河去洗澡，一边大声呼叫女友的名字，一边嘹亮地唱起流行歌曲

《喀秋莎》。这时她离敌人的冲锋枪口只有10米远！大家都不禁为她把心脏提到了喉咙。作者没有停留在描写英雄的外在行动上，接着揭示了主人公真实的、复杂的心理状态。当敌人被引开后，瓦斯柯夫等"才突然发现，她虽然在笑着，可是大睁着的双眼里，像是一汪泪水一样，充满着恐惧"。表现出这个少女以多么大的精神力量克服了本能的胆怯，才做出了这样勇敢的行动。爱国主义激情和战士的责任感是冉妮娅精神力量的源泉。后来只剩下她和瓦斯柯夫还能坚持战斗，她为了掩护战友，用火力和歌声把德寇引到自己方面。她一面攀登着山石不停地转移阵地，一面射击，口里还气喘吁吁地大声唱着《喀秋莎》。她壮烈牺牲了，然而使瓦斯柯夫得已摆脱死亡，最后完成任务。

索尼娅·古尔维奇，犹太姑娘，入伍前是大学生，德语翻译，被瓦斯柯夫称为"弱不禁风的城里姑娘"。她"不声不响，勤勉可靠"，单纯幼稚，富有同情心，喜爱诗歌，具有知识分子的一般优缺点。她没有来得及参加战斗，因为替瓦斯柯夫去拿烟荷包，被敌人发现用刀子杀死了。

丽莎·勃利奇金娜，是护林人、老游击队员的女儿，农村姑娘，是个劳动妇女典型，一举一动都流露出朴实憨厚、爱护别人的特点。她怀着美好的憧憬，坚信幸福的未来，"整整十九个春秋都在期待着明天的降临"。然而突然降临了战争。她没有灰心丧气，"到生命的最后一瞬，还坚信她的明天必然到来"。她奉命回车站汇报军情，路过沼泽地，不幸陷入泥潭，被沼泽吞没了。

嘉里娅·契特维尔达克，17岁，在孤儿院长大，瘦弱，好幻想，在战斗的枪声中恐惧万分，几乎精神失常。有人认为这个形象是作者的败笔，小说改为舞台剧本上演时，把她删掉了。这种做法是理想化的遗毒，战士怎么能够个个是虎胆英雄？

一般评论只注意到5个女主人公，而对唯一的男主人公略而不顾，是不公道的。瓦斯柯夫是个有战斗经验的老兵，32岁，准尉，军运指挥员，具有强烈的责任感，爱护战友，同时又严格要求。丽达班长要在阵地上开会批判嘉丽娅的惊慌失措，表现出青年人的幼稚激情，瓦斯柯夫以准尉和党员的身份宣布：在目前这个条件下，取消一切会议。"至于说到胆小鬼，那么还没有发现，胆小不胆小，姑娘们，要到第二次战斗再看。"惊慌失措是"由于缺乏经验。是这样吧,契特维尔达克?"女孩子回答"是这样……"这种做法表现了他的老练和自己对初次参战的女孩的责任感。他最突出的特点是忠于军人职守,不论在任何艰难条件下,他总是坚持战斗,毫不动摇,直至用尽力气,完成任务。在战斗中他坚持"决不能后退,不能给德寇在这岸上让出立足之地。不管情况多么严重,不管形势如何绝望——都要坚持住,"要守住阵地。他怀着必胜的信念率领女兵们追击敌人,虽代价惨重,只剩他一个活着,还受了伤,但"他胸中满怀激情,仿佛整个俄罗斯都缩到了他背后,仿佛此刻他是祖国的最后一个儿子和保卫者,"现在"只有他、俄罗斯和敌人"。他终于战胜了敌人。这是一个忠于祖国的苏维埃英雄战士的典型,令人十分喜爱和尊敬。女兵们能发挥出英雄的作用,和瓦斯柯夫的影响、引导、鼓励、支持是分不开的。忽视这个形象是对作者的创作用心的偏解。

　　当然,一些评论家只看到女战士形象是有根据的,根据是作者的构思。作者没有像一般战争小说那样写,而体现出自己的特点,用妇女悲剧命运的描写,强化了作品的主题,深刻表现出法西斯战争的野蛮性、人民付出的惨重牺牲及其功勋的伟大意义。作者最初的构思不是现在这样,最初,"小说不是这个名字,情节也稍有不同,人物是男人。环境很艰苦,战士们都得为祖国而牺牲"。后来为强调战争的苦难,才改为女兵形象,情节也相应地做了改动。"当妇女们被杀害时,已经超出战争概念的范围了。曾经有30万妇女在前线战斗,她们几乎都是志愿上前线的。她们所经受的苦难(比男人)要深重得多了!"这一改动,突出了主题,增强了作品的悲剧气氛,增强了艺术感染力,更深刻动人了。

　　艺术感染力不单来自构思的改变,还来自小说崇高的、浪漫主义的风格以及采用的多种艺术手法——有抒情的叙述,抒情的对话、自白,文献纪实的作战报告,而其中以抒情的叙述为主。小说从日常生活画面开始故事的叙述。某一小车站高射机枪班战士们的欢腾的生活首先映出,用电影形式"叠化"出每个主人公的过去:丽达失去丈夫,要求参战,成为护士,又到高射机枪学校学习;冉妮娅一家被杀,她成为孤单一人,后来和上校指挥员产生感情;瓦斯柯夫4年级的文化,服役10年,中弹受伤,跑掉了妻子,死去儿子,此后只笑过三次……

作者接着把一般的生活情景和崇高的、英雄无畏的精神交织起来。丽达每隔两夜溜出去一次，到城郊去看望寄养在娘家的儿子阿利克，晚饭后走，起床前归，瞒着准尉。一天，正当这儿的黎明静悄悄的时候，她在归来时发现两个伪装的德寇，立即报告准尉。追捕敌人的6人小分队组成了。搜索战开始。

瓦西里耶夫善于把主观认识和客观真实融为一体。他的崇高的道德情感和对主人公们的赞美之情洋溢在小说之中，构成小说的基调，同时又以真实具体的描写表现出苏维埃人有代表性的美好品格。瓦斯柯夫准尉指挥5个女战士在沃比湖上的战斗，描写得极为真实，并充满戏剧性波折，使导演罗斯托茨基能够很顺利地创作一部难忘的同名电影。5个女兵每一个的牺牲都在读者心中激起无限痛楚。

小说有极高的概括性，作者成功地把这场战斗描写成两个世界的决战——女性的、又是少女的心灵美的世界、善良的世界同动物性的、杀人成性的邪恶世界发生冲突，人类的永恒本性——善良和心灵美胜利了。

《这儿的黎明静悄悄》对读者、观众的吸引力，始终不衰。小说搬上舞台后，在全苏近百个剧场上演。改编成同名电影，获第六届全苏电影节一等奖。1974年改编成歌剧和芭蕾舞剧。小说在国外已被译成多种文字。小说如此成功跟作者的经历很有关系。1941年他志愿入伍后在共青团驱逐机飞机中队，同法西斯空降部队作战。在被包围的斯摩棱斯克的森林里战斗过。"战斗在森林里，既没有战线，也没有后方，这情况我很熟悉，因此才写出《这儿的黎明静悄悄》……"

1977年版的汉译《这儿的黎明静悄悄》正文前面有一篇文章，说要撕开画皮，看看小说是什么"精神"，说瓦斯柯夫是个冒牌货，作者为他涂脂抹粉，实际和法西斯士兵一路货色；说5个女兵浑浑噩噩，服服帖帖，贪生怕死，丑态百出；"瓦斯柯夫精神"就是"法西斯精神"。1980年版此文不见了。1980年版加了一个后记，已和前文的口气大不相同了，赞扬了作者塑造人物的功力，但同时批评小说有感伤主义情绪，给人压抑感；认为爱国英雄不需要这么多哀愁和叹惋；提醒青少年要认真鉴别。也没过太久，大约三四年后，这个"警告"似乎也失去了存在的必要，青年们跳出旧的批评模式，"鉴别"出小说思想、艺术的高超。

（二）《牧童与牧女》

阿斯塔菲耶夫的中篇《牧童与牧女》（《Пастух и пастушка》，1971）是完全另外一种风格的战争题材作品。它描写苏联卫国战争中苏联反攻阶段乌克兰战场上的一段爱情故事。苏联红军排长鲍里斯·科斯加耶夫中尉率领全排战士胜利地阻击了企图突围逃走的德寇。战斗结束后，他升任连长，部队转移途中，住在一个农民家里。女主人柳霞是个美丽的姑娘。连长和姑娘二人一见倾心，但时间短暂，第二天鲍里斯的连队继续行军。卡车开动以后，柳霞猛然想起，忘记把地址告诉鲍里斯，她拼命追赶卡车，没有追上。

部队在后方整编，鲍里斯想念柳霞，想去看她，上级不准假。部队又开赴前线投入战斗。战士们一个个地倒下去，鲍里斯也负了伤，躺在运送伤员的火车上。在一个小站，有个女人从火车的窗口往里张望。鲍里斯认出正是他期待已久的柳霞，但柳霞没有认出他，离开这里去探望别的窗口了。鲍里斯奋力抬起身子向外看，她已消失在人群中。期望，失望，终于绝望。鲍里斯心力衰竭，最后死去。小说的结尾是一个孤女凭吊草原上一座荒芜的坟丘。

小说有个副标题：《当代牧歌》。一部描写战争悲剧的小说而称为"牧歌"，其隐喻是明显的。让人们看到侵略战争和人民幸福是决然对立的，是作者期望的艺术效果。阿斯塔菲耶夫描写的不是一般战火造成的伤亡悲剧，而是战争对人的精神的毁灭性打击，强调了残酷环境中的"人性美"。

小说写到一对牧人——牧童和牧女在战火中牺牲了，临死，他们互相以自己的身体掩护对方。作者赞美感情力量的无比强大，它能蔑视死亡，战胜恐惧。写鲍里斯和柳霞的爱情，也是为了表现人的感情力量，指出残酷的战争并不能使苏联人丧失人性的美德。鲍里斯对柳霞的爱，对她的向往，意味着他对美好"牧歌"的追求，不幸残酷的战争使他重伤。然而致伤不是这幕爱情悲剧的全部原因，最后，他是因为丧失克服战争带来的艰难困苦的意志，由于精神的瓦解而牺牲在伤员列车上了。他的伤势不致送命。小说富有喻意的抒情抒写，人物内心世界的细腻刻画，使评论家十分感兴趣，有的认为结尾处孤女凭吊荒坟的悲凉画面"象征着不死的爱情和永生的记忆";"善于保持和珍重纯洁的感情,这是对战争的一种特殊挑战,这是生命和忠贞的象征"。阿斯塔菲耶夫对人物精神世界这种深入的探视,使他的艺术才华中有一种和陀思妥耶夫斯基相近的东西。

维克多·彼得罗维奇·阿斯塔菲耶夫(Виктор Петрович Астафьев,1924—2001)参加过卫国战争,受过重伤。他出身农民家庭,童年失去父母,在孤儿院长大。战后定居在乌拉尔的丘索沃依城,当过装卸工、钳工、铸工,接触了广泛的社会生活,为写作奠定了基础。1961年毕业于苏联作家协会附设的高级文学进修班。自1951年发表作品,早期多写特写和短篇小说。第一本书是短篇小说集《未来的春天之前》(《До будущей весны》,1953)。1959年发表中篇小说《隘口》(《Перевал》)、《老橡树》(《Стародуб》)等,主要描写自己的经历和对未来的追求,有浪漫主义色彩。60年代,其创作进入成熟期,写有中篇小说《陨石》(《Звездопад》,1960)、《盗窃》(《Кража》,1966)、《战争在某地轰鸣》(《Где-то гремит война》,1967),都是对自己的童年和战争年代生活的回忆,成为同时代人的独特历史,后集成一书:《我的同时代人的故事》(《Повести о моем современнике》,1972)。1968年他的另一本书问世,名《最后的问候》(《Последний поклон》),是写于不同年代的短篇和中篇小说的汇集,是些描写自己童年的自传性小说,反映了从20年代到卫国战争结束的20多年的苏联人民的生活,是作者对自己同代人命运思考的结果。取得巨大成功的是描写爱情与战争的《牧童与牧女——当代牧歌》,被誉为独特的悲剧性散文长诗,它与《隘口》《盗贼》《最后的问候》一起,获得1975年俄罗斯国家奖金。阿斯塔菲耶夫的作品大多不以情节曲折或结构严谨见长,而是通过对周围自然环境的描写,对人物内心活动的细腻刻画,含蓄地对生活中的种种现象加以褒贬。《牧童与牧女》一面讴歌了人的感情力量、普通人的人性美,同时对鲍里斯这种找不到振作力量的人进行了含蓄的批评。阿斯塔菲耶夫最有代表性的作品是叙事小说《鱼王》(《Царь-рыба》,1975),描写作者每年一次到故乡西伯利亚叶尼塞河旅行的感受,表现了人应该热爱大自然、否则就会受到大自然惩罚的思想。《鱼王》获1978年苏联国家奖金,最终巩固了阿斯塔菲耶夫做为苏联第一流作家的地位。

（三）《索特尼科夫》

《索特尼科夫》(《Сотников》，1970) 是贝科夫的代表作品，他自己认为这是一部"珍贵"的作品。70年代是贝科夫创作飞跃的时期。《索特尼科夫》是他进行精神探索的一部力作，"贯穿着生与死的、对人的职责的思考，以及和利己主义水火不相容的人道主义的思考"（科瓦辽夫），是"一部有分量的、没有异议的中篇小说"，"中篇小说中还没有一部像这一部受到这样广泛的谈论"（拉扎列夫）。

小说的素材来自作者一个战友的经历。1944年8月，贝科夫在罗马尼亚执行任务，在一个战俘收容所里，看见了他同团的一个战友。这战友原是营参谋长，在战斗中表现勇敢，有一次战斗受伤，被俘。在德国集中营里，他为了活命，妄想略施小计骗过敌人，先投降，然后再找机会逃回自己部队。然而敌人一直严密监视，他无法逃跑。他不得不听命于敌人，反过来打自己人，他说他没对自己人真射击过，但已洗刷不清了。这个人的遭遇和思想状态成了贝科夫创作《索特尼科夫》的基础。

贝科夫创作这小说的意图是要表现一个人在毁灭性的力量面前，应当怎样；在他对自己的生命完全丧失了自卫能力、死亡不可避免时，应该干什么，应该怎样对自己的行为负责？小说用两个对立的人物明确回答了这些问题。

卫国战争时期，白俄罗斯两个游击队员——索特尼科夫和雷巴克，在大雪封山的严冬天气，为给隐藏在森林的游击队寻找食物，来到一个村里。表面给敌人干事而心向游击队的村长给他们弄了一只羊。百姓穷困，别无他物。在返回的路上，遇上伪警巡逻队，一阵枪战，二人摆脱了敌人，但索特尼科夫腿上受了伤。他们躲进一个农妇家里，被德国人发现，做了俘虏。

雷巴克最初的表现不坏，"从信仰看不是敌人，从本质来说不是坏蛋"，从平常的战斗来看，也给人良好印象。在寻粮的途中，索特尼科夫没戴帽子，他表示关心；遭到敌人袭击、索特尼科夫受伤后，他没有自己逃命，还把他扶到了一个农舍，不过心里埋怨索特尼科夫拖累了他。他实际只是一个在平常情况下大家干什么他也干什么的人，在直接危及生命的时刻，他却是只关心自己了。他在道德上走向毁灭的原因正在于此。敌人来搜查农舍，他心里想的就不是怎样掩护索特尼科夫了，而希望自己先站出去投降，就有可能脱险。当敌人审讯他时，他没有经受任何拷打就供出了其他游击队员的地址，并供出是索特尼科夫开枪打死了警察，而不是他。因此，敌人留了他一条命，条件是他必须当警察，为德国人效劳。他原想以"假投降"来欺骗敌人，保存自己，然后借机逃跑。哪知这一步陷进去，不得不步步听命于敌人的摆布，最后变成杀害索特尼科夫的帮凶。

索特尼科夫战前是个教师，战争开始后在正规部队里当过营长。他的部队被击溃，他参加了游击队。做为普通游击队员，他尽到了职责，亲手杀死过几个敌人。他与雷巴克不同，他不是一般地尽公民职责，而是以明确的信仰和崇高的道德情操作为自己行动的指针。在困难和危急时刻，心里想到的不是如何保全自己，而是如何照顾好战友和同胞。在游击队弹尽粮绝之际，他正患病，却自告奋勇外出找粮。被捕受审，遭严刑拷打，什么也没招供。当知道敌人要处死他时，他又考虑如何以自己的死来换取雷巴克、女房东和村长的生命。他承担了一切责任，声明是他杀死了警察。结局时，他从容就义，雷巴克则苟且偷生。

小说的情节，无新奇之处，找粮（或侦察），受伤，被俘，牺牲，是常见的游击队员的故事。但读者都会感到它与一般英雄故事有不同之处。

作者的表现手法，不是依赖记录许多英雄行动或高昂的言辞来塑造人物和展开主题，而是通过细腻的心理分析、强烈的对比和一些平凡的小事来揭示人物的处世哲学和道德品质。主要人物索特尼科夫和雷巴克的思想和品质截然不同，完全是两种人，作者对他们的心理分析和行为的描写，产生了强烈的对比效果。

身强力壮的雷巴克接受找粮任务是迫不得已，病中的索特尼科夫则是主动要求，因为他看到许多人不愿执行这样的任务。路上他咳嗽难忍，雷巴克问他为什么不向队长说明病情，他答道："正因为别人拒绝了，我才要求的"。索特尼科夫受伤后，他心里是一种内疚的感情，没有完成任务，还要拖累别人。雷巴克在行动上虽然帮助了他，扶他躲避起来，但心里埋怨不已。一个处处为大局着想，一个是自私的盘算。这些对比的描写，使索特尼科夫的英勇就义和雷巴克的可耻叛变成为合乎逻辑的发展。然而雷巴克的投降不是简单轻易的，不是死心塌地愿做伪军，他虽然保住了生命，可活得并不愉快，而是受到比死还难受的道德上的严厉制裁，受到良心上的自我折磨。他帮敌人绞死了索特尼科夫，他发现群众对他怒目而视，他感到这样活着还不如死了好，于是想借去厕所的机会自杀，然而敌人早已解掉了他的裤带，他竟连自杀的可能也失掉了，只好跟敌人走下去。贝科夫常常利用"良心的召唤"歌颂英雄精神的伟大或谴责反面人物的卑劣。在《索特尼科夫》中是这样，在《狼群》《他的营》等小说中也是这样。

索特尼科夫被列为苏联文学成功的正面形象之一。小说拍成电影，取名《上升》，曾获多种奖项，包括柏林电影节的金熊奖。小说被收入"英雄丛书"。1982年又收入"儿童丛书"。

（四）《活着，可要记住》

《活着，可要记住》（《Живи и помни》）的作者瓦连京·格里戈里耶维奇·拉斯普京（Валентин Григорьевич Распутин，1937—2015）是不记得战争的一代年轻作家，生于伊尔库茨克地区的一个村庄里。1959年毕业于伊尔库茨克大学文学系。此后的七八年间在青年报社工作。开始写作时，只写些短文、短评、特写、故事之类，出过两个特写集（《远在天边》《新城篝火》，1966）和几个短篇小说集（《我忘了问廖什卡》，1961；《瓦西里和瓦西里沙》，1967年）。他生活在西伯利亚，走访过很多工地，经常逗留在农村。初期作品多写农村见闻、森林的奇遇，后来把注意力转向人的道德方面，着重刻画人的内心世界，特别关注当代人的精神道德问题。1967年他创作了第一个中篇小说《为玛丽亚借钱》（《Деньги для Марии》），获得巨大成功。从此，他的作家名声冲出了自己地区的界限。接着，一个一个的中篇小说献到读者面前：《最后的期限》（《Последний срок》，1970）、《活着，可要记住》、《告别马焦拉》（《Прощание с Матёрой》，1976）。这些作品写的都是西伯利亚的农村生活和战争年代及战后年代社会的和道德的变化，都产生了广泛的社会影响。不到40岁的拉斯普京成了有独特风格的民族艺术家。他也写战争题材，不过他没有"前线一代"作家们在战争中冒枪林弹雨的体验，当卫国战争结束时，他才八九岁。因此,难于写出"战壕真实"的战斗场面。但战争年代的饥饿和艰难困苦,在他幼小的心灵上刻下了痕迹。有一次他看见村里人从大森林里捉回来一个蓬首垢面、满脸胡子的逃兵。想不到若干年后这个逃兵的形象触动了他创作的灵感,创作了中篇小说《活着,可要记住》。

在《活着,可要记住》中完全听不到隆隆的炮声,不过读者处处感到战争的存在,因此,仍可属战争题材作品。战争只作为背景,作者提出的是道德问题,在卫国战争中,在全民抗战的气氛中,个人幸福和国家民族命运的矛盾发展到无法调和的地步,道德问题更尖锐了。因此它也可列入道德题材作品之中,而且被认为是当今苏联文学中表现道德主题的代表作品之一。

故事发生在卫国战争最后一年,战士安德烈负重伤治愈后,没按上级命令返回前线,而是私自潜回家乡去探亲。他不敢在村中露面,藏在与村子隔河相望的小木屋里,偷偷与妻子纳斯焦纳相会。不久,纳斯焦纳怀了孕。为不暴露丈夫,她对别人谎称自己行为不端,结果被婆婆赶出家门。她承受不住精神上的痛苦,投河自尽了,而安德烈闻讯后远逃,躲进森林。

当代苏联文学战争题材的重要特点之一是日益注重从道德角度观察过去的战争,仔细咀嚼品味个人在战争中的心理、行为和命运,从中吸取有益的经验教训,以丰富今人的精神世界。这是战争题材文学走向深化的标志之一。《活着,可要记住》正是这样的代表作品,它取材于战时,着力表现的是由战争引起的道德冲突。安德烈背弃了人民,背弃了祖国,滑到了一个人对社会、祖国负有公民责任的界线之外,因此受到了严厉的惩罚。小说的名称正是对当代人的告诫:"如果你是人,而且始终要做一个人的话,你就活着,可是要记住,世界上存在着人类的、你的人民的不可违背的法则,你一旦违背了它,就会自绝于人民。"

作者出色地描写了安德烈的精神崩溃过程,强调:一个人如果对见不得人的自私动机失去控制力,把自私动机当成正当愿望,道德的崩溃也就开始了。安德烈本是个朴实的农民,战前就希望有个儿子,过美满幸福的生活。在前线,他也不是胆小鬼,"他不冲到别人前头去,但也不躲在别人后面";"在侦察兵中,他被认为是可靠的战友"。负伤住院,满心希望伤愈后会让他回家探亲。但激烈的战斗要求他立即返回部队，假期被取消了。他产生了"抱怨和愤恨"，决定"不管三七二十一，回家去"。他本想"两三天内打个来回"，但交通堵塞，耽误了时间，使他想乘隙探亲的打算变成了长期的无故离队。他索性在家乡一直住下去，不能再返回部队了。他的错误固有客观因素——医院长官不公，路上不顺，但主要是他处理"公民义务"、"社会职责"和个人愿望的矛盾时自私的动机占了上风。他平时也常流露出缺乏公民感，流露出消极情绪，在参军时就"感到惘然若失，前途渺茫"；负伤后"反倒放心了；好了，打仗算打到头了。以后让别人去打吧"。在战场上虽并不胆怯，那时因为周围的人都在冲锋陷阵。这种脆弱的思想基础决定了他在一定的外界条件下，经不住考验而走上错误道路。

　　既背弃了赖以生存的社会和人民，也就失掉了生活在社会和人民之中的权利。他逃进森林后，过起动物一般的生活。作者描写了安德烈的兽化过程，他精神全面崩溃，渐渐失去人应具有的一切，越来越接近动物的本性：凶残而警觉。他学狼嗥与狼叫得一样，已无异禽兽。

　　安德烈是小说形式上的中心人物，作者全力描写的是纳斯焦纳，同情地描写了她的担惊、期望、欣喜、羞愧、痛苦、直到走投无路的复杂心理活动。她是个普通的农村妇女，和其他妇女一样，盼望丈夫活着回来。丈夫回来了，却是擅自离队的。她惊喜交加，一面帮助丈夫隐藏，偷偷和他相会，另一面又替他羞愧，为自己包庇逃兵的行为感到可耻，又替他担惊："凡是人都有罪过，不然的话，他就不是人。可是能犯这样的罪过吗？这罪，安德烈是承受不住的……"，她"感到惭愧得无地自容"。战前，她和安德烈生活了八年，希望生个娃娃，但没有，现在却怀孕了！她心里高兴，期待着做母亲的幸福，然而这幸福是"偷来的"，非但成不了幸福，还成了她包庇逃兵丈夫的罪证！她有一种真诚的负罪感，丈夫所以"不管三七二十一"私自回家，完全是因为想见到她，是因为她自己丈夫才犯罪的。因此，要受制裁的话，也要由两个人共同承担。她对丈夫说："我们去自首吧，我愿意跟你随便上哪儿去，不管去服多么艰苦的苦役——你去哪儿，我也去哪儿。"安德烈没有勇气自首。纳斯焦纳无法调和她对社会和对亲人的两种责任，她在那些烈士的孤儿寡母面前极度羞愧，良心受责。面对丈夫，又觉得必须和他共患难。这使她遭受剧烈的精神痛苦。她唯一的出路是自尽了。这是"一个美好的纯粹的俄罗斯性格，她随时准备做出牺牲，她身上充满善良、自我牺牲精神、忠诚、对亲人的责任感"。这是拉斯普京谈他如何构思这小说时说的话，他提到"这本书首先是写"这样一个妇女，"然后围绕她出现了其他主人公"。

故事安排在卫国战争即将胜利之时，用意深刻，胜利是人们梦寐以求的，但它不属于亵渎了自己神圣职责的人。安德烈虽然出生入死，奋战3年，但在最后未能经住考验，成了罪人。

拉斯普京长于心理描写，《活着，可要记住》充分显示了他心理描写的技巧。人们期待战争结束的急切心情，孤儿寡母的心酸，纳斯焦纳的矛盾心理，安德烈的精神变化，都表现得极生动。他谨循现实主义原则，对于主人公，始终不从自己的好恶出发，而是忠于生活，忠于真实，所以他的人物像活人一样。他说："我……不善于用一种黑的颜色或者一种红的颜色来描写自己的人物，不善于把这个人写成白的，把那个人写成黑的。我认为，不能只有正面人物和反面人物。对我来说，最重要的是他们是活人。"安德烈和纳斯焦纳就是在这一艺术原则下创造出来的活人。作者对纳斯焦纳怀着深刻的爱和同情，但并没有把她写成大义灭亲、揭发逃兵的女英雄。她就是她，她爱自己的丈夫，但又为他的罪行而羞愧，最后陷入不能解脱的矛盾中。作者谴责了安德烈的背叛行为，并没有把他写成一切都坏，他作为农民是纯朴的，做为士兵曾勇敢杀敌。这都不是作者的主观描写，而是生活的真实。

从这个作品可以大致看到拉斯普京的独特艺术风格：丰富的道德内容、深刻的哲理、细致的心理剖析，还有浓厚的西伯利亚乡土气息、优美而富有抒情色调的语言，如下面一段有关故事背景的描写：

"Атамановка лежала на правом берегу Ангары и была всего на тридцать дворов-не деревня, а деревушка. Несмотря на свое звучное название, лежала она одиноко и потихоньку да помаленьку, еще с довоенных лет, хирела: уже пять изб-и избы крепкие, не какие-нибудь развалюхи, -стояли мертво, с заколоченными окнами.

"Почему мелели деревни в войну, и объяснять нечего, тут причина на всех одна, но из Атамановки люди начали сниматься еще раньше, особенно молодые, из тех, кто не успел зарасти своим хозяйством."

（阿塔曼诺夫卡位于安卡拉河右岸，总共有三十个庄院，不是个大村庄，是个小村子。虽然村名够响亮，实际上在战前的许多年它是孤独的、寂静的、平凡的，而现在则是贫弱的。有些农舍还算结实，没有任何塌坏的征兆，可有五座农舍就像死人僵立着，窗户都钉死了。为什么战时农村这么不景气，没什么可解释，原因都是一个，但阿塔曼诺夫卡的人们纷纷离开故土太早了点，特别是年轻人，他们还没来得及在自己的农庄发育成材。）

下一段是满含道德感的深刻的心理剖析：

"Человек должен быть с грехом, иначе он не человек. Но с таким ли? Не вынести Андрею этой вины, ясно, что не вынести, не зажить, не заживить никакими днями. Она ему не по силам. Так что теперь -отступиться от него? Плюнуть на него? А может, она тоже повинна в том, что он здесь, -без вины, а повинна? Не из-за нее ли больше всего его потянуло домой? Не ее ли он боялся никогда не увидеть, не сказать последнего слова? Он перед отцом и матерью не открылся, а перед ней открылся. И может, смерть оттянул, чтоб только побыть с ней. Так как же теперь от него отказаться? Это совсем надо не иметь сердца, вместо сердца держать безмен, отвешивающий, что выгодно и что невыгодно. Тут от чужого, будь он трижды нечистый, просто не отмахнешься, а он свой, родной... Их если не бог, то сама жизнь соединила, чтобы держаться им вместе, что бы ни случилось, какая бы беда ни стряслась.

Живые там, он- здесь. Господи, научи, что делать!"

（"凡人都是有罪的，否则，他就不是人。但是能犯这样的罪过吗？这样的罪过安德烈是承受不住的，显然，他经受不住，这是无法弥补的过失，是任何时候都不可能治愈的伤痕。然而，她对他无能为力，现在能不能因此就和他断绝关系？就唾弃？也许，安德烈如今隐藏此处，她也是有责任的，即使没有罪过，总有责任吧？他不是害怕永远见不到她，害怕和她说不上最后一句话才这样做的吗？他不去见他的父亲和母亲，而单单见她一个人。还可能，他推迟了死亡的到来，只是为了和她一起多待几天。现在怎么能因为这个就抛弃他呢？可是，对待这种事，完全不该出于同情心，应该去掉同情心，用是非之秤，称出什么是对的，什么是人所共愤的。假如事出他人，纵使那见不得人的坏事再坏上三倍，纵使是绝对地不能回避，也好办，然而安德烈是自己人，是自己的亲人，……他们两人的结合如果不是上帝的旨意，那也是生活本身的安排，无论发生了什么事，无论降临什么灾祸，他们都应该共同承担。

活着的人们还在前线，而他在这里。上帝啊！您教导我吧，我该怎么办哪！"）

（五）《热的雪》

邦达列夫的《热的雪》（《Горячий снег》，1969）是60、70年代战争题材作品的代表之一。故事是斯大林格勒保卫战中的一场阻击战。背景是1942年冬，德寇保罗斯集团军三十万人被围在斯大林格勒。希特勒拼凑了十几个师兵力的曼施泰因集团军，以坦克部队突击力量，力图打开一条从科捷尔尼科沃到被困的斯大林格勒城下保罗斯第六军的通道，以解救被围的德军。苏联最高统帅部迅速调遣第二近卫军上阵，阻击德军集群的突击部队，打破了保罗斯突围的希望，取得了全歼被围德军的伟大胜利。小说的情节集中描写了一次战斗——打退曼施泰因集团军坦克部队的疯狂进攻。小说有两组人物，一组以炮兵排长库兹涅佐夫为核心，一组以集团军司令别宋诺夫为核心，形成两个相对独立的故事。两组故事以集团军司令亲临连队的情节联结起来。

小说虽只写了一次战斗，但表达了作者对整个战争的感受，写出了整个战争的悲壮景象和苏联人民的英勇顽强。战斗空前激烈，炮火和鲜血使满地冰冷的雪变热了。小说显示给读者：一旦人们把保卫祖国的责任感视同自己的生命，那就会产生无穷无尽的力量。这是作品的主题。自战争开始以来，急剧增长的困难和紧急状况，激起了人们日益强烈的反抗，每一次抗战的艰难压来，都仿佛是达到了人所能做到的极限，眼看人的能力和力量就要消耗殆尽了，然而军人们——战士、军官、将军们，仍然是再鼓勇气，重抖精神，与敌坦克搏斗，反复冲锋。

  小说不仅写了"战壕真实"，出色地刻画了一系列普通战士的形象，同时写了"司令部真实"，塑造了一个善于集中整个战线的力量和意志的将军——别宋诺夫这一艺术典型。强调了两种真实的一致性。

  库兹涅佐夫是个勇敢善战而又富有人道主义精神的青年军官。这个人物是和连长德罗兹多夫斯基对比着描写的。打第一仗时，由于连长主观固执、刚愎自用，造成被动局面。一排长库兹涅佐夫不听连长的瞎指挥，沉住了气，没有过早地暴露自己的炮位，适时地开火，并击中目标。他发现二排的一门炮被击毁，二排长身负重伤，连队失去指挥，他只身冲向二排阵地，迎击敌人。经过一天的激战，德军部队荡平了苏军阵地，渡过河去，冲向北岸。整个南岸的苏军炮兵只剩下库兹涅佐夫的一门炮，与连队失去联系，孤立无援。库兹涅佐夫带领三名炮手，掉转炮口，继续作战。后来局面扭转过来，但战士牺牲惨重，库兹涅佐夫悲痛难忍，几乎失去知觉，而德罗兹多夫斯基却无动于衷。

  作者描绘苏军官兵的牺牲精神的同时，突出了战争的残酷，也表现了英雄并不是一点不怕死。库兹涅佐夫在敌机猛烈空袭时，一时束手无策，出现了"怕死的心情"；敌人大批坦克压过来，他也不免"惊呆了"；不过这些并没有妨碍他及时履行他军人的职责。

  书中有个《最后的炮轰》中列麦什科夫式的士兵，叫戚比索夫，炮兵战士。此人胆小如鼠，当敌机轰炸时，他吓得面如土色，两眼发愣；他拒绝服从命令，痛哭流涕，后来被迫一瘸一拐地跟着库兹涅佐夫越过危险地带抢救伤员。一路上他失魂落魄，胡乱开枪，暴露目标。但库兹涅佐夫对他倍加同情，怜悯他，照顾他，说"他干得其实不比别的装填手差"。在库兹涅佐夫人道主义的感召下，戚比索夫后来成为阻击战的英雄，被授予红旗勋章。有人对库兹涅佐夫这种人道主义不以为然，特别对他见到敌人一具尸体时的遗憾的叹息"今天早晨,这个德国人还活着"更加嗤之以鼻。

还有某些论者不能接受的,是《热的雪》和《最后的炮轰》一样也写了"战地鸳鸯"。库兹涅佐夫和卫生指导员卓娅相爱,在最后一次战斗中卓娅被打死,库兹涅佐夫陷入绝望,感到"一切都变得毫无价值,失去了意义",大哭一场,泪水"使袖子上的雪花也变热了"。斯大林格勒战役全胜之时,他用一碗苦酒浇愁,用浸透泪水的"热的雪"表示对战争的诅咒。小说表现了"人性",而"人性"在一个历史时期内许多人的眼里是有罪的。诅咒战争也是有罪的,是"和平主义"。然而战争可以爱好吗?只有希特勒、东条英机、墨索里尼之流才爱好战争,杀人成癖!

苏联评论界认为《热的雪》是邦达列夫创作的"新阶段",其重要标志是第一次塑造了一位红军高级将领的形象,这就是别宋诺夫,他足智多谋,有指挥才能,是一个"体现了时代特征的艺术典型"。据考证,别宋诺夫的原型是任过赫鲁晓夫国防部长的马利诺夫斯基(1898—1967)元帅(自1957-1967任国防部长)。别宋诺夫在红军中服务了一生,卫国战争前就屡经征战了。斯大林格勒战役时,他腿部带伤未愈,独生子又在前线被围失踪,他克服了精神上和肉体上的痛苦,接受了指挥一个刚刚组成的集团军的重任。在方面军司令部研究作战部署时,他主动承担阻击实力强大的曼施泰因集群的任务。他不但具备对祖国的高度责任感,又善于掌握军情、抓住战机、巧用兵力。他了解曼施泰因部队的坦克向红军进攻的全部危险性,这次战斗将决定前线的命运。所以他下达了严厉的命令:"决不后退一步!把敌人的坦克顶回去。坚守岗位——忘掉死亡!"他不光是严厉命令,在行军和作战时,不断深入连队,了解下情。他亲临战斗最危险的地段——杰耶夫师的司令部所在地。他的意志力量、智慧、自我牺牲精神、高度的责任感,像脉冲一样传达到了全体参战人员身上。

小说中的斯大林形象是令人望而生畏、孤独多疑、专横武断的。别宋诺夫受斯大林接见后回到战场,想起这次接见还吓得"两鬓出汗"呢。斯大林还派了反谍处处长顾辛去集团军监视别宋诺夫。

小说总的叙事特点被认为是客观化的,是具有史诗气质的。邦达列夫的高度技巧表现在,使充满极其尖锐的戏剧性情节都服从于一个目的——

揭示所发生的事件的历史意义。梅什科瓦河边战役,是作为大会战的组成部分来描绘的,这次会战不仅决定着斯大林格勒的命运,而且决定着战争的整个进程。这种情况对所有的主人公——集团军司令别宋诺夫、市长杰耶夫、炮兵连长乌哈诺夫、排长库兹涅佐夫、卫生指导员卓娅、火炮瞄准手涅恰耶夫、士兵鲁宾……,对所有这些人的行动都起着决定作用,并使作家能够赋予主人公的一举一动以史诗的意义。所有这些人又都明白,他们的自我牺牲精神、坚强意志和英雄主义将决定斯大林格勒战役的胜负。这种把战争的总进程和战士们的功勋融在一起的描写,作者善于对战争的普通参加者和高级将领进行深刻的心理刻画的技巧,还有对战场上人们相互之间复杂关系的真实描绘,以及把主要注意力放在揭示人们的英雄品质上的选择,都有利于增强小说的叙述与整个描写体系的艺术魅力。

(六)《围困》

《围困》(《Блокада》,1968—1975)的作者亚历山大·鲍里索维奇·恰科夫斯基（Александр Борисович Чаковский,1913—1994),是俄罗斯作家,社会活动家,社会主义劳动英雄,苏共中央候补委员（自1973年)。生于医生家庭。1939年毕业于高尔基文学院。曾任战地记者、《外国文学》和《文学报》主编。苏作协书记。1937年开始发表评论文章,有评论勃留索夫、安德烈和歌德的著作。卫国战争期间写有三部曲:《这事发生在列宁格勒》(《Это было в Ленинграде》,1944)、《丽达》(1945)、《和平的日子》(1946),描写列宁格勒被围困期间保卫列宁格勒的普通战士的伟大业绩。1960年发表长篇小说《我们选择的道路》(《Дороги, которые мы выбираем》)。1968年开始创作长篇巨著《围困》,1975年完成,获1978年列宁奖金。长篇小说《胜利》(《Победа》,1987)反映了波茨坦会议和欧安会时期苏联的外交活动和外交政策。

《围困》长达5卷6部,120万字,已拍成电影。描写第二次世界大战中列宁格勒被德军包围到胜利突围的900天全过程,涉及到列宁格勒、莫斯科、斯大林格勒等重大战役。除许多虚构的人物外,还根据大量历史资料描写了几十个著名的历史人物:斯大林、莫洛托夫、日丹诺夫、伏罗希洛夫、朱可夫、罗斯福的特使霍普斯金、英国外交大臣艾登、希特勒、戈林、希姆莱等。不仅写了高级军事统帅及大战役，也描写了一些苏联下级军官及小战役。小说被认为是纪实文学和艺术虚构相结合的成功之作。

在表现战争年代众多事件的悲剧和人民的英雄主义方面，在规模宏大的情节内容和高度的历史主义特点上，《围困》和《生者与死者》三部曲十分近似。

在宏大的内容情节方面，《围困》有自己的特点，它更为广泛地描写了国际形势。这个主题扩大了故事内容的界限。社会政治场面从描写战事的进程、苏联人民同侵略者激战的进程中展开。小说的情节基础是列宁格勒保卫战的几个高潮时刻：卢加方向的战斗，1941年9月至10月列宁格勒的会战，1941年11月争夺季赫文和沃尔霍夫的激战，基洛夫工厂工人和全体列宁格勒人在冬季围困期修筑横越拉多加湖的"生命之路"，涅瓦河口和西尼亚文诺高地战事，1943年1月列宁格勒和沃尔霍夫两个方面军部队突破包围圈。

小说的故事情节根据同心圆的规则展开，整个战争和列宁格勒保卫战的每个阶段性事件，相对地说，都有自己的圆周。两大敌对势力表现为进行性地、殊死战斗的两个世界。圆心是决定历史命运的一些前方事件。小说的基本情节线索像辐射线似地从这些事件向外伸展，或者从四面八方向这些事件汇集。

作者描写这些事件的意图，故事内容的本质，是表现苏联人民的精神力量、道德力量、爱国热忱。前方和城内的形势越复杂，便越鲜明地表现出这力量和热忱。个别的场面——普耳科沃高地激战、涅瓦河口之战、科罗列夫一家的生活、苏罗夫采夫和萨维里耶夫排除未爆炸的空投炸弹的功绩、沃尔霍夫争夺战、修筑"生命之路"、突破包围圈的准备工作，组成了一幅完整的图画，使人们能够清楚地认识到列宁格勒会战参加者的忘我斗争精神及其力量的源泉。

恰科夫斯基的现实主义是严峻的，他以历史的准确性描写了列宁格勒人民、工人、战士、指挥员所必须克服的艰巨的困难，被围困期间他们的非人的生活。他的主要意图是把人们的英雄气概表现出来。德军每天打出的炮弹数不清，而城里的工厂生产不停。列宁格勒电台的工作人员饿得爬不上五层楼，但广播不曾中断。900天的围困啊！德国人想把列宁格勒困死之后，再去打莫斯科。这是何等严重的压力！当"生命之路"尚未打通，城市完全陷入敌人包围之中，一天天，一月月地坚持着，战斗着。诺维科夫说："也许……还没有一部像《围困》这样的作品，以如此的历史真实性描述战争时期列宁格勒战线的悲惨局面。这种真实性震撼人心。"①

小说塑造了两个有象征意义的形象，这就是科罗列夫和华斯涅佐夫两个主人公。科罗列夫是一个工人的集合形象，是个积极的活动分子，所有的主要事件他都参加了。他和市委书记华斯涅佐夫是好朋友，二人共同完成过许多复杂任务。共同的利益把他俩连在一起。借此，小说展示了一个重要思想，——在工作中依靠工人阶级的列宁格勒党组织，是列宁格勒人在和敌人进行大决战中表现出来的政治道义上一致的凝聚力量。

华斯涅佐夫称得上是一个共产党员的光辉典型，他具有党员的忠诚和原则性，又富有人情味，又聪颖智慧，在人民中享有很高威望。

小说巧妙地解决了文献纪实性和艺术虚构的相互关系的复杂问题。重要的政治家和国务活动家都用真名实姓，这有苏共中央书记日丹诺夫、人民委员巴甫洛夫、军事首脑朱可夫、费久宁斯基、霍津、戈沃罗夫……。恰科夫斯基不仅表现出他们的个性特征，而且根据艺术概括的法则表现出他们具有的普遍意义的特征，最后使人物既保持历史的真实，又达到典型的高度。其中朱可夫的形象光彩夺目，有代表性。

朱可夫是在列宁格勒受敌人死困的最复杂的时期，受命接任了列宁格勒方面军司令。最高统帅不能排除列宁格勒失守的可能性，并已发出准备炸毁波罗的海舰队战舰的命令。斯大林下令时对他说："列宁格勒的局势极其严重。您要么阻止敌人前进，要么同别人一起牺牲。第三条道路是没有的。"在这种情况下，朱可夫表现出非凡的统帅才能，作者真实地描写了他不得不断然行事，对人极为严格，不讲情面，在战略意图上有时要冒风险。他的冒险并不盲目，而是立足于对敌方战略意图的准确判断和自己有力量反击的可能性上。

小说在历史背景的描写和军事统帅的真实人物的行动之间，达到了和谐的统一。在这方面，戈沃罗夫非常令人感兴趣。对他这个炮兵统帅说，

---

① 华·诺维科夫《现阶段的苏联文学》，第59页。

数学计算和严格遵守军事操典,是人类品德的最高标准。在希特勒决定长期围困来窒息列宁城的情况下,戈罗沃夫的计算,对各种后备资源的估计,严格的纪律,甚至过分认真的做法,都是具有深刻人道含义的,都是高度的理智和百折不挠意志的体现,正与希特勒的痴心妄想相对立。正是这样的领导人才有能力把列宁城的保卫战和进攻战结合起来,他终于和包围圈外面的费久宁斯基的冲击部队在西尼亚文诺高地合力突破了希特勒的战线。这是小说的结局,也是苏联军事指挥艺术、勇敢精神的胜利。

最后是小说突出的成功之笔。小说的多种情节线索,并不都是同样的和谐,用控制论的语言说,是有不同的等级水平的。描绘国际形势和苏联最高统帅部战略意图的画面,是作家突出的成功之笔。苏联最高统帅部的意图是和希特勒大本营意图的截然对比中表现出来的,描写法西斯阵营分崩离析的情节是作者的巨大成功。《围困》中真实的历史人物比许多虚构的人物刻画得更具艺术技巧。

二 生产题材作品的涌现及其演变

苏联工业生产的高涨,科学技术的发展,以及对大自然改造的加强,也成为促进文学发展的因素。文学中利用工业和科技题材进行创作成为当代文学中另一广泛现象。

50年代这种题材叫"劳动题材",作品寥寥,较出名的作家是柯切托夫。当时出现一个论调:展示人不一定通过劳动。作家都不愿写它。这一现象也说明当时苏联工业不够发达。60年代情况有了变化。苏共二十大后,批判了个人崇拜,人的关系得到改善,精神得到解放,生产力提高了,描写工人、知识分子的作品逐渐增多。科热夫尼科夫的《这位是巴鲁耶夫》(1960)、田德里亚科夫的《短路》(1962)、格拉宁的《走向雷电》(1962)、波列沃依《在荒凉的河岸上》(1962),都是这时较有名的作品。到70年代,工业题材更多受到重视,自推行新经济体制,经济面貌进一步改变,苏共领导又号召文艺界进行宣传,配合改革。1970年2月在白俄罗斯明斯克举行作协会议,强调工人和劳动是当前苏联文学的主导题材,指出,在科技革命条件下,体力劳动愈来愈充满精神内容,号召作家写工人的生活、态度、矛盾、冲突，塑造现代工人形象……同时设立"反映工业的优秀散文奖"（"散文"主要指小说）。同年7月苏联作协在秋明油田举行"文学日"（"Литературный день"），号召作家到工人中间去。1972年5月苏联作协书记会议上指出：工业题材是文学的主导题材，是艺术研究的大道；科技革命不能不影响到形象的组成。

70年代中期以后，生产题材作品愈来愈突出人道主义和社会道德思想，因此这类作品也越来越脱离生产范围，而进入道德范围；以前的生产题材作品只写生产，不注重人的关系。

这一时期生产题材重要作品有《普隆恰托夫经理的故事》（1969）、《永恒的召唤》（1971—1976）、《阿尔图宁三部曲》（1974—1977）、《这都是关于他》（1974）、《奇特的一生》（1975）。

（一）《这都是关于他》

《这都是关于他》（《И это всё о нём》）的作者维利·弗拉基米罗维奇·利帕托夫（Виль Владимирович Липатов，1927—1979），是俄罗斯作家，苏共党员。有才华，引起国内外广泛的注意。生于赤塔一个知识分子家庭。1951年毕业于托木斯克师范学院历史系。长期做新闻工作，1964—1966年任《苏维埃俄罗斯》报特派记者。还任过托木斯克州《红旗报》工业部主任。对木材采办企业很熟悉，写了不少有关伐木工人和木材运送工人的通讯、特写，为日后的创作积累了素材。1956年发表第一个短篇小说《飞机锅炉工》，塑造了一个谦虚好学的青年形象。他第一个中篇小说《六个人》（1958）描写6名拖拉机手战胜无数困难，将3台新拖拉机送到一个急需拖拉机的木材采伐单位。《野薄荷林区》（1961）也是写木材采伐队的故事。《僻静的米亚塔》（《Глухая Мята》，1960）提出青年生活的道路问题。他塑造了许多勤劳、能干的人物形象，其中最有代表性的是普隆恰托夫，即《普隆恰托夫经理的故事》（《Сказание о директоре Прончатове》，1969）中的主人公，是一个科技革命时代的英雄，最早出现的"实干家"形象。这不是一个完美无缺的典型，而是带有不少缺点的人。他工作独断专行，目中无人，生活作风轻浮，被州委领导斥为"流氓经理"。但他还是正面人物，作者强调他的主流是肯干、敢干、能干、精于业务、忠于职守、工作雷厉风行。普隆恰托夫受过高等教育,有组织、管理现代企业的才学。为掌握经理大权以便搞科技革命,他不择手段,拉关系,走后门,把挡路的人挤走。为加强纪律,他提出"善良必须伴以拳头"的口号。为调动工人积极性,他赏罚分明,自己带头苦干。这个人物被誉为"实干家画廊中的第一幅肖像"。1972年小说被搬上银幕,名《普隆恰托夫工程师》,同样受到热烈赞扬。小说发表的次年,作者被选为俄罗斯作协理事、书记,又过一年,被选为苏联作协理事。1974年他发表第一部长篇小说,就是《这都是关于他》。1977年的长篇小说《伊戈尔·萨沃维奇》(《Игорь Саввович》)是他创作的高峰,在苏联文学中第一次塑造了"新的社会典型"——一个什么事也没做而靠着父辈们的权势得了一切的新"纨绔子弟"形象。伊戈尔·萨沃维奇·戈利佐夫到30岁还没亲手做过一件事,别人视为"幸福"而垂涎三尺的东西,他已享受腻了。他不用工作,有人替他工作;他不用伸手、开口,有人把一切享受送给他。所靠何物?靠的是有地位的父母、岳父母和周围拍马钻营的人。这个人物被称做患"社会消极症"的典型。小说引起的广泛争论延续到1980年。赞扬者认为小说是"生活的教科书",是"一幅大胆的生活画面"。批评者说作者"把主人公的过错一股脑儿推到了父母和周围环境的头上";或说"小说的描写大部分局限在与广阔的世界绝缘的环境中",并提出质疑:"现实生活中是否有'戈利佐夫'性格?"苏联当局不喜欢这部小说,在1979年作者逝世的讣告中,连这个书名也没提。但利帕托夫仍被认为是散文创作的能手。他创作的特点,在选材方面,一是"保持对西伯利亚的忠诚",他的作品都是写西伯利亚的,写西伯利亚的城市和农村的生活,歌颂西伯利亚的伐木工人、河运工人、拖拉机手、工程师、庄员、渔民等劳动者的勤劳、智慧,揭露用各种新方法、新手段剥削西伯利亚人民的形形色色的"红色"官吏,描绘西伯利亚的森林、河流的壮丽景色。另一方面是忠于现代题材,他的作品除了《早在战前的时候》(中篇)之外,都是写他同时代人的当代生活的。他对生活有深入的观察,他的作品总是通过表面现象揭示生活的实质,提出许多尖锐的道德问题和社会问题。所以,他的作品不仅有鲜明的哲理性,还往往带有论战性。

《这都是关于他》写一个伐木站中发生的事,团支部书记与拿高薪、高奖金而过寄生生活的工长的斗争。小说扉页上写着"献给70年代的共青团员们"。主人公斯托列托夫是共青团书记、拖拉机手，也是"当代英雄"，但和普隆恰托夫不同，作者刻画这个形象，主要揭示他的道德面貌。他不仅有20、30年代工人所具有的品德——"坦白、诚恳、能干、忠于朋友"等，又有当代工人的特点——博览群书，要把自己培养成经济方面的内行。他同"现代市侩"、他的上司卡西洛夫工长势不两立。卡西洛夫是国家的蠹虫，有一套损公肥私的本领。斯托列托夫在他手下当工人，如果能顺从工长的作法，可以得到大量奖金，还可以和他的女儿结婚。斯托列托夫爱着卡西洛娃。但斯托列托夫不能容忍卡西洛夫习气，并与他进行不留情的斗争。这使刑满释放人员扎瓦尔津感到莫名其妙："你为啥总找卡西洛夫的碴呢？""你已当上了斯达汉诺夫工作者，共青团员们还选你当了领导，很快胸前就能挂个勋章了……你还要怎么样呢，斯托列托夫？"斯托列托夫的回答很普通，也很有力："我是工人，扎瓦尔津，……无产者，……我不关心劳动生产率的提高还有谁来关心呢？"卡西洛夫不让女儿再爱斯托列托夫，并把这意思告诉了扎瓦尔津。扎瓦尔津将这意思露给了斯托列托夫，斯托列托夫闻言，一急之下，从火车上跳下去，摔死了。警察局派了侦察大尉普罗霍罗夫调查此案，都是为了他——斯托列托夫。

斯托列托夫形象大部分是由别人对死者回忆的片段贯串起来的，其心理活动没有得到足够的揭示。作者本来要塑造一个"当代英雄"的高大形象，结果预想没有达到。这是由于作者构思的失误，他为了使作品"成为人们喜爱的读物，……给故事挑选了一种类似侦探性的体裁"，使侦察大尉普罗霍罗夫这个次要人物的分量不必要地加重了，"超过了他应具有的配角的界限"。问题在于斯托列托夫形象的塑造。"这样的人物，根本不是侦探性的"，结果这个形象难以丰满。但反面人物卡西洛夫却描写得十分成功，很有特色，给人印象深刻。

卡西洛夫被称为"红色市侩"。他身为工长，每天到伐木站呆不到两三个小时，但由于他故意压低了生产任务，所以能够每天拿到与工资相当的奖金，五年来他一直过着优裕舒适的生活，他手下的工人们也都能容易地得到奖金。刑满释放的扎瓦尔津属于卡西洛夫的一伙，他有一段话正好暴露了这个"现代市侩"的本质："对我来说，苏维埃政权比杀人刀还坏！

假若没有'不劳动者不得食'这条原则，我可以一心一意地与苏维埃政权相处"。他不能和苏维埃政权一心相处，专门干偷摸的非法勾当，才坐了牢。但他可以和卡西洛夫一心相处，因为在他手下实现了自己的愿望："可以不偷，不抢，不工作，然而有饭吃……苏维埃政权反对剥削人，但卡西洛夫找到了另一种方法，不是剥削人，而是剥削苏维埃政权本身。"——这就是"卡西洛夫习气"的实质。

小说暴露的问题具有重大意义。这里暴露的不是当年高尔基、马雅可夫斯基揭露的那种市侩习气，也不是作者以前揭露的那种市侩习气（如《普隆恰托夫经理的故事》中的茨维特科夫只是保守、肤浅、敷衍塞责又争权夺势），而是当代的重大冲突。这一冲突表面发生在斯托列托夫与卡西洛夫之间，实际要深刻得多。在斯托列托夫周围是一些天真无邪的青年，在卡西洛夫身边除了钻营拍马的技术员别杜霍夫、屡教未改的罪犯扎瓦尔津，还有行政方面的上级——伐木站站长苏霍夫、党组织上级戈鲁宾。到真相大白时，戈鲁宾还认为：要把卡西洛夫撤职"是非常困难的事……卡西洛夫多年来一直是我们林工局的旗帜"，不仅是区里，而且是州里的"先进工作者"。

事情很明白，以斯托列托夫为代表的几个共青团员，要与卡西洛夫这些"剥削苏维埃政权本身"的人斗争，是力不从心的。如此看来，斯托列托夫死亡的背景一目了然。作品构思的这一层使作品染上了悲剧气氛，使主题思想深化了。

《这都是关于他》在描写中有意识流特色。青年主人公突然获悉同自己相爱的姑娘为父亲所迫同城市里的某工程师结婚，产生一连串心理活动。这种意识流不是整章、整段的纯意识流描写，而是传统小说心理现实主义的强化。

在 1973-1974 年度奥斯特洛夫斯基文学奖评选中，对此作争论激烈，但小说终于获得一等奖。1978 年小说改拍成 6 集电视片，利帕托夫又获苏联列宁共青团奖金。

利帕托夫作品的风格，像他的主人公普隆恰托夫那样，"喜欢讲得幽默、夸张，在挖苦和讽刺之中带有严肃的东西"。他塑造的人物具有高度概括性，有些人物的名字已成为普通名词流行在人们当中，如"普隆恰托夫""卡西洛夫习气""戈利佐夫性格"等。他的语言中带有浓厚的西伯利亚地方色彩,善用比喻,使他的语言生动、活泼;另外,由于方言土语较多,有的又过于偏僻,有些地方读者感到费解。

(二)《永恒的召唤》

《永恒的召唤》(《Вечный зов》,1970—1978)也是写西伯利亚和西伯利亚人的。虽然作者伊万诺夫不是西伯利亚人,但他生于哈萨克共和国东部一个与西伯利亚相邻的村庄,这里的农民多来自西伯利亚。他在这里度过了17年,后来又在西伯利亚生活过8年。因此他对西伯利亚的风土人情、历史和现状,十分熟悉。迄今为止,他的作品无不取材于西伯利亚的生活,无不带有西伯利亚特有的严峻、粗犷的风格。

阿纳托利·斯捷潘诺维奇·伊万诺夫(Анатолий Степанович Иванов,1928-1999),是俄罗斯作家,苏共党员。1950年毕业于哈萨克基洛夫大学新闻系,先为一个地方报纸撰稿,不久应征入伍,在远东服役,起初当普通战士,后来做了军事报纸的记者。在《西伯利亚星火》杂志任过副主编,后任《青年近卫军》杂志主编。自1948年发表作品,1956年出版第一部短篇小说集《阿尔金的歌》(《Алкины песни》)。引起读者和评论界广泛注意的第一篇作品是长篇小说《牵牛花》(《Повитель》,1958),描写西伯利亚深山密林里一个农村中的惊心动魄的阶级斗争。长篇小说《阴影在中午消失》(《Тени исчезают в полдень》,1963)反映私有者给人们的不良影响。此外还有中篇小说《罪恶土地上的人们》(《Люди на грешной земле》,1971)、《仇恨》(《Вражда》,1979)、《难以获得的爱情》(《Неосуществившаяся любовь》,1983)等。《永恒的召唤》的创作欲望来自他少年时代对劳动人民经历的艰难岁月的深刻印象。伊万诺夫8岁丧父,13岁时卫国战争开始,他便成了农庄的重要劳动力。一个偶然的机会,他目睹了战争期间的一次区委会,他回忆说:"区委书记建议在开会前为两位死去的老布尔什维克默哀……默哀之后,区委书记低声说:'老布尔什维克离开了我们,活着的共产党员应该继承他们的事业——伟大的革命事业,我们区委会全体会议现在开始……'"这几句话给他的印象如此强烈,以致被他后来一字不差地写进了长篇小说《永恒的召唤》中。

《永恒的召唤》是伊万诺夫最重要的作品，分上下两部。上部获 1971 年俄罗斯联邦国家奖金，1972 年又获全苏工人题材优秀作品奖金。1978 年下部出版后，根据全书改编的同名多集电视片，获 1979 年苏联国家奖。

小说的构思是，"揭示新人（工人、农民）如何形成，揭示革命的传统"对作者的同时代人"有多么大的影响"。作者说，苏联的历史是激动人心的，是英雄的历史，但对许多人来说，在这个历史中领会真理，要经过一番严肃的感受和艰难的考验，有时候，有的人不得不付出最高昂的代价——生命。由此可知，《永恒的召唤》是一部歌颂革命传统的书，是总结历史经验教训的书。

小说的结构是，作品主要部分分五部，另有"序幕"和"尾声"。序幕描写 1908-1919 年西伯利亚诺沃尼科拉耶夫斯克省山达拉镇的党员苏波金、克鲁日林、阿列依尼柯夫、纳扎洛夫等在建立党组织和苏维埃政权时进行的斗争，敌对势力有以警官拉赫诺夫斯基为代表的沙皇政府的一派，有以反动富农卡福坦诺夫及旧军官祖波夫为代表的白匪军。米哈依洛夫斯卡村老贫农萨维里耶夫的三个儿子走上了不同的道路：安东进城学艺，参加革命活动，成为布尔什维克；费道尔参加克鲁日林领导的游击队；伊万误入歧途，当了卡福坦诺夫的马夫和随从。

小说主要部分描写卫国战争期间的事件，其中常插有倒叙，回顾 20～30 年代历史。战争期间，省委书记苏波金，区委书记克鲁日林、农庄主席纳扎洛夫领导群众进行粮食和军工生产，支援前线。萨维里耶夫家三兄弟的生活发生急剧变化，安东成为军工厂厂长，在一次事故中为抢救工厂和设备而牺牲；费道尔与卡福坦诺夫之女安娜结婚，在战争中被俘，投降德寇，成为德寇的走卒；伊万因当过白军而入狱，获释后参加了红军，在库尔斯克战役立功，得列宁勋章。山达拉区许多人奔赴战场，各有不同的表现。

"尾声"交待主要人物从战后初年到 60 年代末的情况。

小说叙述了半个多世纪苏联人民斗争的历程，在两个世界斗争的广阔背景上着重表现了卫国战争。"尾声"中萨维里耶夫家的第三代人已进入青年或壮年，成为国家的主人。整个作品既唤起人们对走过的道路的思考，又引导人们展望未来。

小说对苏联人民的生活作了全面的描绘，以西伯利亚农村为立足点，视野扩展到广阔的空间，从山达拉区到沙皇警官的审讯室和监狱，30年代莫斯科偏僻公寓中托派分子的阴谋活动，让人闻到库尔斯克战场上的硝烟，听见德国集中营的鞭挞声，重现了战争初期的失利，挪威等国的抵抗运动，红军中的惩戒连，省委的农业讨论会议……在这广阔的画面上出现了各阶级、各阶层、各种职业、不同性格、不同年龄的人物：省委书记、农庄主席、肃反工作者、工厂厂长、工程师、红军军官和战士、庄员、诗人、新闻记者、女教师、为非作歹的民警、长于打算的女打字员、出卖灵魂的托派分子、惨无人道的盖世太保、荒淫无耻的富农……小说气势宏大，因为作者的用意就"不是剖析某一个生活断面，而是致力于对生活进行最全面的描绘"。

在整个描绘过程中，作者最关心的是灵魂的考验。苏波金在和克鲁日林谈卫国战争时说："可以有第一道防线，第二道防线，……还有第三道防线，这是最主要的防线，是任何敌人也攻不破的，它不是设在任何边境上，而是在你和我的心灵中，……在成千上万颗其他人的心中。"作者写了不少成功的战争场面，但他最关心的是各种人物的灵魂如何经受战争的考验。为刻画出各种人物灵魂的升降、贵贱，作者常常用对比手法。同是革命后代的瓦西里·克鲁日林和马克辛·纳扎洛夫，在法西斯集中营里，前者坚贞不屈，而后者屈膝求生；彼得·祖波夫和马卡尔·卡福坦诺夫都来自反动营垒，在红军惩戒连里，前者在生与死的考验中求得新生，而后者一心背叛祖国；一母所生的费道尔和伊万都做过卡福坦诺夫的仆役，都想得到他女儿的爱情，但费道尔是贪图她父亲的家财，而伊万则出于真诚的爱，并帮助她认识了她父亲的丑恶灵魂，后来在卫国战争的战场上，伊万亲手处死了成为德国走卒的费道尔。残暴与善良，忠贞与叛变同时出现在一个画面上，震撼人心。全书充满高昂的道德激情，在赞美勇士的高大、鞭挞懦夫、叛徒的卑微可耻之时，反复提出"人生的意义和幸福"的问题。作者借克鲁日林之口点出了小说的主题，要人们倾听生活的"永恒的召唤"，在生活中寻找自己做人的位置，人应该成为"为正义、为人的尊严和人的欢乐而战的战士"。

小说塑造了各种类型的人物形象,他们在社会大动荡中各有不同的命运。费道尔是贫农的儿子,但他梦想做富农的合法女婿,只是偶然的因素把他卷入了游击队。伊万继承了父亲纯朴的本质,却因一时迷误加入了白军。这个本性善良的劳动者的道路,竟比罗欣(《苦难的历程》的主人公)走过的更坎坷不平,说明生活太复杂了。彼得·祖波夫是白匪军官的儿子,从死刑转到了红军惩戒连,他的道路也比罗欣的漫长和痛苦得多。波里波夫是个始终未被揭露的叛徒和内奸,他在狱中出卖了安东·萨维里耶夫和丽莎,丽莎受酷刑,而安东他们还不知道其中的原因呢。为掩盖自己的真相,波里波夫诬陷真正的布尔什维克,窃取了区委书记、区苏维埃执委会主席职务。他打着坚持"党的路线"的旗号强迫纳扎洛夫交过头粮,使农庄濒临破产的边缘,而他则受到表扬。这个带着卑鄙丑恶而又狡猾的灵魂的人,伪装得非常巧妙,在唯一了解他底细的妻子面前,也不露真相,而常故作诚恳的忏悔,说自己是个"复杂"的人,甚至是"卑鄙"的人,同时激昂慷慨地表白他是"热爱俄罗斯"的(其实他妻子和他一样卑鄙)。但他灵魂深处与苏维埃制度的对立,总不免为人觉察,只因为没有证据,直到小说结束时,未被揭穿。这类人物在以前的苏联文学中有过,作者可能受到了启示。在塑造其他人物上也有前人作品的影响,甚至是模仿前人。费道尔和安娜、安菲莎的爱情纠葛,与葛里高里和娜塔丽娅、阿克西尼娅的关系很相似。

波里波夫这类内奸的存在,表现了国内战争结束后阶级斗争仍然是复杂的,证明肃反的必要,但肃反政策上出现失误,造成扩大化的恶果,伊万的第二次被捕以及其他人错被当成"人民的敌人"投入狱中,都受尽了冤枉的折磨。这是苏联历史进程中走过弯路的真实反映。

书中一批革命者形象——苏波金、纳扎洛夫、克鲁日林、安东、阿列依尼柯夫等,在性格上气质上有许多共同之处:忘我无私、忠诚勇敢、坚忍不拔,善于斗争,是与老一辈作家们笔下的共产党员形象一脉相承的。除此之外,书中革命者的形象还有若干时代的新特点:

第一,他们与人民共命运,关心人民,信任人民,为人民事业贡献自己的一切,这是他们最高的道德准则。苏波金身居高位,把三个儿子都送上了保卫祖国的战场,都为国捐躯了。他死后,人们深深地怀念他,纳扎洛夫说:"Хороший был человек, вечное ему царство небесное. Он всегда в глубь народа глядел."("真是个好人,愿他永久地安息。他活着时,总是能透视人民心里的最深处。")纳扎洛夫胸中留有白匪的子弹,担任农庄主席二十年如一日,保持着劳动农民的本色。他深知农民的甘苦,为瞎指挥造成的损失而痛心,彻夜不眠。战争期间,他带病工作。战后甘愿让贤,一次一次降低自己的职务,从主席到马房,到看仓库,最后去看菜园。他的独生子马克辛·纳扎洛夫因背叛罪坐牢,特赦回来,他把装好子弹的猎枪交给儿子,坐等叛徒结束生命。他把一生献给了故乡的土地。

第二,这些人富有同情心,敢主持正义,不畏权势,善于分辨善恶,警惕恶人,保护忠良。苏波金最早发觉波里波夫对党怀有二心,不让他担任重要领导职务。在肃反扩大化时期,他及时把克鲁日林调离山达拉区,使他免受打击。克鲁日林和纳扎洛夫都相信伊万参加白军是一时糊涂,在他受惩罚之后,接纳他加入了集体农庄,战后又推荐他当农庄主席,介绍他入党。

第三,所有党员形象都带悲壮色彩,一批老布尔什维克几乎都先后去世,或战死疆场,或积劳成疾而亡,或为拯救别人而牺牲。作者突出表现他们的困难、挫折、不幸、危险,没有写他们有过的快乐。苏波金自少年时代多次被流放,几乎丧生于大森林的熊爪下,在60多岁的晚年又失去最后一个儿子,人们在他病逝后的衣袋里发现这个小儿子的阵亡通知书。他临死时回顾自己一生受邪恶势力伤害和与它不懈的斗争:"Всю жизнь меня будто медведь-шатун ломал, будто крутила какая-то дикая и безжалостная сила, а я пытался ей не поддаться, одолеть..."("一辈子当中,好像有一只窜来窜去的熊不断地来伤害我,好像有一种野蛮的、残忍的力量总是来揉搓我,而我力图不屈服,还要制服它……")克鲁日林随时"都要应付最坏的情况"。安东·萨维里耶夫饱尝铁窗的滋味。阿列依尼柯夫长久地为自己的错误而痛苦:波里波夫对科什金的陷害,费道尔对伊万的诬告,都是通过他这个山达拉区内务处处长实现的。而他曾是出生入死、嫉恶如仇的老布尔什维!克鲁日林在苏波金去世后举行的第一次区委会上,为死者默哀后说:"共产党员死了,活着的一要把他们的事业继续下去。区党委会的全体会议现在开始……"这个沉痛的悼念,也是庄严的宣誓,摒弃了廉价的乐观主义,同时也最好地回答了书中提出的"应该怎样生活"的问题。这样,小说中关于人生意义的哲理探讨,既未流于空泛的议论,也不致令人迷惘叹息,而能给人积极的教益。

此外,书中的普通人形象也个个分明,多数是默默无闻地为国奉献。阿加达(伊万的妻子)、安娜,都是普通的农村妇女,文化不高,主要凭自己的直觉感受生活。丈夫、儿子上前线时,又表现出由衷的喜悦和自豪。她们默默无言地挑起田间重担,把全部粮食支援前线,家中只有土豆充饥,而有限的土豆还得省给孩子们吃。这种生活情景让人想起邱列宁的父母。他们具有古典的俄罗斯劳动妇女的美德,又有新时代英雄人民的气概,在危险面前,不苟且偷安,而表现出忘我的牺牲精神。善良的阿加达在发现盗窃分子抢劫农庄饲料时,完全忘记力量相差悬殊,奋不顾身地与他们搏斗,献出了生命。

着意挖掘普通人身上蕴藏的精神力量,赞颂千千万万普通人在历史进程中的作用,是70年代有影响的作品所共有的特点。总的说来,作家真实地描绘了人民在革命过程中的苦难和斗争,表现了现实主义的艺术力量。小说的多头线索平行发展,互相交错,有条不紊。作者力图表现生活的复杂性,厌弃把艺术当作某种概念的图解,这一努力取得很大成功。另外,小说也有失当的描写,有的人物的复杂化失真。波林娜与波里波夫分手,她本来与波里波夫同样卑鄙,同样对苏维埃制度有二心,后来竟然变得有了"同情心"。显然是作者人为的结果,难以令人相信。

三 道德探索小说的崛起

从道德伦理角度考察社会的某种变动、个人的行为和品格,以及人与人之间、人与社会之间、人与自然之间的关系,并用于文学创作,就是道德题材。道德伦理问题,在社会各个领域都存在,所以这种题材非常广泛。但这个题材成为独立的题材,道德探索题材作品大量出现,在苏联文学创作上占了重要地位,跃居于其他题材之上,成为文学发展的一个重要趋势,是在70年代的事。50、60年代,这种题材常依附其他题材的作品之中,仅表示作品主题的一个方面,比如前面讲的一些战争题材作品所表现的。到 60 年代末至 70 年代，随着社会的发展，文学创作的深化，作家越来越注意这种题材，以致使其他题材常常包括到这个题材中来。

70 年代物质生活提高带来了消极的东西，人的物欲发展，而道德日下。作家们为人的道德面貌担忧。如评论家库兹涅佐夫说的：文学中道德因素的增长是时代的迫切要求，因为生活资料的解决越深入、越成功，精神食粮问题就越尖锐、越重要；事实上道德问题已大量出现，如精神空虚、麻木不仁、贪图享乐、自私自利、市侩习气等，文学不能不为这些现象给人们精神生活造成的威胁感到忧虑。苏共领导也非常重视这个问题，指出，"作者和艺术家的功绩在于，他们从我们共产主义道德的不可动摇的原则出发，努力去反映人的优秀品质——人的原则性、诚实和深厚的感情"。苏共二十五大、二十六大会议上，勃列日涅夫也提到了道德题材问题。苏联作家第六次代表大会决议说：近年来出现一系列以道德伦理为题材的作品，应当"发展和支持这种富有成效的倾向"。苏联作家第七次代表大会（1981）再次提出这个问题。保护人的内心世界，文学有不容忽视的积极作用，因此作家格拉宁强调：文学不应该做科技革命的点缀，科技革命有局限性，文学要补充它的不足。这是道德题材作品崛起的社会原因。从文学发展的历史看，它又与传统的道德探索有联系。陀思妥耶夫斯基、托尔斯泰、肖洛霍夫，都提出了自己时代的道德问题，都对当代作家有影响。60、70 年代，社会政治趋于稳定，文艺政策不像以前要求文学与政治紧密结合了，作家有可能集中精力揭示人的道德冲突，来发挥文学培养人的高尚道德的功能了。于是，被评论界称为"道德——日常生活小说"的作品，成了 70 年代文艺的中心现象之一。特里丰诺夫说：整个文学从来都要提出道德问题。不涉及道德的作品根本不算文学作品。此论未免绝对化了。不过它说明了道德题材在当代文学中的重要性。

道德题材作品，由于作家选择内容、观察问题的角度、创作意图、艺术手法等方面的不同，作品有各种各样的，有侧重揭露问题的，有旨在参加论争的，有提供人们自省的鉴戒的，有作纯道德探索的。在写法上，有正面歌颂的，塑造出道德规范形象；有讽刺嘲笑的，摆出丑恶事实；有直接鞭挞道德堕落的；也有用传奇童话概括善与恶的冲突。凡此种种道德作品都力图在研究各方面的复杂问题时，表现出当代人的社会美学观点。

(一)《交换》

在揭露社会生活中不良习气、丑恶现象为主的道德作品中，特里丰诺夫的《交换》(《Обмен》，1969，中篇小说)和《滨河街公寓》最有代表性。

尤里·瓦连京诺维奇·特里丰诺夫（Юрий Валентинович Трифонов，1925—1981），俄罗斯作家。青年时代在飞机制造厂做过钳工、车间生产调度员、工厂内部报纸编辑。后来进高尔基文学院学习，1949年毕业。他自1947年发表作品。1950年发表长篇小说《大学生》(《Студент》)，前八章是文学院的毕业创作，受到指导老师费定的好评："稿子读起来饶有兴味。"在《新世界》发表时，又得到主编特瓦尔多夫斯基的赞扬："莫斯科在你笔下清晰可见。"但特瓦尔多夫斯基认为作品不成熟，"里面累赘东西太多"，小说过长，需要删节，建议他请个有经验的编辑帮助加加工。小说加工后问世，获得成功，获1951年的斯大林奖金，作者由此成名。

在特里丰诺夫的写作生涯中产生了大量的各种体裁和各种风格的作品，除《大学生》外，还有长篇小说《解渴》(《Утоиение жажды》，1963)、《急不可耐》(《Нетерпение》，1973)、《老人》(《Старик》，1978)，有中篇小说集，就是有名的《莫斯科三部曲》，包括《交换》、《初步总结》(《Предварительные итоги》，1970)和《依依惜别》(《Долгое прощание》，1971)。在题材和风格上和这些作品接近的有中篇小说《另一种生活》(《Другая жизнь》，1975)、《滨河街公寓》。还有不少短篇小说和特写，收入《阳光下》(《Под солнце》，1959)、《大檐帽》(《Кепка с большим козырьком》，1969)等短篇小说集中。他的60年代中期以后的作品，几乎每一部都引起争议，特别是近10年来，他成为国内外最引人注目、最有争议的作家之一，而《交换》则是最有争议的作品中的一部。

从《交换》开始的一组作品都是写莫斯科生活的，被称为"莫斯科故事"、"城市小说"和"反市侩小说"。这些小说写的是莫斯科居民，主要是知识分子的家庭和社会日常生活，通过一些司空见惯的消极现象和反面事物的描写，抨击现代市侩。

《交换》是"莫斯科故事"的第一篇,它点出了"莫斯科故事"的主题——揭示物的交换下的灵魂交换。

《交换》从交换房子这样的普通事情开始,描绘出现代市侩生活的基本内容。技术员德米特里耶夫和妻子、英文技术资料翻译员莲娜,与母亲分居两处。他母亲一人住在一间24平方米的房子里。如果一家人住在一起,彼此可以照顾,生活可以改善,德米特里耶夫多次动员莲娜,她执意不肯。14年后,婆婆患不治之症住进了医院。此时,莲娜改变了主意,主动要求到婆婆那里去住。她不是良心发现,不是要去孝敬老人,乃是为了要用婆婆的一间房和自己的一间房同别人交换一个套房。德米特里耶夫始而感到为难,在病重的母亲面前难得开口,继而想通,最后竟"毫不感到愤慨和痛心"地与妻子合作起来,因为他想到"'生活的冷酷无情'。莲娜是没有过错的,她只是这种生活的一部分,是这种冷酷无情的生活的一部分。"于是他"心安理得"地去同母亲商讨。而母亲从另一面想通了,她十分伤痛地回答儿子:"我曾经多么想同你和娜塔莎(孙女)住在一起呀,……可是我现在不想了,……你已经换过了,换过了(心),……"老人的话表达了对家庭悲剧和世态炎凉的哀叹,同时有不迁就的愤慨。小说让读者看到,在物的交换的背后发生着道德的大沉降。

在小说中,"交换"成了现代市侩生活的基本手段和基本内容。莲娜这个现代市侩的生活就是接连不断地、费尽心机的交换。她的女儿娜塔莎到了上学的年龄,她抓紧策划"交换",一心要把娜塔莎送进乌丁胡同的英语专科学校读书,因为"这个学校是人们梦寐以求的对象",毕业后能分到外交部,有出国机会。她通过"走后门"达到了目的。他自己早想到"国际合作情报研究所"工作,那里工作好,地段好,上司是自己的同学,每星期四有外国电影看。靠了她父亲鲁柯扬诺夫的帮助,她挤了进去。德米特里耶夫原在煤气厂实验室工作,每月300卢布,每天上下班得花3小时。莲娜听到国立天然气设备研究所条件优越,正有一个空位,她很快给丈夫搞到了这个肥缺。一般人办不到的事,她能办到,成功的秘诀不仅在于善于走后门,而且在于她"象一条猎犬,紧紧咬住自己的愿望不放……在愿望没有变成现实之前,她是决不松口的"。作者接着以反话相讥:"真是一种伟大的性格,一种优美的、了不起的、对生活有决定性影响的性格,真正的男子汉性格!"作者把客观的叙述和批判性的旁白紧密结合,来揭示现代市侩的典型性格。这是60年代以来特里丰诺夫创作的基本手法和基本特色。

莲娜"猎犬式的女人"性格的形成,不是孤立的、偶然的。洛拉指责她弟弟德米特里耶夫说:"你多么鲁柯扬诺夫化了啊!"什么是"鲁柯扬诺夫化"?鲁柯扬诺夫是"神通广大的人。他的主要能耐就在于关系多,老相识多",能走后门。没有他办不到的事。德米特里耶夫家的别墅年久失修,不像样子了,鲁柯扬诺夫一到,人力、材料、物资样样都有了,一周之内,修整一新。他原是个皮革工人,后提升为厂长,被撤过职,受过党内处分,不久又官复原职,而且得到提升。他有一套"脱身"法,能在风浪中化险为夷。"鲁柯扬诺夫化"是一种现实关系的反映。这种关系是"交换"赖以存在的基础。作家对"鲁柯扬诺夫化"的揭露抨击,触及社会的严重弊病。小说引起普遍的重视,很快被改编成话剧上演。

(二)《滨河街公寓》

特里丰诺夫在《滨河街公寓》(《Дом на набережной》,1976)这个中篇小说中写的仍然是知识分子,仍然是莫斯科的事,主题仍然是"交换",但主人公的自私、贪婪、手法之卑鄙和厉害,远远超过了莲娜。小说的暴露倾向和批判倾向是作者所有作品中最强的一部,照他自己说是"'谴责的调子'相当明确,也许比我的其他作品写得更为明确"。小说发表后引起国内外极大注意。美国报刊说:它所引起的"骚动","是14年前索尔仁尼琴的《伊凡·杰尼索维奇的一天》发表以来所没有过的"(1976年5月26日《国际先驱论坛报》罗伯特·托塞文章)。

主人公格列勃夫,出身小职员家庭,30年代,生活穷困,一家三代挤在"像鸽子笼似的"小房子里。小房子在宏大的滨河街公寓旁边。他的同学廖夫卡住在高高的公寓里,十分阔绰。他们一同上学、游玩。起初,格列勃夫对这公寓气愤不平,后来变成了无限羡慕。到了70年代,两个人的地位翻了个儿:格列勃夫住进了公寓,成了学术界一名显赫人物,成了科学院某研究所副所长,样子也大变了,变得肥胖粗大,乳房下垂像个女人,肚皮外挺,肩膀下溜。而廖夫卡已搬出公寓,当了一个默默无闻的工人，穷困潦倒，又脏又瘦，跟叫花子差不多了。

格列勃夫少年时羡慕的、追求的得到了，他靠的是一套处世本领。40年代，他上大学，像《大学生》中的巴拉文，巴拉文的基本特点他都有：极端利己主义、不择手段出人头地，看风使舵两面派，对女性的不道德作风。不同的是，巴拉文后来认识了错误，而格列勃夫一直发展下去。作者在谈到这类人物时说："现在国家的面貌，人民的生活、住宅、服装、饮食，统统变得无法辨认了，但是人的性格并不像城市和河床变得那么快。我们不要自欺欺人，根除人身上的像个人主义这样的痼疾，需要经过许多许多年。这是人类所有疾病中最年深日久的疾病。"

格列勃夫正是这种"疾病"的患者，他贪婪卑鄙，野心勃勃。他外号人称"圆面包"，因为他从小用面包拉拢同学，使同学为他服务。到了大学，他信守一种哲学："什么也不是"——既不是凶狠的人，也不是善良的人，既不胆小，也不勇敢，既不聪明，也不愚笨。但他有梦想，梦想着"勋章、奖章、徽章"，梦想着荣誉和享受。为了实现梦想，他开始运用他的处世哲学，开始投机，利用被他蒙蔽的人。参加陷害好人的阴谋，无耻地为自己捞好处。他利用和索妮娅同学的关系，把索妮娅的父亲、名教授甘丘克当作跳板，削尖了头，钻营起来。在教授面前，他装出一副勤学好问的模样，聆听教授指点，在深夜里替教授编写参考书目，陪同教授散步，参加教授的别墅劳动，教授因此很高兴，愿意任他的毕业论文导师，并将他列入研究生名单。他对索妮娅并无爱情，只为把她当"敲门砖"和她亲近起来。从此，他的野心日益发展，感到甘丘克家的一切——别墅、公寓，连甘丘克的地位，都"可能成为他个人所有"。

甘丘克是个老布尔什维克，文化界名人，通讯院士。参加过国内战争。20年代在文艺上批判过错误思潮，当时受批判的罗德诺夫，现任学院副院长，是个机会主义者。他善于顺应时代潮流，躲过了历次政治运动。现在，他认为报仇的时机到了，便伙同教务主任德鲁嘉耶夫，策划陷害甘丘克的阴谋。他们找到格列勃夫，唆使他调换论文导师，孤立甘丘克。格列勃夫运用投机哲学，采取谁也不得罪的态度，因为他一时看不清胜负究竟属谁。罗德诺夫等进一步拉拢他，让他搞甘丘克的情报，他感到为难，但看到"倒甘"烈火愈来愈旺，还是为他们搞了情报。不过在公开批判甘丘克的会上,他托词没有出席,以防万一有什么不利于他的情况出现。甘丘克终于被赶出了学院,而格列勃夫飞黄腾达了。

作者一层层地剥掉了格列勃夫的画皮,显出其真相。在刻画他的性格时,作者用了旁衬的手法,先塑造了罗德诺夫这个阴险分子典型,作为格列勃夫形象的陪衬。罗德诺夫是甘丘克的对立面,是立宪民主党的拥护者,在革命胜利在望时,他冒充革命者、新社会建设者,爬上重要职位,而贼心不死,待机报复。正直的甘丘克成为他阴谋的牺牲品。格列勃夫的性格正在向罗德诺夫靠拢,也能投机、善钻营,竭力保存自己、发展自己而不管别人死活。他一帆风顺,做到副所长,常常出国,故事终了时他还没碰到任何故障。而受害者甘丘克在女儿索妮娅死后,落得孤苦无依。他已86岁高龄,禁不住沉痛地叹息自己的遭遇:"这是多么荒唐、多么没有道理的世界啊!……谁能解释?"小说以一幅凄凉、暗淡的画面收场:"大地漆黑一片,树木像煤炭一样黑,墙也像煤炭一样黑。但天空还有点亮光和声音!乌鸦叫着飞来飞去。"对于这样的结尾,有些评论者表示怀疑,怀疑这样的作品会有什么教育作用,甚至认为作者是现社会的"反对派"。

特里丰诺夫从来不爱迎合,也不攀附这一派那一派,就是凭着一个作家的敏锐,直言不讳地针砭时弊,他的作品至今有它的生命力(作家古谢依诺夫在1987年的谈话)[①]。教育作用不仅不容怀疑,而且是有力的、持久的。

这类作品并不像某些评论者认为的是单纯暴露。作者在驳斥对他的批评时说:"我将利己主义进行综合剖析","这里交织着我作品的全部矛盾冲突,全部道德立场和标准。正是大公无私和利己主义一直在推动着我,使我坚定不移地试图将它们表现出来"。他强调:"不能要求一部作品开出精确的诊断书和包医百病的药方。一部作品只能描述人的精神状态的某些征候,应该让读者自己去寻求需要的结论。"他创作这类作品的任务、目的在于"主要是在人物身上集中表现生活的特性。只有这样才能迫使读者去深思。如果读者看的时候觉得不好意思了,而且还想:'真见鬼,这好像是在说我呀……'"这就达到了目的。他追求的人的品质是"对理想、

[①] 参见《当代苏联文学》1987年5期第122页。

事业和他人，无限忠诚。"他追求的是大公无私，他"坚信，社会的中坚是大公无私的人！"所以，他的"目的并不是暴露，而是千方百计使……苏维埃社会、苏维埃人日臻完善"。在他看来，"文学的任务从总体来说，也在于此——使人变好"。他说："对那些实际存在、而不是臆想的缺点的批评，在我国被认为是改正这些缺点的有效的可行的手段。"但因此一些外国评论家把他斥为"御用文人"。他在美国一些大学讲苏联文学时，学生向他提出的最多的问题是：您作品的题材是您自己选定的呢，还是有人向您暗示的？他据实回答说："我作品的题材只能由我自己来选定。我只写那些我认为需要写的东西。我一点也不会按照订货单去写作。""反对派"或"御用文人"的身份，他都不能接受。①

（三）《告别马焦拉》

《告别马焦拉》（《Прощание с Матёрой》，1976）属于以保护古传统美和大自然美为主旨的一类道德小说。在人类历史的发展中积累了许多优秀传统、珍贵文物，有历史价值的古建筑，古遗迹，还有自古存在的自然资源、天然风景。这是人类的宝贵财富，应该保护，不应该随意破坏。宝贵的就是美的，善的，保护美就是保护善，就是保护人的心灵纯洁。拉斯普京的《告别马焦拉》，格拉宁的《一幅画》，艾特玛托夫的《白轮船》，阿斯塔菲耶夫的《鱼王》，都是这一类的代表作品。

拉斯普京在发表了《活着，可要记住》之后两年，写成这个中篇小说《告别马焦拉》，提出的道德问题更加尖锐，触及到当前苏联社会十分现实的问题，即如何估价和处理某些现代化建设中的得与失，人们对土地、家园、道德传统应持怎样的态度。对这些问题，小说主人公的议论带有明显的论争性。

古老的村庄马焦拉是安卡拉河中的一个小岛。由于下游要修建水电站，马焦拉一带将变成人造海，岛上居民必须在夏末迁走，住到新建居民区。小说由此展开基本冲突。马焦拉的居民世代生息于此，他们的历史、习俗、道德传统与小岛密切相连。小岛行将淹没，引起老一辈人激烈的感

---

① 参见《滨河街公寓》附录《世界的中坚是大公无私的人》，苏联刊物《旅伴》1980年第6期。

情波动。但年轻一代毫无留恋之情，他们不管传统的丢失，不念土地的养育之恩。前来做清理搬迁工作的"外来人"对小岛的毁灭更是抱冷漠轻慢的态度。这大大伤害了老年人们的感情。

"Матёра"（马焦拉）由"мать"（母亲）一词而来，作者意在把"马焦拉"比作俄国的母亲。人应该对养育自己的母亲有什么样的感情呢？应该有主人公达丽娅那样的感情。达丽娅老太太是老一辈人的代表，她依恋故土，信守祖上的基业和传统，执意不肯迁离马焦拉搬到新居民区去。小岛被淹没的最后时刻到了，老人们的依恋之情更加强烈，他们不相信村子会淹没，他们与帮助毁掉村子的外来人打起来。达丽娅不但不准备搬走，还要把自己的房子刷一遍。可是她的孙子对家园即将淹没一点也不感到有什么可惜。次日，洪水就要吞掉小岛，忽然起了大雾，把马焦拉岛整个笼罩其中。大雾使前来接老人们的汽艇迷失了方向，找不到村子，大声呼喊着寻找。岛上的老人们陷入一片茫茫混沌之中，也辨不清南北，不知自己是否还活着。

小说在取材、构思、人物形象、意境上用了假定性手法的象征，特别是这个结尾富有象征意义：社会发展的大变动打破了传统的生活习惯，老人们对新生活茫然不知所措，如在迷雾之中；年轻人也找不到把老年人与新生活沟通的道路。

人和土地的关系是小说的基本主题，作者有意把问题尖锐化，使人们不能不意识到问题的重要性。

达丽娅是《最后的期限》中的"安娜的继续"。作者所以"要冒性格上、语言上、生活哲学上出现雷同之险"来塑造这个形象，因为他觉得"缺少达丽娅这样一个人物性格是不行的。还因为，《最后的期限》里老太太安娜在那种情况下没来得及对我们这一代人说完她想说的一切"。安娜病危时，电招四个子女速归，回来了三个，老人见了三个儿子而精神有加，还想等小女儿到来见一面，竟久久不逝。回来的三个大为扫兴，借口母亲病情好转而溜走。当夜老太太死了。她是农村传统美德体现者，有美好的内心世界：对子女有深挚的爱和强烈的责任感。她默默地担负着一个母亲、一个妇女、一个公民的责任，做了自己力所能及的一切，而对生活所求甚少，垂危之际，唯一希望是见见子女们，因为多活了几天还内疚不已："我不能再在这儿耽搁了。这样不好，就这样我也活得太久了。"

达丽娅是这位安娜的继续，也是传统美德的体现者，但她还有自己的特点，她的议论里充满智慧，她为故土面临毁灭而感情激动。她的智慧的议论、淳朴的感情，动人心弦、发人深省。有的评论认为这个形象已经失去了安娜和纳斯焦纳身上的那种思想道德光辉，带有过多的保守性。另一种评论反驳说："思考和认识自己的过去、过去的损失和成果，这不是保守，倒不如说不愿进行这种思考才是保守。"（С. Зальгин）一种评论说《告别马焦拉》艺术处理上许多地方不成功，达丽娅"不是一个独立的、新创的人物性格，是……安娜的变体"。另一种评论则认为：一个作家在新作中重复旧作提出的问题、冲突、形象乃至情节，这是常见现象，不能以此作为褒贬的依据。总的说来，《告别马焦拉》可算一部好作品。

（四）《一幅画》

《一幅画》（《Картина》，1980）与《告别马焦拉》提出的问题有类似之点——如何处理发展现代建设和保持古老传统的矛盾。历史文化的继承性问题、各代人之间的精神联系问题，也引起作者格拉宁的注意。格拉宁认为对待历史的态度首先是一个道德态度问题。如果割断历史，数典忘祖，那只能导致现代人在精神上的片面畸形发展，导致道德上的蜕化堕落。格拉宁在作品中强调："一个人的'自我'不可能脱离记忆而存在"，每一代人的精神面貌也不能脱离以往的历史文化传统。因此他呼吁人们要珍视文明、道德的连续性。他认为，随着科技的发展和物质生活的现代化，出现了两个"保护"问题，即保护环境和保护人的内心世界。解决第一个问题是科学的责任，解决第二个问题，文学将起不可估量的作用。他经过长期构思，创作了长篇小说《一幅画》。他是作家，又是科技工作者，对科学和文学都有研究，一样重视。他说："科学和文学、科技革命和艺术是现代文化的两翼。由于它们，我们社会的人们……才能获得心情舒畅的丰富充实的生活。"在这一点上，他与拉斯普京不同。拉斯普京对旧式农村、旧式人物的偏爱十分明显，而对科技发达的城市社会从感情上是疏远的，他生在农村，念的是文史系，作的是编辑工作。格拉宁呢，虽也生在农村，但爱的是科学和文学，首先幻想的是成为科学家。

丹尼尔·亚历山大罗维奇·格拉宁（Данил Александрович Гранин，1919-）原姓日尔曼（Герман），于1919年1月1日生于沃伦省（现库尔斯克州）一个山村的护林员家庭。1935年进列宁格勒工学院电机系，1940年毕业取得电学工程师文凭，先后任基洛夫工厂设计处和科研所主任工程师、动力实验室研究组组长等职。卫国战争开始后，他以志愿军身份走上前线，做过战士、政工人员和坦克连长，从列宁格勒城下打到了东普鲁士，荣获两枚战斗勋章。1942年参加了共产党。战后又从事科技工作，还念了工学院的研究生，发表一些电力技术论文。同时投入文学创作，1949年开始发表文学作品，描写与科学领域中的不良倾向的斗争，与因循守旧的斗争，为发展技术的斗争。别的作家大都从描写战争或战后生活的变迁入手，而他直接描写科技革命条件下的社会心理冲突，探讨科技领域的道德原则问题。他最早的作品是短篇小说《第二方案》（《Вариант второй》，1949），同一年还发表了中篇小说《科尔恰科夫工程师的胜利》（《Победа инженера Корчакова》）。还有中篇《越过海洋的争论》（《Спор через океан》）。最成功的是1954年的长篇小说《探索者》，它反映科技界的革新与保守之间的斗争，先进的领导人物和工作敷衍塞责的官僚主义的斗争，描绘出50年代社会变动时期人们的精神道德面貌。60年代的代表作《迎着雷电》（《Иду на грозу》，1962）反映科学界两种不同类型人的矛盾冲突，一种人专心致志地从事科研工作，另一种只知沽名钓誉。《探索者》和《迎着雷电》都已搬上银幕。

　　格拉宁是一个把科技题材引入文学的探索者。他取材于科技，而要表现的、探索的是当前社会生活中的迫切问题，比如个人对周围发生的事情的责任感，对自己如何严格要求，人应忠于自己的天职，等等。他的正面主人公是平凡的，不是引人注目的大人物，但是忠于自己的事业，拥有巨大的精神财富，他们以纯洁的思想和真诚的情感动人心弦。《探索者》中的安德烈就是这样一个形象。《走向雷电》的谢尔盖·克雷洛夫形象更加成功，是一个真实的学者，有高深的智能，正直廉洁，坚韧不拔，一派丈夫气概。

　　60年代以来，格拉宁多次出国访问，走过欧、美、亚三大洲近20个国家，扩大了眼界，丰富了积累，陆续写出各种体裁的作品。70年代的主要作品有中篇小说,《奇特的一生》(《Эта странная жизнь》,1974)、《克拉夫季娅·维洛尔》(1976,获1978年苏联国家奖)。

《一幅画》以城市建设中的社会道德冲突为题材,提出现代化建设中的种种问题——实用与审美、人的个性发展与历史文化传统;人和自然环境的关系等问题,比较集中地体现了作家的美学思想。

主人公洛谢夫是雷科夫市执委会主席,他到莫斯科开会时无意中在一个画展大厅碰上一幅画,画名《河边》,画的是雷科夫市一座古老建筑物及其周围的景色,十分迷人。作者是已故画家阿斯塔霍夫。洛谢夫感到这幅画对雷科夫市很有价值,想把它买下。画家的遗孀奥莉加·谢拉菲莫夫娜张口要了2000卢布,洛谢夫很吃惊,觉得太贵,只给她900,双方争执不下,后来奥莉加想起这画当年不吃香的时候,能"换一口袋土豆、换两条裤子"也就很不错了。现在看洛谢夫这人不错,他对画的背景很了解,又是为了一个城市的需要,她索性"赠与雷科夫市"。

画带回雷科夫市,前来参观者无不为之倾倒。当时,市政府已决定拆迁画上画的古建筑,在原地建造电子计算机厂。人们参观了这幅画后,对市政府的计划产生了反感,为独具一格的古老建筑即将被破坏、为自然美景即将消失而忧虑不安。退休老红军波里瓦诺夫、美术教员达尼雅,代表群众的心愿向市政府强烈呼吁。洛谢夫倾向群众的要求,他向上级提出建议:改变建厂厂址,保留古老建筑,把它辟为地方博物馆。这个建议遭到州执委会主席乌瓦洛夫的阻挠,并下令强行拆迁古建筑。群情激愤,舆论大哗,洛谢夫以冒犯上级的危险保存了古建筑,自己却被迫辞职,离开了本市。

小说塑造了一系列有鲜明性格的典型人物,揭示了现代化建设中各种不同思想倾向和道德美学观念之间的冲突。洛谢夫是个新型的实干家形象,他有实干精神,又有浪漫主义激情,还有强烈的道德感。他曾立志要在任职期间把雷科夫市建成一座工业先进、福利完善、经济繁荣的现代化城市。但由于他片面强调物质福利和工业建设,忽视人们对自然美和精神文化的需要,致使城市的传统特色遭到破坏,阿斯塔霍夫的风景画启发了他的审美兴趣,提高了他对现代化的理解,他认识到必须珍惜前人和大自然留下的名胜古迹,正确处理城市现代化建设与保持城市传统特色的关系。但乌瓦洛夫否定了他的建议。为了使他放弃提出的建议，顺从上级的计划，乌瓦洛夫表示要提升他做自己的副手。因此，洛谢夫一度陷入内心矛盾之中，很痛苦。权衡利害得失，为了城市的经济利益和个人前程，就得放弃保护古迹的主张，然而道德感不允许他违背良心和人民的意愿。对主人公这种心理冲突，小说描写得很深刻动人。在达尼雅的爱情和波里瓦诺夫的献身精神的感召下，他的道德感和人性美占了上风，终于坚定地站到保护自然美与文化传统的群众一边。他在官场上失败了，却经受住了道德的考验。通过主人公精神的发展，作者有力地表现了作品的主题思想：美与善不可分割地联在一起。保护文化古迹和自然环境的美，也就是保护人的内心世界，保护人性的完美。

这里所说的"人性"是什么人性？"人性"曾经是犯禁的字眼，但人毕竟不能没有人性。人性是人的本质属性。所谓"在阶级社会中就只有带着阶级性的人性"，也没有否定"人性"的存在。人性可以带阶级性，也可以不带，在无阶级社会中就没的可带。带阶级性的人性也是以人性为主。各阶级有带阶级特色的人性，但共同的人性还是存在的。共同的人性是人性的基本部分，具有普遍性、稳定性、永恒性。无产阶级人性最符合人类的存在与发展的要求，使人类共同美的欲望不断得到满足，苏联优秀文学作品中常出现的"人性"，就是这种人性。

乌瓦洛夫是另一类型的实干家。他精明强干，办事果断，善于经营，讲究实际，属于普隆恰托夫式的人物。他是技术至上论者、唯理性论者，处理问题时考虑经济、技术上是否合理、是否有利，盖不顾及其它。他认为保护古迹就要延误建厂，保护古迹和风景名胜是追求精神奢侈，是迂腐之见。他对良心之类的道德观念嗤之以鼻，他只崇拜先进技术、新式机器。他身居要职，拒绝考虑人的精神需要，他的眼里只有物，没有人，结果成为一个像机器一样不懂人情的官僚主义者。这种领导者对社会产生影响，将造成科技革命时代人们精神贫乏。这就是《一幅画》要反映的令作家担心的社会现象。

波里瓦诺夫任过红军政委，有光荣的革命历史，在这个人物身上体现了"开创革命的一代人的热情"，同时反映了革命时代的复杂性和局限性。波里瓦诺夫对革命忠心耿耿，一心想着"三五年之后实现共产主义"。在严酷的阶级斗争年代，他形成了过激的思想：片面强调阶级斗争，忽视人的精神价值和人的个性发展；他不懂艺术美，敌视艺术美。他在位时曾对画家阿斯塔霍夫的创作横加干涉，他和他那一代革命者们给阿斯塔霍夫的风景画加上种种罪名："无思想性""资产阶级情调""没有扣紧工业化的题材，脱离政治""主观主义……歌颂过去……形式主义……"，结果使画家大倒其霉，竟连买土豆的钱都没有。不仅如此，波里瓦诺夫还焚毁了藏有大量珍贵文物的教堂，为的是尽快消灭宗教。这一切，他都是怀着"革命责任感"干的，都认为是为革命理应采取的行动。当时他一点也不知道这给革命和人民造成了多大损失。晚年，他醒悟了，为过去的错误而深感内疚，决心收集各种文物筹建一所地方博物馆，以教育后代尊重历史文化传统。在保护古建筑物的冲突中，他代表群众的心情挺身而出，受到全市人民的尊敬。他认识了犯过的错误，但并不怀疑自己一代人选择的革命道路。在这个人物身上，作者表明对历史的看法：不能简单片面地否定过去，没有过去就没有现在。历史传统不能否定，革命的道路，革命的功绩，也不能否定。

　　名画家阿斯塔霍夫和他那幅《河边》风景画的遭遇，表现了美和艺术才能同社会环境发生的悲剧性冲突。阿斯塔霍夫是有才华的艺术家，对美和人生意义有自己的理解，进行过不倦的追求。在20、30年代的激烈斗争中，他不随波逐流，不迎合他人，保持着自己的创作个性和人格尊严，他的艺术观是，艺术的崇高使命在于表现生活美和自然美，在于丰富和提高人的精神境界。他不顾当权者（波里瓦诺夫等）施加政治压力，拒绝把风景画变成廉价的政治宣传品，因而被扣上一大串罪名，遭到无情打击，以致生活穷困，默默地死去。他生前没有得到社会承认，死后多年才被认识。他的遗作以巨大的艺术魅力揭示了大自然的美，使洛谢夫一见就着了迷，离而复回，再三品味，终于找到主人家里，把画弄到手。他的遗作唤起人们为保护美和人的精神价值而斗争。

　　作家对当代人的精神道德面貌进行了深入的探索，反映了在物欲横流的现代生活条件下美和人的完整性受到的损害和威胁。小说采取多线索、多主题的立体镜式的结构。围绕洛谢夫和乌瓦洛夫在古迹问题上的冲突这条中心线索，展开错综复杂的人物关系和社会冲突，力求综合地反映现代化建设中人们在精神道德、审美、心理上的深刻变化；通过一幅画的遭遇把历史上的矛盾和现实斗争有机地联系起来。在人物性格刻画上，作者运用对比手法，又把心理描写和社会分析结合起来，使主要人物体现了自己时代的特点，又有鲜明的个性。景物的描写有浓厚的抒情味，常同人物的心理活动交织，使情景相融。洛谢夫在画面深处似乎听到母亲的轻声呼唤，一声又一声地叫着他的名字"谢尔盖"，他看见"柳树下面水里的一大块木头底下有鳕鱼，那得用手去摸，用叉子去叉"。基斯雷家里有一间大厅，里面用瓷砖镶砌拼成一幅海洋和几只小帆船的图案。瓷砖多有碎裂，海景依稀可见。洛谢夫久久地看着这海景，在瓷砖缺失的地方，他就凭自己的想象补充上军舰和渔民的小船。房子里有不少白蜘蛛，散发出木炭的气味。还闻得到河里散发的水气。河面上飘散着圆木，放排工棚里升起的炊烟，水藻和浮萍混杂在一起的气味——这些气味都在画面上获得了生命，散发出来。就连让太阳晒得发热的铁缆索和破旧的小码头，也有它们自己的气味。

画中呈现的"广阔的儿童天地又回到他的面前，绿叶簌簌作响，妈妈依然健在。洛谢夫感到了她那小巧坚实的手抚在自己头上"。

因为洛谢夫正是在这里长大的，他的心与这里的景融而为一了。因此，他的感受把读者也带进了画境。

（五）《六十支蜡烛》

人对自己的祖国和所生活的社会负有尽责的天职，不能履行天职或履行中有谬误，甚至有违背人性的恶行，都要受到良心的谴责或道德的审判，从而发生人性的觉醒、复归。为反映这种现象，出了一系列从人性、良心、天职等方面探索道德的小说，重要作品有《六十支蜡烛》《选择》《永恒的规律》，前面提到过的《活着，可要记住》《鱼王》也可列入。《永恒的规律》中的主人公拉米什维里回顾一生时悟出了"永恒的规律"，人的灵魂重于肉体，人活着要尽力帮助他人，而不是损害他人，灵魂才能不朽。《活着，可要记住》和《鱼王》中的主人公都因道德堕落受到了良心的谴责和道德的审判。

《六十支蜡烛》（《Шестьдесят свеч》）的作者田德里亚科夫50年代

写了几篇揭露官僚主义的作品后引起广泛注意。后来他发现反现代官僚主义有许多暗礁，容易成为"死结"。官僚主义如何产生？根源何在？由谁负责等问题不好解决。于是他的创作逐渐转向道德主题。从1961年起发表了一组道德题材作品，较著名的有中篇小说《审判》，提出"良心的审判"的命题，他成为道德题材作品的开拓者之一。1980年发表《六十支蜡烛》。

《六十支蜡烛》也属于良心道德审判的命题。内容是关于学校应如何进行思想教育、如何培养人的问题。主人公叶切文是个老教师，一生从事教育，所作所为似乎光明正大，但在道德三棱镜面前，他做的许多事显出了不合道德原则的本相。他做的事都符合社会规律，被认为成绩卓著，很受一般人的尊敬。当他年满60岁的时候，人们为他祝寿，为他燃起了60支蜡烛。60支寿烛刚灭，他在给学生看作业时，想到自己没有虚度光阴而感到骄傲。此时，他收到一个学生的来信，信上说："我每时每刻都在想着你。我是一个酒鬼。你毁了我，还不只我一个人，但你竟成了人们效法的榜样。……我只有杀死你，……我受审判，你也应受审判……"这学生指责叶切文是社会传染病的病灶。叶切文想不起这学生是谁，他回忆起自己的经历。用道德尺度检验自己的作为，在每一段经历上来剖析自己。他首先对传统观念发出疑问，什么是不好的？什么是我们的？什么是异己的？他不能回答。他发现他认识的东西，他的信念，他的人生观，都不是发于自己，而是把别人的现成的东西搬到自己思想上来，人云亦云，他想起来，现在他的班上有一个好学生，门门功课五分，但没有思想，跟他一样。

叶切文是善是恶？他认为自己"不是野心家，而是把大部分时间献给了事业"。但他女儿说他："你牺牲了别人，也牺牲了自己；对别人不善，对自己也不善。"这话根据的是件件往事。

过去这学校的校长是个德国人，为人很好，威信很高，深受百姓尊敬。十月革命后来了位新校长，认为德籍校长是资产阶级出身，把他排挤到领导之外。肃反时，又要求学生们跟老校长划清界限。叶切文当时也跟着划清界限，次日，老校长死了。百姓们为之落泪，为他送葬。并不是一切人都人云亦云。叶切文与老校长的女儿塔妮娅有恋爱关系，他要求塔妮娅与父亲划清界限，塔妮娅拒绝了，叶切文便离开了她。他的一个学生叫谢尔盖,其父亲为德国做事,也为苏维埃做事。谢尔盖问老师叶切文应如何对待父亲。叶切文要他与父亲划清界限,次日,谢尔盖的父亲失踪了。从那时,谢尔盖成了孤儿,生活无依,无人照管,后来走上了犯罪道路。叶切文还把自己的三女儿赶出门去。

叶切文回忆着这些往事,进行自省,良心受到责备。他发现这些事都做得似是而非。他感到恐惧。写匿名信的学生谢尔盖找了他来,要报仇。叶切文认罪。但学生没有动手,只把手枪扔给了他,要他自己惩罚自己。叶切文没有自杀,他虽然认罪了,承认有错,但传统观念占了上风,觉得自己也有对的地方,有许多学生成了模范,他还要迎接第六十一个生日。

小说的中心是他回忆中的检查、自省,弄清人应该做什么,不应该做什么。作家向读者提示:符合社会要求的,不一定符合道德要求。这个提示的意义需要读者进一步思考。道德是有历史性、阶级性的,各个阶级有各个阶级的道德标准。资产阶级道德的本质是个人主义,维护剥削制度,为剥削者利益服务。无产阶级道德,即共产主义道德,本质特征是集体主义和为人民服务的精神。在社会主义制度下,社会要求和道德要求本应一致,小说为什么提出不一致的问题?无产阶级革命了,革的是资产阶级的命。无产阶级敌视资产阶级,是道德的,是为了整个劳动人民的利益,为了人类从奴役下解放出来,是最高尚的道德了。小说所指显然不是这个,而是社会要求在处理具体问题上的偏向或失误。敌视资产阶级,但不应不加区别地对待资产阶级及其后代的每一个人。要讲人道主义,要相信人,尊重人,不能凭着一般的阶级概念无端地加害于一个人。

田德里亚科夫受到不同的评价,一些人赞赏他是富有公民同情心的社会学家和道德学家,但以为他"不足以成为艺术家";另一种评论认为,他艺术上的不足被他"创作中的社会冲突道德问题的尖锐以及问题的重要意义而百倍地补偿"了(库兹涅佐夫,1980)。就艺术手法而论,他也是有特点的,他的作品情节曲折,擅长心理描写,叶切文形象的成功主要是心理描写的效果。他描绘出来的苏联当代社会生活的种种场景,对读者是很有吸引力的。

(六)《选择》

邦达列夫以军事文学家著称于当代,他的属于道德探索题材的长篇小说《选择》，也与战争有关。不论什么题材作品，他的主人公都跟他本人的生活道路相关，都是他本人精神面貌的反映。他认为"文学本身就是自白"，不论"用第一人称还是用第三人称写作，都是作家的自白"，而所谓"自白"，就是"揭开内心的帷幕，将生活经验公诸于世"。凡成功的作品都必然进行了高度的艺术概括，人物都必然是典型化的，所以，虽然是"作家的自白"，也有广泛的代表性，因此，苏联评论界公认邦达列夫的作品是"一代人的自白"。《选择》是他"自白"的道德观。

《选择》（《Выбор》，1980）属于从人性、良心、天职等方面探索道德的作品之列。小说的情节较简单，有两个主要人物——瓦西里耶夫和拉姆津。二人是同乡，从小住同院，入学是同学，又同爱一个姑娘，卫国战争中同时入伍，同入一个军事学院，同时到一个连队参加战斗，选择相同，都有崇高的目标。后来在一次激烈的战斗中二人失散了。瓦西里耶夫以为拉姆津已经死了。战后，瓦西里耶夫到威尼斯访问，偶然遇上了拉姆津。原来拉姆津在战斗中被敌人俘虏了，为了活命，他投降了敌人。战争结束，他不能回国，羞见同乡父老，在国外成了家，成了祖国的叛徒。他漂泊在外，患了不治之症，很想念母亲。瓦西里耶夫愿帮他回国探母。他回到苏联，朋友都把他看成外人，不以同胞相待，母亲也不原谅他的背叛行为，他痛苦极了，在旅馆自杀身亡。

瓦西里耶夫的命运与他不同，战后同玛莎结了婚，成了画家，艺术科学院院士。瓦西里耶夫也不是一帆风顺，也受过许多挫折，但始终不屈，战后选择了绘画为祖国服务。他的选择总是和祖国紧连在一起，忠于祖国是他所信守的道德基础。

作者把生活中的"选择"这种普遍现象进行艺术概括，提到哲理高度，以人物的不同遭遇说明：关键时刻在重大问题上的选择决定人一生的意义；选错了，追悔莫及，必受严厉惩罚。这是作品的主题。《毁灭》也有类似的主题。人和祖国的关系，是一个严重的道德问题。人不能背离祖国，否则他就没有生命力。这是就一般情况而论，在特殊历史条件下，一时脱离祖国，不一定是背叛。比如在"文化大革命"中有人逃离祖国，后来被认为是受迫害而去，欢迎他随时回国。

拉姆津是在祖国和法西斯的生死较量之际，出于求生的欲望，忘了民族气节和祖国的危难，向人类的共同敌人屈膝投降，是任何理论也无法开脱的。说他与祖国成心作对，那是不合事实的，他不是心甘情愿地投敌，他是经不起考验，这与他本身的弱点有关。他生性孤傲，好逞强而缺乏毅力，待人冷淡，对祖国缺乏深厚的感情。这些品质对他作出错误选择起了重要作用。拉姆津与美谛克（《毁灭》中主人公之一）在某些方面很相像。由于自身的软弱而不得已走上背叛的道路，二人是一样的。美谛克没有为自己辩解，只表现出无可奈何的苦恼，只为了爱护自己的生命而滑了下去。拉姆津却还要为自己开脱，认为冥冥之中有一种神秘的力量决定人们的选择。这是自欺欺人的宿命论。决定选择的不是环境、神意，而是人自己，是人的理想、信仰、意志、良心等品格。

对拉姆津这个人物，作者作了历史的描写，没有从概念出发，没有把他脸谱化，没有把他写成生来就是贪生怕死的胆小鬼。他被俘之前，遇事果断，作战勇敢，瓦西里耶夫曾自叹不如。投敌后他没有作坏事。在异域思念祖国和母亲。所以瓦西里耶夫才没有把他视为仇敌，还尽力帮助他。然而他的错误选择为社会所不容。他在自己的悲剧中得出结论：革命气节重于生命，气节一失，生命休矣。

瓦西里耶夫青年时代相信美的力量，努力在人身上和自然风光中寻找美，以此为生活目的。成为画家后，这个信念发生动摇，感到美拯救不了世界，靠美解决不了威胁人类生存的重大问题，而且美正受到种种的威胁；人性美受到物质主义的侵蚀，自然美遭到污染和破坏，美好的生活为战争的阴影笼罩。他为此而忧愤。这也可视为作者的忧愤，"作者的自白"。

（七）《白轮船》

《白轮船》（《Белый пароход》，1970）是另一种类型的道德小说，是主要从人道主义出发的道德探索小说。这类小说常以象征的善和恶的冲突，歌颂善良、纯洁、富有人性的弱者，谴责阴险、残暴、丧失人性的恶人，深富哲理，不直接涉及社会现实，因此不像一般道德作品常引起争议。这类作品最有代表性的除了《白轮船》，还有特罗耶波里斯基的《白比姆黑耳朵》。

《白轮船》作者钦吉兹·捷列库洛维奇·艾特玛托夫（Чингиз Терекулович Айтматов，1928—2008），吉尔吉斯作家，苏共党员。社会主义劳动英雄（1978），用吉尔吉斯文和俄文写作。曾任苏联作协书记。

艾特玛托夫是苏联当代众多知名作家中最突出的一个，有位苏联作家指出：现在言必谈艾特玛托夫，无论谈苏联文学还是民族文学，都离不开艾特玛托夫，他不仅是民族文学的代表，也是苏联当代文学的代表。

艾特玛托夫的家乡，吉尔吉斯苏维埃共和国基洛夫区舍克尔村，处在群山之间的塔拉斯谷地。这里有古老的生活方式、风俗习惯、民间传说、神话、故事、民歌。艾特玛托夫从幼年受着这样的文化熏染。1937年他父亲惨遭镇压，他度过了一段艰难的岁月，从14岁起担起苏维埃秘书的重任，又当过区财政局税收员、拖拉机队的记工员。1953年在吉尔吉斯农学院毕业，到吉尔吉斯畜牧研究所实验场工作。1956年入莫斯科高尔基文学院高级文学讲习班进修。先后担任《吉尔吉斯文学》杂志编辑和《真理报》驻吉尔吉斯特派记者。1952年开始发表作品，未引起注意。1958年发表第一个中篇小说《查密利雅》（《Джамиля》），描写吉尔吉斯妇女争取恋爱自由的故事，由此成名。查密利雅是山村中一个美丽的姑娘，抛弃富裕安乐的家庭跟随外貌不扬、跛腿寡言而有丰富的思想和美好的灵魂的退伍军人达尼亚尔私奔他乡，小说反映古老的吉尔吉斯宗法礼教、封建精神对人的禁锢开始崩溃。《查密利雅》和中篇小说《我的包着红头巾的小白杨》（《Тополик мой в красной косеньке》，1961）、《骆驼眼》（《Верблюжий глаз》，1962）、《第一位教师》（《Первый учитель》，1962），组成一部小说集《草原和群山的故事》（1962），总的内容是歌颂爱情、友谊和献身精神，获1963年列宁奖金。此后，他连续发表中篇小说《母亲大地》（《Материнское поле》，1963）、《别了，古利萨雷!》（《Прощай Гульсары!》1966）、《白轮船》、《花狗崖》（《Пегий пёс, бегущий краем моря》，1977）。还有长篇小说《早仙鹤》（《Ранние журавли》，1975）、《一日长于百年》（《И больше века длится день》，1980）、《断头台》（1986）等。

《别了，古利萨雷!》以善的光辉照出了恶的丑陋。主人公塔纳巴伊，集体化的先锋，卫国战争的战士，和平时期的牧羊人，忠于自己的理想，一生为人民做事，却屡遭不幸，然而在不幸中毫不动摇。古利萨雷是匹骏马的名字，此马性格与塔纳巴伊相似，勇猛暴烈，身带创伤而疾驰无忌，在赛马中夺魁，后落入新任农庄主席、暴虐的官僚阿尔达诺夫手中，备受折磨，生命告终。使塔纳巴伊濒于绝望的是阴险狡诈的官僚、区检察长谢基兹巴耶夫等"新老爷"。小说获1968年苏联国家奖金。《白轮船》发表后不久改编成电影，获1976年第九届苏联电影节大奖，与人合写的同名电影剧本获1977年苏联国家奖金。《早仙鹤》获得以托克托古尔·萨退尔干诺夫命名的吉尔吉斯国家奖金（1976）。艾特玛托夫自1969年任吉尔吉斯电影工作者协会理事会主席，吉尔吉斯科学院院士；还曾任苏联戏剧、电影、电视委员会主席。

　　《白轮船》运用童话故事，以寓意的手法，表达了作者的意图。小说表现了善与恶的尖锐冲突，以善的毁灭激起人们对恶的义愤。恶的代表是西伯利亚尼塞河边护林所的土霸王阿洛斯库尔，他利用职权任意盗窃国家的木材，残酷压迫工人，在家庭中也横行暴虐，殴打岳父，虐待妻子，怨妻子没给他生孩子。他狠毒无情，目空一切。他的岳父是护林所辅助工，善良的莫蒙爷爷，终日受他可怕的折磨。阿洛斯库尔还残忍地逼别人杀死美丽的大角鹿，而鹿是吉尔吉斯族人崇拜的神兽。传说吉尔吉斯的祖先曾为一只母鹿所救。古时，民族间互相残杀，吉尔吉斯族年老的头人去世。在葬头人的日子，遭敌人意外洗劫，被杀得鸡犬不存，只有两个孩子——一男一女，清早去森林剥树皮编小篮子，二人回来时，敌人已行凶后扬场而去了。孩子无知，见失去了一切，望敌人荡起的烟尘紧追，被俘。敌人的可汗命麻脸瘸婆婆将孩子带到密林处死。危急时刻，来了一头母鹿，说道："我是鹿妈妈，大仁大智的女人，你把孩子放了吧。把他们交给我。"后来，吉尔吉斯族才得重又繁衍起来。但当初麻脸婆婆的话却应了验，她对鹿妈妈说："他们是人的孩子，长大了会杀害你的小鹿"，"人连森林里的野兽都不如，人害起人来从不手软……"

　　吉尔吉斯的百姓一般都对鹿妈妈感恩戴德，尊为神圣，每遇苦难必祈灵于鹿母，或"向长角鹿妈妈发誓"。商队进山售货，劝莫蒙爷爷买点东西，莫蒙说没钱，售货员不信，老头发誓说："真的没有。我可以向长角鹿妈妈发誓！"

阿洛斯库尔是麻脸婆婆所说的"野兽都不如"的人,是善的对立面,是美的摧残者,他不但指示人杀死大角鹿,还促成美德的体现者小男孩的死亡。

小男孩没有名字,是护林所三家居民中唯一的一个男孩子。因为没有名字,加强了象征的意义,象征着天真、纯洁、憧憬、信仰。他的丰富感情和美好幻想是美德的体现。深山密林,生活单调,而他凭着丰富的想象仿佛遨游在美好的童话世界。荒草、怪石、书包、望远镜,都是他的亲密伙伴。他给怪石起了种种名字:"睡骆驼"、"马鞍"石、"狼"石、"坦克",对它们抱有喜爱或憎恨的感情,呼唤它们,抚摸它们,骑上它们,或向它们瞄准。他把石头分成"坏家伙"、"好人"、"机灵鬼"或"笨蛋"。在他心目中,故事中的长角鹿不是传说,而是真的。他幻想中的白轮船也是真的。他幻想变成人鱼,游向伊塞克湖,游向白轮船。

白轮船是他憧憬的幸福之地。他用望远镜瞭望伊塞克湖上的白轮船,希望它靠近来,看看船上的人,他想,他的爸爸就在白轮船上。他爸爸、妈妈离婚后,把他留给了爷爷。他不记得爸爸妈妈。他希望在船上找到爸爸。在幻想中他的愿望实现了,他把一切都告诉了爸爸。告诉爸爸他生活中的山、石头、河水、水池、学游泳、可怜的莫蒙爷爷、不会生孩子的姨妈别盖伊、凶狠的阿洛斯库尔、后奶奶,还有爷爷讲的故事——宁愿死、不愿当奴隶的可汗,要求叫自己祖国的一个牧人来唱支歌听再死;狼和奇巴拉克的故事。

白轮船渐渐远去,他终于不能跟爸爸走。

他憎恨林区的土皇帝阿洛斯库尔。莫蒙是他的外祖父,阿洛斯库尔的妻子是他的姨妈。他无限同情外祖父和姨妈:"咳,别盖伊姨妈,别盖伊姨妈!多少次男人打得她半死,可她总是原谅他。爷爷莫蒙也是一味原谅他!为什么要原谅呢?不应当原谅这种人。他是个可恶的坏东西。这儿用不着他。没有他,我们照样过日子。"他在自己的想象天地里,不止一次地除掉这个人间恶魔。他"描绘出一幅公正惩罚的图画:他们一齐扑向阿洛斯库尔,捏手抬脚地把这个肥头大耳、邋里邋遢的家伙抬到河边,然后使劲摇摆了几下,摔进了滚滚的白浪"。

小孩看到了美丽的大角鹿,以为鹿妈妈宽恕了人类捕杀大角鹿的罪孽，让它的子孙回到了故乡。小孩希望人们从此爱护大角鹿，报答鹿妈妈当年的救命之恩。阿洛斯库尔当着小孩的面大嚼母鹿的肉。这一暴虐行为毁灭了小孩的一切美好幻想。长角鹿是友爱的象征，爷爷说："圣母长角鹿传给我们的是友爱，要我们一举一动、一思一念都要做到这一点"。友爱的被毁，使小孩经受不住这强烈的刺激，跳河自杀了。

　　孩子的悲剧产生了净化的力量，激发了人们对恶势力的愤怒。恶在形式上胜利了，这胜利是虚假的。它在暴露了自己的狰狞面目以后，陷入孤立境地，陷入愤怒的包围之中。孩子有一颗富于理想的心灵，对世界充满欢乐的希望，热爱亲人，热爱自然美，热爱有恩于人类的生灵。作家借此表明，人的本性所固有的不是恶，而是善和光明。阿洛斯库尔所表现的恶不是人的本性。

　　小说中现实生活同传统故事交织在一起。鹿妈妈对吉尔吉斯族人说是一切生物之母，这个传说产生了"神奇的艺术魅力"。鹿妈妈的子孙被杀，纯洁天真的孩子自尽，邪恶压倒了正义，残暴战胜了善良，留下黑暗一片，似乎成了单纯的暴露性作品，表面一看有违真实。事实上，生活中这样的事是常有的，并且抨击黑暗与歌颂光明的作品，可以殊途同归，同样有益于社会进步。如果给作品一个光明结局，是阿洛斯库尔受到惩罚，让小男孩不死而进了学校，那倒是"意味着对恶的大赦"，降低读者对恶的憎恨程度。

　　《白轮船》的结构可有两种理解。阿洛斯库尔的小世界与"总的局面"切断了、与大世界失去了联系这种结构，可以理解为：阿洛斯库尔的小世界在社会主义制度下已经是绝无仅有的、正在消亡的现象；也可看作是一个缺点，它让人感到，在这个与世隔绝的世界里，没有人同阿洛斯库尔对抗。因后一种理解，根据小说改编的电影作了调整，加强了生活的光明面。在电影中，司机库卢别克在情节中的作用加强了。他作为先进工作者出现，品质高尚，富有同情心。他和小男孩是同乡，二人有真挚的手足般的感情，他是唯一了解小男孩并且能够对付阿洛斯库尔的人。库卢别克的形象体现了社会主义关系的人道主义。小说中的库卢别克也跟小孩很友好，小孩临跳河一直想念着库卢别克。库卢别克和阿洛斯库尔对立的情节已经有了，不过是在小孩的幻想中出现的。谢大赫玛特逼着莫蒙打死了长角鹿，小孩正在病中卧床，而阿洛斯库尔和家里人津津有味地吃鹿肉，一边还赞不绝口："真嫩，什么肉都比不上这种肉！"孩子咬紧牙关想着惩治他们的事，极度的疲劳使他睡去，在梦中呼唤库卢别克来相助。在他心目中，库卢别克是他"所认识的人当中唯一能制服阿洛斯库尔的人，只有他能当面给阿洛斯库尔一点颜色看看。……听到小孩的召唤，库卢别克开着卡车飞驰而来，"他端着冲锋枪冲进屋里，朝阿洛斯库尔断喝："你给我站起来，坏蛋！""站到墙根前！因为你打死了长角鹿妈妈，因为你劈掉了它挂摇篮的角，判你死罪！"阿洛斯库尔趴在地上，一面爬，一面嚎哭、哀求："别打死我吧，我连孩子都没有呢，……"阿洛斯库尔的蛮横霸道变成了低声下气。孩子说可以不打死你，"可是要叫这个人离开这里，永远不许回来"。库卢别克又训斥他一番："你永远不会有孩子。你是一个又歹毒又下流的人。这里谁也不喜欢你。森林不喜欢你，每一棵树，甚至每一棵草都不喜欢你。你是法西斯！你滚吧，永远别回来。快点儿滚！"阿洛斯库尔狼狈地逃跑了。孩子在梦幻中醒来时，谢大赫玛特正得意地讲述他们怎样打死了母鹿，阿洛斯库尔笑得非常开心。孩子在现实面前吓昏了，他"要变鱼"，"要游走了"。比较之下，电影中的库卢别克形象起的作用比小说中的要大，在解决善恶斗争的哲学问题时，乐观情绪得到了加强。不过小说中的假定性描写，用梦境表现库卢别克和阿洛斯库尔的对立，是作者肯定的，不容更改的。

小说中的假定性手法曾引起争论，作者捍卫了自己的权利。拟人化是假定性重要表现手段之一，《白轮船》中孩子的世界是拟人化的。石头成为孩子的朋友，花草有了性格，小书包和望远镜是他的知己，他向书包倾诉自己心中的悲苦、忧伤、快乐和憧憬。儿童的世界是充满假定性魅力的世界。《白轮船》充分运用儿童思维、儿童幻想，使作品清新奇特，充满纯洁的诗意。

《白轮船》貌似童话，不是童话。原来的标题为《仿童话》，后来作者以为不如《白轮船》确切，改了，但加了个副标题《故事外的故事》（《После сказки》）。小说的意义不在故事本身，他含蕴着深邃的哲理，其中对人类永恒的善与恶、美与丑、人与自然的关系，进行了严肃的思考、探索。

关于小说中主人公的真实性问题，艾特玛托夫说他的文学主人公没有真实的原型，但有时产生反馈现象，作品流传开后，文学主人公忽然找到了自己的原型。他收到过一封信，信中说："我就是您的中篇小说《白轮船》里的那位莫蒙爷爷。我 84 岁，就住在您的小说中描写的圣塔什河谷里。我确实就在林场工作了一辈子，而那位您很憎恨的人阿洛斯库尔，直到今天还在压制我！而那个男孩，我的孙子，他根本没有淹死……"许多人有这种误解，不只对《白轮船》。

（八）《白比姆黑耳朵》

《白轮船》用了类似童话的形式，真真假假，不是鲜明的社会描写，表现了善与恶的对抗。特罗耶波里斯基的《白比姆黑耳朵》(《Белый Бим Чёрное ухо》，1971）用的也是曲折的表现方法，写一条富有人性的狗在人的社会中惨遭迫害而死，揭露了现实中冷酷、欺诈、残暴等不道德的行为。通过狗反映人的道德，狗没有偏见，真实地测量出人的道德水平。小说拍成了电影，善良的弱者的悲惨经历触动人心，催人泪下。

小说的中心形象是猎犬比姆。它身上是白色，只有一只耳朵和一只腿是黑色的，像乌鸦翅膀上的颜色。比姆属苏格兰塞特种，他的父母都有家谱，祖先都有证书，"先狗"可追溯到 19 世纪的列夫·托尔斯泰养的猎犬和亚历山大皇帝所喂的宫犬。纯塞特种本是黑色，黑中透蓝，色泽如乌鸦之翅羽。但比姆生下来竟是白色，除了一耳一腿类其母，因此被主人抛弃了。善良的老人伊万·伊万内奇起了怜悯之心，收养了它。比姆聪明、善良，有判断是非的本领，对主人无限信任和爱恋，赢得了主人的好感，也得到主人同样的信任和爱抚。伊万一生饱经沧桑，在战场上受过伤，一块弹片留在体内，晚年过着孤独的生活。自从养了比姆，得到莫大安慰，两心相连，正式相依为命了。不幸主人伤口复发，被送往莫斯科治疗。比姆不见了主人，四处寻找，跑遍主人带它去过的地方，遇到各式各样的人。从城市到农村，从农村回到城市，历尽悲惨遭遇。它带着伤逃回家来，遇到邻居凶狠的刁婶，被她诬为疯狗，打进了闷罐车，小狗在里面活活闷死。伊万伤愈回家，在闷罐车里找到了惨死的比姆，它"脸朝门爬着，嘴唇和牙床被铁皮的破边剀豁了，两只前爪上满是血痕"。伊万悲痛地将狗葬在森林里,鸣枪四响志哀。后来伊万又得到一只品种名贵的猎犬,但他忘不了老朋友,他对这只也叫比姆的小狗的命运心怀疑虑:"千万不要让刚刚开始生活的小比姆再经历我那老朋友的命运。……千万不要再那样。"森林响着他这呼喊的回声"不要——不要——不要——"。

小说中善的对立面、不道德的突出代表,是置比姆于死地的刁婶。作者以鄙夷的口吻嘲讽了这个"自称是'苏联妇女'"的女人,她"不懂得起码的社会主义义务,根本不参加劳动。但她也还是要吃饭的,况且她也不觉得吃饭是一项额外负担。她每天有三项义务,第一是观察别人的生活,发现隐私,特别恨狗和养狗的人,总是在他们背后骂一串不堪入耳的话;第二是和闲女人交流情报,传播谣言;第三,倒卖日用菜蔬鱼蛋之类,因此生活富有,不用劳动"。无事生非的刁婶见比姆的主人不在家,便摆出一副盛气凌人的架势,不可一世,不准带伤回来的比姆进门,还用砖头打它。刚好打狗队的闷罐车开过来,她毫不迟疑地诬陷小狗是疯狗。比姆被逮进车内,欲出不能,呼救不应,急闷而死。和刁婶一类的还有灰脸、翘鼻子大叔等。

小说描写的中心是比姆。凡看到以狗作为主人公的《白比姆黑耳朵》(下简称《白比姆》),总要想起以猫为主人公的《我是猫》来。由于两部作品都以动物作为组织故事的中心,都采取了一种曲折的反映现实的方法,将二作进行一点比较,是有益于理解《白比姆》的。

《白比姆》作者加夫里尔·尼古拉耶维奇·特罗耶波里斯基(Гаврил Николаевич Троепольский,1905—1995),俄罗斯作家,跟新生的苏维埃社会主义共和国一同成长起来。他出身神甫家庭。1924年毕业于农业技术学校,当过农村教师和农技师。他第一部引人注意的一组短篇小说就是写农艺师的,名《农艺师手记》(《Из записок агронома》),发表于1953年。有两卷本长篇小说《黑土》(1958—1961)、抒情中篇小说《芦苇丛中》(《В камышах》,1963)等。他的作品敢于针砭时弊,大胆干预生活,塑造的人物生动逼真,提出的道德问题尖锐深刻。他是正当苏联的文艺、社会思想解放,作家们勇于揭露社会不良现象的时期,跃进了名作家行列的。他又是在社会道德引起作家们注意和忧虑,出现了大量道德作品的时候,发表了他最受推崇的中篇小说《白比姆》。《白比姆》是揭示人的道德冲突和精神面貌的作品中的一颗明珠，获1975年苏联国家奖金。

日本的夏目漱石于1905年发表长篇小说《我是猫》，刚巧是特罗耶波里斯基出生的年头。夏目生于明治维新（1868）前一年，在明治社会长大。日本经过明治维新走上资本主义道路，但仍是君主政体，保护封建制，形成贵族和资本家联合专政。资产阶级革命不彻底，留下重重社会矛盾。夏目在这种背景上走上文坛。他先接受了日本的高等教育，后来到英国留学，吸收了西方的近代民主思想和个人主义伦理。而天皇是专制的。夏目感到个人与社会的矛盾，看到20世纪初的日本"连一寸见方的光明地方都没有"，感到愁苦，要扫除黑暗，寻求光明。在这种心情下创作了《我是猫》，对明治社会进行了无情的攻击和嘲笑。

两位作家所处时代不同、国度不同、地位不同，对世界的认识不同，但在关心自己的社会和民族的前途、关心人类进步方面是相同的，都致力于改造现实、争取理想的人生，态度都极严肃的坚定。在为理想而奋斗时，显示出不顾个人安危的胆量上也是相似的。夏目不在乎有前途的大学教师的职位，抱定了准备坐牢的态度从事创作。特罗耶波里斯基针砭时弊，也冒着受批判的风险。但二人创作的直接目的却不相同，夏目对他生活其中的资本主义社会是否定的，这个社会不能给他希望，他不愿与这个社会的统治者合作。特罗耶波里斯基则是在肯定他生存其中的社会主义社会的前提下，对现实中的不良现象予以抨击，目的是使这个社会日趋完善。夏目是在绝望中发泄他的愤懑，特罗耶波里斯基是在希望中宣传他的主张。夏目的创作是在给旧世界掘墓，特罗耶波里斯基的创作是在给新世界医病。

由于人类社会的历史发展过程的统一性和规律性，国际间的历史现象和文艺现象就有了接续性和重复性。《我是猫》中只有对现存资本主义制度的批判和否定，《白比姆》所写社会，已经完成了《我是猫》中的否定，但这作品仍有批判性质，因为猫所处历史阶段的陈迹、残渣在"狗"所处的当代，还时时浮起，腐蚀新社会的机体。

两位作家在想象力方面，都体现出人类共同的美好愿望，他们在不同的地区、不同的国度，在相隔了半个世纪以上的时间，都用了特殊的形式来表达自己的思想，展示世界上的美和恶。

由于作品背景和作者世界观之不同，两部小说的主题和形象就有了差别。《我是猫》写了一群小资产阶级知识分子，写他们正直善良，个性不断受到摧残，让人们看见明治社会是金钱统治的世界。小说揭露、批判金钱和资本主义社会罪恶的主题是鲜明的，而终局只能是凄凉的。这些小资产阶级知识分子各有才情，而无地用武，不满现实，又看不到前途，他们的窘境和心声，暴露了明治社会在摧残个性、腐蚀教育、埋没人才、扼杀人类文明。《我是猫》精确地描绘出小资产阶级知识分子和资本家的肖像，可是对劳动者的描写是不精确的，反映出作者世界观的弱点和视野的狭窄。特别对妇女的描写，说明作者有封建主义偏见。书中没有一个劳动者的形象比较完美，没有一个妇女形象是可爱的。真正的劳动者很少，只有车夫和仆人，又都粗陋得可怕。

《白比姆》不是写个人和社会的矛盾的；它虽也有批判，针对的并非现存的社会制度，而是社会中的某些不良现象。它主要写美与恶的冲突、幸福与不幸、欢乐与痛苦、真理与谎言的并存，以及关心人、信任人的主题，道德的主题。它不像《我是猫》集中地写了两组对立的人物，把环境主要限定在一个知识分子的客厅。它的主人公活动的范围要广泛得多，有城市、农村、工厂、森林、书房卧室、大街小巷。因此它的人物各领域各阶层的都有。这些人物大体也可分为：一、善良的、道德高尚的，关心人、信任人的；二、凶恶的、道德堕落的、丧尽天良的。另外有一种人似乎处于善与恶之间，无心为善，也非执意作恶，只是不懂得友谊与信任的意义，做出了不光明的事。

特罗耶波里斯基相信人类是善的，相信人类固有的伟大怜悯和善心。这是《我是猫》中缺乏的。特罗耶波里斯基的主观和客观条件鼓励他这样相信。他的反面人物虽然很凶，但完全不像《我是猫》中的反面人物那样得势。刁婶和灰脸一类人的胡作非为，到处碰上有力的抵制。作者写恶的目的是为了扬善。《白比姆》毋宁说是劝善之作，字里行间充满对恶的敌视和对善的召唤，充满对信任、忠诚和爱的赞美。比姆虽连遭不幸，却在不幸的遭遇中看到"天涯处处有芳草"。首先是它的主人和朋友伊万，它降生后不幸被弃，好心的伊万收养了它，"一个人和一只狗，彼此爱怜，平等相待"。主人住了院，善心的斯捷潘诺夫娜照料它。比姆到大街寻找主人，受到刁婶、翘鼻子大叔几个无赖诽谤，说它是病毒传播者，是咬人的狗，立刻就有"可爱的小姑娘"达莎为它申辩："并不是每条狗都传染疾病。……多么可爱的小狗"。一个大学生也为它抱打不平。维持社会治安的民警声色俱厉地申斥刁婶和翘鼻子。这是《我是猫》中不能设想的，在那里，学生是不堪教育的捣蛋鬼，不分是非，助纣为虐；警察是天皇专制的爪牙；主人公苦沙弥受气受侮，孤立无援。

比姆被贪财的司机卖到农村，流落他乡。作家借比姆城乡往返的经历用大量充溢感情的笔墨描写了劳动的高尚、农家的欢乐、农民和工人的质朴善良、大自然的美好，总之是人间幸福，流露出作者无限的希望和信心。在农庄上，公鸡的叫声仿佛奇异的音乐；牛羊猪与狗生活在和平与协调的气氛中；牧人感到自己是大自然的主人与造福者；树林中有一种永恒的磨不掉的味道，温柔、清和，令人欣慰。真是一部名副其实的"乐观主义的抒情小说"！《我是猫》中完全没有这样和谐、幸福的场面，没有这样美妙的自然景色。在不自由的苍穹之下，它的美色被掩盖了，夏目绝望的眼光也看不到它的趣处。特罗耶波里斯基不像夏目那么绝望，他对生活充满信心，所以纵情地赞颂自然的美和人生的幸福。然而他并不盲目，他还看到了不足：大地上还存在着偏见与邪恶，偏见的表现之一是不信任。作者对此给予严厉的谴责。"狗如果没有这种信任，那就不成其为狗，而成了任性的狼"。那么，人没有信任该怎么说呢？谢苗（属于那种不懂友谊与信任的意义的人）不信任儿子托里克和比姆，结果失掉了儿子的信任，也失掉了比姆的信任，良心受到强烈的谴责。

在特罗耶波里斯基笔下，农民大多数是这么好，多像赫利三一样勤劳、善良，他们一家人都友好地对待比姆；工人也一样。"比姆在工厂附近，发现这里的人绝大多数心地善良，……这里没有人欺负比姆。"在铁路上两次救了比姆命的是工人。比姆在无处投宿、腹中无食的逃难中，开门相迎、喂它东西的，也是工人。他们受到比姆的信赖和无声的感激。对工农劳动者的这种信赖，在《我是猫》中自然见不到，夏目不了解劳动人民，谈不上寄希望于他们。《白比姆》中对善的赞美多于对恶的批判，批判恶是为肯定善。《我是猫》中则主要是批判，鲜有肯定。

两部作品各有艺术的独创性。从创作方法看，二人同属现实主义作家，都是客观地观察现实生活，对生活给予精确的描写，塑造出典型环境中的典型人物。所不同者，一个是批判现实主义作家，一个是社会主义现实主义作家。另外，在艺术构思和塑造形象方面，各有自己的倾向和特点。《我是猫》用第一人称，第一人称却不是人，而是猫，是一只"奉天之命作脑力工作而出现于这个世界的古今独步的灵猫，"它在外形上是猫，在意识上完全是人了，它是作品情节和结构的核心，作者借它的观感和经历展开头绪纷繁的描写和议论。它是作者的代言人。它是苦沙弥等知识分子的同情者，是明治黑暗统治的揭露者、抨击者。

夏目对猫的描写是富于幻想和夸张的，风格幽默。然而作者的心情与这形式并不一致，他的心情不是轻松的，而是沉重的、激愤的，不过被幽默的形式掩盖了。他和一般批判现实主义者一样，自己前进无门，也不可能给社会指出一条解决根本问题的新路，所以他笑中有苦，怒中有悲。《白比姆》则相反，对狗的全部描写都给人以毫无夸张的真实感。猫主要是观察家、评论家，是书中描写的一切矛盾、冲突的见证人和公断者。狗则是故事中引起一切矛盾、冲突的主体，是作者描写的主要对象。《白比姆》用第三人称，用不着必须赋予狗那么多的理智。比姆没有人格化，对它，作家完全依据狗的习性、动作、对事物可能理解的程度来描写。作者用旁白把它对事物的理解、它的心理活动，表达、阐发出来，沟通它与人的关系，以表现人的品质。比姆不像猫那样，在人的斗争中有意识地参与，而是根据狗的天性行事，根据主人的眼色和动作行事。主人的冤家对头，也就是它的冤家对头；主人的朋友，也就是它的朋友。伊万对来客亲切握手，比姆就摇尾欢迎；伊万对来人冷淡，比姆便远躲在一边，用警惕的目光望着那人。作者对狗的形状、感觉、观察、心理的描写似乎很简单，似乎是直观的，其实必须有丰富的想象才能这样生动。

许多揭露道德堕落的作品遭到评论界强烈责怪，或抑扬各半，唯如《白比姆》这类纯道德题材作品获得一致好评，主要原因在于作家委婉艺术手法的巧妙，以狗的不带偏见的观察，它的幸福生活和悲惨遭遇，它的感受，反映出社会中人与人关系，普通劳动者心灵的高尚和生活的不幸，一些寄生性的道德沦丧者的恶行——一种严重的社会现象。小说不直接描写社会，提出的问题却令人触目惊心，而又能使人冷静思考。

两部小说都有很好的讽刺技巧。《我是猫》，讽刺是其突出风格，对描写的一切，无所不讽，只在性质上有区别而已。《白比姆》的讽刺只用于丑类，界限清楚。

在情节、结构上，《我是猫》不如《白比姆》简洁、紧凑，但两部作品的一头一尾，却有惊人的相似，开头都是叙述动物形象的来历，身世；结尾，猫和狗都死于非命。不同的是，它们死的心情。猫是在驱不尽的恶中落水淹死，庆幸离开了人世，从死亡中得到了安宁。狗是在舍不得的善中被迫害致死，抱恨归天。所以有这样的不同，因为《我是猫》中没有可寄希望的人物和力量，而《白比姆》中这种人物和力量是起主导作用的。猫的庆幸死亡表明资本主义社会没前途，一定要改变。狗的含冤毙命提醒人们，社会主义社会中的"旧社会的痕迹"酿成的弊害也有毁灭性的力量，不能无视。

（九）《红莓》

有些道德题材作品中，既有道德的自省，又有对社会不道德的揭露，情节有不少日常生活现象，而字里行间渗透着深厚的人道主义精神。舒克申的小说《红莓》是这类作品中的优秀代表。

美国伊利诺伊州立大学斯拉夫语言文学系主任莫·弗里德伯格认为，有三个短篇小说在许多方面代表了苏联短篇小说最近（80年代）的倾向，一是拉斯普京的《为玛丽亚借钱》，一是伊·格列科娃的《女部理发师》（1963），再一部就是舒克申的《红莓》。弗里德伯格遗憾地说：舒克申"于1974年45岁时过早地去世，这是一个重大的损失。舒克申是一位大有前途的作家，是以农村生活为题材的作家中最有才华的一个。他又是著名的电影编剧"。①

瓦西里·马卡罗维奇·舒克申（Василий Макарович Шукшин，1929—1974）生于西伯利亚阿尔泰州毕斯克区斯罗斯托克村一个农民家庭。童年过的是沉重的劳苦生活。上完七年制学校后，在会计训练班学习，半途而废，于1943年进了毕斯克城的汽车技术学校。1946年到1949

---

① 《西方论苏联当代文学》，北京大学俄语系编译，北京大学出版社，1982年，第154—155页。

年，做过搬运工、细木工、钳工。1949 年到 1952 年在黑海舰队服兵役。1952 年至 1954 年任青年工人夜校校长。1954 年考入莫斯科苏联国立电影学院导演系，是著名导演罗姆的学生，1961 年毕业。念书期间，每逢暑假常常返回故乡，人们关心的一切，对他说都是亲近而珍贵的。1958 年他的生活出现了转机，这一年他拍了影片《两个费多尔》（《Два Фёдора》），在片中扮演了一个角色，同年发表了第一个短篇小说《马车上的两个人》（《Двое на телеге》）。从此，他便同时在电影和文学上开始了创作生涯。在 15 年的时间里，在各种影片中扮演了 10 多个角色，他自己创作的电影有 5 部：《来自天鹅村的消息》（《Из Лебяжьего сообщают》，1960）、《有那么一个青年》（《Живет такой парень》，1964）、《您的儿子和兄弟》（《Ваш сын и брат》，1966）、《古怪的人们》（《Странные люди》。1969）、《红莓》（《Калина красная》，1974）。他在创作上几乎涉足了各种体裁，除电影剧本外，还有长篇小说、中篇小说、短篇小说、政论等。载入他文学遗产的有两部长篇历史小说《柳巴文一家》（《Любавины》，1965）和《我给你们带来自由》（《Я пришел дать вам волю》，1969），前者写苏维埃初建时期西伯利亚农民的变化，后者是关于斯杰潘·拉辛的起义；有 5 部中篇小说：《在那遥远的地方》（《Там вдали》，1966）、电影中篇《红莓》、讽刺中篇《观点》（《Точка зрения》，1974）、童话中篇《鸡叫三遍》（《До третьих петухов》，1975）、未完成的中篇《清晨熟睡》（《А поутру проснулись》）；一部讽刺剧作《强有力的人们》（《Энергичные люди》，1974）；将近 100 篇短篇小说和政论文。他的第一个短篇小说集《乡村居民》（《Сельские жители》）出版于 1963 年，其他短篇小说集有《在那遥远的地方》（《Там，вдали》，1968）、《同乡们》（《Земляки》）、《有个性的人们》（《Характеры》，1973）、《明月下的谈话》（《Беседы при ясной луне》，1974）。还有一个汇集了短篇小说和政论文的集子叫《道德就是真理》（《Нравственность есть правда》）。

舒克申作为作家和演员都十分出色。他根据自己的小说编写的电影剧本《您的儿子和兄弟》获 1967 年俄罗斯国家奖金，电影也获俄罗斯国家奖；根据《有那么一名青年》拍成的电影在第十六届国际电影节上获金狮奖；他在电影《湖畔》中因扮演切尔内赫一角而获 1971 年苏联国家奖金；

他自编自导的影片《红莓》于1974年获第七届全苏电影节主奖。在拍摄《他们为祖国而战》时，心脏病突发，猝然去世。为了他在电影和文学方面的成就，死后又授予他1976年度列宁奖金。

舒克申作品的主人公都是来自下层人民，如国营农场的司机和饲马员，船夫和看门人，农村店铺的店员和图书管理员，杂技演员和马具匠，乡村教师和铁匠，修理厂的木工和钳工等等。他们中的多数人缺乏知识，乍看上去没什么值得注意的，但在他们有点粗野的、有时还有点怪癖的外表下面隐藏着善良、同情心和正义感。舒克申以善良的幽默来对待和描写他的这些主人公。他说："城市和农村都有些这样的人，他们好像有点古怪，人们叫他们'怪人'。他们并不古怪，更不是怪人，他们和平常人的区别仅仅在于他们是有才干而高尚的人。他们的高尚表现在他们的命运和人民的命运融为一体，他们不是孤立地生活着。"

舒克申特别重视土地和劳动，认为二者是人类生活的根本，离开这个根本，不可能不受到生活的惩罚。这个思想早在他青年时代就表现出来，常利用假期回到土地上去，回到劳动中去。这个思想贯穿在他所有的作品当中，当然也贯穿在《红莓》中。

他是写作短篇小说的高手。由于在电影方面的经验，他养成了一种特别善于组织对话的本领。他的语言的风格是有鲜明的人民口头语的色彩，他广泛地、创造性地在语调、词汇、句法上运用人民语言的资料。他的人物只需要说出两三个句子，有时甚至是两三个词，读者在自己面前就可以看见一个活生生的人物，有性格，有姿态，有表情，可以听到这人嗓音和声调而由此认清这个人物的特点。这是舒克申艺术作品获得非凡声望的主要原因之一。有的评论说："就短篇小说而言，在当代苏联作家中未必有人能与舒克申匹敌。"而作为艺术家，他身兼演员、导演、电影编剧和作家，在短促的一生中为苏联文艺作出了巨大贡献，这在苏联文学史上，也难找到第二人。他理所当然地获得了"俄罗斯功勋艺术家"称号。

《红莓》写一个受冤的犯人后来真的堕入犯罪群，最后又想与过去决裂、改邪归正。类似的主题在苏联文学中有过，后来消失了。20年代有维·卡维林的《一帮人的末日》（1926）、列昂诺夫的《贼》（1927）、尼·鲍戈廷的剧本《贵族》（1937年在纽约出版）。1934年前后，苏联对

"新生"犯罪进行大量强制劳动,空气紧张,这类作品不见了。过了40年后,《红莓》第一次描写贼窝、偷盗的"职业"、袭击盗贼的情景,情节使读者感到新颖。但由于小说的主题、人物与传统不同,还暴露了社会的某些阴暗面,出版不宜,拍成电影又被限制放映。后来勃列日涅夫在克里姆林宫调影观审,《红莓》中主人公的真诚竟把他感动得落了泪,影片因之得以发行。

小说和影片,都打破了清规戒律,主角是释放犯,在被放出来后,还没彻底去掉旧的习性,刚出狱就找到"马林果"(盗窃集团),玩了一通,表现出他选择道路的彷徨。

主人公叶戈尔本是一个商店的会计,上级贪污,他受了连累,坐了牢。出狱后被盗窃集团拉进去,入了伙,犯了案,又坐了牢。他对他的通信女友柳芭谈到这个过程:我是个会计,以前在工人供应处工作。那些头头,当然,都要盗窃……突然一查帐,就把我卷进去了……自然,我就得代别人受罚了。富有人情味的柳芭本来想的和告诉父母的正是这样:"他是因为一件偶然的事被捕的。不幸的事。"现在知道他原是个会计,无辜被判罪,而且还是个二级司机,不胜欣喜,把他看成"简直是个无价之宝",当他被放出来,二人见面后,她把他带到了自己家里。柳芭有父母、兄嫂,他们对这个带着凶气的释放犯心存疑虑。但柳芭有眼光,看准了叶戈尔是个真诚的人,她说服家里人改变了对他的看法。他跟大家到田里去干活,开拖拉机。盗窃集团来找他,他不去了。春天,他在耕地时,感到劳动的愉快。盗窃集团的旧同伙又来找他,他们不允许他这个洗手不干的、有释放证的人过正常人的生活去,杀死了他。

叶戈尔确实想重新做人,愿同他忠贞的妻子一起务农。但他的美梦没有做完,那帮死心塌地与社会为敌的盗窃之徒不能容忍他做个"劳动人民"。他们知道他们自己要"完蛋了",匪首"翻嘴巴"带着病态的复仇狂动了手,他一边恨恨地喊着:"我们完蛋了,倒让他去耕地?"

叶戈尔的结果和西方文学描写这类人的传统一样,但杀人犯们比他们预料的"完蛋"时间提前了,彼得罗(柳芭的哥哥)开动自卸卡车追上了逃跑的杀人犯的汽车"伏尔加",卡车像一条激怒的公牛撞翻了"伏尔加",田里的人们都跑过来……

一个落入过歧途的人要走向光明、新生，不是容易的，要付出代价，甚至付出生命。叶戈尔什么时候成为新人的？他的死彻底表明了他的新生。他死在春天，死在劳动的现场。临死时，他唤着"柳芭"，眼里流出一滴眼泪。"这个俄罗斯农民，躺在故乡的草原上，在离家不远的地方。他躺在那里，面颊着地，仿佛在听着什么，只有他一个人能听到的什么声音。……柳芭趴在他胸前，低声地、凄惨地哀号着。……"

故事的主人公有真正的人的喜爱；小说中"没有那种让人厌恶的说教和虚构的情节"，这就是弗里德伯格说的"最近倾向"。

所谓"没有虚构的情节"，指的是舒克申的作品不为情节而制造许多情节，而是在生活的各种现象中找到生活矛盾的戏剧性。作品中没有故作惊人的情节，都是些平凡的现象。如叶戈尔出狱前的合唱、谈话，出狱后和盗窃集团的会见，他和柳芭一家人的认识，参加农田劳动……直到最后被杀，都是生活中各领域的日常现象。作家就是从这些现象中抽出戏剧性来。因作者是电影编剧、演员，他善用简洁的电影手法，没有旁白地把情和景传达出来，一个镜头说明一个问题，带有蒙太奇的特点，把许多不同的镜头或画面有机地组接起来，产生连贯、呼应、悬念、对比、暗示、联想等作用。运用这种方法处理镜头的联结和段落的转换，使画面结构严整、条理通畅、展现生动、节奏鲜明。例如最后两个镜头，叶戈尔在田间自由幸福的劳动和不幸被害，对比强烈，使人产生深远的联想。

第八章　60—80年代初期的诗歌

对70年代以来诗歌发展的估计，不甚乐观。在叙事诗成就中，极少有超过60年代作品的，只有罗日杰斯特文斯基的《二百一十步》、伊萨耶夫的《记忆的远方》、马尔青契亚维丘斯的《普罗米修斯之歌》还较有特色。抒情诗，多数诗人是平庸的模仿者，模仿60年代的诗人鲁勃佐夫等，未见显著成绩。这一时期的抒情诗往往以莫名的惆怅、童年的回忆、生活旁观者的叹息等作为主题，削弱了时代感和现实生活的具体性，缩小了生活描写的广度。马尔科夫在第六次苏联作家代表大会上谈到了这种情况，认为应引起人们的注意。

一　关于诗的争论

70年代有关诗歌问题的讨论，此起彼伏，有始无终。当代诗歌的渊源和倾向问题，诗歌的内涵问题，诗歌遇到危机还是正在高涨……这些问题在《文学问题》杂志和《文学报》等刊物上从1970年起就反复讨论，每次都触及诗歌发展的得失，难于取得一致意见，没有结论。

关于长诗体裁的争论。

长诗这种体裁的现状和发展趋势如何？是《危机还是复兴》《史诗时代是否一去不复返了？》有些评论为长诗的现状担心，认为他丧失了固有的特点，对生活中和文学中出现的重大问题没有提供新的见解；认为"近年来很少有使人读后留下印象的长诗"，甚至说"长诗发展中出现了空白"。持反对意见的评论认为，有些诗人的创作态度是严肃的，并取得了成就，他们力图加强理论上的概括性。关于长诗与传统的联系问题，是评论家和读者关心的重要问题之一：长诗是否应该有太多的抒情成分，还是应该严格遵循传统，让故事情节占重要地位？长诗发展的结果，是两种成分得到了并重。

关于对两派诗人评价的分歧。

两派诗人，指50年代中期兴起的"大声疾呼派"和"悄声细语派"。"大声疾呼派"于60年代中期开始走向衰落，"悄声细语派"却获得越来越多的读者。如何评价两派盛衰的现象，评论界有分歧。一种论者认为后者是正统，前者是异端，所以取代了前者而兴起。另一种论者认为，"大声疾呼派"固然有弱点，如前面讲过它"缺乏美学和思想上的纲领""幼稚无知地发出呼吁"，但它是一定时代的产物，不能一概否定，它在及时反映现实问题和推动诗歌的发展上，有贡献；"悄声细语派"的诗有优点，比较注意继承古典诗的传统，追求一定的思想深度等，但它回避重大社会政治课题，多从大自然和身边琐事中寻求宁静，不能不说是它的局限性。到70年代以后，这种局限性还扩大了影响，使诗坛上出现大量的写童年、写自然景色、突出寂静和安逸的情调的诗。另一种评论认为，"诗歌有诗歌自己的生命，"它的发展"不遵从'悄声细语派'或'大声疾呼派'诗歌的章程"。

二　长诗的进展

70年代以来的长诗与50~60年代的长诗比，相形见绌，但也不是毫无进展，有些方面表现出新的倾向和特点。主题开掘有所深入，现实主题与历史主题交融，大自然主题与祖国主题交融，科技主题与人的主题交融。体裁的新特点是，既是抒情的，也是叙事的，既有政论性，也有哲理性，既有历史的回顾，又有当代生活的反映。

（一）《二百一十步》

罗伯特·伊万诺维奇·罗日杰斯特文斯基（Роберт Иванович

Рождественский，1932-1994），俄罗斯诗人，苏共党员。他与叶甫图申科、沃兹涅先斯基被公认为"大声疾呼派"的代表。60年代中期以后，他的创作风格起了变化，摆脱了宣言式的模式，追求多样、华丽的音韵结构。长诗《二百一十步》（《Двести десять шагов》，1978）是他的代表作。

"二百一十步"指守卫列宁墓的哨兵换岗时从克里姆林宫塔楼的大门走到列宁墓哨位，正步走，正好二百一十步。诗人描述这二百一十步时思绪万端，心潮起伏，一个个的问题涌向脑际，不断抒发个人的感受。长诗有叙事，也有抒情，主要是抒情，可称"抒情长诗"。

全诗2000余行，分14章。每章有标题，各自独立，互相间没有情节和时间上的联系。有5章标题都用《脚步》（《Шаги》，第二、五、八、十二、十四章），其余9章是《关于学校评分的抒情插叙》（《Лирическое отступление о школьных оценках》，第一章）、《名字》（《Имена》，第三章）、《关于翅膀的历史插叙》（《Историческое отступление о крыльях》，第四章）、《关于道路的并非抒情的插叙》（《Нелирическое отступление о дорогах》，第七章）、《战争》（《Война》，第九章）、《关于莫斯科早晨的插叙》（《Утреннее отступление о Москве》。第十章）、《世界》（《Мир》，第十一章）、《弹头》（《Пуля》，第十三章）、《劳动》（《Труд》，第六章）。

这些章节，有对历史的回顾，有对现实中从国内到国际、从个人到全人类的各种问题的评述。有的诗章叙述古代俄罗斯人民的命运（《关于翅膀的历史插叙》），有的讲国内战争中的英雄（《名字》），有的评述卫国战争（《战争》），有的反映现实生活（《关于莫斯科早晨的插叙》《关于道路的并非抒情的插叙》），有的为国际间的迫切问题——战争与和平问题思虑（《世界》），有关于生与死的问题的哲理探讨（《弹头》）。

诗人思绪的发展和对现实的描述，交错结合。诗人思绪之中穿插着二百一十步，思路不时被换岗的脚步声打断，或被报时的钟声打断，而脚步声和钟声又把诗人引向新的意境。所以，标题为《脚步》的5章分置长诗之中，对全诗起了贯穿联结作用，使各自独立的诗章成为一个整体。此外，使全诗成为整体、能够统一起来的重要条件，还有长诗的主题思想——"人为什么活着，应该怎样生活"。

诗人在谈到长诗的构思时说:"每一个人——有人早些,有人晚些——总会给自己提出这样的问题:我为什么活着?"这个主题是作者在对生活的观察中提炼出来的。他与人民,特别是与青年联系密切,常到建筑工地的青年们当中同他们并肩工作。他提的问题是他的读者们都要遇到的问题。因此,"每一个读者都可以在这里找到讲述自己、讲述自己亲人的诗行",都不能不扪心自问:"我还能为祖国做哪些事?"这是长诗具有典型意义的缘故。

"我为什么活着,应该怎样生活?"长诗回答这个问题,主要采取讲革命传统的方式。在《名字》一章中讲到革命烈士,烈士的名字刻在克里姆林宫宫墙上:

> 名字
> 在宫墙的胸脯上,
> 金光灿烂
> 就像颗颗勋章!

这些名字的排列,是按字母表从"А"到"Я"的顺序排起来的。作者要把这些名字当作一本石制的识字读本教育儿童,但

> 不,不是叫识字,
> 不是教拼读,
> 而是教育他们
> 年华不要虚度!

《劳动》一章中讲到卫国战争胜利后的劳动,"是伟大的、卫国的","并不比战时轻易,而往往困难无比"。

> 干工作
> 不单是为了把肚皮填饱。
> 而是一般说来,

哪里谈得上吃得好！
常是一小块不大熟的
发了霉的面包。

　　诗人用革命传统说明生活的意义。老一辈革命家的献身精神是来自他们的崇高理想和明确的生活目的。他们在祖国危亡之际，在极端困难的时期，进行英勇卓绝斗争，忘我地辛勤劳动。为什么活着，对他们不成问题。这种历史事实，诗人描写的真切动人。《战争》中讲到一个红军中尉，刚从军事学校毕业，在奔赴前线的路上遇上德军，冲上前去，没来得及射击，当场牺牲。他还是个孩子，是卓娅的同龄人。应该怎样生活，已经有了回答。

　　但长诗结尾的调子不高，远不如马雅可夫斯基《好!》的结尾那样富有感染力，那样给人以勇气和信心，试比较：

《好!》	《二百一十步》
生活是多么美好，	但是，
又	我们的真理
多么奇妙。	永生
我们可以	不死！
活到百岁	我们
而	都将病体衰痿。
永不衰老。	我们将把自己的一切烧毁……
我们的朝气	但是
要一年年地	代表我们的，
不断增长。	还有
铁锤	列宁！
和诗句啊，	代表
把这	我们的，
青春的大地赞扬。	这二百一十步
	还在宇宙上行进！

"二百一十步"有象征意义,它是走向列宁墓的步伐,列宁墓是列宁遗志的象征。列宁的遗志不仅属于苏联人民,也属于世界人民,所以二百一十步每一步的迈进,都代表着"世纪心脏在搏动"。

《二百一十步》基本采用了楼梯式,不管每行诗句的长短,每遇诗人要强调的重要意义,顿作休止,以使下一行的词、句突出,并使节奏鲜明、有力。这是马雅可夫斯基作诗方法的继承。

当苏联诗歌创作被评论界认为远不如散文和戏剧有成绩时,《二百一十步》却获得相当高的评价,说它和伊萨耶夫的《记忆的远方》、Б. 奥列伊尼克的长诗《咒火》的出现,"在艺术上是一个重大的事件"(Н. 格里巴乔夫)。

(二)《记忆的远方》

《记忆的远方》(《Даль памяти》,1965—1977)和《记忆的审判》构成两部曲,同获 1979 年列宁奖金,使普通诗人伊萨耶夫一跃成为苏联诗坛后起之秀。《记忆的审判》讲的是卫国战争后的事情,《记忆的远方》讲的是卫国战争前的事情。《记忆的审判》的主题是反对战争,呼吁和平,《记忆的远方》的意义要深远得多,是俄国文学中个人和历史的主题思想在新条件下的继续。诗人对个人与生活、个人与历史的关系的理解是:文学作品的作者不是一个,而是两个,一个是写作者,另一个是广阔无垠、取之不尽的生活。生活提供写作的素材。如果我"没有看见我们当代人怎样生活和劳动,……我就不大可能讲述什么"。生活提供的素材往往不能让你很顺手地用来创作,你要想进到一定的深度,还"需要深入到题材的新的地段去"。这"新地段",他指的是农村。他认为农村是永恒的存在,是社会发展的策源地。意思是,写苏联现实生活,要写得深刻,需从历史的角度去观察。这是作者获列宁奖金时一段谈话的大意。

所以长诗从诗人的故乡科尔什沃写起,写了许多世纪以来人民的命运。从故乡科尔什沃这一滴水中反映出国家的命运。读者的思绪跟着诗人的记忆(也是人民的记忆)纵横驰骋,从一个村庄的土地转到国家和整个地球,从一个人的命运转到全体人民的命运——这就是所谓"记忆的远方"。"记忆的远方"即指遥远的记忆。

长诗分成十章，章章有标题：1.《回家，回家》；2.《种田种地做庄稼汉》；3.《工农红军的后备力量》；4.《牵车载运的长河》；5.《打火石——泪滴》；6.《三个多余》；7.《这就是世界》；8.《怎能没有刺猬》；9.《要活下去，活下去……》；10.《我一辈子都出门在外》。

没有贯穿全诗的中心人物和中心情节，各章独立。长诗中的形象可分两类——象征形象，具体形象。记忆、土地、道路、俄罗斯人民等属前者，后者有鲁佳克、沙布罗夫、乌戈林等普通农民。其中鲁佳克最重要，整个长诗主要是他的历史，是关于他的长篇回忆录。

长诗的思想，长诗概括的人民的历史命运，通过两类形象表现出来。记忆、土地、道路三个形象连在一起，不可分割，贯穿全诗。记忆沿着道路向远方飞驰，土地在记忆的远方展现，道路在土地上通向远方。三个象征形象的意义是，记忆象征历史，土地象征俄罗斯，道路象征人民命运。作者赋予三个形象以自己的思想感情，在它们身上映照着作者对世界的认识，使长诗的抒情和叙事带有深刻的哲理。

作者在叙述道路的历史时写道：在古老的世纪，陆地分出了天空，树根上长出了树干，泉水流成了河，再后来，马蹄踩出了道路……工业在前进，隆隆的车轮在铁路干线上飞奔！这里就是俄罗斯。生活在前进，工人阶级枝繁叶茂。它的力量来自米库拉，那个庄稼人。庄稼人折断筋骨，从地下挖出宝藏，建设道路。……劳动的河流奔流不息。……

米库拉是俄罗斯历史故事《伏尔加和米库拉·谢里亚尼诺维奇》中的主人公，是个农夫勇士，是个英雄。从俄罗斯民间文学中这个米库拉庄稼汉可以看出作者的那个思想：农村是社会发展的策源地。

在记忆沿着道路行进的过程中，既显示出现实的、人生的世界，还有一个"第四维"的世界，是象征的、幻想的世界。一般物体只有长宽高三维。"第四维"指精神方面的尺度。《打火石——泪滴》（《Кремень-слеза》）描述的就是这样一个世界，讲的是童话、寓言般的故事，这一章被称为"长诗中的长诗"。诗中说，人们在"陡峭的道路"上找到了一块打火石，这石头是人的眼泪的化石，是人民痛苦命运的象征。俄罗斯人民世世代代经受着贫穷、压迫、战争、自然灾害的种种苦难，也有过造反、斗争，但常常落个被镇压的悲剧。这眼泪化石中的眼泪是谁的呢？是整个俄罗斯人民的。

"从西伯利亚地区,到喀琅施塔德的灯塔之乡,都是我们亲爱的土地。自古以来,伟大的人民耕种它、建设它。在这里,在远方,人民到处生息。而人民除了乡村墓地,竟没有耕种的土地,多么伤心!那时心都僵冷了,眼泪也僵冷了。我们是听话的农民。但是到了斯杰潘·拉辛和普加乔夫时代,我们才用眼泪磨快了斧头。"

长诗叙述了俄罗斯人民的苦难历史,从古代到近代,从十月革命到卫国战争。俄罗斯人民的形象是长诗的真正主人公,他灾难深重而坚毅勇敢。他受尽压迫,眼泪变成了化石。关于"打火石——泪滴"的描写,是全诗的画龙点睛之笔,它是连结道路、土地、记忆三个形象的焦点。眼泪石饱含着人民的悲哀,它又是宝石,坚如钢铁,集中了人民的坚毅、勇敢、威武不屈的性格。这宝石状如泪滴,可以打火,一受打击,即发出火星。俄罗斯人民就是这样的反抗者的斗士。

具体形象除提到过的鲁佳克等外,还有老太婆,老爷爷,水兵,土地丈量人,教师。一位老太太回忆起十月革命前农村妇女的辛酸生活:"贵族老爷打我们,眼泪往肚子里流。女人挨丈夫打,还是得疼他"。一位智慧的、"不屈服的"老爷爷回忆起庄稼人的痛苦生活,但这些有普加乔夫性格的农民,从不轻洒泪水。鲁佳克被描写得比较细致、生动,包括他自童年以来对世界的观察和理解。对他一生的悲欢离合,从幼年,青年,到成为庄稼汉,劳动,恋爱,结婚,生儿育女,都有描写。他想起谈恋爱时的幸福,想起在婚礼上人们喊着"苦啊!苦啊!"的风习。他最后参加了抗击法西斯侵略的卫国战争。这些描写中,显示出俄罗民族的风貌和性格,有带着泥土气息的乡村生活画面,有俄罗斯民间口头文学的豪放和幽默,有纯朴而鲜明的田园风光。这些是现实主义的描写。

长诗艺术手法的特点之一,是现实主义描写与象征派艺术手法的交织。长诗的艺术形式和思想内容都带有一些象征主义特点。象征主义要求用晦涩难解的语言刺激观感,产生恍惚迷离的神秘联想,形成某种"意象",这就是"象征"。只在这一点上,长诗塑造的形象、描绘的画面,与象征主义仿佛。其他方面,在主要方面,则完全不同了。象征主义的理论基础是主观唯心主义,而伊萨耶夫的世界观是唯物主义;象征主义认为现实世界是虚幻的、痛苦的,"另一个世界"是真的、美的,而伊萨耶夫的长诗所描写的世界虽然也有痛苦,但那已属于过去,现实世界并不虚幻;象征主义作品充满颓废色彩、悲观情调,宣扬个人主义和神秘主义,而《记忆的远方》有力地歌颂了俄罗斯人民这个集体形象的坚强、伟大。作者创造性地借用了象征主义手法。长诗的主要形象——道路,土地,记忆是象征形象。现实中的人物,具体形象虽有名有姓,有喜怒哀乐的历史,但他们的面目比较模糊,往往只是某种精神的化身,缺少独特的个性。自然风光,田园景物,也比较朦胧,没有具体的地理名称,也没有独具一格的色调。这些都是象征主义手法的特征。

另外,长诗还多用比喻手法,如把道路比作寡妇,她把亲人送上路,然后长年累月地、枉然地等待亲人回家。这样,使象征的、不具体的形象也具有了生命,具有了人的感情。如下面的描写:

> 奔跑,
> 奔跑,
> 奔跑的是午夜的大道。
> 它好像是谁的寡妇,
> 永久地单独漂泊。
> 奔跑,
> 奔跑,
> 奔向谁人遥远的呼叫。
> 在假象的平静中,
> 在大地与天空之间,
> 思想与心灵相熔之处,
> 惊惶不安。
> 从一个转弯到另一个转弯——
> 朝他乡奔,往故乡转。
>
> 且请打听打听:
> 它是在等谁从战场上返程,

> 又是送别哪个去参加战争?
> 若不是去打仗,
> 那就是进西伯利亚的牢笼,
> 可怕的灾难
> 劳役在矿坑……
> 在那多灾多难的大道上,
> 人们可曾找到泪石晶莹?
> (《打火石——泪滴》中的一段)

看《记忆的远方》的结构,是一部抒情叙事长诗,但叙事是零散的,没有贯穿始终的故事情节,只有俄罗斯人民的命运的发展前后一贯。诗中不同年代的各种历史事件,通过抒情主人公"我"的抒情和叙事串连起来的。不过"我"也不是一贯的,有时候还出现"你",诗中的主词时而是第一人称,时而变成第二人称,实际上代表的是同一个。长诗每章之间没有情节上的牵连,但第一章和最后一章作了呼应。第一章的"回家,回家",是母亲对孩子的呼喊。孩子生到世界上来,走上人生道路,接受考验,完成应该承担的历史使命,在家是暂时的,上路是经常的。人的一生与道路紧密相连,与家的关系相对疏远,"男儿志在四方",所以最后一章总结说"我一辈子出门在外"。

结构上的另一个特点是通过全景手法表现生活。诗人要对俄罗斯人民的历史命运进行哲理性思考,要在一首诗里囊括从古至今的大千世界,就必须对历史和现实生活做出高度概括,并据此安排作品的结构。《记忆的远方》类似涅克拉索夫的《谁在俄罗斯过得愉快而自由》。两部长诗都带全景性,如电影中的摇镜头。摇摄法是用以表现剧中人(或引导观众)环视周围事物、纵览场景全貌的。二诗都用了这种方法,但有区别:涅克拉索夫的长诗主要是将俄罗斯大地的全景集中地、概括地放在它的镜头里,而伊萨耶夫的长诗则主要是将俄罗斯历史的全景集中地、概括地放在镜头里。《记忆的远方》中的"远方"不是地理概念,而是历史概念。诗中的历史事件、人物形象、故事情节,按照螺旋的层次安排,高峰是"眼泪石"的比喻。人们在道路上找到了"化成石头的眼泪",进一步提出问题:

这是谁的眼泪？
从怎样的面颊，
由于何等的悲伤，
凄然滚下——
三言两语能否回答？

接着是不同的人物对这些问题的回答。每一个回答都形成一层感情的波澜，使读者的认识层层推进。在这些回答背后出现各种"远方"的画面。

《记忆的远方》的风格不同于《记忆的审判》。《记忆的审判》是进行曲的格调，表现严肃的反战主题。《记忆的远方》是抒情叙事诗，抒情调子突出，开头便在抒情主人公诉说中传出了抒情的音响：

一朵云正向我飘来。
它是我的
天生就注定；
它从田野飘来，
不是随风飘荡，而是按照
我的心灵
和我的记忆的命令。

诗中展现出一幅幅俄罗斯农村日常生活的画面，画面里充满土地的温暖和劳动人民的人性美。6月里割草大忙季节的景象，多么生动：39个壮小伙子在刈草，鲁佳克大步流星地干在最前面。他是名扬四方的大力士。他后边的沙布罗夫也不笨，刈草这活儿对他说来就像唱歌一样轻松愉快。庄稼汉鲁佳克刚刚19岁。（"庄稼汉"一词在俄罗斯农村是对成年人的尊称。）妇女们眼睛望着他，口里絮絮耳语："该成亲啦！""青春呀青春，青春是发面的酵母。鲁佳克爱上了冬妮卡。"作者满怀深情地侃侃而谈，亲切感人。

三　抒情诗

　　70年代诗歌发展平平，长篇叙事诗只有少数几部杰作，而抒情诗更单调，找不出大作品。青年诗人中有些有才华的，但都没有脱出叶甫图申科、沃滋涅先斯基、鲁勃佐夫、索科洛夫等人的影响，难有创新。叶甫图申科这些诗人分别是当年两大派诗人的代表。"响派"诗由于流于浮浅，一味地用"破哑的喉咙呼喊那变化了的时代"，当时代趋于稳定，它也随着衰落了。"静派"诗则因为囿于身边琐事，在创作上是"小铃铛很多，警钟却没有"。游离于两派之间的诗人为数不少，加姆扎托夫、卡里姆、维诺库罗夫、索洛乌欣为其代表。他们比较重视传统，对诗歌的发展只作出些一般的贡献。

　　"响派"诗不可避免地衰落了，但这一派的诗人们并没有退出诗坛。叶甫图申科到70年代有不少创作，原来的弱点还时有所见，如匆忙草率、道德说教，喜造新闻等。他的创作主题随着时代的变化，由国家大事、政治风云转向日常生活、家庭关系等，从70年代的几个诗集的题目可以看出，如《内心抒情诗》（1973）、《父辈的传闻》（1978）、《家庭》、《妈妈》《儿子与父亲》、《老朋友》、《妈妈和中子弹》（1982）。《家庭》一诗劝说一个在家庭中感到不幸的人，不要自寻苦恼，要做一个像样的父亲和丈夫。《妈妈》批评那些在妈妈活着的时候没有尽到儿子的责任的人：

　　　　到得老年，
　　　　我们懊悔不已，
　　　　来到湿润的土岗
　　　　缅怀母亲，
　　　　这个时候
　　　　才对她
　　　　尽情地
　　　　诉说
　　　　在她生前未能倾吐的衷情。

这正是中国古书中说的"子欲养而亲不待"的悲哀。生未能敬养，死后而追悔，也可谓有点孝心，然而素无孝志和孝行，应该受到良心的责备。

原来的"响派"诗人都写起日常生活题材，"静派"更不必说了。所以，70年代抒情诗的明显倾向是多写日常生活的事物和现象。如В. 索科洛夫的《城市的诗》（1977）一书中有一首叫《蓝色的水洼》写道：

孩子们遗忘的小船，
小鸟，以及盒盖在水洼里打转……
显然有一种感情——远在这一切之上，
它超越日常生活的种种操心与思想。

索科洛夫力图在生活现象之后看到具有深刻意义的内容，在《将诗歌抛开……》中说：

我将诗歌抛开，
我应该看到诗歌之外，
看那里发生了什么，哪怕是小事区区，
我必须看到小事之后有什么东西。

这种倾向也影响到战争题材作品。卫国战争已过去三四十年，但前线一代诗人对战争的感受更加深沉。卫国战争这样的伟大事件已经溶化到前线一代诗人们的意识中。奥尔洛夫的诗集《忠诚》就是这样抒发对卫国战争的忠贞感情的。谢尔盖·谢尔盖耶维奇·奥尔洛夫（Сергей Сергеевич Орлов，1921-1977），俄罗斯诗人，1954年毕业于高尔基文学院。他的《忠诚》（1974）获1974年俄罗斯国家奖金。他的诗描写精确，概括性强，富有政论激情。诗集《忠诚》的开篇是《致同龄人》，其诗句被看作是诗集的题词：

那些岁月过去对我们仿佛是一种赏赐，

如今又向前推移，
不给人喘息的余地。
当时要死也很好办，
如同向碧空看上一眼那么方便，
但要想活得严肃认真，
却很不简单。

不过多数的前线一代诗人的战争作品也倾向了以日常生活事件为素材来抒发感情，如维诺库罗夫的《事物的根据》，描写一个个生活片断：1941年夏天德寇入侵时，两位朋友正抽着"别洛莫尔"牌烟卷，在河岸上晒着太阳，同一时间，在边界城市勃列斯特附近，敌人的机枪正在扫射逃难的人群；一个士兵在一个烧毁的村庄找到一个地窖过夜，甜美地睡了一大觉，醒来时才发现身旁有一具烧焦的尸体。叶夫根尼·米哈依洛维奇·维诺库罗夫（Евгений Михайлович Винокуров，1925—1993）不属于哪一派。1951年毕业于高尔基文学院。他的诗充满幽默感和对生活的哲理性思考。

又如万申金的《性格》一书，也是描写一个个的生活片断：一个士兵开赴前线时，很想得到一双靴子，领到船形军帽也使他很高兴；又一个战士，解放了布拉格后回家探望父母，到了家门前，屏息伫立，心情激动不能自已。康斯坦丁·雅科夫列维奇·万申金（Константин Яковлевич Ваншенкин，1925—2012）俄罗斯诗人。卫国战争参加者。1953年毕业于高尔基文学院。有诗集多种，还有小说、文集等。他的诗歌的基本主题是对过去的战争的回忆与思考，个人对时代负的责任，对大自然的热爱。

这些诗人写的是生活中的插曲或记忆中的片断，这些具体事件没有开头，也没有结尾，但它们却给人一种事物不断运动的感觉，仿佛诗人所讲是继续他们偶然中断的话，最后又不讲完，留给读者去想象。

70、80年代另一个引起诗人们注意的题材是对大自然的保护。科技发展，对大自然开发失控，引起诗人们对大自然的关注。伊·什克利亚列夫斯基在《沼泽地之歌》一诗中，为蝴蝶的消失而愤慨，为狼、鹰、蛇不再受到歧视而高兴。他这样歌颂自然界和人的关系：

你受到绿色屏障的护维。
你在森林的气息里陶醉。
你满耳是春潮的汹涌。
你眼里炫耀着祖国的天空。

70、80年代诗的风格有各种各样的，有"响派"的余风，直达说教，对卑劣、虚伪的丑恶情感必予嘲弄、鞭挞，他们主张，不管什么派的诗人"永远不要做伪善的守口如瓶的人"。这是马雅可夫斯基传统。有"静派"诗风，委婉而忧郁，流露出淡淡的哀愁和感伤，如：

平坦的大路
战时千疮百孔的可怕景象，
到如今
还记在心上。
红莓——
那是鲜红的血滴。
而黑莓——
那是痛苦的记忆。
红莓
为鹈鸟啄食，
黑莓
却在生长——摇曳。
痛苦的记忆，
严酷的悲戚。
无休无止，
无休无止。
（安·日古林诗集《草莓》）

这是叶赛宁风格。还有一类怪诞诗风，像沃兹涅先斯基那样，诗中常有口语体的行话，进口日用品外来词，比喻怪僻，读之费解。也有老诗人马尔丁诺夫（Леонид Николаевич Мартынов，1905-1980）等坚持的纯朴自然的风格：

> 诗歌比任何时候都充满内在的威力，
> 比任何时候都要缤纷瑰丽，
> 创作要敢于删繁就简，
> 如同太阳那样一目了然，
> 如同星星那样纯朴简单！

这种风格受到比较普遍的欢迎。

第九章 60—80年代初的戏剧

　　70、80年代诗歌的发展不如小说，戏剧创作也不如小说那样繁荣。1975年举行戏剧会演，最成功的是由小说改编的戏剧，有《团队在前进》，是根据肖洛霍夫长篇小说《他们为祖国而战》改编的；有《青年近卫军》，据法捷耶夫同名小说改编；有《洛帕金日记》，据西蒙诺夫《没有战争的二十天》改编；最受欢迎、轰动最大的是根据瓦西里耶夫小说改编的同名戏剧《这儿的黎明静悄悄》。纯戏剧作品，40年代的《前线》《侵略》仍在舞台占显要地位。当代纯戏剧创作，战争题材的代表作品有《士兵们的寡妇》（1979，作者马克西莫夫），获1973年斯大林奖金。主人公玛丽卡的丈夫为国牺牲了，她没有因此沉溺于个人悲痛，而是强振精神，领导村里的农业生产。剧本的主题思想是：战争是残酷的，它给人们带来灾难痛苦，但战士的牺牲、寡妇的创伤不是无意义的，意义在于俄罗斯祖国保住了。

　　其他题材的剧作，写农业问题的，比上一时期数量减少了。反映工业的作品得到了发展，而伦理道德题材则在整个戏剧创作中占领先地位。文学离不开政治，离不开生活，离不开人类的主要活动——生产。农业不景气，写什么？要写就是写农业政策失当，揭露农业生产中的问题，——农村人口外流，农业劳力缺乏，饲料不足，机械不够。外流的原因是农民"对农村生产失去信心"。马卡约诺克（Андрей Егорович Макаенок，1920—1982，白俄罗斯剧作家）的喜剧《舌头底下塞粒药片》（1973），反映了这种现象的严重。一个农庄的主席对青年们纷纷请求离开农村到城市去，深感头疼。每逢一个青年来求，他总是十分气恼，心病欲发，忙往"舌头底下塞一粒药片"。

在现代化的工业建设中出了许多新问题，吸引了剧作家的注意，又加当局扶植这类题材的创作，引导戏剧为"新经济体制"和"科技革命"服务，出了一些写工业题材的戏剧。工业题材剧主要表现的不是现代工人，而是管理人员，因为科技革命主要是管理方法的革命。这是70年代生产题材作品的一个显著特点。另一个特点是搞技术的工程师战胜搞行政的厂长或党委书记，而过去总是厂长、书记战胜工程师。《工程师》一剧表现了管理上的精神刺激法和物质刺激法的冲突。工程师叶利塞主张减少生产人员，提高工资；厂长久柯夫反对，他说："对人首先要进行思想教育"。叶利塞辩驳说："我们不应该用空话而是用实际有效的办法来提高劳动生产率。"传统的办法只靠思想教育，不能适应新形势的需要，在经济改革中显出了它的不足。

70年代，对人道主义的含义提出了新的理解：要批判"虚假的人道主义"，为了事业，需要必要的"冷酷无情"，"善良必须伴以拳头"。70年代的名著《外来人》就作了这样的考虑。也有反对者，一位评论家说这是"为了事业而背离人道主义"。有的剧作家以创作参加了争论，切尔内赫在剧本《来之日，去之日》（1976）中提出：管理现代化生产，难道就不需要善良、同情心等人道主义原则了吗？

在当今社会人与人的关系中出现了冷淡、互不关心的倾向，造成了恶果，成为剧作家的重要课题。他们在作品中揭露"人情薄，世情恶"，揭露真正的爱情被庸俗的交换所毁，歌颂爱的忠诚，呼吁人们行善。对于这类作品，苏联当局不甚反对，甚至说："再过十年，家庭、感情和个人幸福等问题，都将成为国家大事"。

戏剧作品描写的对象，依然是"报纸上决不会写"的"平平常常的人"。《瓦连金和瓦连金娜》（《Валентин и Валентина》，1971，作者Михаил Михайлович Рощин，罗辛，1933—2010）的主人公刚从中学毕业，二人真诚相爱，但女方妈妈反对，因为男方没钱。瓦连金娜的姐姐也劝妹妹要实际点，不要相信天下有什么真正的爱情，她说："从前，亲友死了，人们长久地佩戴黑纱，心里要悲伤好些时候。从前，人们结了婚，要过蜜月，作蜜月旅行。现在呢，只要花半个小时，就给朋友送完了葬，就和未婚妻登记结了婚"。人情越来越薄，真诚越来越少，庸俗观点越来越普遍，似乎带有世界性。但剧中的瓦连金与瓦连金娜胜利了。此剧是70年代最盛行的剧作之一，在1972年戏剧的上座率中占第四位。剧本对社会上的庸俗行为和爱的甜蜜，有过多的描写，因此有些家长不许子女看这出戏。

把爱情作为社会重要问题探讨的，还有《六月的离别》（万比洛夫，Александр Валентинович Вампилов，1937—1972），但结局与《瓦连金和瓦连金娜》正相反，爱情被庸俗的交换毁灭了。大学生柯列索夫一次一次用塔尼娅的爱来交换自己的前途，最后塔尼娅拒绝了他的检讨，割断了和他的来往，柯列索夫悔恨交加，把研究生文凭撕了个粉碎。

真正的爱情在现代社会为什么这样难产？这是作者所思考的，也是作品的意义。

《绿门里的女人》（1973）揭露"人情薄、世情恶"，别具一格。作者伊布拉吉姆别科夫，阿塞尔拜疆作家。"绿门里的女人"被丈夫虐待，呼救不止，谁都充耳不闻，不予援救，只有刚从监狱释放的曼苏尔气愤不过，惩罚了那个残暴的丈夫，但触犯了法律，"超出自己所必须的行动"，结果又被判了"两年徒刑"。见死不救无过，见义勇为有罪，作者把这反常现象艺术地概括为一部作品，使读者、观众不能不低头自省。

70年代，歌颂性剧作也不少，这是苏联当局所乐道的。60年代后期，勃列日涅夫就指责过作家用自己的专业给苏联的制度抹黑，要求作家表现生活中的美。主管戏剧的苏联作协书记、《戏剧》杂志主编А. 萨林斯基也一直反对过多的揭露阴暗面，要求写"英雄人物"，强调"塑造正面形象，……这是一场为我们的明天的斗争，为真正的人道主义、为地球上的和平与幸福的斗争。"萨林斯基的剧本《久久期待的人》就是他这主张的实践。一个妇女对卫国战争中失踪的丈夫耐心等待，终于等了回来。他的另一个剧本《玛丽娅》（1969）被评论界看作塑造正面形象的代表作之一，搬上银幕，名《西伯利亚女人》。玛丽娅是西伯利亚某地的区委书记，精明强干，有美好理想，又有积极行动。她与水电站建筑工程主任道勃罗津的冲突，是剧本的中心冲突。二人都为国家建设积极工作，道勃罗津为完成铺路计划要炸毁该地区美丽的花岗岩山，而玛丽娅反对"这种单纯为了工程的需要而毁坏该地区人们引为骄傲的大自然之美。她认为"共产主义建设是件欢乐的事业，……要是没有心灵的温暖，即使是最光亮的彩灯也不能把人的生活照亮。"她对花岗岩山的爱护凝聚着对美好未来的理想。花岗岩山象征着当地人民心灵的美和精神力量。正确估计、正确对待大自然，是精神高于一般的表现。两个形象在这一观点上分出了高低。《外来人》塑造的形象是新型企业领导人，也属于歌颂型。

一　《外来人》

《外来人》(《Человек со стороны》，1972) 从 1971 年底开始在莫斯科和其他十几个大、中城市上演，上座率不下于莎士比亚的《汉姆莱特》。剧本在 1972 年发表，在整个苏联引起了轰动。《文学问题》杂志于 1972 年第八期报道了编辑部召开"圆桌会议"讨论《外来人》的情况，争论激烈，赞扬的声音占了优势。

作者伊格纳季·莫伊谢耶维奇·德沃列茨基（Игнатий Моисеевич Дворецкий，1919-1987），俄罗斯作家。1948 年开始发表作品，1952 年出中篇小说《春天的原始森林》，反映了北方边疆地区人们的生活。60 年代初开始戏剧创作，写有剧本《爆炸》(1960)，在《外来人》之后又有《外地来的科瓦辽娃》(《Ковалева из провинции》，1973)、《航线》(《Проводы》，1975)，等作品问世。他的剧作主题多是反对因循守旧和伪善态度，这一点在《外来人》中也有表现。

《外来人》塑造了一个现代企业领导人的实干家形象，这就是剧本主人公切什科夫。"切什科夫"已成为苏联能干的企业领导人的代名词。他原来是季赫文市一个先进工厂的某车间主任，工作出色，成绩卓著，使自己的车间由落后车间变为盈利车间。列宁格勒涅列日冶金工厂有个生产能力很强的车间，但连续三年完不成任务，特到季赫文聘请铸造工程师。作为铸造工程师的切什科夫对此十分惊奇，他怀着扭转怪现象的事业心，舍易求难，放弃自己熟悉的、已经很顺手的工作，毅然应聘。他没有取得原厂长的同意，冒着受党内处分的危险，前往列宁格勒。到了新单位还得克服暂时不能解决住房的困难。他担任了涅列日工厂 26 号车间的主任。涅列日工厂在卫国战争中立有军功，工厂原来的领导也多是在卫国战争中流过血汗的功臣。他们经过艰苦生活的考验，但不懂现代化管理科学，一向按老一套方法工作，喜欢靠功劳簿吃饭。厂里的人们也都喜欢讲工厂过去的光荣史，讲如何创业以及厂长的传记等。原26号车间主任格拉莫特金领导一个小车间还能胜任，当车间发展到有6座厂房的规模时，他无能为力了。他原是个"老好人"，没有领导本领，以致车间劳动纪律松弛，计划总完不成。各层领导靠上下级老关系，互相姑息包庇，弄虚作假，谎报产量，造成车间的巨额亏空。不少工人游手好闲，乐于领取奖金而厌恶工作。厂里借口珍惜光荣历史，借口讲人性，讲与人为善，不采取任何措施。

切什科夫针对这种情况，认为必须整顿纪律，严格要求，改革企业组织和管理方法。他雷厉风行地抓纪律和作风，推行一套科学的管理制度，摈弃有碍生产的陈规陋习和"工厂传统"。他首先从每日一次的汇报会开始抓起。过去每次30分钟的汇报会，常常拖成两个小时。他规定每个班组汇报只限5分钟。他问厂房里有多少成品，有多少积压，没有人回答得清楚。他提出要全面清产核资。他实行一长负责制，一切指示都得通过他车间主任。他认为科学的劳动组织是从进度表开始的。他要求工作以每分钟的进度来计算完成任务的多少。在他的严格要求下，车间工作紧张起来。他甚至要求车间副主任到车间去过夜。工人们没有时间游逛了。他赏罚分明，不讲情面。他最不能容忍说假话，他说："你们的虚假情报会使我下达错误的命令。谎言将引起连锁反应。对于不诚实，我要严加惩罚。"他认为诚实是职业道德。一个工段长报告不实，他当场给予斥责，命令秘书据章处分。这事引起20名工程师不愿跟他合作而离职。他坚持按自己的原则干下去。他对上敢顶，对下敢批，上下都得罪了，上级下达突击任务，他反对突击，顶住命令。他不轻易准工人假，免得回来赶任务、加班。他对"善良""人性"有自己的理解。工厂的秘书都是老太太，他要解除她们的职务。科长解释说：这些人是在卫国战争中有功的人，应留用。他回答是：办企业不能行善。有人劝他尊重过去，他说他感兴趣的是未来。

切什科夫的性格特点，简言之是事业心强，有高度的责任感，有科学头脑，有胆量，有实干精神。

切什科夫作为一个"外来人"，开始受到涅列日工厂干部的排斥，受到技术工作者的抵制，但最后公司副经理亚宾宁得出结论："如果撤换切什科夫，企业将受到损失"。这个结尾表明，切什科夫科学管理的思想和行动得胜了。

《外来人》引起争论，在大型讨论会上，各方面的人发表意见。一种意见认为：切什科夫"不是现代科技革命时代的典型"，他"像个小彼得大帝，试图用野蛮的手段改造野蛮的生产"。

另一种意见肯定说："剧本离完善还相差很远，但它里面有新颖的生活，真正深刻的现代戏剧冲突和当代坚强人物的性格。"它表现了"对当代主要人物的敏感"，表现了"戏剧艺术积极有效地从政论的姿态参与现实具体问题的解决"。剧本塑造了新的人物典型，这种典型在生活中刚刚出现，正在形成，作者就看到了他的优点。"切什科夫是一个真实的、有生命力的典型，""他的纲领消除了说漂亮话、虚报成绩、季末全体动员进行突击等坏习惯，而把求实精神、分析精神和纪律提到了首位"。"他对自己管理生产的方法有坚实的信念。他非常积极地执行选定的路线。不过，他只醉心于工作，他不会关心人，在今天，70年代，应该被看作非常严重的缺点。"

但应该怎样关心人，怎样才算关心人，有另外的理解："剧本的价值在很大程度上正在于，它与常见的软弱无能和无原则的善心进行了斗争，并坚持了对社会主义人道主义的现代的严格理解。"一位参加讨论的企业领导人说："可能在策略上切什科夫做得不对，可能他不够聪明，也不够有修养，但重要的是他愿意坚持劳动纪律，而纪律在今天对我们是非常需要的。"他强调，"不仅是生产，而且整个社会都不能脱离切什科夫要求的纪律而存在"。

关于切什科夫的性格，关于什么是真正的善良，以及这个人物的现实主义，作者德沃列茨基谈起来很激动，他说：切什科夫的冷淡是他的性格特点吗？"为什么他怕成为善良的人？到底什么是他真正的善良？……能不能说，切什科夫的乐趣是他的事业，和他对职业的热爱分不开的？"这个典型是作者从观察现实生活中提取来的，他"认识一个工厂，那里有自己的切什科夫，他坚持下来了，使车间加入了先进的行列，他甚至获得了勋章，人们都团结在他周围"。

讨论不限于会议上、刊物上，剧作家们还用剧本表示对《外来人》的态度。乌克兰青年剧作家 Г. 鲍卡列夫的《炼钢工人》（《Сталевары》，1973）刻画了一个与切什科夫类似的形象，是个炼钢工人，叫拉古津。拉古津坚信职业上诚实的概念，他勇敢揭发炼钢工人中为了赶进度而弄虚作假、违反操作规程从而使质量降低的行为。他对虚伪的"善良"深恶痛绝，他说："宽恕别人的人以自己是个人道主义者而沾沾自喜，而被宽恕的人可以照旧吊儿郎当！可是成千上万的其他人都因此遭殃！"拉古津对开在工厂附近的小酒店十分气恼，因为它引诱工人酗酒，影响生产，他一气之下用挖土机把酒店推倒了。他准备坐牢。班组工人们理解了拉古津的心情，纷纷出资相助，赔偿酒店损失，表示愿意共同努力，把精力全部投入生产。这个剧本成为1973年最引人注目的演出剧目之一，后改编成电影《最热的一个月》。《外来人》也已改编为电影《这里是我们的房屋》。1973年3月，在讨论"作家与五年计划"的理事会上，苏联作协第一书记马尔科夫报告，把《炼钢工人》和《外来人》并称，说这两个剧本的上演标志着"深入探讨文学中劳动题材方面的可喜转变"。

А. 格列勃涅夫的剧本《一个能干的女人》中的主人公不完全同于切什科夫的形象，格奥尔基耶芙娜是纺织厂厂长，能干，既吸收新来的切什科夫总工程师的新的管理办法，也能关心群众生活，依靠工人的自觉来完成生产任务，也就是把科学革命和人道主义精神结合起来。这就意味着剧本批评德沃列茨基的切什科夫缺少人道主义精神。《一个能干的女人》也拍成电影，名《旧墙》。

А. 索夫罗诺夫（Анатолий Владимирович Софронов，1911—1990）的剧本《权力》（1974）则完全否定切什科夫，剧中的"外来人"工程师马斯林受到了撤职处分，剥夺了搞他的事业的"权力"。但这个剧本远不如《外来人》受欢迎。

В. 切尔内赫（Валентин Константинович Черных，1935—2012）的剧本《来之日，去之日》（1976），改编的电影名《个人意见》，也参加了对《外来人》的争论。主人公"外来人"彼得罗夫不是工程师、技术人员，也不是工人，而是个心理学家。他到工厂来是为了研究心理学和社会学，探讨生活落后的原因。他关心工人，注意发挥他们的积极性。他发现工厂生产搞不上去的关键问题在于车间主任普罗柯宾科的因循守旧和个人专断的领导方法。他认为必须撤换这种领导。他的意见得到党委会的支持。这个剧本获得了评论界的公认。1976年《文学问题》杂志又组织"圆桌会议",论到此剧,有评论说:"彼得罗夫在自己的发现中带来了和科学息息相关的人道主义。切什科夫为了忠于事业而背离了人道主义,彼得罗夫为了同样的理由却走向人道主义。"

《来之日,去之日》与《一个能干的女人》精神一致,以否定"因循守旧"而肯定新的管理方法的必要,以否定个人专断来批评切什科夫一意孤行,批评他眼中没有现实生活中的人。

但《外来人》和切什科夫这个形象并没有从舞台上退下去,也没有从文学中消失。究竟应该怎样评价切什科夫,他是否时代的英雄形象,是否现代人的典型,还是个有缺点的、背离了人道主义的英雄形象,还是个真正的、有远见的人道主义者,还没有最后结论。

二 《及早行善》

各个时代的道德探索作品都带有其时代特点。当苏联处于科学技术革命发达的时代,文学的特点是"深入地提出精神、道德品质、人道主义品质对人和社会的意义"。

道德题材作品有不少以爱情为主题,这种作品并不重写爱情,往往意在揭露某些社会问题,如前面谈过的《瓦连金和瓦连金娜》,还有《六月的离别》。瓦连金娜的母亲阻挠女儿的婚姻,除了庸俗婚姻观作怪外,还因为她饱受被丈夫抛弃的痛苦。瓦连金娜的姐姐反对她的婚姻,也有同样的原因,她经受了结婚、离婚又结婚的折磨,所以才告诉妹妹世上没有真正的爱情。剧本不但揭露了对爱情的庸俗之见,也批判了对爱情的不忠造成人的不幸。

揭露社会风气不正,呼吁人性,探求新的高尚的道德标准,是道德剧作的又一特点。这类作品中,М. 罗辛的《及早行善》有代表性。

《及早行善》(《Спешите делать добро》,1984)诉说了行善的艰难,描绘了一幅人情薄、世情恶的社会图景。工程师米亚基舍夫出差途中,遇到少女奥丽娅企图卧轨自杀，因为她受继父和母亲虐待，无法忍受。米亚基舍夫救下了女孩，把她带回家中。不料遭到了人们的非议。连他的好友高列洛夫也反对他做这种善事。高列洛夫认为，当今的世界，"在人人都为生存而竞争的时候，利他主义是不存在的"。"善无善报。"果然，当奥丽娅悄然离去，米亚基舍夫到派出所去查询女孩的下落时，派出所的人竟说他收留女孩是"另有打算！您不是出于善心！"米亚基舍夫悲愤至极，反问道："这算什么！请问，难道我们已经堕落到这般田地？难道我们就不能凭良心做一件好事？……在战争年代，在饥荒年代，人们能够把十几个别人家的孩子养育成人！现在我们竟不能把一个……"至此，戏剧冲突——赶紧行善和善无善报两方面的冲突，达到了高潮。米亚基舍夫的人道主义理想实现不了，因为关心人、爱护人的道德被不少人看作抽象的说教，自己既不做，也不相信别人会真做。高列洛夫就认为"生活中再没有比大家说到的和做到的之间的距离更远的了"。

作者表达了自己对社会不公的疾愤、反映了行善的不易，其中心意图是向社会的人们发出行善的呼吁，赞美米亚基舍夫所表现的高尚德行，召唤这类人物排除阻挠，坚持行善。

三 《四滴水》及阿尔布佐夫—罗佐夫派

罗佐夫这位在当代苏联戏剧界十分有代表性的人物，影响很大。他由于坎坷不平的生活道路而成为地道的"干预生活派"，把针砭时弊视为作家天职。"干预生活"在 50 年代受官方支持，因为它指向"个人崇拜"。60 年代中期以后，官方要求歌颂"新英雄"，而罗佐夫依然全力描写生活中的戏剧现象——心术不正理应受惩反而飞黄腾达，为人厚道却多遭不幸等等反常现象。

罗佐夫的创作，注意心理和伦理的描写，这一倾向最集中地表现在《四滴水》中。

《四滴水》（《Четыре капли воды》，1974）是个特殊的剧本，由四个情节互不相关的短剧组成，分二幕四场，每一幕的前或后，每一场的前或后，有作者的旁白，抒发他发自内心的感受、回忆，表达他对世人的告诚。四个短剧是：1.《辩护人》（笑话）；2.《账目两清》（性格喜剧）；3.《不能代替的人》（处境喜剧）；4.《节日》（悲喜剧）。四出戏都是对苏联生活阴暗面的揭露，表现作者对诚实的普通劳动者的无限同情，对飞黄腾达、骄横不仁的得势者的极端厌恶。

  每一出戏都是篇幅不长，情节简单、主题鲜明、人物不多、对话精炼。第一出戏登场人有三个；第二出是两个；第三出是三个；第四出有5个有姓名的人物，另有12个无姓名。第一出的思想内容是揭露官僚主义对下级漠不关心，蛮不讲理；第二出描绘获得列宁奖金者的得意忘形；第三出讽刺粗暴而又无能的官僚；第四出谴责一个刚刚得了副博士学位就瞧不起父母的忘本青年。

  内容没有什么新奇，它的独特之处是洋溢着作者的强烈的感情，特别是在5大段旁白里。在旁白中，作者把自己的心里话直接倾诉给读者和观众。第一幕启幕的旁白，作者开口谈起作为职业剧作家的想法，比较了戏剧和小说、诗歌、评论的不同。剧作家从来不能在戏剧进行中插入几句话，而小说、诗歌的作者可以自由地进入或退出作品。然而剧作者不能忽然中断剧情说："同志们，稍等一下，我想起了一件事"，这办不到。所以他只好利用幕间的间歇实践这个缺憾——加旁白。每个旁白都有力地揭示了剧本的思想，使读者、观众能深入理解剧中的道理。第一个旁白中似乎随便引用了屠格涅夫的一段话（"有些人对自己的下属很冷淡，可是对待上层人物从来不敢怠慢"），其实并不随便，它交待出四个短剧的创作动机和针砭的对象。第二个旁白（在第一个短剧的结尾），表面在释题，解释《四滴水》因何得名，实际的意义要深远得多，它深入剧作家的职责、良心和艺术的功能这样广阔的范围。为什么叫《四滴水》？"这些剧都很短小，点点滴滴，共有四滴，故称。"这个表面的想法背后还有一个令人不能不闻之起敬的思想："一个剧必须具有某种振奋人心和有益身心的因素，……你们可以发觉，当读了一本好书，不仅心情愉快，而且觉得自己身心更健康了。……一出好戏能使那些对一切都灰心丧气，也就是说不想活下去的人，在离开剧院时，能振奋起来，对生活充满信心，增长毅力；生活里并不是一切都那么丑恶，应该活下去，应该斗争下去！"因此，他把艺术看作一种特殊的药剂。他希望他的剧本能对人们有点帮助，希望他的四个小剧是"四滴滴剂",滴滴能救人于危难。还有一层意义,是"滴水而知沧海",他希望在这"几滴水里能反映出生活的某些现象"。最后一层更是发自肺腑,而又感人肺腑,让读者看到了这个剧作家的整个心灵:"作者应该心地善良,并善于哭泣。……这四滴水就是我的四滴眼泪。"这泪不同于曹雪芹的"一把辛酸泪",他为之掉泪的主要的不是个人的辛酸史和没落阶级中叛逆人物的悲剧,而是新制度中普通劳动者的命运。新制度还不完善,人性还常常遭到践踏。更重要的不同是,他不是因为这个社会中没有同情、没有人性,正相反,是因为他"这一生得到的善遇、同情和热诚相待太多了,因而对一切缺乏人性的表现我都觉得刺眼"。而按他的哲学来说,"没有比人们之间的善良关系更重要、更美好的东西了"。他说"人类的温暖也可以治病"。他回忆起他负伤住院时亲身体验过的事实:在医院里"在那些心地善良和富有同情心的护士值班时,重病号死的较少,而在那些冷若冰霜的医护人员值班时死的则较多,尽管后者也很能干"。作者在战场上受伤,到医院后他看见了自己的身体,大吃一惊,除膝盖和胳膊肘还有一点肉外,上下肢其余的地方只剩了骨头。护士看到这样的人还活着,也感到惊讶、惶恐、困惑。但这护士的怜悯表情、同情的护理,却使他感到了幸福。在他不得不把小腿连膝盖截掉时,他没有产生任何情绪波动,而是随着麻醉剂的滴数"恬静而幸福"地睡着了。(二幕启幕旁白)

他相信人道主义,他在作品里全力贯彻的是人道主义主题。《辩护人》一剧中,工厂经理,苏斯里亚科夫,为了给工人们搞到季度末的奖金,伪造单据,但他的下级彼列卡托夫工程师不肯签字。经理大怒,骂这个诚实、正直而又善良的彼列卡托夫是小鲤鱼,是长尾猴,说他肩上长的不是脑袋,是腌菜桶,还要找岔子给他处分。老实的彼列卡托夫挺爱面子,满肚子委屈,回到家里喝闷酒,发脾气,和妻子牢骚:再也不能和苏斯里亚科夫共事了。妻子也是个善良、软弱的人,只会哭。但他们有个了不起的女儿拉丽莎,13岁,中学生,看到父亲被辱而痛苦,家庭将遭不幸,她愤然找到苏斯里亚科夫的办公室,为爸爸打抱不平。她激昂地对苏斯里亚科夫喊:"我爸爸肩上长的是脑袋,不是腌菜桶,您要知道,是脑袋!爸爸能背诵普希金、莱蒙托夫、涅克拉索夫的许多诗篇。甚至能背诵果戈里的散文作品","我爸爸又小又瘦,也许,他是像一条小鱼",但不容别人责骂,"您践踏了他作为一个人的尊严!""如果人的尊严被践踏,那他就不成人样了……,如果没有尊严的话,他就不是人了。……爸爸受了屈辱,他就活不下去。……"

按苏斯里亚科夫的性格,他不会听任一个小姑娘这样数落他,他对姑娘说:"一个中学生从书本上学的只有理想和微积分",不懂伪造单据的意义,而且骂人算什么?不单是骂过你爸爸,"所有的人我都骂过,所有的人!"他不耐烦地说"毛孩子不该管这事"。拉丽莎不让步:"为什么不该管?这是我的父亲。"苏斯里亚科夫怒吼:"你和你的爸爸一起都给我滚开!"拉丽莎加强了抗争:"什么?瞧您怎么这样说话!……我不许任何人侮辱和折磨我的爸爸。……如果您不停止责骂爸爸,因而破坏了他和我们全家的生活,我要叫您下不来台!……我要去控告您!……您怎么敢这样做!……"苏斯里亚科夫软了:"轻声点……轻声点……"拉丽莎怒不可遏:"不,不能轻声!我要大声嚷!……我这个年龄是什么也不害怕的。我要您的好看!我会让您连仓库的差事都找不着。……"最后苏斯里亚科夫决定取消给彼列卡托夫的处分。

作者把维护人的尊严的人道主义言论,充满了13岁孩子的嘴,似乎忘了人物性格的逻辑性,其实一个苏联中学生完全能说出这样的话。践踏人的尊严和维护人的尊严的斗争在戏里很激动人心。倘不是新制度,如何教育得出拉丽莎这样的孩子?倘没有拉丽莎这样敢于仗义执言的人,受欺每的老实人彼列卡托夫恐怕要落到巴什马奇金(《外套》主人公)那样的结局:身遭轻侮,含恨而死。巴什马奇金的时代过去了,但旧官僚的阴魂还没有散尽。

《不能代替的人》中,车间主任伏洛尼亚特尼科夫比苏斯里亚科夫的官僚主义气焰有过之,无不及。受群众拥护、上了光荣榜的先进工作者谢明因为妻子生了小孩,耽误了几天工作,伏洛尼亚特尼科夫就要处分他,而且不容许他申辩,见也不想见他:"让他立刻从厂里滚他妈的蛋,永远不准他回来!"可是没人能接替谢明,生产任务没法完成,伏洛尼亚特尼科夫只得把"滚蛋"改为"记大过,外加警告处分"。谢明不在乎,因为生了儿子而面带笑容,可是伏洛尼亚特尼科夫不许他笑,讨厌他"龇牙咧嘴地笑",谢明自尊心受不了,要离开这里。经过第三者的调停,伏洛尼亚特尼科夫才不大情愿地撤销了处分。

人与人的不正常关系,不仅在工作中,在公共场所,在家庭中也有表现,"实在让人痛心和难受"(第二幕启幕旁白)。《节日》所写就是家庭中的人与人的反常关系。安德烈·伊万诺维奇和妻子尼娜·谢尔格耶夫娜为女儿缪斯请客而兴高采烈,布置房间,换新衣服,准备和客人一同进餐。缪斯将成为副博士,请来一伙同行,都是知识界人物,共同庆贺。她怕父母不能迎合这些"体面"人物的"志趣"给她当众丢脸,便转弯抹角要把父母赶出门去。她劝父母到他们的好朋友家去。父母感到外人再亲爱也代替不了女儿的喜事。然而两个老人终于恍然大悟,躲进小屋里,妈妈突然头晕哭起来,爸爸脸色变白,心脏病发作。而外屋正大吃大喝大谈"人道主义",12个客人中的一个说缪斯的副博士论文中"谈人道主义的那部分给我印象最深"。其他11个齐声附和:"是呀,是呀,让我们为人道主义干一大杯。"

这正是那句话:"生活中没有比说的和做的距离更远的了!"这是多么强烈的讽刺!作者不以此为满足,又以旁白的回忆和剧情作了对比。他回忆负伤动手术之后醒来时,那穿白大褂的医生玛丽娅,被一连串的手术累得筋疲力尽,没有躲起来休息,又给伤员们送来一罐自制的煮水果和一盘焦黄的馅饼。罗佐夫感动极了:"我一生中曾多少次遇到过如此可贵的同情心呀!这股感人肺腑的人类善良的暖流,能医治心灵和肉体的创伤。啊,在我们这个星球上,无论是智慧,无论是知识,又无论是天才都无法代替它!"(最后的旁白)

罗佐夫以前的剧本,还没有一个像《四滴水》这样为"人道主义"大声疾呼。他对社会中不正义的现象深恶痛绝、含泪谴责。他希望人与人的关系尽快出现一片光明,让"人类善良的暖流"流遍人间。

缪斯的表现不是个别的,而是应引起广泛注意的社会现象。缪斯宴请高朋,撵走父母,并非首创,早有先例。她对丈夫说:"记得吗,去年高格·卡泼加诺夫庆祝通过博士论文答辩的时候,他就在那天晚上给父母弄了两张'同时代人'剧院的票。"缪斯埋怨丈夫是个"窝囊废",竟没有想到这一着。对父母养而不孝,无异养牛马,这是人性的堕落。如何消除这种堕落现象，正是作者要探讨的，正是作品的社会意义。

罗佐夫和阿尔布佐夫的创作，从50年代后期以来渐渐形成了一个流派。他们的创作，题材上偏重伦理道德问题，手法上注重刻画人物的内心世界，台词富于潜在含义，在"生活化"的台词中制造悬念，而不用流行的豪言壮语，场面也是"生活化"的，没有轰轰烈烈的气氛。这种创作倾向曾受到官方的批评，然而却获得社会的广泛支持。1970年，俄罗斯第三次作家代表大会，M·库里姆代表作协作关于戏剧创作专题报告，批评说："阿尔布佐夫、罗佐夫和另一些著名剧作家近几年来写的剧本，引起我的不安。……问题在于他们的创作构思的视野狭窄，从而导致了他们的作品社会意义降低和思想教育作用减弱。"他把这问题夸张到可怕的严重程度，他认为如不正视这问题，"我们的事业就不能前进"。

罗佐夫反对这样的批评，他说："你饶了我吧，我就是不写科学院院士！"他就是不用他的艺术专门歌颂飞黄腾达的上层人物。他依然用这艺术歌颂地位低微的善良人，依然揭露反常的社会现象——飞黄腾达者并非道德高尚的人，而道德高尚者往往吃不开。1979年他写了两幕家庭剧《"聋人"之家》，把身居要职的外交官苏达科夫比作"聋子"，他在家里是一家之主，对家里的任何事情都视而不见，听而不闻，在工作中则用权力进行交易，"你给我木料，我给你钉子，……不仅办大事如此，随便办点小事也这样，简直到了厚颜无耻的地步"。他昏庸卑劣而又自我陶醉。他的女婿亚休宁是个精于权术、灵魂肮脏、一心向上爬的新贵。这种人正跃跃欲试地取代苏达科夫一代人。苏达科夫的女儿伊斯克拉和儿子普罗夫属另一种人，不满现实，但无能为力。

这个家庭的种种矛盾，这个家庭和外界的种种联系，让观众看到了社会存在的问题。为达此目的，作者采用了"以小见大"的手法，即所谓"滴水而沧海"的手法，又以他擅长的心理描绘，完成一个家庭中各个成员的性格刻画，显示出上层社会一部分人物的特点。这就是罗佐夫的剧作特点，也是阿尔布佐夫—罗佐夫派的剧作特点。这一流派绝不是只写儿女情、家务事一类的心理剧，绝不像有人批评的那样忽视剧本的社会意义和教育作用，相反，他们十分强调戏剧的社会意义。罗佐夫声称："我认为只有具有尖锐公民性的戏剧才称得上现代戏剧。"

这一派描写的主要内容不但没有因为官方批评而削弱，反而有所发展。进入 80 年代以来，"剧目中写家庭问题的戏占据了重要地位，或者说大家正在研究日常现实生活范围里、家庭环境中的共同的道德问题"。（1981 年《戏剧》杂志文章）阿尔布佐夫的《残酷的游戏》（1978）就是写家庭问题的代表性作品，获 1980 年国家奖金。

阿尔布佐夫根据惊人的离婚率、家庭不和，孩子受殃，写了这个剧本。男孩卡伊，父母离婚，母亲再嫁，剩他孤身一人。他没有家庭温暖，思想苦闷。他画画，总画些阴雨绵绵，没有阳光的图景。这是他父母的残酷的游戏造成的。另一个家庭，医生米什卡和地质工作者玛莎，和孩子们很少团聚，因为玛莎的工作性质，在家呆不住，她也缺乏对丈夫和儿女的热心，直到丈夫因公牺牲，家庭残破，她才醒悟到："我们总是在游戏，游戏，总也玩不够。……我的游戏完了，得了，现在生活吧……"

组成一个家庭的基本道德概念，是要爱自己的妻子、丈夫、儿女。这是这个剧本的主题。

评论家 B·皮缅洛夫说："不在舞台上宣传优秀家庭，还能在哪里宣传呢？"乌克兰剧作家 A·科罗米耶兹的《粗暴的安琪儿》（1979）描绘了一个优秀家庭的构成。普拉东是退休老工人，一家之主，家教极严，儿女们必须事事服从他，但并不是个个都由衷地顺从，有的说这个家庭是封建主义的，是家庭君主国。小儿子在学习期间未得父亲同意就结了婚，被普拉东驱逐出门。普拉东的生活目的是过好日子，他认为过好日子要靠自己的劳动，而不允许损害别人或国家的利益。他说："我们干得越好，对国家的好处越大。劳动得越出色，国家就越强盛。"他大儿子在工作中图省事，签字把一幢宿舍大楼盖在闹市区，为了可以缩短建筑日期，却没考虑人们生活的长远利益。将来人们住在闹市中心如何得到安宁？普拉东得知后，愤怒地批评了儿子，要他停止修建这座楼房，即使被撤职，也得停建。儿子彼得听从了父亲，大楼停盖，而他真的被撤了职。他妻子因此离去。后来妻子认识到公公行事光明正大，又回来了。小儿子夫妇也回来了，都表示服从父亲的要求。普拉东在一家团圆之日离开了人世。他对子女严厉，貌似粗暴，实有根据，即把人民和国家利益看得至高无上，丝毫不得侵犯。这个正面人物符合生活真貌，形象生动。

这也是一个家庭日常生活剧，这个家庭的生活与人民、国家的利益有那么多明显的联系，说这类戏剧缺乏社会意义，如何服人？

阿尔布佐夫—罗佐夫派接受了契诃夫的巨大影响。罗佐夫从"契诃夫懂得了舞台上最有表现力和感染力的语言是反映生活真实的语言，是表现人的感情真实的语言"。所以，人们把他的戏剧看作契诃夫传统的继续。为了追求"最有表现力和感染力的语言"，罗佐夫喜欢用"生活化"的台词，但在人物的极为平常的对白中，埋藏着极为复杂的情绪。看看《四滴水》中《节日》（《Праздник》）的对白：

饭厅里

缪斯（数着椅子和桌子上的餐具） 我觉得多出来两份，你看看。（数）应该是十二个加我们俩。可这里有十六份。

斯切潘（缪斯的丈夫） 不是还有尼娜·谢尔盖耶夫娜和安德烈·伊万诺维奇吗？

缪斯 啊，是呀……天哪……难道他们自己不明白？……来的人都是些和他们完全格格不入的人。

斯切潘 轻声点，缪左奇加，轻声点。

缪斯 （放低声音） 干吗要轻声点？我非常爱妈妈和爸爸，但说实话，他们在这儿没有必要。他们坐在这儿……大家都会感到不自在。爸爸喝下一小杯酒就要讲他的游击队经历。"十八岁的小年纪"就打仗了。谁对这种事感兴趣呢？妈妈只会没完没了地招呼客人吃饭，好像我们的客人都是从乡下来的。

斯切潘 你说的都对，缪左奇卡，可是怎么好开口呢。

缪斯 这我懂……唉，我们真傻！你记得吗，去年高格·卡波卡诺夫庆祝通过博士论文答辩的时候，在那天晚上，他给自己的父母弄了两张"同时代人"剧院的票。两个老人很高兴，大家也觉得很好。你真不中用，没想到这一手。要不让他们去音乐厅也好啊，他们会愿意去的。哟，有了，他们为什么不可以到阿莉萨·伊格烈夫娜家去呢？

斯切潘 小声点，缪斯！

感到幸福的父母手捧面包盘子上。

尼娜·谢尔盖耶夫娜　你们的爸爸干什么都行，瞧，面包切得多漂亮。

安德烈·伊万诺维奇（把面包放在桌子上）　可别把巴尔鲍斯给打碎了。

缪斯　我的上帝，那就请您把它收起来吧，要是舍不得，趁早把它收到箱子里去吧。

安德烈·伊万诺维奇　不是舍不得，缪左奇卡，我不过是这么说说，以防万一……你和斯切潘就坐在这儿，客人们坐在那儿，我和你妈的位子在边上。你们不用站起来坐下的，有我和你妈照料就行了。

缪斯（下了决心）　你们难道不上阿莉萨·伊格烈夫娜家去吗？今天是她的生日。……

安德烈·伊万诺维奇　即使是我们亲爱的阿莉萨·伊格烈夫娜的生日，我们也不能拿它来代替你的节日呀。

缪斯（愉快地，又像天真地）　我们不会见怪，我们非常理解你们的心情。你要知道，我们的客人是些什么样的人，都是些和您们的志趣不同的人。而阿莉萨·伊格烈夫娜是爸爸在前线时的战友，到她那儿去的总是你们一伙的人。……当然，你们同我们在一起，我们也高兴。

尼娜·谢尔盖耶夫娜　我们也……安德留沙，你把我的皮鞋放到哪儿去了？我准备穿它呢。

安德烈·伊万诺维奇　就在那儿。（指着小屋子）就在沙发旁边。

尼娜·谢尔盖耶夫娜（走进小屋子，默不作声地站着。突然用脚把皮鞋踢到沙发后面去）我找不到呀，安德烈！

安德烈·伊万诺维奇　唉呀！（走近妻子，发现她的异样神情），你怎么啦，尼娜？

尼娜·谢尔盖耶夫娜　突然可怕地头晕起来。（坐在沙发上）。

饭厅里

斯切潘　我看，尼娜·谢尔盖耶夫娜猜到了。

缪斯　我说了什么呀？

……

　　　　　饭厅里已经很热闹

……

第三位客人　　缪左奇卡，（你父母）他们在那儿？

缪斯（连自己都感到意外地）　　他们到爸爸前线的一位战友家作客去了。他们在一个炮兵连作过战。是去阿莉萨·伊格烈夫娜家了，她今天过生日。

……

　　　　　在小屋子里，俩老人已换上了家常便服。

……

尼娜·谢尔盖耶夫娜　　你可知道，我赞成卢梭的观点：文明不能帮助社会进步。

……

坦白地说，我是伤心透了。你要知道，我们越疼爱他们，他们越对我们冷酷无情。

……

安德留沙，他们由于获得这么点成就，就兽性大发，就目空一切，连爹娘也不放在眼里了。……

安德烈·伊万诺维奇　　尼娜，别糟践自己了。

尼娜，谢尔盖耶夫娜（泪如雨下地哭起来）你该明白，他们不愿意我们和他们在一起，明白吗？我们对他们说，不仅不需要，还是多余的，是他们的累赘。我们爱他们，就像动物和野兽一样出自天性地爱，而报答我们的……

　　　　　饭厅里

……

第十一个客人　　缪斯·安德烈耶夫娜，你的论文谈到人道主义的那部分给我印象最深。

第七个客人　　哥儿们，来呀，让我们为人道主义干杯。

第八个客人　　为人道主义干！

第九个客人　　为人道主义干！

……

罗佐夫不仅善于在人物的平常的对白中表现人物的复杂心理，还善于组织带有悬念的、能立刻吸引观众的戏剧开端。他认为戏剧应该这样开始：

男　（坐在椅子上喝茶）　你准备上哪儿去？
女　这是怎么啦？
男　呶，既然我这样问了，就请你回答：你准备上哪儿去？
女　而我不愿意告诉你！（砰一声关上门，独自走了）。

很普通的日常生活中的言谈话语，自然而然地引起了戏剧冲突，制造了带来悬念的戏剧气氛，让观众在人物的三言两语的对话中，看出人物关系不正常。罗佐夫的《校庆日》就有类似这样的开头。《四滴水》中的《不能代替的人》也相当典型：

　　　　　车间主任办公室。
恰什金娜　他来啦。接见这个宝贝吧……（向门口点头示意）
伏洛尼亚特尼科夫　我不愿同他谈话，讨厌！让他立刻从厂里滚他妈的蛋……

阿尔布佐夫和罗佐夫的戏剧受到广大观众的欢迎，在国外，他们受到同样的重视。他们作为一个流派的代表人物，以及他们一派的创作，将长久地在文坛上占据显著地位。

第十章　80年代中后期的重要作品

一　80年代中后期的小说

（一）《断头台》

艾特玛托夫的长篇小说《断头台》（《Плаха》）1986年在《新世界》杂志上面世，立即被翻译成多种文字，成为世界畅销书。1987年被苏联《国家图书报》评选为最佳的4部苏联文学作品中的第一部。同年译成汉语，近25万字，是一部大容量作品，包括保护大自然的主题，揭露人性堕落的主题，宗教的主题。

小说揭露了计划工作和管理制度的盲目、混乱，抨击破坏自然资源和生态平衡的蠢行，鞭笞拜金主义、贩毒、吸毒的罪恶现象。作品尖锐地指出，人类正在走向自己毁灭自己的道路。

小说从揭示人和大自然的关系这个重要内容开始，从草原狼和人的冲突开始，引出一系列现实问题——领导体制、经营管理、道德水准等。

生活在莫云库梅荒原上的母狼阿克巴拉，有三次不幸的遭遇，是这个小说的中心情节。阿克巴拉和它的公狼塔什柴纳尔生儿育女，它们在荒原上追逐羚羊，羚羊拼命奔跑，都是为了一个目的——生存。狼捕捉羚羊、土拨鼠、沙鸡等小动物和鸟类，只是为了使一种血让另一种血获得生机，没有别的办法，这里无所谓谁是谁非，一切只能归咎于制造这种法则的造物主。这是一个统一的生存斗争之环，它有荒原上生死轮回的天赋的合理性。只有自然灾害,只有人祸,才能破坏莫云库梅地区的这一万世不移的事物进程。不管是狼还是羊,一切可能出现的危险中最可怕的危险是人。"这些人自己活着,却不让别的生灵活下去,特别是不让那些不在他们那里安身而又生性酷爱自由的生灵活下去。"①

阿克巴拉第一次生了三只小狼,它的心愿很简单,就是把小狼养大,教会它们捕猎。这是天赐的本能,但它的心愿化成了泡影。它们不知道,羚羊虽然是它们自古以来的猎物,但现在人需要用羚羊来完成他们上缴肉类的计划,这个州的"五年计划的执行情况不妙",州委会有人提出了开发莫云库梅肉类资源的战略思想,以此来保全州领导的体面。人们运用现代技术——汽车、飞机、快速步轮,把莫云库梅荒原上的生活搅得天翻地覆。数百头羚羊吓昏了头,陷入混乱和恐怖之中,以不能再快的速度逃奔。几分钟前,狼还准备捕捉、撕咬羚羊,现在被羊群裹挟其中,与羚羊并肩逃窜,躲避共同的危险。挟着狼的羊群遭到自动步枪扫射。捕猎的人中"有几个粗壮的家伙手脚麻利,很快就掌握了新本领:给没有被打死的羚羊再捅上几刀,追上受伤的羚羊,然后如法炮制,结果了它们的性命"。大屠杀撂倒一批批的动物,羊群陷入更大的恐慌和绝望,"简直如同《启示录》(《圣经·新约》最后一篇)中描写的世界末日那么可怕"。母狼的耳朵被震聋了,一只小狼摔倒被千万只羊蹄子踩死,另一只小狼死于人的枪弹,还有一只失了踪,总之是都死了。孤单的母狼连老窝也归不得了,那边有人……

"这些从头到脚沾满鲜血的人真太可怕了……"

这是些什么人?"全是些瘾头十足的酒鬼,"是"凶残如野牛"的家伙,是在大围猎中捞好处的人。"这太有利可图了——每只羊按半卢布计酬。"干这么一次,"挣的钱几乎等于一个月的收入"。

母狼流落到阿尔达什湖边的芦苇荡,又生了 5 只小狼。人却在这里发现了稀有金属矿,为修铁路专线,一把火把芦苇荡化为灰烬,三只小狼烧死,另两只跟大狼逃跑时泗水淹死。母狼躲进伊塞克湖滨的深山峡谷,又生了 4 只小狼。小狼被一个牧民、好吃懒做的酒鬼、恶棍巴扎尔拜掏走。

---

① 引自冯加译《母狼的心愿》,《当代苏联文学》1986 年 3 期第 7 页。

大狼紧追不舍。巴扎尔拜躲在牧民鲍斯顿住处,后来悄悄溜走,把小狼卖给野生动物饲养基地,钱都喝了酒。此后大狼整天在鲍斯顿家附近嗥叫,鲍斯顿一家不得安宁。鲍斯顿去找巴扎尔拜,想买下小狼放回狼窝,遭到拒绝。一天,母狼把鲍斯顿两岁的儿子刁跑,鲍斯顿用枪打狼,狼只受了伤,儿子却被打死了。鲍斯顿悲愤交加,找到巴扎尔拜,宣判他"不配活在世上",给了他一枪。鲍斯顿去区里自首,小说告终。

小说的中心主人公是阿夫季·卡利斯特拉托夫。阿夫季是《圣经·旧约》中希伯莱先知俄巴底亚俄语的音译。小说中人和宗教的主题体现在这个形象身上。他是助祭的儿子,进过神学校,本来有希望继承神职人员的职位,但因他有革新思想,被视为异端,被开除学校。他的观念和古老的神学论点针锋相对,他认为"必须随着时间的推移,随着人类历史的进展,来继承并发展神的范畴",他认为人们有一种普遍的倾向,那就是都想了解在技术高度发展的时代,人同上帝的关系如何。

阿夫季被开除学校后,当了一名报社的编外工作人员。他了解到每逢夏初全国各地有许多年轻人涌向中亚草原采集并贩运大麻这种毒品。这买卖利大惊人,"在草原上晃悠一天,以后整年就生活得像部长一样!"为拯救这些青年的灵魂、为探究这一现象的个人的和社会的根源,写一份报道,以引起全国舆论的重视,阿夫季奔赴中亚,混进贩毒团伙。阿夫季两次中亚之行,以良好的愿望开始,以悲惨的结局告终。第一次,他谴责贩毒分子们财迷心窍,贩运毒品给人们带去祸害,劝说他们忏悔,求得上帝宽恕。毒贩子们哪里肯听,并怕他告发,把他毒打一顿扔下了飞速行进的火车,差点儿摔死。第二次他落入莫云库梅荒原帮工队,目睹了对羚羊的大屠杀,他愤怒若狂,要求立即停止杀戮,并要那些人向上帝忏悔。那些残暴得禽兽不如的捕猎人把他看成敌人,决定惩罚这个"可恶的神父",拳打脚踢之后,五花大绑,捆在了狼窝附近的木桩上。

艾特玛托夫通过阿夫季寻找把历史与现实、把宗教与哲学联结起来的基点,以表现人需要的相互理解、信任和爱。阿夫季和耶稣一样,以高尚的道德标准生活,并甘愿为实现这一道德标准去受难。《断头台》在虚构的、充满哲理思辨的耶稣与彼拉多的对话中强调了这一点。阿夫季的言行也强调了这一点。他对犯罪分子说:"在我们之上,有上帝这最崇高的精神和善的尺度。"这里的上帝是精神意义的，指的是全人类至高无上的道德标准——爱，也就是人道主义。如果人人都这样对别人充满善与爱，并为此目的作出无私的牺牲，人类就有希望了。艾特玛托夫说："作家应该关注每个人以及整个社会的精神生活。……为了捍卫道德的纯洁性，作家必须与精神空虚、消费主义、物欲主义及其他不良现象作斗争。我特别反对生活里常见的那种赤裸裸的，或者被人们称之为毫无道理的残酷行为，其中包括对待动物的残忍。"①

《断头台》在艺术形式上有突破。描写莫云库梅草原的大捕猎、贩毒团伙的活动等重大情节，用的都是严格的现实主义手法，准确地描绘出现实生活的矛盾。此外，还部分地用了"意识流"。在宗教幻想的一条情节线索中，"意识流"作为结构手段起了关键性作用。阿夫季摔出火车昏死后，作者用自由联想描写创世纪初罗马帝国驻犹太国总督丢·彼多拉如何审问耶稣。作者强调耶稣是人，不是神，突出耶稣的教义核心是反对形形色色的帝王统治，建立一个人人平等、永世幸福的正义王国，赞美耶稣为了自己的信念和理想不怕受难、甘愿舍身的精神。作者又用假定性手法，让阿夫季在冥冥中回到1900多年前耶稣即将遇难的耶路撒冷，寻找耶稣，呼喊人们要救出耶稣，他要向耶稣诉说人类前途可忧，告诉他人类舞台上出现了新的宗教——迷信军事实力的宗教，拥有毁灭性武器的人成了神，人们对掌握氢弹的将军们祈祷膜拜。但阿夫季没找到耶稣。

阿夫季有鲜明的人道精神，理想崇高，心灵纯洁，以不惜舍身的精神不倦地探索。他身上放射着耶稣的圣洁光辉，但在道德沦丧现象面前，他无能为力，人们不理解他要把善带给人间的努力。

《断头台》运用多种艺术手法揭示出人文生态和自然生态的被破坏给人类带来的灾难，提出人类社会的一个重大问题："人世间很难找到一种能够战胜庸人世界顽固意识的力量，包括宗教在内。"

（二）《火灾》

《火灾》（《Пожар》）是拉斯普京1985年发表的中篇小说，描写与马

---

① 《艾特玛托夫谈创作》（潘桂珍译述），《当代苏联文学》1985年第5期124页。

焦拉同遭水淹的叶戈罗夫村居民迁到松林镇以后的生活。夜间的一场大火照出了人间不同的内心世界和道德面貌。《火灾》是《告别马焦拉》的姊妹篇，表现人们抛弃故土、背叛传统后精神上的蜕化、道德上的堕落，作家为此忧虑，呼唤良心复归。

主要人物叶戈罗夫，普通劳动者，脱胎于《告别马焦拉》中的巴维尔。他离开叶戈罗夫村时，同巴维尔一样，眼看故土沦为汪洋，觉得惋惜，但他相信，老家好，几年后新居更好。然而现实打破了他的希望，烦恼和苦闷日重。他要摆脱内心的折磨，已经提出退休报告。

他善良、正直、朴实，一生在故乡劳动，只在卫国战争中离家入伍，前线杀敌，多获奖章，胜利后回乡重建家园。由于建设电站的需要，迁到松林镇。在新环境中，他仍忠于职守，贡献着自己的全部力量。世界由叶戈罗夫这样的普通劳动者支撑着，他们的力量来自与家园、土地及祖辈留下的传统的密切联系和深厚感情。他说："家庭、工作、亲人和土地"是人生四大支柱。

但现代社会发展带来的种种祸害伤害着叶戈罗夫的心灵，使他不安、痛苦。首先使他不安的是人们丧失了主人翁的责任感和义务感。松林镇杂草丛生，树木稀少，光秃秃的没有生气。全镇文化生活的中心——俱乐部还设在20年前的公共澡堂里，幼儿园无人过问，名存实亡了。昔日与土地有天然联系的农民成了专事砍伐的伐木工，职业的变换造成了向自然界一味索取的心理。森林逐渐缩小，荒漠不断扩大，无节制地滥伐破坏了生态平衡，人类的生存受到威胁。对大自然恣意蹂躏，导致人类道德的堕落，走上自我毁灭的道路。作者再次强调生态平衡与人类道德相互影响的辩证关系，强调人的精神危机从来没有像今天这样突出。

正是社会道德水准的下降和人性的沦丧，使追求真理的叶戈罗夫苦恼不堪。以往一个村庄好比一个和睦的大家庭，而今人们只关心一己的私利。20年来松林镇由于流氓斗殴、酗酒、工伤等造成的非正常死亡人数与卫国战争期间为国捐躯的人数不相上下。叶戈罗夫发出痛苦的感慨："前不久整个世界赖以支撑的、如同大地一般坚实的那些不成文的规矩，如今成了过时的、不正常的、近乎背叛的东西。原来不允许的变得允许了，习惯了，原来不可以做的，现在可以做了；原来认为可耻的犯法的事情，现在当作机灵和美德受到尊重。善良成了软弱，作恶被视为有力的表现。"①

世风颓败的图像，在工人供应处仓库失火的火光中更加一目了然了。火灾不是偶然的事故，而是仓库主任为了把仓库改设到区中心去而蓄意制造的。人们扑灭大火，实质是与邪恶势力的搏斗，同时大火又成了测定每个人品德高下的测量器。两腿行动不便的叶戈罗夫奋不顾身地投入救火的战斗，而"无赖们"趁火打劫，大饱私囊。

作者有强烈的忧患感，他针砭时弊，意在匡正世风。《火灾》不愧是一部有迫切现实意义的警世之作。

《火灾》体现了作者一般的艺术风格——心理描写细腻，情节冲突紧张，深含哲理。小说的突出特点是整个作品广泛运用了象征手法。书中的火灾，主要的不是指毁灭性的自然力，而是指吞噬人们心灵、败坏道德、毁灭传统的"邪恶之火"。象征强化了作品的艺术感染力。

（三）《采矿场》

贝科夫这位战争题材小说家的作品，都具有篇幅不长、情节简单、人物很少、描写细腻逼真，尤其是心理描写深刻，注重道德探索的特点。这些特点也明显地表现在他 1986 年发表的中篇小说《采矿场》（《Карьер》）中。

一天，小镇上来了一个 60 多岁的老人，他是某工学院退休的副教授阿格耶夫，他来打听战时曾经住在镇上的一位叫巴龙诺夫斯卡娅的女人和一位叫玛丽娅的姑娘，她们和他一起做过地下工作，后来下落不明了。他查访没有结果，便抱着渺茫的希望，在当年的敌人杀人场——采矿场挖掘，看有没有她们的遗骨。

卫国战争初，1941 年夏，阿格耶夫所在团被德军包围，经过一番苦战，他们冲出了包围，多数人牺牲了，阿格耶夫受了重伤，隐藏在巴龙诺夫斯卡娅家。巴龙诺夫斯卡娅是个乡村教师，沉默寡言。她丈夫基里尔原是个神父，巴龙诺夫斯卡娅也成了基督徒，一家人一心向善。但在十月革命后初期吃尽了苦头，受尽了侮辱，基里尔不堪凌辱，远遁他乡。巴龙诺

---

① 转引自徐振亚《烈火中的迷惘和醒悟》一文，《当代苏联文学》1987 年第 1 期第 140 页。

夫斯卡娅带着小儿子艰难度日，后来儿子参加卫国战争，牺牲了。阿格耶夫听了巴龙诺夫斯卡娅这些叙述，虽然感到自己受伤后多亏这位善良的女人照顾，可是不敢过分信任她。

阿格耶夫伤好后接受地下党指示做了游击队的秘密联络员。为了工作，被迫假意当了伪警察。一个姑娘玛丽娅识破了阿格耶夫，二人相爱。巴龙诺夫斯卡娅出外执行秘密任务再没有回来。阿格耶夫急于要完成给游击队送炸药的任务，苦于没有良策。玛丽娅代替他去送，在和自己人接头时，被捕，阿格耶夫也没逃脱，夜里，敌人把他们和别的被捕者带到采矿场枪杀。阿格耶夫侥幸没死。他良心负疚，永远不能原谅自己。他苦苦地在采矿场上挖掘两个女人可能留下的什么，结果一无所获，怏怏离去。

作者通过主人公阿格耶夫的回忆、探索，提出了两个问题：对于那些为战胜法西斯献身的却受到不公正的待遇、被埋没了的人，应不应该将他们的名字和事迹发掘出来并刻在方尖碑上？在复杂的战争年代，每一个英雄行为的动机是否都一样纯真？动机不纯的英雄行为该取何种教训？巴龙诺夫斯卡娅的经历属于前一个问题，她忍辱负重，毫无怨言，拥护新政权，又为保卫祖国献出儿子和自己的生命，是一个无名英雄，她死后不该是寂寞的，历史不该忘记这样的英雄。阿格耶夫形象表明第二个问题。他是地下联络员，被伪警察看出原是个受过伤的红军，胁迫他做了伪警察。他为洗刷自己，急于取得游击队的完全信任，违反地下工作者谨慎从事的戒条，草率决定，答应玛丽娅替他去送弹药，结果使自己心爱的姑娘丧生。负罪的重压将一直送他到人生的终点。

小说以主人公的回忆为线索，在过去和现在的统一中探索道德的真谛。时空的交错和转换，自然巧妙。结构上用了"蒙太奇"的手法。语言朴实流畅。

（四）《野牛》

关于30年代李森科等学霸压制遗传学研究的现象，苏联文学已不止一次涉及，格拉宁的《野牛》（1987）是这类作品中的一篇。这类作品一直受到限制，到了最近，反对揭露30年代生物学界斗争真相的势力还很强大。

《野牛》的题名原文为"зубр",野牛转义为"顽强者",所以也有译为《强者》的。《野牛》是纪实性中篇小说,最初发表在1987年的《新世界》杂志上,反应热烈,被认为是新出现的最重要作品之一。

主人公是遗传生物学家尼古拉·弗拉基米罗维奇·季莫菲耶夫-列索夫斯基。作者依据史料描述了这位著名学者从20年代到50年代的坎坷经历,力图恢复历史的真实。季莫菲耶夫正直、刚强地奋斗了一生。他生于1900年,死于1981年。在李森科①统治生物学界的时代,季莫菲耶夫受到Д的密告陷害,被逐出研究所。曾被关进劳改营。1925-1945年他在德国柏林郊区布赫镇生物学研究所工作,1936年起任该所遗传学和生物物理学学部主任。1937年苏联要他返回祖国,他拒绝了,作者认为这是他的"自卫行动",因为李森科控制着苏联生物学界,一些科学家遭受着迫害。在整个战争期间他在德国法西斯统治下工作,在科学研究中,他在可能的范围内坚持了人道主义立场。

格拉宁谈到《野牛》时说,它涉及到李森科统治生物学界的历史事实,这只是本书的主题之一,杜金采夫的《白衣》则主要是揭露这个问题的。反思过去,是为吸取教训,但李森科分子极力反对。许多李森科分子现在依然在科学界占着重要职位,过去苦难岁月的后果今天仍然存在。所以《野牛》和《白衣》所涉及的问题,并不是一去不复返的历史。《野牛》发表时就引起了激烈的斗争,当李森科分子们得知《新世界》准备发表《野牛》时,便写信、打电话威吓主编扎雷金。反对发表这篇作品的人中,有的一贯把季莫菲耶夫视为自己的劲敌,有的是当年将季莫菲耶夫逐出研究所的人。告密诬陷季莫菲耶夫的人还活着,已是老人。但小说发表后,不止一个人认出了Д就是他自己,有好几个人都因此而惶惶不安。小说触及了某些人的痛处。

《野牛》一方面得到了许多读者赞赏、感谢,得到评论界高度评价。另一方面,有的评论家提出不同意见,邦达连科不同意小说把季莫菲耶夫的不问政治说成是一种优点。邦达连科表示奇怪,季莫菲耶夫领导德国遗

---

① 李森科(1898—1976),苏联农学家,1939—1955年任列宁全苏科学院院长,他把自己的概念称为"米丘林遗传学",把基因理论说成是"反动的",排斥持不同观点的学派,在科学研究上造成严重后果。

传学中心工作,并不了解德国法西斯的反人性本质,是完全不问政治的,但对苏联的情况又是很有政治头脑的。他认为战争爆发后,主人公仍留在德国,继续在遗传学研究中心工作,这种人按照任何英国、美国或法国的标准来看都是一个附敌分子,战后决不会成为英雄。邦达连科提出,假若德国人当时制造成功了原子弹并投向苏联,那么其中就有主人公的一份功劳。评论家库兹明也提出质疑,布赫镇研究所的遗传学部曾同德国军事部门和原子物理学高级专员保持秘密联系,那么季莫菲耶夫在战争期间干的是什么工作呢?争论没有结束,小说的重要地位也没有动摇,作者为天才遭迫害、科学遭损失而发出的疾呼仍在震响。

二 被压了几十年而得见天日的旧作

(一)《初生海》

作者是长期被埋没、被遗忘的俄罗斯作家安德烈·普拉东诺维奇·普拉东诺夫(Андрей Платонович Платонов,1899—1951),他才华横溢,而经历坎坷,很多作品在他死后几十年才得和世人见面。他出生在沃罗涅什一个钳工家庭,原姓克利缅托夫。家庭贫困,14岁辍学。1918年入沃罗涅什铁道工学院学习。国内战争时期,他自愿参加红军。战后重返工学院,1924年毕业,曾任省土壤改良技师,领导过沃罗涅什发电站的建设,是农业电气化专家。1921年发表政论集《电气化》。1927年定居莫斯科,开始了专业创作生活。第一部中、短篇小说集《叶皮凡水闸》(1927)问世后,引起评论界注意。此后又出小说集《内向的人》(1928)、《大师的出身》(1929),还有讽刺官僚主义的作品《国家的居民》(1929)、《爱怀疑的马卡尔》(1929)、《备用》(1931)等。这些讽刺作品当时没得到公正的评论。30年代主要作品有《垃圾风》《基坑》《江族人》《初生海》《波图丹河》等。1936年起从事文学评论工作。卫国战争期间,于1942年应召入伍,以红军《红星报》特约记者身份奔波于前线,直到战争结束。他撰写了大量战地通讯、特写和战争题材小说。1946年因病退役。战后主要从事儿童题材的创作和搜集、整理童话、民间传说的工作,创作了一批优秀的儿童读物，出版了几部民间故事集。

30 年代，他的评论文章激烈抨击粉饰现实、充满说教的作品，讽刺落后面和缺点，遭到责难，致使他唯一一部长篇小说《切文古尔城》不能出版。《切文古尔城》描写十月革命后，一群满怀热情的无产者幻想立刻建成社会主义社会，他们选中一个偏僻的小镇，实验自己改造的计划，终于落空。小说明显地有反对乌托邦的主题。1946 年的短篇小说《归来》，从一个家庭的角度描写了法西斯战争给苏联人民带来的巨大灾难和深重的阴影，感人肺腑，却遭到猛烈抨击，说它是对苏维埃现实的"诬蔑诽谤"。他的许多作品到 70 年代至 80 年代中期才断续地发表，1970 年发表了他的遗著文学论文集《读者的思考》。1978 年出版了两卷集的《安德烈·普拉东诺夫作品选》，46 篇作品中有 13 篇是第一次发表。中篇小说《初生海》写于 1934 年，到 1986 年才发表在第六期的《旗》杂志上，被埋没了 52 年！

《初生海》（《Ювенильное море》，又译《原生的海》）。它写出了当时社会生活的某些真实。故事发生在苏联东南部草原上一个国营肉类畜牧场。畜牧场为完成国家下达的肉、奶交售计划，急需扩大生产，增加牲畜头数。首先必须解决水源不足的问题。总工程师韦尔莫提出一个大胆设想：开发千百万年以前地球形成时期沉睡在地层深处的岩浆水，就是初生海水。做了许多准备工作后，钻井刚打到三米深就出了水，因为畜牧场本身是位于海拔二百米以下的低地上，而总工程师韦尔莫事前没有进行考察，对此毫无所知。

《初生海》写于第一个五年计划完成后的第一年。五年计划有成就，也有偏差和失误。人们热情有余，往往盲目冒进。想象中的新楼没盖起，就把栖身的土房拆掉，露宿野外，总不是事儿，又不得不搭起小木房。他们还把饭勺锤成铁丝，汤锅砸成铁皮，耳环化作锡块。作者头脑清醒，目光敏锐、对社会主义事业有高度责任感，因此，他能在欢庆伟大建设成就的赞歌声中，发现这些荒谬行为，并及时撰写成书。

书中的人物给人留下深刻印象。总工程师韦尔莫大学刚毕业，精力充沛，相信科技力量，但理论脱离实际。年轻的女场长波斯塔洛耶娃，朝气蓬勃，忠心耿耿，聪明能干，爱护同志，也深信科学，但缺乏经验，表现幼稚。作者寄希望于这样的人身上。乌姆里谢夫是前任场长，是个精神上反常的人物，对工作漠不关心，也反对别人爱管闲事。那时长期搞"清查"运动，凡"未清查的人"都被当作嫌疑异己分子、危险分子，造成这些人（一个机关里就有数百名）精神苦闷，有的变成玩世不恭，整天喝酒、唱歌吵闹，以消耗没有用处的精力。他们在聊天时常常高唱这么一支歌：

> 生活变幻莫测，波谲云诡，
> 岁月匆匆流过，逝者难追。

当时的机关是"各种会议的世界，是制定谁也不知道的未来三十年计划的世界，是……深入而全面地研究各种问题却永远也不解决的各个机关组成的世界"。乌姆里谢夫碰上了一个偶然机会才摆脱了未被清查者的生活，被分到这个畜牧场来，但已变成了一个暮气沉沉逃避现实、沉溺于故纸堆的老人。大批"未清查的人"都这样毁掉了。《初生海》对这种现实给予揭露和讽刺。作者爱他的主人公和时代，又为他的主人公的遭遇而痛心，他的讽刺是受了果戈里影响的"含泪的笑"。

普拉东诺夫的作品，不写重大社会历史事件，主人公多是普通人，有工人、农民、战士、孩子、知识分子，在他们的生活和追求上折射出当时的社会面貌。他的作品充满共产主义激情和人道主义激情，对人类和自然界的生物都表现出深挚的关怀和友爱。他笔下的普通人总在寻找真理，思考自己的使命，追求美好的生活。人与大自然的关系成为当今世界的重大问题，普拉东诺夫早在20、30年代就认识到这个问题的重要；认为世界上再没有比大自然更可宝贵的东西了。

普拉东诺夫的艺术风格是在作品中有一种近似大智若愚的高超表现技巧，他不追求华丽的辞藻和高雅的文体，他的语言是老百姓式的纯朴自然，深入浅出。他的每句话都是"话中有话"，诙谐中含着辩论，读者只有全身心地去领会，才能听出"弦外之音"。

（二）《安魂曲》

安娜·安德烈耶夫娜·阿赫玛托娃（Анна Андреевна Ахматова，

1889—1966）原姓戈连科，俄罗斯女诗人，早年是阿克梅派的代表诗人之一。1910 年与贵族诗人 H. 古米廖夫结婚。她不理解十月革命，曾与新政权不睦，但没有像别的贵族逃往国外，她拒绝了贵族朋友们对她出国的邀请。在《我听到一个声音……》（1917）一诗中表明了她对祖国深厚的爱和不愿离开祖国的决心。她的丈夫因参加白匪军被镇压。她身处逆境，勇敢正视现实，把自己看成和祖国不能分割的人民的一员。30 年代后期，她对社会主义认识加深，诗歌创作从个人心灵世界走向复杂的社会，完成许多重要作品，《安魂曲》是其中最突出的一首。40 年代她受到攻击，说她是"奔跑在闺房和礼拜堂之间的发狂的贵妇人"，是"对性欲题材表现出偏爱"的"颓废文人"；说她那些以"恋爱和色情"为基调的诗歌"势必把青年引上邪路"。严厉批判之后就把她开除苏联作家协会。以后她用大量时间研究古典诗歌、翻译东方和西方的诗作。她研究普希金的艺术技巧，著有《论普希金》等书。《没有主角的长诗》（《Поэма без героя》，1940-1962）是她出色的大型抒情叙事诗。《光阴的飞逝·1909—1965 年的诗篇》（《Бег времени. Стихотворения. 1909—1965》）是总结性的诗集。

50 年代，阿赫玛托娃的名誉得到恢复，她的新作和从前不能发表的旧作才得陆续问世。1964 年她荣获意大利授予的国际诗歌奖——"埃特纳·塔奥尔米诺"奖。1965 年又获英国牛津大学授予的名誉博士学位。1966 年病逝，苏联称她是"卓越的苏联诗人"，是"诗歌语言的光辉大师"，她的诗"把人带进一个美好的世界"。[①]

阿赫玛托娃早期作为阿克梅派的代表，主张抒写人的具体的隐秘内心活动和情感冲突，主张细节要精心描绘、诗歌形式要完美、诗句要简洁凝练，节奏要匀称。阿克梅派属俄国颓废派，所以她也就被定为颓废、堕落的诗人。近年来，她成为一批青年诗人模仿的对象。她的诗歌"主要是爱情诗的同义语"。她诗中的主人公总是女性，忍受着爱情痛苦的女性，但不是"贵夫人"式的女性诗，没有矫揉造作，没有庸俗情感，没有供消遣的描写，有的是深刻的内涵，对复杂而伟大的时代的百感交集，对许多问题思考的纪实；她的语言精练，风格上属于普希金流派。——这是特瓦尔

[①] 1966 年阿赫玛托娃逝世的讣告，可参见《当代苏联文学》1986 年第 4 期第 118 页。

多夫斯基给她的评价。而叶甫图申科则说她的诗把"过去和未来"连接了起来。她的诗被视为宝贵的文学遗产。

安魂曲（《Реквием》）写于 1935—1940 年，到 1987 年才公开发表，登在苏联《十月》杂志。诗中描写的是个人家庭的不幸，反映了社会主义建设中一个令人深思的侧面。在叶若夫 1937–1938 年担任内务部人民委员期间，监狱内外挤满了各种各样的人。阿赫玛托娃的儿子是狱内的一个，母亲则徘徊在狱外。

阿赫玛托娃和第一个丈夫结婚后不久便离婚，又两次结婚，都很不幸。她与古米廖夫生了一个儿子，长大后成为历史学家。儿子在 30 年代两次被捕，卫国战争中从流放地走上前线，战后第三次入狱，直到 1956 年恢复自由。这期间，阿赫玛托娃对儿子的挂念之情，孤独的悲伤，对时代的感慨，都抒发在《安魂曲》中了。

> 这是个女人，身患疾病，
> 这是个女人，孤苦伶仃。
> 丈夫在坟里，儿子坐监牢，
> 请为我们祈祷祈祷。
>
> ……
> 必须把记忆彻底泯没，
> 必须让心灵变成顽石，
>
> ……
> 我早已预见到了这一天：
> 明朗的日子和空空的家。
>
> ……
> 一声判决……泪水顿时喷涌，
> 从此便和所有人分开，
> 仿佛从心窝里狠狠地挖走了生命，

仿佛被人打翻在地毫不留情，
……①

诗人悲痛不单是因为儿子被捕，像他儿子一样被捕流放的不知有多少，特别使人悲痛的是很多人的被捕是由于法制受到了破坏。诗人悲痛的意义在于她代表着千万人的痛苦的心。

在我发疯的两个年头时节，
那些丧失自由的姐妹去了何地？
她们会有什么幻想，冒着西伯利亚风雪，
她们会有什么错觉，望着圆圆的明月？
我现在给他们寄去告别的敬意。

我呼喊了十七个月，
召唤你回家。
我曾给刽子手下过跪，
我的儿子我的冤家。
一切永远都乱了套，我再也分不清
今天谁是野兽谁是人，
判处死刑的日子
还得等候多久才能来临。
……

千万人用我苦难的嘴在呐喊狂呼，
如果我的嘴被人堵住，

希望到了埋葬我的前一天，
她们也能把我这个人怀念。

---

① 节选于《当代苏联文学》1987 年 5 期乌兰汗译《安魂曲》。

诗人痛苦之至，向死亡召唤：

反正你要来——为什么不现在？
我在等人——我太痛苦。

但她仍然把自己和祖国人民的命运连在一起：

不，我不躲在异国的天空下，
也不求他人翅膀的保护，——
那时我和祖国人民共命运，
和我国的人民，不幸的，生活在一处。①
（乌兰汗译诗）

（三）《生活与命运》

格罗斯曼的长篇小说《生活与命运》完成于1960年。1961年作者将手稿送给《旗》杂志，不料被没收了。苏共中央主席团委员苏斯洛夫对他说：您的小说要发表大概得在二三百年以后。格罗斯曼从50年代初就遭到批判，指责他歪曲地描写了卫国战争，到这次手稿被没收，他的名字就很少被提及了。他没能看到这个长篇问世，但作品也没等二三百年以后，是在过了28年的1988年登在了苏联《十月》杂志上，并引起热烈反响。有的评论家称它是苏维埃的《战争与和平》。

瓦西里·谢苗诺维奇·格罗斯曼（Василий Семенович Гроссман，1905—1964），俄罗斯作家，1929年毕业于莫斯科大学数学物理系。在顿巴斯任过化学工程师。1934年开始发表小说，引起高尔基的重视。第一部长篇小说《斯捷潘·科尔丘金》（《Степан Кольчугин》1—4卷，1937—1940）描写一个在矿工村长大的青年工人走上布尔什维克的革命道路，表现工人为本阶级进行斗争的必然性。著名中篇小说《人民是不朽的》

---

① 节选于《当代苏联文学》1987年第5期乌兰汗译《安魂曲》。

（《Народ бессмертен》，1942）是第一部较广泛地反映卫国战争的作品，记述了人民的功绩，受到了前方战士的欢迎。整个卫国战争期间，作者任《红星报》战地记者，亲身经历了战争的全过程，写出大量的通讯、特写和小说。从1943年起他开始创作一个两部曲，题材是斯大林格勒保卫战，第一部名《为了正义的事业》（《За правое дело》），其创作意图是要引起读者广泛地思考卫国战争的历史经验，1952年登载于《新世界》杂志，获得高度评价，被认为是"苏维埃生活的百科全书"，是苏联"文学步向新的、更高阶段的标志"。不料第二年小说变成了攻击的对象，1953年2月《真理报》《共产党人》严厉批评它没有把保卫斯大林格勒的英雄人物放在小说的中心地位，而让"平凡的人们"占了绝大部分篇幅，也没有写党的领导，这是"进行思想破坏"。两部曲的第二部便是《生活与命运》。

两部曲广泛描绘了战争年代的苏联社会生活，有战争场面，有后方的活动，人物数百个，情节以两个家庭为中心展开。这两个家庭是沙波什尼科夫家和施特鲁姆家。两家是姻亲关系，沙波什尼科夫家的大女儿柳德米拉的丈夫是核物理学家维克多·施特鲁姆，二女儿玛丽娅的丈夫是斯大林格勒发电厂厂长斯皮里多诺夫，三女儿叶尼娅的前夫是斯大林格勒前线政工人员克雷莫夫，后来坦克军团军长诺维科夫成了她的意中人。围绕这些主要人物引出许多其他人物。

作者力图写出生活的"全部真实"，全面真实地反映斯大林时代的生活，探索那个时代的历史现象的实质，这是小说的中心思想。

小说的题目《生活与命运》（《Жизнь и судьба》），"жизнь"是"生活"，也是"生命"，"судьба"是"命运"又是"机缘"。作者认为生活或生命的本质是自由。生命的意义在于自由，没有了自由，生命也就等于完了，没有意义了。革命，消灭法西斯，实行社会主义，都是为了自由，为了自由生活，自由思想，自由创作。所以，有人称这个作品是"论述自由的小说"。"命运"所指，是人在社会中的机缘、环境，小说中的环境是充满暴力的环境。自由与暴力的冲突贯穿于小说的始终，这是小说的主题。

小说描写了农业集体化和1937年的肃反运动，这两次事件，造成了普遍的恐惧感和普遍的顺从。监视、告密的人到处都有，善良的人们不知何时就要遭殃。沙波什尼科夫、施特鲁姆两家人是屡遭迫害的苏联正直善良公民的代表。

主人公核物理学家施特鲁姆发现新的核理论公式，却因露出才华而遭嫉妒，又因是犹太血统、再加言语不慎，遭到政治迫害。斯皮里多诺夫在炮火下守卫国家财产，却因趁无事时看了一下家被贬职。老革命家克雷莫夫和莫斯托夫斯科伊忠于列宁事业，不满斯大林对老革命家的不信任，在战争期间，一个落入自己人的监狱，一个被德寇俘虏。第二部中的重要人物盖特曼诺夫以斯大林的好恶为最高"党性原则"，出卖朋友、同事，甚至杀了人而心安理得。他装得作风民主、平易近人，而暗地记下你的一言一行，时机一到就置你于死地。另一重要人物涅乌多布诺夫，原是内务部的一名打手，虽有将军军衔，丝毫不懂军事。这二人都是诺维科夫军长身边的政工人员。善良、正直的青年专家诺维科夫在他们的控制下终遭暗算。柳德米拉的兄弟德米特里，她的前夫阿巴尔丘克都是肃反运动的无辜受害者。因此，这两家人都被认为是政治上不可靠的。

小说在描写德国法西斯的集中营时，也描写了苏联北极地区的集中营；在讨论"暴力""普遍恐惧""普遍顺从"时，把两个国家造成的事实相比分析。小说中的法西斯"理论家"利斯在被俘的老布尔什维克面前论证法西斯德国和斯大林领导的苏联"都是党的国家"。

这样的写法，在苏联还有争论，有人表示不能接受。一般认为是近年来最优秀的作品之一，它从人道主义出发探求真理，对过去的时代作了深刻的反思，生活涵盖面宽广，人物典型性强，充满哲理激情。

（四）《日瓦戈医生》

俄罗斯诗人和作家鲍里斯·列昂尼多维奇·帕斯捷尔纳克（Борис Леонидович Пастернак，1890-1960），生于画家家庭。1913年开始发表作品，有抒情诗集《生活——我的姐妹》（《Сестра моя-жизнь》）有描写第一次革命的长诗《一九〇五年》（《Девятьсот пятый год》）和《施密特中尉》（《Лейтенант Шмидт》，1926—1927）受到高尔基的好评。30年代的自传体中篇小说《旅行护照》（1931）和诗体小说《斯佩克托尔斯基》（1931），肯定了革命的必要性，同时又表现了对革命暴力的否定，受到了批判，成为领导层所不喜欢的、文艺界也有争议的诗人，他的诗渐渐不能发表。此后，主要从事诗歌翻译工作。卫国战争期间写了些歌颂战斗英雄和劳动者的诗歌。1955年他把对现实的感受写进长篇小说《日瓦戈医生》（《Доктор Живаго》），基本观点类似他30年代受批判的作品，引起巨大波澜。小说在外国发表，获得诺贝尔文学奖，而在国内，作者被开除作家协会。他最后的作品是组诗《须晴日》（《Когда разгуляется》），1956—1959）。

《日瓦戈医生》手稿最初寄给《新世界》杂志编辑部，编辑部把稿子退回，指责他的小说"精神上是仇恨社会主义"的。1956年他把手稿寄给意大利出版商、共产党员费尔特里内利，当年11月在米兰出版，受到西方报刊的广泛称赞，称它概括了俄国最重要的一段历史时期（〔意〕奇亚洛蒙特），是"一部不朽的史诗"（〔英〕彼得·格林），是"这个时代最重要的作品之一"（〔美〕马克·斯洛宁）。

1958年瑞典科学院宣布将当年的诺贝尔文学奖授予帕斯捷尔纳克，表彰他"在现代抒情诗和俄罗斯伟大叙事诗传统方面所取得的伟大成果"。帕斯捷尔纳克表示感谢，西方人士纷纷祝贺，苏联因此被激怒，谴责他"是社会主义革命的诬蔑者和苏联人民的诽谤者"。塔斯社在授权的声明中透露把作者驱逐出境的意思。10月29日他宣布拒绝接受诺贝尔奖。西方著名学者一致抗议苏联政府对帕斯捷尔纳克的围攻。作者没有被驱逐，1960年5月30日病逝于莫斯科郊外一个小村子里。

《日瓦戈医生》真实地反映了一个时代的侧面，描写了几个旧知识分子在十月革命前后30多年的重大变革中，在革命激流冲击下的坎坷经历，他们的憧憬、追求、失望和悲剧结局，反映了革命中某些政策的错误。小说没写出十月革命的伟大意义和人民为建立新政权而奋斗的精神，这是导致作者悲剧命运的原因。

小说的主人公日瓦戈医生以及作者同情的其他人物拉拉、帕沙、加利乌林等，都欢迎过革命，支持过革命，有的为革命在战场上出生入死战斗过，有的对革命中的某些作法不理解发过牢骚，但绝不是反革命。他们没有能够始终为苏维埃政权效劳，除了有不理解革命的因素外，还因为布尔什维克不信任党外人士，发生过撵走或杀害党外专家的行为。书中也有真正反对苏维埃政权的人,如科马罗夫斯基,这种人在作者笔下是可厌的,阴险可恶的。

日瓦戈的父亲是西伯利亚著名企业家,被自己的私人法律顾问、恶棍科马罗夫斯基坑害而死。日瓦戈10岁左右又死了母亲,成了孤儿,在正直的知识分子格罗梅科教授家长大,和教授的女儿东尼娅同上大学。东尼娅学法律,日瓦戈天分很高,对哲学、艺术、文学、历史都感兴趣,有很高的写作才能,并喜欢独立思考,对任何事物都有见解。大学毕业后二人结了婚,日瓦戈成了医生。第一次世界大战中他应征入伍,做医务工作,受过伤。1917年2月革命,日瓦戈感到这次革命不是被大学生们理想化的1905年革命,而是诞生于战争中的流血革命,是善于引导自发势力的布尔什维克所指引的革命,"我还这样想,俄罗斯注定要成为世界存在以来的第一个社会主义王国。"当时他还不清楚同时出现了一个资产阶级临时政府。到十月革命成功,苏维埃政权宣布成立,日瓦戈更加兴奋了!"多么高超的外科手术!一下子就娴熟地割去腐臭的旧溃疡!直截了当地对一个世纪以来的不义下了判决书……,这是从未有过的壮举,这是历史上的奇迹!"[①]

日瓦戈工作的医院中,一部分人被解雇,不少人辞职,这些人嘲笑要坚决留下的日瓦戈。日瓦戈回敬这些人说:"我要替他们工作,以我们的苦难为荣,并敬重那些赐予我们荣誉、把苦难加在我们身上的人。"

但日瓦戈一家贫困得快要饿死了,他无力工作,又害了伤寒病。为不致饿死,他们不情愿地离开莫斯科搬到乌拉尔乡下东尼娅的外祖父家瓦雷金诺去。这是1918年4月,内战正在展开,农村照样不妙,也十分艰难。白军红军交战,极其混乱,有的红军因为一个误会被逼变成了白军。加利乌林就是这样由红军变成了白军的。

日瓦戈对马克思主义有自己的看法,他不同意把马克思主义当作科学,对布尔什维克萨姆捷维亚托夫说:"作为一门科学,马克思主义太控制不住自己了。科学要平稳得多。马克思主义是客观的吗?我不知道还有哪种思潮比马克思主义更封闭、更远离事实。每个人操心的只是在经验中

---

① 转引自蓝英年编《日瓦戈医生》故事,《当代苏联文学》1986年5期第8页。

检验自己,而当权的人操心的只是自己是否绝对正确,并拼命摆脱真理。……我不喜欢那些对真理无动于衷的人。""您是布尔什维克,可您也不否认这不是生活,而是某种从未出现过的东西,荒诞的现象,荒唐的事。"布尔什维克强调这是必经的阶段,不采取暴力手段就不能达到彻底变革的目的。日瓦戈表示不理解:"我一向很革命,可现在认为暴力什么也不能获得。只有善才能获得善。"①

日瓦戈在乡下也无以为生,既不能行医,也没法写作。当时游击队缺乏医生,强征日瓦戈进了游击队。日瓦戈和妻子、儿子分开后,至死没再见面。他跟随游击队转战,有一次和白军遭遇,他看见白军的士兵还是些孩子,觉得可亲可爱,但他不得不向他们射击,打死了三个,心里很后悔:"我干吗要杀死他们呀?"

游击队指挥官列斯内赫要说服日瓦戈参加游击队,希望他先参加他们的学习班,一起学习。日瓦戈说:"十月革命以后所流行的普遍改进的思想早已打动不了我;……我一听你们说改造生活就无法控制自己……生活从来不是材料,不是物质,岂能改造……生活永远自我改进。"② 他在游击队待了一年多,既是俘虏,又有一定自由,最后无法再待下去,逃跑了。

日瓦戈在进游击队前就和拉拉有了关系,他逃到尤利亚金市拉拉的住所,病倒了。

拉拉是俄国化的法国女人、女店主阿玛利亚·吉沙尔的女儿,父亲死后,母亲做了科马罗夫斯基的情妇。拉拉长大后,被科马罗夫斯基诱奸了,后来母亲服毒自杀,拉拉成了孤女。她认识了养路工人安季波夫的儿子帕沙,二人相恋,终于结婚,大学毕业后同到乌拉尔尤利亚金市当了中学教师。后来帕沙投考军校,参加红军,做了军事指挥官,表现出卓越的军事指挥才能,战功显赫。他思维清晰,判断准确,道德纯洁,有强烈的正义感。他深爱他的妻子拉拉。日瓦戈对势态有不同于帕沙的看法,他对拉拉说:"我想他不会有好下场。他必将赎清自己所犯下的罪行。革命的独裁者们所以可怕,并非因为他们是恶棍,而是因为他们像失控的机器,出轨的机车。斯特列利尼科夫(即帕沙)跟他们一样,也是疯子。……他

---

① 转引自蓝英年编《日瓦戈医生》故事,《当代苏联文学》1986 年第 5 期第 9~10 页。
② 转引自蓝英年编《日瓦戈医生》故事,《当代苏联文学》1986 年第 5 期第 10 页。

同布尔什维克的联盟是暂时的。他们需要他的时候，尚可容忍他。一旦他们不需要他的时候，便会无情地把他甩掉、踩死，就像他们在他之前甩掉、踩死许多党外军事专家一样。"① 拉拉爱自己的丈夫，但她不幸看到了日瓦戈预言的结果。当日瓦戈病倒在拉拉住所时，拉拉对他说："现在红军胜利了。那些靠近上层或知道事情太多的党外军事专家都从军队里撵了出去，如果只是撵出去，不被秘密杀害，那还算好呢。帕沙在他们当中首当其冲。他的处境极端危险。他先前在远东。我听说他逃跑了，躲藏起来。听说正在搜捕他。"②

日瓦戈和拉拉为了生活下去，他当了陆军医院的医生，但他不能接受布尔什维克的观点，布尔什维克认为自己是英雄，是崇高的人物，而他日瓦戈则是拥护黑暗和奴役的渺小人物。他不打算继续干下去，预感到随时可能被捕。拉拉凭着历史的经验说："每个新政权的建立都要经历几个阶段，先是理智的胜利，批判的精神，与偏见的斗争。然后开始第二阶段。虚假的同情者，混入革命队伍的异己分子，占了上风。怀疑、告密、阴谋和仇恨不断增长。我们现在正处于第二阶段。"③

一天，帕沙出现在日瓦戈面前，他们谈了很久。帕沙说他被诬告，必须上军事法庭，其结果可想而知。但他不知道自己犯了什么罪。他来这里是想和妻子、女儿见一面，可惜来迟了。拉拉已被科马罗夫斯基骗走。帕沙辞别日瓦戈，一出门便开枪自杀了。

日瓦戈万念俱灰，此后他回到莫斯科，靠为别人家劈柴维持生活。有一天下电车栽倒在地上，再没有起来，拉拉无意中碰上丧事，为他送了葬。她真挚地爱过日瓦戈，可是现在，"生活中再也没有什么可留恋的了。一个死了，另一个自杀，只有那个该死的人还活着，那个对他永远陌生的、她绝对不需要的小人，……此刻，那个平庸的怪物正在亚洲神话般的偏僻小巷间逃窜，……"

"那个该死的人"就是科马罗夫斯基，他做了白色远东共和国政府的司法部长。这个该死的人是日瓦戈和拉拉真正的仇敌，他把日瓦戈父亲的

---

① 转引自蓝英年编《日瓦戈医生》故事，《当代苏联文学》1986 年第 5 期第 11 页。
② 转引自蓝英年编《日瓦戈医生》故事，《当代苏联文学》1986 年第 5 期第 12 页。
③ 转引自蓝英年编《日瓦戈医生》故事，《当代苏联文学》1986 年第 5 期，第 12~13 页。

事务搅乱，最后弄到破产，是使日瓦戈的父亲自杀的罪魁祸首。他使拉拉成了孤儿，诱奸了她，又用欺骗和威逼的手段把她从日瓦戈身边拉走，带到白党为患的西伯利亚。拉拉成了虎狼爪中的猎物，被他吓破了胆，没有他的话一步也不敢动。直到红军逼近他们那个城市，科马罗夫斯基仓皇逃命。

拉拉参加了日瓦戈的异母弟弟叶夫戈拉夫整理日瓦戈遗稿的工作，还没整理完，一天，她从家里出去再没有回来。她大概在街上被捕了，可能死了，或者被关进了北方妇女劳动营。因为她是白党部长的"夫人"。在书中，她的命运最悲惨，她是革命失误的牺牲品，是反革命政客科马罗夫斯基阴谋的牺牲品。

小说写了旧知识分子在革命前后的遭遇，写了革命的失误，描写了旧知识分子对革命的某种程度的不理解。他们衷心欢迎过革命，但后来的某些事实让他们迷惑失望。小说的尾声流露出作者并非悲观的心迹：空气中毕竟到处显露出自由的征兆。作者对时代、对人生的深沉思考是不无教益的。

1986年苏联作家协会正式为帕斯捷尔纳克恢复名誉，并成立了帕斯捷尔纳克文学遗产委员会，帕斯捷尔纳克的作品，包括《日瓦戈医生》在内，也都相继出版。

（五）《新的任命》

亚历山大·阿尔弗雷多维奇·别克（Александр Альфредович Бек，1903–1972），俄罗斯作家，参加过国内战争和卫国战争，写有一些战争和生产题材的小说，中篇《沃洛科拉姆公路》（《Волоколамское шоссе》，1943–1944），长篇《别列日科夫的一生》（Жизнь Бережкова，1956）等。他的生产题材多属冶金工业的生产情况，《新的任命》是这种题材作品中的一篇。别克在众多作家中并不突出，只是《新的任命》引起了特别的重视。

《新的任命》（《Новое назначение》）写于60年代初，到1986年才得发表，1987年被列为当年最重要作品之一，原因是它有强烈的时代气息，反映了斯大林时代充满矛盾的历史，有胜利的创业，也有痛苦的悲剧。小说是现实主义作品，内容给人很强的真实感，像一份真实的报告，对作者"所处的时代，对他的同代人，对他自己的良心以及对未来所作的一份报告"（巴克兰诺夫）。

主人公奥尼西莫夫是这个时代造成的一个典型人物。他对斯大林无限忠诚，对斯大林的每一句话、每一个指示，都深信不疑，对他的每一个命令，不管理解与否，都绝对服从，"一切遵命照办！"他把对领袖的信念化为了个人的本能。他不仅忠诚，而且大有才干，总是出色地完成任务。他对下属要求极严，更严于律己。不论打仗还是建设，他都表现出蔑视困难、临危不惧的气概。他漠视功名，生活清苦。他的这种"忠诚"使他成为一个盲从权力、不分是非的人。他原是国家冶金燃料委员会主任，几十年来他把心血倾注到这个工作上，他爱冶金工业部门，但1956年突然要把他调往北欧某国任大使。他要求留任原单位，未能获准，百思不得其解。他回忆起往事。1937年以前，奥尔忠尼启则主管重工业，是他的上级，又是他的亲密朋友。1937年作为中央政治局委员的奥尔忠尼启则突然逝世。过去与奥尔忠尼启则共过事的干部们先后被捕，唯有奥尼西莫夫幸免。他焦虑不安。那时贝利亚主管内务部，操着生杀大权。多年前奥尼西莫夫在巴库负责清党工作，审查贝利亚时，发现此人狡猾阴狠，坚持不发还他党证，从此二人积下怨恨。后来贝利亚通过别的途径恢复了党籍，并受到斯大林的重用。贝利亚总在伺机清算老账。但斯大林对奥尼西莫夫格外照顾，给他写过一个短简："奥尼西莫夫同志，我过去和现在都把您当作我的一位朋友，过去和现在都信任您……"这个短简成了奥尼西莫夫的护身符，使贝利亚无可奈何。斯大林恩宠奥尼西莫夫有一段历史原因，1937年2月的一天，斯大林与奥尔忠尼启则激烈争吵，适奥尼西莫夫走过来，被斯大林叫住，要他回答在这场争吵中，他同意谁。争吵用的是格鲁吉亚语，奥尼西莫夫不懂，一再解释不了解内容，但斯大林的目光逼他答复，他出于本能，回答说"同意您，约瑟夫·维萨里昂诺维奇"。不多几天后奥尔忠启则与世长辞。死因一向是保密的，直到苏共二十大才宣称他是开枪自杀的。奥尼西莫夫惊闻此讯，泪如雨下。他在生死攸关的争论中当了亏心裁判，没做到正直无私。他的观念越来越显得陈旧、僵化。他扼杀了一宗应该支持的发明创造，而慑于威势支持了一项"伪发明"。给他"新的任命",原因就在于他的愚忠已成了冶金事业发展的绊脚石。

作者为奥尼西莫夫这类干部不遗余力地、顽强地完成工作任务并创造出成绩而感到骄傲,同时又为他们失掉个人尊严成为只知"执行"的工具而痛心。个人崇拜造成了不正常的社会气氛。造就了几代具有"崇拜"习气、崇尚唯意志论和烂施惩罚的领导干部。彻底克服这些不良后果的任务还远没有完成。《新的任命》以客观冷静的叙述,不直接褒贬人物的描写,深深地启迪读者去思考。它与《阿尔巴特街的儿女们》一道,最早描写了30年代斯大林及其周围的人们。

(六)《凭着记忆的权利》

特瓦尔多夫斯基也曾顺应传统势力谴责过《日瓦戈医生》的作者,但整个看来,他是位革新派诗人,思想激进。50年代的《焦尔金游地府》使他获罪,被免除《新世界》主编职务,长诗也没得到及时发表,过了10年,修改后才出版,还是遭到保守派的贬低。1969年他完成长诗《凭着记忆的权力》(《По праву памяти》),仍是不能发表,但长诗从民间流到了国外,西方首先印行。到1987年国内才允许出版。

《焦尔金游地府》和《凭着记忆的权利》都是针对时事而发的重要作品。50年代批判斯大林的个人崇拜,批评他"背离列宁的原则",谴责他肃反扩大化的过失。勃列日涅夫时期对斯大林问题,改变了赫鲁晓夫的方针,力图恢复斯大林形象。勃列日涅夫的办法不是直接否定过去对斯大林的揭露,而是只讲功劳避而不谈其他,特别是把伟大卫国战争的胜利用来肯定斯大林的政治生涯。后来发展到不准把斯大林时代称为个人迷信时期。特瓦尔多夫斯基反其道而行,他要"凭着记忆的权利"写诗来重温斯大林那段历史,提醒人们不能忘掉历史的教训,在诗中重新提出斯大林体制的不当,对妄图抹去斯大林时代的过失、遏止社会积极发展的动向,公开表示抗议。因此长诗被压了18年。

(七)《白衣》

50年代的长篇小说《不是单靠面包》曾经受到批判,给杜金采夫带来厄运,长期不能发表作品,精神上受到压抑,生活困难。杜金采夫没有灰心，没有颓唐，创作热情没有泯灭，创作性格也没有因受挫而改变，他花了20年时间又创作了长篇小说《白衣》(《Белые одежды》)，写成后又被埋没了10年，到1987年才在苏联《涅瓦》杂志上公开出现。这部长达60万字的小说，一经和世人见面，就以其所提问题的尖锐和富有现实意义引起强烈反响，评论界认为是一部真正的、极好的书，认为它填补了文学中的又一空白，赞扬作者"以极大无畏的气概建立了功勋"[①]。格拉宁在谈到《野牛》和《白衣》有共同的主题时说："无疑，杜金采夫完成了一项重大的工作，可以称之为功绩。"[②]《白衣》的发表成了苏联文学中的"一件大事"，成为人们注意的中心。

《白衣》让读者看到了李森科统治生物学界的真实情况，中心事件是全苏农业科学院1948年全会。这次全会使苏联生物科学倒退了几十年。作者为写此书参加生物学界各种学术会议，调查研究，收集材料。他创作的主旨是要"撕下'恶'的假面具"，"使好人真正掌握识别善与恶的标准"，展现那些正直、无私、富有才华的人们的高尚品行。

1948年8月，全苏列宁农业科学院大会上，魏斯曼-摩尔根学派[③]受到彻底批判，随后，里亚德诺院士派杰日金副博士和茨维亚赫回母校检查工作，因为那里有人不信里亚德诺的理论，搞了个黑培训班。培训班的头头是斯特里加列夫副教授，他是遗传学育种学实验室主任。遗传学育种学教研室主任是海费茨教授。他们表面上忠实地按照里亚德诺院士的方法做试验。学院副院长波索什科夫院士桌子上摆的是米丘林学派的《农业生物学》杂志，真正研究的、"不准外借"的是摩尔根的《遗传的物质基础》。这些学者正在受里亚德诺布置的人揭发批判。但海费茨、斯特里加列夫等人的论证使来检查工作的杰日金和茨维亚赫大为震动，意识到他们是正确的，不愿加害于他们。但校方已拟好解除一批教授职务的命令，被解职的就有海费茨和斯特里加列夫。

---

① 苏联作家普里斯塔夫金语，转引自《当代苏联文学》1987年6期104页。
② 引自《格拉宁谈其新作〈强者〉》，《当代苏联文学》1987年5期142页。
③ 魏斯曼（1834-1914），德国生物学家，新达尔文学说的建立者，认为自然选择是进化的唯一机理。摩尔根（1866-1945），美国实验胚胎学家、遗传学家。1933年获诺贝尔生理或医学奖。

为什么要搞秘密培训班呢？因为"几年来各高等学校都讲授些胡说八道的东西，将来谁教真正的科学呢？……一个人教 40 个学生，20 个人就几乎教 1000 人了"。维护、传授真正的科学是培训班的目的。

里亚德诺院士要像除草一样除掉这些信奉真科学的人，可是要把他们的研究成果弄到手，据为己有。斯特里加列夫对杰日金说："里亚德诺向政府作了保证，却完不成任务，跑来找我。我把最出色的成果给了他，使他扬名增光……现在，他又完不成任务了，听说我又在培育超过'五月花'的新品种，就决定从检查工作开始……把我这个目标指给了你！"杰日金完全醒悟了，他心中对里亚德诺这个"好心肠的""随和的"老头儿原有的好感荡然无存了。

里亚德诺责成杰日金把斯特里加列夫研究马铃薯的资料都接收过来，密令杰日金接近他，把东西都弄到手。

里亚德诺认为桦树长赤杨枝儿证明遗传不是物质，而是特性，是魔鬼，是灵感。而波索什科夫指出"这是一种病菌使桦树叶发生病态现象，长得象赤杨叶"。在真才实学面前，里亚德诺的胡说八道显得多么可笑！然而里亚德诺有政治势力，且善耍阴谋。事实上他算不得科学家，而是披着科学家外衣的政客，他专门诬陷好人，向斯大林汇报。他逼着杰日金表态："是站在我们一边还是反对我们？"这哪里是科学问题？正直的科学家们不向他们屈服，却没有出路。波索什科夫在国际学术会议上宣布"我们培育出的'孔图马克斯'多倍体与'图别罗祖姆茄属种'杂交结了浆果"，并提到了苏联科学家伊万·斯特里加列夫的名字。他在学术委员会上指出，他亲眼看见斯特里加列夫用秋水仙素培育出"五月花"，可后来这品种竟成了里亚德诺院士的了。他直言不讳地宣布了这些事实之后，服毒身死。

杰日金竭力保护被迫害的科学家们和他们的研究成果。他在上大学时就懂得了善包含着痛苦。"这些穿白衣的人——他们是从大患难中出来的。"

60 年代初，里亚德诺院士完全变了样，他在科学院会议上总是默不作声，也不在其他公共场所发言。没有人愿和他辩论什么。他又活了不少年头，死了。

《白衣》也译作《穿白衣服的人们》，它所描写的40、50年代生物学界的斗争，揭露了某些人不择手段地迫害异己，这种现象不仅在生物学界，在其他领域也有，而且不仅发生在那个时代，还延续到现在。直到最近，反对揭露这个真相的势力仍很强大，这是一股阻碍社会改革的顽固力量，所以像《白衣》这种作品不能顺利地及时地发表，这也说明小说具有重大的社会意义。

《白衣》揭示了遗传学被压制的原因，是一种荒谬的观念作怪，这种观念认为新生活能顺利而迅速地创造新的自然界和新的人，认为教育的力量比遗传强大得多，况且遗传学还会使人的天真信念发生动摇。所以当时对遗传学家的迫害得到了最高领导的支持。此外还有无知、妒忌、追逐名利、个人崇拜等政治、社会、道德的多方面的原因。《白衣》所描写的矛盾、冲突，不仅对生物科学，也对社会道德发生着毁灭性影响。

小说虽然被压制晚出了10年，仍然非常合乎时宜，改革正要求培养个人的负责精神，要求尊重科学规律和生活的客观规律。追求和捍卫科学真理的斯特里加列夫、波索什科夫、海费茨、杰日金等一系列光辉形象是不朽的。他们作为苏联生物科学的精英，在科学与伪科学的较量中，受到迫害，有的献出生命，是无法弥补的损失。里亚德诺之流，是制造这一损失的直接凶手。作者悲愤地声讨他们的罪行，为知识分子受迫害，为科学事业遭到巨大损失而向全社会鸣冤。

（八）《阿尔巴特街的儿女们》

雷巴科夫是位老作家，过去没有引起人们特别注意，从1987年他的《阿尔巴特街的儿女们》发表，引起国内外轰动。1988年中国的报刊纷纷介绍。雷巴科夫成了评论界议论的中心。《阿尔巴特街的儿女们》在近年发表的一批轰动文坛的作品中，是震撼力最强的一部。

阿纳托利·纳乌莫维奇·雷巴科夫（Анатолий Наумович Рыбаков，1911-1998），俄罗斯作家。出身工程师家庭。1934年毕业于莫斯科运输工程学院。写有儿童中篇小说《短剑》（1948；1954年拍成电影）和《克罗什历险记》（《Приключение Кроша》，1960）。1950年发表长篇小说《司机们》（《Водители》），获1951年的斯大林奖金。还有长篇小说《叶卡捷林娜·沃龙尼娜》(《Екатерина Воронина》，1955；1957 拍成电影)、《沉重的沙子》(《Тяжелый песок》，1978) 等，探讨了复杂的生产问题和人与人之间的关系。这些作品早已译介到中国。雷巴科夫作品的特点是力求通过行为和事件揭示人物性格，很少空泛的议论。

《阿尔巴特街的儿女们》(《Дети Арбата》) 是自传性小说，主人公萨沙的原型就是作者自己。小说分三部，从 50 年代末开始写，1966 年将第一部手稿寄给《新世界》，得到主编特瓦尔多夫斯基的赞赏，但未能发表。作者开始写第二部，于 1978 年投给《十月》，又遭拒绝。1982 年三部全完成，共用 20 多年时间，作者说是"耗费了我毕生心血的书"。他答美国记者说："我有很多机会在西方出版这部小说，""但我希望它在俄国发表。我想让我的人民得到这本书。人们的心理还需要很长时间才能转变过来。"① 外商向他索稿，他都拒绝了。在国内出版遭到拒绝，因为他大胆揭露了苏联的阴暗面，而人们的心理一时不能接受。小说从出版截至 1988 年在苏联印了 120 万册，仍供不应求，还被译成多种文字在近 30 个国家发行。

《阿尔巴特街的儿女们》反映了苏联 30 年代初期的历史，分两条线索。一条写莫斯科运输工程学院四年级学生、共青团小组长萨沙·潘克拉托夫的命运，他因为写了一首善意的讽刺小诗，被扣上"反党反社会主义"帽子，被逮捕入狱。他拒绝承认有反党罪行，还是被判 3 年徒刑，流放到西伯利亚。他经过长途跋涉，来到人迹罕至的安卡拉河畔一个偏僻小村住下，受尽了讥讽和侮辱。另一条线写国家政治生活，主要塑造斯大林形象，对他作了深刻的内心活动描写，"揭示出他性格的全部特点"。苏共十七大后，斯大林越来越感到基洛夫、奥尔忠尼启则等人是他最不可靠的"盟友"，尤其是基洛夫。为割断基洛夫和列宁格勒的季诺维耶夫反对派的联系，先铲除掉季诺维耶夫的追随者们，再把基洛夫调到莫斯科主管工业，促使他和重工业部长奥尔忠尼启则之间产生矛盾。基洛夫到了莫斯科，在史学观点和对待季诺维耶夫、加米涅夫等人的态度上，与斯大林发生了冲突。12 月 1 日基洛夫在列宁格勒被暗杀了。萨沙在西伯利亚听到这

---

① 转引自 1988 年 6 月 9 日《文摘报》。

个消息，感到黑暗时代要来临了。

小说引起的轰动中，有不同评论。一种评论给予极高的赞扬，认为这是"一部用从容的现实主义笔触写出的规模宏大的社会历史画卷，填补了历史地图上的一个'空白点'"；是一部"研究小说"，其"研究对象是时代"，"唯一目的是讲出真实情况"，作者是"为了未来而写过去"，让没有经历过个人崇拜这一历史悲剧的后人，了解这一悲剧的原因、"根子"，作者为我们第一次塑造了一个有血有肉的活生生的斯大林形象，表现出他身上集中的矛盾，他身上好的和坏的东西，并且找到了二者之间的逻辑关系，这是作者的功绩。

《阿尔巴特街的儿女们》和《新的任命》是第一次描写了30年代斯大林及其周围的人们的书，尤其是《阿尔巴特街的儿女们》最大胆地同苏联文学中"功过相抵的传统模式决裂"了，而且作者强调，"我请读者们相信，小说中斯大林的每一个行动都不是杜撰的，都是有依据的"[1]。说小说填补了历史研究上的空白点，是因为历史学家们也承认的事实："对30年代我们实际上并没有研究，……而把它留在了我们的研究之外。"[2]

另一种评论是谴责作者贬低斯大林在党和国家历史上的积极作用，是要"搅混水"，小说是"送给苏维埃政权所有敌人的一份礼物"[3]；这个作品既不真实，也没有真理，也没有艺术性可谈；小说揭示斯大林怎样建立他的无限权力和个人迷信时，描写成斯大林本人主观上要搞个人迷信，周围的人则卖力抬轿子，这是不合事实的；小说将1937年说成是苏联历史上最残酷、死人最多的时期，这是知识分子的狭隘偏见。

出现如此强烈的批评，大约由于作者说的"人们的心理还需要很长时间才能转变过来"的原因。作者深知自己所写是最敏感、最棘手的问题。他在谈他的创作动机时说，30年代"人们什么都怕，不敢独立作决定，一切都等待'上面'说话。这种'千万别出什么事'的恐惧心理至今还存在。这对我们妨碍极大。现在，党正竭力在全国造成一种新的心理状

---

[1] 原载苏联《文学报》（1987年8月19日），参见《当代苏联文学》1988年第3期第101页。
[2] 原文见苏联《共产党人》（1987年第12期）德罗比热夫文章。
[3] 摘引自《当代苏联文学》1987年第6期第33页。

态。……需要讲真话。首先是讲历史的真话。对待自己国家的历史都欺骗人，用谎言和似是而非的真理教育人，永远不会有任何好处。用似是而非的真理教育出来的社会是没有道德的"①。(1987)"我不怕在小说中触及最敏感、最棘手的问题。30年代，斯大林在苏联实行工业化，他是用武力来做到这一点的。他剥夺了人民独立思考的权利。斯大林最主要的罪过是改变人们的思维方式。我们应该从这个年代留下的心理影响中解放出来，只有这样我们国家才能发展下去，才能成为她应该成为的国家。"②

《阿尔巴特街的儿女们》还不算最后定型，作者还打算修改和补充，"多数人物将有变动，原来的人物将只剩下萨沙和斯大林"③。他还要写一部这个作品的续集，叫《1935年及其他年代》描写斯大林生活的一个片断：斯大林想到古时候人们对统治者伏地叩头，这主要不是为了表示顺从，而是为了排除行刺的可能性。因此，抬着头的人都要被砍头。在季诺维耶夫、加米涅夫等16人案件审理之后，这个念头经常缠绕着斯大林，后来导致了对数百万人的大清洗。这一案件做了小说的背景。作者说，这将是一部"沉痛的小说，沉痛的年代……要把当时发生的事都写出来是非常复杂的，……既然已经讲真话，就要把它讲到底"④。

---

① 参见《关于雷巴科夫新作〈阿尔巴特街的儿女〉的一些情况》，《当代苏联文学》1987年第6期第33页。
② 转引自1988年6月9日《文摘报》：雷巴科夫答美国记者问。
③ 同上。
④ 转引自《关于雷巴科夫新作〈阿尔巴特街的儿女〉的一些情况》，《当代苏联文学》1987年第6期第33页。

后 记

  我在给中文系高年级讲授"苏联当代文学"课的过程中,越来越感到近40年的苏联文学丰富多彩而富有教益,不但大学学文学的应该读,所有关心文艺发展、关心社会进步的读者都应该读。文艺的使命是什么?文艺的价值何在?什么样的作品是好的或不好的?人怎样才能幸福?什么是幸福?生活怎样才美好?什么样的生活是美好的?……总之,凡是文艺、社会、生活、道德、爱情、人、人与自然的关系、战争与和平、革命与建设等问题,你若有兴趣,都可在本书中获得有益的启发。

  本人对苏联文学知之有限,主要汇集了中外名家的高见,成就此书。书中引用资料没能全列出作者姓名,当时写讲稿未想到出版,而今需要注释时,很难查找出处了,有意研究者可在下列参考书中找到出处。参考资料主要是 1985—1988 年的《当代苏联文学》杂志,吴元迈、邓蜀平编《五、六十年代的苏联文学》,吴元迈、张捷编辑《论当代苏联作家》,维霍采夫《五十—六十年代的苏联文学》,诺维科夫《现阶段的苏联文学》,北京大学俄语系编译《关于〈解冻〉及其思潮》,梅特钦科《继往开来》,科瓦廖夫主编《苏联文学史》,孙美玲编选《肖洛霍夫研究》,马克·斯洛宁著《苏维埃俄罗斯文学》,北京大学俄语系编译《西方论苏联当代文学》,廖鸿钧等编译《苏联文学词典》,徐稚芳等编选《Современная советская литература》,А. М. Прохоров, М. С. Гиляров《Советский энциклопедический словарь》等。有的书籍或文章已不在身边,不可能一个不漏地列出了。我在此感谢以各种形式帮助了我的诸位先生和友人！书中错误之处，敬候读者指正！

何　瑞

1990 年 10 月

论 文

肖洛霍夫与《人的命运》
——兼谈评论的职责和创作的自由

《人的命运》[①]来到中国二十八年，有似这小说的主人公，命途多舛，竟也是出生入死，很受了一番磨难。近几年，境况虽有好转，恢复了名誉，却仍然受着某种程度的冷遇。这牵涉到批评的标准和态度，评论者的权力和职责，创作的自由和界限。而这些问题直接影响到读者的思想和文学的发展，应当重视。

肖洛霍夫是"一个非同凡响的、同谁都不相象的、具有自己独特面貌"的作家[②]，是一个有巨大的吸引力的作家，是一个在文学史上占有重要地位的作家。你不读他的作品，便不能对他的国家在他那个时代的文学，得出明确的概念。他的短篇小说《人的命运》，比他任何别的作品，更能表现他的独特面貌；比他任何别的作品，在苏联文学史上所产生的影响、所起的开创作用，更显著，"较之许多大部头的作品尤为珍贵"。它开创了一个新阶段，引出了一个新倾向，紧跟着形成了一个卫国战争小说的新浪潮，它被公认为是这新阶段、新倾向、新浪潮的代表作。小说一发表，立刻震动了整个苏联，亿万人为之垂泪，并很快引起世界各国的注意。它是写战争的小说，但不能作为一般的战争故事读。从其主题的深刻、内容的丰富和描写的凝炼看，这个形式上的短篇小说，是长篇小说的浓缩，因此，被称为长篇史诗式的短篇。小说中饱含着永远有价值的思

[①] 《人的命运》又译为《一个人的遭遇》，1957年发表，同年译为汉语。
[②] 绥拉菲莫维支《肖洛霍夫研究》17页。

想，深藏着永远感人的艺术魅力，在苏联文学史上，永远是一个时代的标志。

《人的命运》通篇浸透着爱国主义思想，处处维护了民族尊严；维护了祖国的荣誉，显示出正义的爱国精神是任何力量也不能征服的。《人的命运》诅咒战争，是同类作品中最强烈、最有力的。不消说，它诅咒的战争，是强加给人民的不义之战。这样的反战思想，能永远引起人民的共鸣。小说的矛头直指法西斯，并提出人和战争的关系问题。作者站在历史的高度，观察人和战争的关系，人和命运的问题，看到人在历史中，在生活的道路上，碰到的艰难困苦和不幸的遭遇；同时强调，人不能听凭命运的摆布，而应该以百折不挠的意志，以坚强有力的斗争，去克服任何艰难和不幸，主宰自己的命运。"灾难阻不住人生活的脚步"，人能够主宰自己的命运，这是小说的核心思想，它的意义比仅仅激起对法西斯的仇恨要深远得多。人类社会在合乎规律地发展，最终要统一在理想的制度之中，然而这"发展"不会是"自动"的，还少不了人的意志和斗争。作者说他写战争的目的，主要的不在真实地描写战争过程，而是为了写一个思想："不单单是不同的民族、军队、士兵和将军在打仗，而是不同的思想在交锋。"[①] 什么"思想"？是社会主义人道主义思想和法西斯灭绝人性的野蛮思想，以及它们分属的两个思想体系。这便是《人的命运》在思想意义上和一般战争题材的作品不同之处。

《人的命运》不仅有深刻的主题思想，还有巨大的艺术魅力。作家总是把一个作品的主题思想体现在形象身上，《人的命运》的艺术魅力，也首先有赖于它的成功的形象。主人公索科洛夫的形象真实、丰满、深邃，有无限的生命力和感染力。他纯洁高尚，对祖国忠贞，"精诚之至"，从事正义事业，自觉、坚定、刚毅过人。庄子曰："不精不诚，不能动人。……真悲无声而哀；真怒未发而威；……真在内者，神动于外，是所以贵真也。"这个形象处处给人以无比的真实感。他是多难的普通人，他没有惊人的战绩，没有挂满胸前的奖章，没有什么豪言壮语，他的一切言行是普通的百姓可能有的。他的心灵纯洁，体现了普通劳动人民的美好感

[①] 肖洛霍夫同记者的谈话，同上书，473页。

情；他的不幸遭遇，体现了亿万人在战争年代的痛苦经历，体现了同时代人的命运。创作《人的命运》，肖洛霍夫的倾向、手法、目的，已不同于五十年代中期以前的战争题材作品了。那时的作品往往理想化，常常避开实际的战况和真实的生活，理想地描写人物，任意编造历史。严峻的现实主义者肖洛霍夫，从不俯就任何一种他不愿接受的思想，他写出了"痛苦的真实"。他从童年起就经历了战争，也曾参加到反法西斯行列，了解战争是什么。他和他的主人公心灵相通。他把深厚的爱和崇敬的感情献给了他的主人公。诚实、善良、勤劳的索科洛夫背负起侵略战争加给他的沉重无比的压力。这种压力在作者笔下一直没有得到任何缓解。当战争开始，他便生离了他的美满家庭，包括他的爱妻、孩子和十分幸福的和平生活，走上保卫祖国的前线。他勇敢作战，不惜性命，多次受伤，不幸被俘。被俘而不屈，受尽非人的虐待，几次面临死亡，从未玷污祖国的荣誉，不忘自己是俄罗斯士兵。他拼出性命逃跑，几次失败，肉体成了凶恶狼犬的攻击目标。然而，一颗爱国的心是征不服的，终于成功。他的逃跑，固为生存，而生存的本质意义是为祖国。他刚刚见到自己的部队首长，第一句话便是要求编入作战连队。他与幸福的家庭生离，已属人生痛苦，然而更痛苦的是生离变成了死别！他爱他的妻子、儿女，爱得极深，从他在和平生活时的幸福感，从他落得孤身一人后的无底的悲痛，强烈地表现出来。但他对祖国、对人民的爱，要高过这种爱多少倍！他在无可挽救的损失和难以承受的打击之下，哀痛不已，却仍保有一颗坚强而温暖的心，这颗心永远向着祖国。小说当年在电台播发，听者多失声落泪，纷纷投书，询问作者："索科洛夫现在怎样了？"这是索科洛夫形象深入人心的力证，是他的事迹真实地反映了战争的历史并和当代生活存在着密切联系的力证。

　　从文学典型看，索科洛夫是一个普通人典型，不是一个理想的英雄，没有一点理想化的色彩。他仅仅是一个普通工人，普通士兵，普通公民，只有普通人的思想感情，普通人的语言，然而不乏英雄品质。在当代苏联文学史上，在创作实践上开拓塑造真实的普通人典型道路的，正是《人的命运》。普通人是什么？是最广大的人民。说他普通，确实普通，他是普通人中的一个，说他英雄，也堪称英雄，他的行为光明磊落，可歌可泣。他的形象充分体现了作品的主题思想，在不堪回首的悲剧命运中，主宰了自己的命运，不但没有在战争灾难中被摧毁，而且"表现出崇高的思想，并激发出巨大的力量"。

作家追求的塑造普通人的美学理想，在国内外得到了回响。索科洛夫形象的感染力是超时空的。

把一个普通人形象塑造得如此成功，没有高超的艺术技巧，是不可能的。惟肖洛霍夫和普通人的心息息相通，又善于深刻地揭示其心灵的最高旨趣，再加采用了十分适合于内容的艺术形式，才"得于心，传于手"。

肖洛霍夫在苏联文学中开创了悲剧史诗的艺术风格。《人的命运》尤其突出了这一风格的特点，基调低沉、忧伤。独特的风格是这篇小说的魅力的又一泉源。它"在苏联文学中第一次通过饱经法西斯奴役和折磨的人，来体现真正的英雄的崇高品质"。作家开创这一风格的旨意，是要引起人们的激情，而不大适于追求艺术"享受"的人的口味。小说用人的非人的遭遇激动人，唤醒人们心中的人道主义感情。索科洛夫的遭遇极其不幸，受尽苦难，家破人亡，落得孑然一身。他不可能不悲哀，他的悲哀真是达到了"无声而哀"的境地。肖洛霍夫了解他所处的时代，那个时代是多么悲壮！他把法西斯德国妄图消灭苏联的战争，写成千百万人的悲剧，因为这场战争本来就是这样。索科洛夫一刻也不能忘记他一生经历的惨剧，一幕幕灭绝人性的恐怖景象，因而他被激怒的良知永远无法平静。忘却是不可能的，也不应当忘记。既不能忘记，则止不住哀伤。然而《人的命运》究竟不是感伤主义作品，这哀伤之中还深藏着一股可贵的力量，它给肖洛霍夫的人道主义增添了高昂的战斗激情，这就是要同威胁着人类安宁的一切邪恶势力不共戴天。索科洛夫有崇高精神境界和对生活的坚定不移的信念，他在极度的哀伤中，深沉地关怀着下一代，为祖国不停地战斗、劳作。《人的命运》不只有悲剧一个曲调，它还有更为重要的另一个曲调——号召人不要苟且偷安，要克服困难为争取胜利去战斗。小说的哲理是含蓄的，深藏的，不像四十年代某些作品，也不像新时期的《解冻》《冷酷》等小说那么浅露，味道淡薄。还有，小说异常凝练的语言中，富有深厚的感情，对话如生活中实有的那么自然，生动地表现出活人的心绪。这些，都增添了小说的魅力。

《人的命运》在当代苏联文学史上占了显要地位，它的辉煌成就在于反映了时代的普遍要求，因而成为时代的、人们社会追求的表达者。第二次大战结束不久，人民对战争的惨祸记忆犹新，希望有一个较长的和平时期，休养生息，建设国家，苏联如此，中国亦然，大部分国家莫不同感。《人的命运》说出了社会的话，表达了人民的情绪，强烈地控诉了侵略战争，有利于全世界人民同心同德，维护世界和平。《人的命运》的显要地位，还在于它孕育了一代作家。当代苏联文学在许多方面直接受益于它。善写短篇的"战壕真实"派，继承了《人的命运》的思想、形式和手段，主要以长篇构成的"全景文学"，在艺术观察的倾向上，也受《人的命运》的影响。三十年来，还没有一个短篇能超得过它。

《人的命运》篇幅那么短小，作者又不缺乏才能，为什么要拖十年之久才写出来呢？这个问题很值得深思。任何时代的天才，"除非待有非常的事变发生，激动群众"，方能使那天才表现出来。《人的命运》怀胎十年始降生，可谓难产。早几年他不能写，因为那时苏联文坛为"无冲突论"所统治，只容粉饰现实、美化现实的作品，反映生活真实的矛盾和冲突的作品，受到排斥、压制。人道主义也被当作异端而受摈弃。不能自由地写，只能按别人的意志写，怎么会有佳作出现？而当"解冻"时期一到，民主空气朗然，他才按本意一挥而就。可见创作自由是多么重要！可见违背生活规律和艺术规律的理论、批评，对文学的发展是多么有害。

十年动乱时期，苏联作品不能读了，尤其是肖洛霍夫的作品，特别是《人的命运》更不能读了。中国的许多作品也不能读了。到重新"开放"时，读者的需要便如洪水决堤，再版出书，排队抢购，争先恐后。可见这些作品从来没有在人们的心中丧失它的地位。新时期到来，拨乱反正，《人的命运》纳入了教育部制定的教学大纲中。但是，过去的错误的批评，似乎并未见彻底纠正。八十年代初，还可听到"叛徒文学"的论调。前几年，我的一个学生欲选《人的命运》为毕业论文题目，唯担心惹出麻烦，影响成绩和毕业而终于放弃。刚满二十岁的青年，在学术问题上，竟也这样瞻前顾后，战战兢兢，岂不令人感叹！究其原因非只一个，然大抵来源于一顶帽子："肖洛霍夫是修正主义文学鼻祖"。自从那个"旗手"江青发明了"鼻祖"论，许多"批判"的文章，数不清的罪名，便纷至沓来。诸如《人的命运》是反动小说，渲染战争恐怖，诋毁革命战争，反对人民革命，宣扬和平主义，鼓吹活命哲学，美化歌颂叛徒，宣扬投降主义，反对一切战争，等等等等，不一而足。且不论什么是修正主义，恐怕它的定义尚需研究。至于"诋毁革命战争""宣扬和平主义""鼓吹活命哲学""美化、歌颂叛徒"等等帽子都是彼时彼地按着某种需要炮制出来的不实之词，跟索科洛夫形象风马牛不相及。他撇下妻子儿女参加反侵略的革命战争，枪林弹雨，英勇向前，受伤被俘，始终不屈，处处维护民族尊严与革命利益；生命将丧于一旦，还时刻不忘祖国，逃跑归来，立请再战，家破人亡，悲痛已极，仍将全部爱的精神和力量奉献给下一代。试问：哪一个国家，哪一个民族有这样的"叛徒"？然而，"反对一切战争"的评论，直到最近还似有所闻，不过声调缓和了，是从字眼上挑毛病。还有批评小说过于感伤的，有批评小说反映生活不全面的，有批评主人公格调不高的。不能说，这些批评都是鸡蛋里挑骨头，但是说它们囿于过去长期形成的评论模式，忽视了小说的特点是不错的。

《人的命运》之所以命途多舛，原因之一是它的突破，它的新形象、新手法，反映了新思潮，体现了新趋势。以前描写战争的小说，都是写人在战争中的作用，写战争中的重大事件，赞扬人在战争中的功勋。从《人的命运》开始，着重写战争在人的命运中的作用，人在战争中的遭遇，人和战争的矛盾。首先，小说是个悲剧。这就违背了我们某些同志的习惯：社会主义只有光明，怎么能写成悲剧呢？这种观点，是绕开矛盾走的惯性所致，也是对悲剧的曲解。社会主义确实光明，但能否说绝对没有悲剧呢？斯大林在世时的四十年代，造成一批冤假错案，受害者的结局还不是悲剧？卫国战争中，苏联人民丧生者两千余万，怎么会没有悲剧？我们也有土地革命、抗日战争、解放战争，还有个"史无前例"的十年，悲剧还少吗？随着时代和社会的发展，悲剧的内容和形态会各有不同。悲剧也并不都是纯粹写失败和毁灭。不必一闻到作品有悲剧味儿，就疑为有碍光明。有人说《人的命运》太感伤了，调子太低沉了，没有写出社会主义的力量和温暖。小说中的"生活啊，生活啊，你为什么那样折磨我？……永远得不到答案"，就是感伤的证明，就是迷惘的表现。苏联有的文学研究者，也曾批评《人的命运》过于感伤。但反驳者说："没有比这种指责更皮相、更不公正的了！"反驳得好！人悲伤到极点，往往有呼天唤地的哭号。窦娥明明是封建秩序害死的，做为普通妇女，她不懂这个，但她总知道是那个流氓张驴儿和贪官害了她。然而她不骂张驴儿、贪官，却怨鬼神，咒天地："地也，你不分好歹何为地！天也，你错勘贤愚枉做天！"批评家和读者从窦娥怨天骂地的呼号声中引起了共鸣，理解他骂天咒地，也就是控诉那个不能伸张正义的封建社会。索科洛夫也是普通人，他倾吐自己的哀伤，用的也是普通人的语言和腔调，有什么可责难的呢？假若把"生活啊，生活啊"换成"法西斯啊，法西斯啊"，明确倒是明确了，可也失去了艺术的含蕴，类似抗议文件了。所谓"永远得不到答案"，也并非真的渺无所知。他明知道是法西斯毁了他的一切。但为什么这样毁他呢？法西斯的兽行不可能回答出"为什么"。祥林嫂问得出狼"为什么"吃了她的儿子吗?! 这段哭诉的艺术效果，像传统戏曲里的"哭头"，如诸葛亮哭马谡："啊啊啊！马幼常啊！"这"啊啊啊"有什么意思？它的意思隐藏在人物的整个心绪之中，作者不必说明，听者也无须追问，自能体味。再说，索科洛夫遭到那样的大灾大难，有感伤情绪是正常的，没有，倒是反常了。小说的感人之处，正是因为淋漓尽致地写出了常人的感情，是完全现实主义的。批评小说过于感伤，还因为没有"大团圆"之类的"光明的尾巴"。一些搞评论的同志仍然受着老格式的束缚。他们认为索科洛夫应该有个好结局，应该有许多人关怀他，最好他重建一个家庭，再生一男一女，他应该忘掉伊林娜，应该表现点乐观精神，最不应该有一个在垃圾堆中生活的小万卡……。然而，照此办理，《人的命运》还会是肖洛霍夫的作品吗？还能有什么艺术感染力？"文学创作是精神劳动，有显著的作家个人特色"，这是文学创作的规律。我们的许多作品，正是缺乏这种特色。写战争只写牺牲时的英雄，不写牺牲后的悲哀；父母失掉了儿子，不让父母哭出声来，泪也只能流一半，怕以人的感情盖过阶级感情，如此等等。近几年来，我们文艺作品中的英雄，也开始为妻子儿女忧思了，也开始为牺牲的同志恸哭了，这不但无损英雄形象，正好丰满了他们的血肉。索科洛夫是有复杂性格的普通人的活英雄，不是庸俗社会学要求的只有阶级感情的僵硬的英雄"标本"。

作品中的人情味，人道主义精神，常常是评论狩猎的对象。《人的命运》中的"永不枯竭的人情味"，浓烈的人道主义精神，也一度被中伤。

实践证明：解放后我们对人道主义的批判往往是站在封建主义的立场上，并且忽视了革命人道主义的继承性。直到今天，对人缺乏关心、尊重、同情、爱护的冷漠现象仍不同程度地存在。当前，宣传社会主义的人道主义有迫切的现实意义。文艺工作者站在社会主义立场，对真实的人性、人情、爱国心、正义感和普通公民人格的尊严作具体的生动描写，是文艺获得生命、感染力、教育意义的必要条件[①]。《人的命运》中的人情、人性、人道主义，当被认为是名正言顺的了。

我们的评论还往往有求全的偏向，一个作品，如果不找出几条毛病，好像就不叫"批评"，就有失"客观"。任何作品，没有一点毛病，尽善尽美，无所不包，无懈可击，是不可能的。一个短篇小说更不可能。有人说"短篇小说是人类命运无穷的长诗中的一个插曲"，它不可能反映人类的整个命运，不可能面面俱到。《人的命运》着重表现的是一个思想，是普通人在非人的遭遇中的心灵美。作者视野广阔，不囿于近距离的观察，把注意力投向人类的前途。批评小说没有反映出人民多方面的生活，正是无视短篇体裁的特点和作者创作的主旨所致。

我们的评论还有一个弱点，对借鉴西方太敏感。《人的命运》成功的因素之一是吸收了西方战争题材作品的某些写作经验。但作者把那些经验融汇到了自己的风格之中。《人的命运》完全是肖洛霍夫式的。肖洛霍夫可称"拿来主义"者。如果认为《人的命运》运用了西方一些手法，出现了新特点，就是离开了社会主义现实主义，那是太简单化了。不用说《人的命运》这样的杰作，就是随它而起的一批战争题材作品，有的确实存在着不良倾向，但就总体而论，也还是沿着社会主义现实主义的传统发展的。这一点，正如萨特所见：苏联文学和西方文学不可能接近，企图使二者接近，"归根到底，恐是毫无意义的"，苏联文学在探索的道路上，保持了自己的独立性[②]。我们正在提倡创作自由，取开放政策，也无须担心失去独立性。中华民族历经了多少列强的政治的、军事的、经济的、文化的侵略，从未被他们化过去，何况现在已是独立的、强大的、有自己特色的社会主义新中国！

---

① 胡乔木：《关于人道主义和异化问题》。
② 梅特钦科：《继往开来》379页。

《人的命运》自然也有缺点，如索科洛夫听到德国鬼子用俄语骂俘虏们，他感到像从家乡吹来的一阵微风，很舒服。用这样的细节表达他热爱故土的心情，是作者的败笔。但类似这样的瑕疵，丝毫无损它的基本倾向。基本倾向，是评论者首先应看准的。

　　以上所谈，皆一孔之见。批评偏向，只涉一面，创作自由，未及界限，必须自由，总还有个是非标堆。因篇幅所限，且从略。今年二月二十一日是肖洛霍夫逝世一周年，匆就此文，以示纪念。

（本文原载《河北师范大学学报》1985年第4期）

苏联当代文学的若干问题

实事求是地观察苏联当代文学，则可从它看到社会主义制度的光明面，也可看到其不完善之处；既可看到苏联文学基本上沿着社会主义方向、继承着革命传统在发展，也可看到它在多方面的探讨中的偏差。

苏联文学自五十年代初"解冻时期"开始，出现了蓬勃发展的局面。发展中的一个突出特点是充满了种种不同见解的争论。当代一些作家、作品、文艺理论常常引起争议，而且往往相持不下。以《新世界》为一方、《十月》为另一方的两大派争论，竟延续十年之久①。各种争论中，谁是谁非，需要读者鉴别。探讨苏联当代文学中各种有争议的问题，不仅是我国高校外国文学教学的需要，即对于被称为"六神无主"②的或正在"寻找新的创作思路"③的我国当代文学的发展，也可能有些启示。

一　社会主义国家党政领导
　　干预文学创作的问题

四十年代，联共（布）中央在日丹诺夫掌管文艺那个时期，苏联文学曾受到过粗暴的行政干涉，一些名作家被开除出作协，一些杂志被停刊或

---

① 《新世界》和《十月》都是苏联文学艺术和社会政治月刊，前者是苏联作家协会机关刊物，后者是俄罗斯联邦作协机关刊物。两派争论自斯大林逝世后开始。
② 蒋子龙：《中国文学目前"六神无主"的症结何在?》，见1986年1月2日《文摘报》。
③ 魏珂：《我国当代文学将如何发展》，见1985年12月19日《文摘报》。

改组。从那以后苏联文学创作数量大减，质量下降。因此有人认为党不应绝对领导文艺，不应用行政手段干预文学创作。

在苏联，党政干预文艺工作，其动机是要保证文艺的社会主义方向。党的文艺批评体现着党的政策和理论，体现党的领导，它有时直接与行政力量相结合。这一结合是有威力的，可以左右文学的发展。因此，文学发展的路子正确与否，要看党的政策、理论是对是错。三十年代到五十年代初苏联文艺界盛行的"无冲突论"，是苏联领导对社会发展作出的错误结论导致的结果。在这种理论指导下，不允许作家对现实生活中的矛盾、缺点进行揭露，违者施以处罚。这种不顾生活真实、违背艺术规律的命令主义，给苏联文学造成了严重危害，致使文学创作公式化、概念化、雷同化，浮浅失真，读者厌倦。五十年代初，苏联党发现了这一理论的错误，提出"写真实""文学干预生活"的口号，从而纠正了"无冲突论"，文学立即勃兴、发展了。

又如一九三二年联共（布）中央作出的《关于改组文学艺术团体》的决议，解散了"岗位派"、"拉普"、"伏阿普"等有种种错误倾向的文学团体，成立了全国统一的苏联作家协会。这是一场真正的行政干预。历史证明，这对于团结各族作家、促进苏维埃文学健康发展起了良好作用。

可见，用行政命令干预文学，有时候是必须的。在社会主义国家作协领导人往往身兼党政职务。曾任苏联作协总书记、主席的法捷耶夫，同时是苏共中央委员。从前的中国作协主席沈雁冰，同时是文化部部长。作为作家自己的组织的作家协会并不是绝对独立的，它要接受党政有关部门的领导。所以，党和行政干预文学创作是正常的。关键问题是：行政干预应避免违背文学的发展规律。苏联五六十年代发生的两大派论战，就受到了苏共最高领导的干预。那干预的方法是能宽容，善引导，不用打击一方的手段消除矛盾，而是客观地指出双方的错误之处，把双方的合理部分总结成共同的目标，从而使苏联文学获得了新的发展。

五十年代初期苏联文艺界的"解冻思潮"来势甚猛，冲破了过去的许多框框，但"解冻文学"并没有动摇党对文学的领导。苏联当代文学没有多少西方的影响，西方评论家的结论是，苏联文学家们的革新"只限于如何对待他们题材的主题和如何处理方面,他们并不试图摆脱社会主义现实主义……的限制",即使持不同意见的作家,也"都是以尊重事实的态度进行创作","作家们敢于对党的领导人所指引的文学方向表示不愿苟同",但并不主张文学自治,都清楚党的绝对领导是不能动摇的[①]。

当代作家是为社会主义制度日臻完善而创作的,是为社会主义日益扩大其对世界的影响而创作的,一句话,是为共产主义的远大理想而创作的。这就决定了社会主义国家的当代文学,必须接受共产党的领导。所以,不能说党领导文艺是教条,问题在于用什么理论、用什么方法去领导。

二 典型问题

什么样的形象具有生命力?不同时代的作品,有不同的主人公。一个形象只要反映了他那个时代的特征,就具有永久的生命力,如恰巴耶夫、保尔·柯察金、索科洛夫等。《新世界》一派认为保尔的形象过时了,应该写普通人了。怎样看待这个主张?我以为说保尔形象过时,从而贬低他的意义,那是错误的。但是,提出塑造人物形象要有时代特点,不能老塑造和保尔一模一样的形象,这是对的。《十月》派和我国的一些评论家认为,写"普通人""小人物"不适合社会主义时代,主张写英雄和"理想人物"。此论对否?鄙意以为,社会主义,按其理想,按其要消灭压迫、消灭剥削,要逐渐缩小差别的性质,是不应再有"大人物"和"小人物"之分的。但是,文学所反映的内容,必然是现实生活,其中自然包括这种残存的现象,这是文学本身的规律所使然。所以,明文规定哪些人物可以写,哪些人物不允许写,限定主人公的范围,是不明智的。

五十年代以前,苏联流行的典型观就是这样,认为"典型只是那些表现苏联社会中的正面事物,反面事物绝不能决定苏联的面貌",由此推导出:塑造典型环境中的典型性格,就是塑造社会主义建设中的劳动

---

① 〔美〕乔·吉比安:《回顾间隙期》,见《西方论苏联当代文学》。

英雄，特别是塑造布尔什维克形象。这种观点显然是片面的。苏共十九大"总结报告"中就明确提出过"需要苏维埃的果戈里和谢德林"。这不就是承认反面人物在苏联也可以成为艺术典型吗？"理想人物"的典型观，是对典型理论的歪曲。因为在世界上根本不存在完美无缺的"理想人物"，作家即使塑造出完美无缺的高大形象，也是虚假的，站不住的。当代文学作品中普通人形象的出现是必然的，这是社会主义文学的一个进步。普通人形象塑造成功，并不妨碍英雄人物出现，有的普通人形象就是英雄，是真正的、脚踏实地的、和广大群众血肉相连、没有虚假和夸张的英雄。这是用现实主义手法描写的英雄。当然，社会主义现实主义并不妨碍用别一种创作方法，例如浪漫主义的方法，因为"社会主义现实主义的使命不是缩小文艺的能力，而是扩大其能力……社会主义现实主义完全允许浪漫主义的，甚至象征主义的形式存在，只要它能表现真实。"（法捷耶夫）梅热拉伊契斯的诗集《人》就是浪漫主义作品的代表作，他用浪漫主义手法，用虚拟、象征、夸张的手段，塑造了一个"大写字母"开始的"人"的形象，是一个"为人们的人"，是一个"哲学的和象征的人的形象"。

三 社会主义现实主义问题

社会主义现实主义，比起以前的各种创作方法，是进步的，并有功绩在世，出了一批有世界影响的作品。但在苏联，对这方法的理解，往往各有所见。一种说法是：社会主义现实主义就是肯定。这一解释成为文学走向粉饰现实的理论根据之一，并使苏联文学在一个长时期内没有出现"苏维埃的果戈里和谢德林"。《十月》派虽然说过"社会主义现实主义的力量，既在于肯定，又在于否定"的话，但是，他们的所谓"否定"是指对旧社会和阶级敌人的否定，实际上，和前一种解释并无不同。如他们说："社会主义现实主义是作为最坚决、最彻底的否定旧社会的艺术诞生的。但同时从它一诞生起，……就以强大的朝气蓬勃的力量去树立当代最先进的阶级——工人阶级的理想。"在苏联文艺界批判"个人崇拜"、批判文学粉饰现实的弊病的运动中，《十月》派片面地强调文学的歌颂职能，不能不说是保守。与之对立的《新世界》派在强调文学应该"写真实"、强调文学的批判功能时，又有矫枉过正之弊，认为写真实，就是写社会的阴暗面。在强调作家的创作个性时他们把"自我表现"说成是"典型化的唯一方法"，这就更不对了。当然，一部作品不应该没有作者的"自我表现"，或者说，不可能完全没有作者的"自我表现"。作家为什么写作呢？巴金说："我以文学改造我的生命、我的环境、我的精神世界。"台湾作家陈映真说写作是为"让被侮辱的人重获自由尊严"。美国的阿西莫夫说："我写作与呼吸是同一道理。我不这样做，便会死掉。"总之，作家在作品中都有"自我表现"。有的作品甚至就是作家的自白，甚至有的作家声称他所有的作品都是他的自白，邦达列夫就认为"文学本身就是自白"。所谓"自白"，即"揭开内心的帷幕，将生活经验公诸于世。"如果这种"自白"的作品有高度的艺术概括，人物是典型化的，当然，"自白"也有广泛的代表性。但是，《新世界》派把"自我表现"和典型化等同起来，以致把二者的重要性颠倒了，认为不管个人的经验有无典型意义，凡是"自我表现"都等于典型化。把"自我表现"用作整个艺术的指导原则，结果就会使创作离开现实主义道路。

总之，颂扬社会主义的功绩和理想，与暴露、批判妨碍社会主义发展的坏东西，都是必要的，不可少的；两种功能同时起作用，社会主义现实主义才得健全地发展。

四　人道主义问题

苏联当代文学中的人道主义，不是一个新的创造，是历史的继承，近者说，是继承了高尔基的人道主义，远者说，是继承了古典文学中的人道主义。不过，这种继承不是因袭，而是有了新的内容，特别是同古典文学的人道主义相比，已有质的区别。人道主义在苏联当代文学中得到复兴，有其历史原因——要纠正个人崇拜时期"对人的价值的蔑视"、"对人的不信任"、对人无端的伤害的劣风。人道主义不仅在文艺界形成了思潮，而且在苏共党纲中得到了肯定："一切为了人的幸福"。事实上，首先是苏联政治生活出现了这种倾向，而后文艺界才形成了这样的思潮。

从历史上看，文艺复兴时期的人道主义，提倡关怀人，尊重人，以人为中心，主要是用以反对封建的、宗教的统治。法国大革命时期，把人道主义具体化为"自由、平等、博爱"的口号，也是为了反对封建统治。在资产阶级上升时期，人道主义是用以反对封建主义的重要的思想武器。但资产阶级掌权以后，他们又反转来用攻击过封建统治的思想武器，来反对无产阶级革命，维护他们建立起来的资本主义社会秩序。这就是资产阶级人道主义的反动性。资产阶级人道主义的这种两重性，并不是人道主义本身所固有，乃是资产阶级上升时期的革命性和掌权后的没落性的反映。资产阶级利用人道主义，作为批判的武器，它后来又遭到了人道主义的批判，证明人道主义的意义广泛得多，它绝不是一个时代、一个阶级所囊括得了的。当无产阶级向资产阶级的不人道制度进攻，以争取自己的做人的权利和自由时，被赋予新义的人道主义，则成为马克思主义统帅下的一个有力武器。马克思称这种人道主义是"共产主义人道主义"。无产阶级作家继承了以前优秀作家的人道主义精神，突破了他们的阶级局限，抛弃了他们解决社会问题的旧药方，抛弃了他们抽象的"爱"，把人道主义建立在共产主义理想的基础上，认定只有共产主义才能达到最后拯救人类的目的。

但是，社会主义社会还带有资本主义的甚至封建主义的痕迹，还有私有制同一的东西存在，而只要还存在私有制的同一东西，人的彻底解放就还远得很（马克思语）。旧社会的胎痕——封建主义残余，资本主义残余，官僚主义。……还往往在新制度中酿成灾难。苏联的个人崇拜、肃反扩大化，霸权主义行为，中国的"四人帮"等等，即是证明。所以，社会主义社会中，还不能说人已经可以完全"自由地发展他的本性"。某些地方还存在压抑人才的现象，因而文学作品中就有洛巴特金那样的人物（杜金采夫《不是单为面包》），一心搞发明，却连连遭到打击、迫害。

由此可见，不仅当代资本主义世界存在人道主义问题，社会主义世界也存在人道主义问题，不过是两种不同的人道主义。不管哪一种人道主义，都和它们同时代的文学有密切联系。苏联的无产阶级人道主义成为苏联无产阶级文学的重要特征之一。苏联作家们一向以高尔基提出的"一切都在于人，一切都为了人"这个人道观作为创作的出发点。至人道主义成为当代文学的主导思想，则由特定历史条件促成。在苏联肩负起反个人崇拜任务的"解冻文学"是人道主义的，在中国，率先否定文化大革命的"伤痕文学"，也有浓厚的人道主义色彩。文学中有人道主义精神是正常的，人道主义被根本排除是反常的。无产阶级文学中不能没有无产阶级人道主义精神。苏联当代文学中的一些国际题材作品，旗帜鲜明地谴责了资本主义的罪恶，许多描写卫国战争的作品，更是对现代资本主义本性的血泪控诉。可是，有人说苏联当代文学的战争题材作品是"反战"的。这是天大的误解。有的作品对战斗悲惨场面描写过多，那只能说是艺术表现手法上失当。任何一个知名的苏联作家，特别是"前线一代作家"，如果说他连法西斯是苏联人民的敌人都不明确，如果说他宁愿当亡国奴也不愿武装抵抗，如果说他们都是些是非不分、糊里糊涂的"和平主义"庸人，那是不可思议的事。苏联人民恨透了法西斯德国，就像中国人民恨透了日本帝国主义一样。

反对侵略战争；反对对人的态度的剥削阶级偏见，反对把人视为工具的观点；反对偶像崇拜，要求人认识自己的历史地位和力量，使人在追求共同的美好生活中充分发挥自己的创造性，……这些都是苏联当代文学所关注的。还不止于此，他们正进行新的探索，提出新的理解：人道主义不能一味地、无原则地行善。为了事业，还需要某种"冷酷无情"，"善良必须伴以拳头"。具体地说，为了共同的事业，为了长远的利益，不能单注意个人的地位，还需向个人要求贡献、纪律，甚至牺牲。这就是以《外来人》[①]的主人公切什科夫为代表的人道主义。近来，艾特玛托夫提出整个星球范围的人道主义概念，叫"星球思维"，他希望将来人们都能超越民族的、语言的以及其它种种差别，实现"这个星球上所有的人，都是我的兄弟姐妹！"他希望人们"把精神、思想、愿望集中到这一点上来"，以消除"今天这样一种极端紧张、敌对的状态"。愿望是善良的，但是，这种观点很容易和"四海之内皆兄弟"的人道主义混起来，而后者不曾改变半点世界的敌对状态。

---

① 《外来人》是苏联作家德沃列茨基的剧本，发表于 1972 年。

五　人性美问题

讲人道，必涉人性。在苏联当代文学中到处可碰到"人性美"这一术语。

人性，新版《辞源》解释为"人的本性。在阶级社会里，人性表现为人的阶级性"。这种解释似太简单。当然，离开阶级存在的现实，谈抽象的人性，宣扬人对一切人都要仁慈，就要导致不分善恶、无视革命与反动的区别。但否认人有区别于动物的人性，认为阶级性是人性的唯一形式、也是违背现实的。马克思、恩格斯认为人有"人的一般本性"，"一切人，作为人来说，都有某些共同点"，即使在"以阶级对立和阶级统治为基础的社会里"，也存在着"同他人交往时表现纯粹人类感情的可能性"[①]。"口之于味，有同嗜焉"，也说明存在共同人性。"在阶级社会里只有带着阶级性的人性"，这话是对的。但不能说阶级性即等于人性。阶级性最终要消灭，而人性是永存的。

无产阶级人性最符合人类的存在与发展的要求，使人类"共同美"的欲望逐渐得到满足。苏联文学中常提到的"人性美"，就是这种人性的表现。从苏联当代文学作品中可以看出，"人性美"'的内涵是：感情真挚热烈，爱亲人、爱同志、爱祖国，胜过爱自己，为伸张正义，为人类共同的善良愿望的实现，勇于牺牲自己；为新制度日趋完善，为人们的新生活日益丰富而呕心沥血，不计个人得失。《这里的黎明静悄悄》中的六名青年，《一幅画》中的谢洛夫，《奇特的一生》中的柳比歇夫，就是具有这样人性美的人[②]。这种人性美与无产阶级人道主义精神完全一致。瓦斯科夫和丽达等六个青年男女（《这里的黎明静悄悄》），有高度的人性美，他们为保卫祖国而战，也为人道而战。法西斯士兵受了伤，别的法西斯分子把他击毙。看着被他们自己人打死的尸体，瓦斯科夫不胜憎恶地说："他们根本不能算人。……是残暴的畜牲，而且是最可怕的。""对这种人来

---

① 《马克思恩格斯全集》20卷113页，21卷328页。
② 中篇小说《这里的黎明静悄悄》（1969），作者瓦西里耶夫。中篇小说《奇特的一生》（1974）和长篇小说《一幅画》（1980），作者格拉宁。

说,……不论是人道,怜悯,还是宽恕",一概用不上,只能"狠狠地揍,直到他想起自己曾经是个人,直到他理解到这点为止。"[①] 无产阶级的一切努力,包括它的文学的追求,就是要打出一个都是人的世界来,打出一个都是符合"人性美"的人的世界来。

(原载《河北师范大学学报》1986年校庆增刊,责任编辑 王嗜学)

[①]《这里的黎明静悄悄》中译本116页。

两部奇妙的作品

——《我是猫》与《白比姆黑耳朵》之比较

日本的夏目漱石于1905年发表了长篇小说《我是猫》。苏联的特罗耶波利斯基正巧生于这一年，而于1971年写成了中篇小说《白比姆黑耳朵》（以下简称《白比姆》）。猫不必说了，就是猫。"白比姆黑耳朵"乍一看难于理解。"比姆"是一条猎狗的名字，它身上是白色，耳朵是黑的。

两部作品都以动物作为组织故事的中心，都采取了一种曲折的反映现实的方法；但两部小说有其独创性。现将《我是猫》和《白比姆》作一比较研究，以期对我们充分理解和研究这两部作品有所帮助。

猫和狗自古以来和人生活在一起，它们各以自己的特长有功于人类，受到人们的喜爱。《我是猫》中的猫是一只有正义感的猫，《白比姆》中的狗是一条善良、忠诚的狗，两位作者笔下的动物，猫是有趣的，狗是可爱的，特别是它们对人的社会的观察和评判，都超过了它们同时代的一般人，足以给读者有益的开导。

夏目漱石生于明治维新（1868年）前一年，和明治社会同时长大成人。日本经过明治维新，走上了资本主义道路，但是君主政体，保护封建制，形成贵族和资本家联合专政。资产阶级革命不彻底，留下了重重社会矛盾。日本近代文学也呈现出复杂性，流派繁多，而几乎所有流派都不能和明治社会同心同德。在这种形势下，夏目走上了文坛。他先是接受了日本的高等教育，后来到英国留学，吸收了西方的近代民主思想和个人主义伦理。他主张在彼此尊重人格的条件下发展个性。这也是拒绝与天皇合作的意向。天皇专制，要求人民绝对服从，无条件地为他牺牲。夏目感到了个人与当代社会的矛盾，他以尊重伦理、超越世俗的理智态度，冒险批判那个社会。他眼看二十世纪初的日本"连一寸见方的光明地方都没有"了，天皇政权，外抢内刮，越来越违背民心。他不能安心于有前途的大学教师的职位，做好了"坐牢的思想准备"，决心做个文学家，做个扫除社会黑暗、寻求世界光明的文学家。可惜，由于世界观的限制，又是在十月革命之前，他找不到光明，结果只能一面发泄愤懑，一面愁苦彷徨。在这种心情下，他创作了小说《我是猫》，对明治社会进行了无情的攻击和嘲笑，作出了反抗的姿态。

特罗耶波利斯基生于十月革命前12年，跟新生的苏维埃社会主义共和国一同成长起来。十月革命胜利后，在文坛上，无产阶级文学占了统治地位。从30年代到50年代初，由于理论和政策的失误，苏联文艺的发展一度受到挫折。50年代中期来了一个转折，文坛又活跃了。这时，个人崇拜受到批判，思想解放，长期以来束缚文学的教条主义、庸俗社会学被扬弃，文学的"写真实""干预生活"的口号流行，人道主义再度兴起，之学中广泛表现关心人、信任人、尊重人的主题。作家们勇于揭露社会的不良现象。特罗耶波利斯基正在此时跃进了名作家的行列。60年代到70年代，苏联文学在前一时期思想解放的基础上，进入了另一个新的发展时期。由于生产发展，物质生活提高，人的物欲增强了，而道德水平出现了与之不相称的现象，这现象引起作家们的注意和忧虑，因此出现了大量的道德题材作品。文学培养人的高尚道德的功能，也受到苏联当局的重视，于是，揭示人的道德冲突和精神面貌的创作，在文学中占了重要地位。《白比姆》正是这类创作中的一颗明珠。

特罗耶波利斯基不像夏目漱石受过那样高的教育，有那样高的学术地位，他只上过农业技术学校，当过农村教师和农技师。夏目只熟悉城市和小资产阶级生活，对劳动和劳动人民是陌生的。特罗耶波利斯基最了解劳动和劳动人民的心理、生活，对城市知识分子也不陌生。两个人所处时代不同，地位不同，对世界的认识不同，但在关心自己的社会和民族的前途、关心人类进步方面是相同的，或者说，从创作的宏观动机和态度而论，两位作家是一致的，都是为了改造现实，争取理想的人生，态度都极严肃而坚定。在为理想而奋斗时，显示出不顾个人安危的胆量上，也是相似的。夏目抱定了准备坐牢的态度从事创作；特罗耶波利斯基则冒针砭时弊、大胆干预生活的风险。但二人创作的直接目的却大不相同，夏目对他所生活的资本主义社会是否定的，这个社会不能给他希望，所以他不愿与这个社会的统治者合作。特罗耶波利斯基则是在肯定他们生存的社会主义社会的前提下，对现实中的不良现象予以抨击，目的是使这个社会日趋完善。夏目是在绝望中发泄他的愤懑，特罗耶波利斯基是在希望中宣传他的主张。夏目的创作是在给旧世界掘墓，特罗耶波利斯基的创作是在给新世界医病。从整个人类发展的进程看，两个人恰似同一条跑道上的接力队。

由于人类社会的历史发展过程的统一性和规律性，各国社会和国际间的历史现象和文艺现象就有了接续性和重复性。《我是猫》中只有对现存资本主义制度的批判和否定，《白比姆》所写社会，已经完成了《我是猫》中的否定，但这作品仍有批判性质，因为"猫"所处历史阶段的陈迹、残渣在"狗"所处的当代，还时时浮起，腐蚀新社会的肌体。

正由于历史及人类认识在"跑道上"的趋同一致，两部作品发生了"无导线共鸣"，两位作家在想象力方面，都体现出人类共同的美好愿望，他们在不同的地区、不同的国度，在相隔了半个世纪以上的时间，都用了特殊的形式来表达自己的思想，展示世界上的美和恶。当然两部作品又各有自己的特殊点。这是由于两位作家的感受力、观察力、想象力，审美理想、情感意志和心理气质不同的缘故。

由于作品背景和作者世界观之不同，两部小说的主题和形象就有了差别。《我是猫》写了一群小资产阶级知识分子，以中学教员苦沙弥为代表，正直善良，鄙夷拜金主义，憎恶资本家，安于清贫，以求保持个性，而个性不断受到摧残。小说以知识分子的遭遇，让人们看见明治社会是资本家为所欲为的社会，是金钱统治的世界。国家机器、教育制度都是为资本家服务的。在这个"强权即公理"的尘世中，人民有理无权，只能事事屈从。作者为自己的国家、人民处境的不幸，感到愤慨和痛心。他对自己的主人公苦沙弥投以人道主义的同情。作者在为他的国家寻找前途，他看到"对方越有权力，被压迫的人就越感到不愉快，越发要起来反抗。"① 夏目窥见了世界的发展趋势,但一回到具体问题,便模糊了方向,失掉了信心。如小说中知识分子、哲学家独仙说:"你硬要搞下去,就会碰到金钱问题,碰到寡不敌众的问题,换言之,即不能不屈服在金钱下面"②。于是,作者眼中的一点光亮,被黑暗吞掉了。

小说揭露、批判金钱和资本主义社会罪恶的主题是鲜明的,而终局只能是凄凉的。多多良三平、迷亭、寒月、独仙、东风这群知识分子在苦沙弥家发够了议论,都"该回去了"。他们的"样子虽然很颠顶,但是一叩他们的内心,就都不知不觉发出悲哀的声音来了。独仙仿佛大彻大悟,其实两脚并没有离开地面一步。迷亭也许无忧无虑,然而他的世界也不是画上画着的世界。寒月到底停止了磨球,到家乡娶了一个老婆来。"③ 这就是明治社会发展个性的结果。这是明治社会大多数小资产阶级知识分子处境的本质反映。他们各有才情,而无地用武;他们不满现实,又看不到前途,不得不常用闲聊消磨时间,以无为的"修心"来求解脱。从这些知识分子的窘境和心声,深刻地揭露了那个社会摧残个性、腐蚀教育、埋没人才、扼杀人类文明的种种罪恶。

小说精确地描绘出小资产阶级知识分子和资本家的肖像,可是对劳动者的描写是不精确的,反映出作者世界观的弱点和视野的狭窄。特别是对妇女的描写,说明作者有封建主义偏见。书中没有一个劳动者的形象是比较完美的,没有一个妇女形象是可爱的。真正的劳动者很少,只有车夫和仆人,又都粗陋得可怕。

《白比姆》不是写个人和社会的矛盾的;它虽也有批判,针对的并非现存社会制度,而是社会中的某些不良现象。它主要写善与恶的冲突,幸福与不幸、欢乐与痛苦、真理与谎言的并存,以及关心人、信任人的主题,道德的主题。它不像《我是猫》集中地写了两组对立的人物,把环境主要限定在一个知识分子的客厅。它的主人公活动的范围要广泛得多:城市、农村、工厂、森林,书房卧室、大街小巷。因此,它的人物各领域、各阶层的都有。这些人物大体也可分:一、是善良的、道德高尚的,关心

---

① 中译本《夏目漱石选集》第一卷,1958,第 443 页。
② 中译本《夏目漱石选集》第一卷,1958,第 293 页。
③ 中译本《夏目漱石选集》第一卷,1958,第 447 页。

人、信任人的。二、凶恶的，道德堕落的，丧尽天良的。还有一种人似乎处于善与恶之间，无心为善，也非执意作恶，只是不懂得友谊与信任的意义，做出了不光明的事情。

特罗耶波利斯基相信人类是善的，相信人类固有的伟大怜悯和善心。这是《我是猫》中缺乏的。特罗耶波利斯基的主观客观条件鼓励他这样相信。他的反面人物空间然很凶，但完全不像《我是猫》中的反面人物那样得势。刁婶和灰脸一类人的胡作非为，到处碰上有力的抵制。作者写恶的目的是为了扬善。《白比姆》毋宁说是劝善之作，字里行间充满对恶的敌视和对善的召唤，对信任、忠诚和爱的赞美。比姆虽连遭不幸，却在不幸的遭遇中看到"天涯处处有芳草"。首先是它的主人和朋友伊凡。它降生后被弃，伊凡收养了它，"一个人和一只狗，彼此爱怜，平等相待"。主人住了院，善心的斯捷潘诺夫娜照料它。比姆到大街寻找主人，受到刁婶、翘鼻子大叔几个无赖诽谤，说它是病毒传播者，是咬人的狗，立刻就有"可爱的姑娘"达莎为它声辩："并不是每只狗都传染疾病。……多么可爱的一只狗"。一个大学生也为它抱打不平。维持社会治安的民警，声色俱厉地申斥刁婶和翘鼻子。这是《我是猫》中不能设想的，在那里，学生是不堪教育的捣蛋鬼，不分是非，助纣为虐；警察是天皇专制的爪牙；苦沙弥受气受侮，孤立无援。

比姆被贪财的司机卖到农村，流落他乡。作家借比姆城乡往返的经历用大量的笔墨描写了劳动的高尚、农家的欢乐、农民和工人的质朴善良、大自然的美好，总之是人间幸福。流露出作者无限的希望和信心。在农庄上，公鸡的叫声仿佛奇异的音乐。羊牛猪与狗生活在和平与协调的气氛中。牧人感到自己是大自然的主人与造福者。树林中有一种永恒的磨不掉的味道，温柔、清和，令人欣慰。真是一部名副其实的"乐观主义的抒情小说"！《我是猫》中完全没有这样和谐、幸福的生活，没有这样美妙的自然景色。在不自由的苍穹之下，它们的美色被掩盖了，夏目绝望的眼光也看不见它们的趣处。特罗耶波利斯基不像夏目那么绝望和虚无，他对生活充满信心和希望，所以他纵情地赞颂自然的美和人生的幸福。然而他并不盲目，他在美中看到了不足：大地上还存在着偏见与邪恶。偏见的表现之一是不信任。作者对此给予严厉的谴责。"狗如果没有这种信任，那就不成其为狗,而成了任性的狼……"① 那么,人没有信任,该怎么说呢?谢苗不信任儿子托里克和比姆,结果失掉了儿子的信任,也失掉了比姆的信任,良心受到了强烈的谴责。

在特罗耶波利斯基笔下,农民大多数是这么好,工人也一样。"比姆在工厂附近,发现这里的人绝大多数心地善良,……这里没有人欺负比姆。"在铁路上两次救了比姆命的是工人。比姆在无处投宿、腹中无食的逃难中,开门相迎、喂它东西的,也是工人。他们受到比姆的信赖和无声的感激。对工农劳动者的这种信赖,在《我是猫》中自然见不到。夏目不了解劳动人民,更谈不上寄希望于他们。《比姆》中对善的赞美多于对恶的批判,批判恶是为肯定善。《我是猫》中则主要是批判,鲜有肯定。

两部作品各有艺术的独创性。从创作方法看,二人同属于现实主义作家,都是客观地观察现实生活,对生活给予精确的描写,塑造出典型环境中的典型人物。所不同者,一个是批判现实主义作家,一个是社会主义现实主义作家。另外,在艺术构思和塑造形象方面,各有自己的倾向。《我是猫》用第一人称,第一人称却不是人,而是猫。是一只"奉天之命作脑力工作而出现于这个世界的古今独步的灵猫",它在外形上是猫,在意识上完全是人了。它是作品情节和结构的核心,作者通过它展开了头绪纷繁的描写和议论。它成为作者的代言人。它是苦沙弥等一群知识分子的同情者,同时又是明治黑暗统治的揭露者、抨击者。这样一只有高度思想意识的猫,让人却不感到是虚构的。

夏目对猫的描写是富于幻想和夸张的,风格幽默滑稽。然而作者的心情与这形式并不一致,他的心情不是轻松的,而是沉重的、激怒的,不过被幽默的形式掩盖了。他的面上在笑,他的心里在怒,他笑中有苦,怒中又有悲。如猫对人有这样的议论:"到了个性发达的最后阶段,大家都害了神经衰弱,没法收拾的时候,那时候人们才理解到'王者之民荡荡焉'这句话有价值,才领会到'无为而化'这句话不能够轻视。"不能因此说夏目是复古主义者,他实在是前进无门了,而且这一表现,也是对现实否

---

① 中译本《白比姆黑耳朵》,1979,第60页。

定的一种形式。任何一个批判现实主义者都不能给社会指出一条能解决根本问题的新路来。《白比姆》则相反，对狗的全部描写都给人以毫无夸张的真实感。猫主要是观察家、评论家，是书中描写的一切矛盾、冲突的见证人和公断者。狗则是故事中引起一切矛盾、冲突的主体，是主人公。《白比姆》是第三人称，用不着必须赋予狗那么多的理智。比姆没有人格化，对它，作家完全依据狗的习性、动作、对事物可能理解的程度描写。作者用旁白，把它对事物的理解，它的心理活动，表达、阐发出来，沟通它与人的关系，以表现人的品质。也就是以人度狗，以狗比人，狗语人释，不像猫那样直接表达思想。比姆不像猫那样，在人的斗争中有意识地参与，而是根据狗的天性行事，根据主人的眼色和动作行事，主人的冤家对头，也就是它的冤家对头；主人的朋友，也就是它的朋友。伊凡对来客亲切握手，比姆就摇尾欢迎；伊凡对来人冷淡，比姆便远躲在一边，用警惕的目光望着那人。作者对狗的行状、感觉、观察、心理的描写，似乎很简单、是直观的，其实必须有丰富的想象才能这样生动。许多揭露道德堕落的作品，遭到了强烈的责怪，或抑扬各半，唯如《白比姆》一类的纯道德题材作品，获得了一致好评。其主要原因在于作家委婉艺术手法的成功，以狗的不带偏见的观察，它的幸福生活和悲惨遭遇，它的感受，反映出社会中人与人的关系，普通劳动者心灵的高尚和生活的不幸，以及一些寄生性的道德沦丧者的恶行——一种严重的社会现象。小说不直接描写社会，提出的问题却令人触目惊心，而又能使人冷静地思考，是净化社会的一部力作。

两部小说都有很好的讽刺技巧。《我是猫》，讽刺是其突出的风格，对描写的一切，无所不讽，只在性质上有区别而已。《白比姆》中的讽刺，只用于丑类，界限清楚。

在情节、结构上，《我是猫》不如《白比姆》简洁、紧凑，但两部作品的一头一尾，却有惊人的相似。开头都是叙述动物的来历、身世；结尾，猫和狗都死于非命。不同的是，它们死的心情。猫是在驱不尽的恶中落水淹死，庆幸离开了人世，从死亡中得到了安宁。狗是在舍不得的善中被迫害致死，抱恨归天。所以有这样的不同，因为《我是猫》中没有可寄希望的人物和力量，而《白比姆》中这种人物和力量却是起主导作用的。资本主义的猫和社会主义的狗，生活不同，遭遇不同，悲剧结局却一样。猫的庆幸死亡说明资本主义社会没前途，一定要改变。狗的含冤毙命说明，社会主义社会中"旧社会的痕迹"酿成的弊害也有毁灭性的力量，不能无视。

（本文原载《河北师范大学学报》1987年第4期，责任编辑 刘德兴）

译　著

生命的二次方

——塞万提斯传（节选）

作者：（德）弗兰克 译者：王志耕 李禾瑞

湖南文艺出版社 1993年9月

一　罕见的监狱

在大批骗子横行的塞维利亚，没有一处像王国监狱那样存在着如此有计划的、残酷无情的偷盗现象。这种现象与菲利浦国王的事业有着明显的依存联系。

正当"无敌舰队"征讨之时，在需钱孔亟的艰难日子里，国王给安达鲁西亚的首富大族阿尔卡拉公爵建造了这座监狱。公爵作为显要人士，可以从这个特殊领地上任意抽取收益，因为国王把它转租给了他。如今他作为租户和督办，正在不知疲倦地搜刮他属下的2000囚徒。囚禁的人数迄未有所减少，这2000人在这儿受骗被偷了几十年，所得财富随后支付给了菲利浦的几条豪华型军舰。如今这些军舰已在英吉利海峡的海底腐烂锈蚀了。

监狱里的一切都不会白给。要是谁不想啃一块臭面包，那也得付钱。在这个庞大的牢房里有四个大型流动小食堂，里面有督办置备的酒和食物。还有不少的小杂货店，出售蔬菜、水果、醋、油、蜡烛、墨水和纸张。督办凭借每一个葱头、每一支鹅翎笔去榨取利润。谁要想吃点东西，都得自掏腰包，出售货物均有价目表。打扫地板，消灭床上跳蚤，清除墙壁臭虫，获准点一下蜡烛——这一切，都规定了精确的价格。看守公开索取酬金，谁不主动交出，那就以武力豪夺。他们从囚徒身上毫不客气地扒下衣服，在一个特设房间里出售，并美其名曰："旧衣店"。

这里的一切，都有名称。监狱有三座大门，曰：金门、银门、铜门，均按入口处所征小费的面额而定。犯人住处的优劣，也以征费的多寡而有别。

狱中可以活得极好，楼上就有一间舒适的单人禁闭室；狱中也可能极糟，过着地狱般的生活，二三百人挤在一间臭气熏天的畜圈里。

塞万提斯对这些狱规懵然无知，也没有钱。所以被关进了"铁牢"，即楼下一间低矮的大房，窗户特别小，正对一条窄小胡同，那里聚居着金银绦带制作工匠。

床铺一个挨一个，褥子连接褥子。骂声、叫声、笑声闹成一片，一刻也不得安宁。到处是开的猥亵、疯狂的玩笑，四周都有赌博摊点。在吵吵嚷嚷、赌咒发誓的狂怒声中，一个个小铜板或以"名誉"担保押下的空口白话钱，全都输光了。不论输赢，人人都得为赌博游戏而纳税，因为纸牌和骰子全系督办设置的。

头一天塞万提斯不太想离开自己的卧铺。在这里要是饿不死，虱子折磨不死，倒是有东西可看的。但对这种扭曲的"人间地狱"，他从来也不屑一看。

这里并不去管你被捕坐牢的原因，因此犯人、待审囚徒和还不清钱的债户，权利一律平等。一个不按票据纳税的商人，会跟另一个已定罪的强盗并排睡一起。一个等着上绞架的弑母犯，会跟一个拖欠裁缝钱过多的好穿戴者争吵不息。暴徒与小偷，骗子手与伪造钱币者，鸡奸犯和侮辱儿童者，可以跟没有犯罪但必须证明自己无罪的人离奇地混杂在一起。通过墙上的小窗看得见女牢的情景，这小窗口之下就经常围满了人。在 10 小时内，塞万提斯听到了这么多富有表现力的污言秽语，比他在 10 年的流浪生涯中采集的内容还要丰富。

"铁牢"的大门敞开着，当地居民可以随意出入。受欢迎的来访者接踵而至，闹闹哄哄。

但当塞万提斯起床后，想出去吸几口新鲜空气时，两柄长钺交叉挡住了他的去路。为了取得经常出入权,必须按规定缴纳小费。你再穷小费也得缴纳。即便上厕所,无钱也休想。

塞万提斯很快就结识了一些人。邻近的囚徒在新犯人的周围窜来窜去,或紧挨他坐下,嘴里喷出一股股浓烈的辛辣味,熏上他的脸,还神气活现地道出自己的行会名称。他们瞅着他的断臂,满怀敬意,显然确信,他的一只手是在断头台上失落的。

"可恶的作法!"一个囚徒说道,"无知的作法!一只手就给白白断送了,砍掉了!"米盖尔不愿详加解释。他过去常常被迫絮叨勒班多的战绩,已经说得够多的了。

"本人是加木巴隆,"另一囚徒自我介绍,"外号火腿,前天起做了圣上的奴隶"。这就是说,他前天已被判处去大帆船上服苦役了。

"犯的什么罪?"塞万提斯客气地探问。

"拦路抢劫。"

"啊!"

门里一阵骚乱:拖进一个失去知觉的人,原因不明。众人七手八脚,用酒浸被单将他裹起。

加木巴隆起身,有礼貌地道声对不起。那一个倒霉的人叫波拉尔持,是个好伙计,被判一周两次鞭刑。可惜他没钱贿赂刽子手,只好辞别狱友去受刑了。

夜里,米盖尔辗转反侧,无法安眠。巨大的狱室,到处响起了看守的吆喝:"大门!大门!大门落锁!"院子里传来阵阵脚步声、笑声、喊叫声。随后,喇叭呜咽,大门轰的一声关上。

牢里人满为患。内中许多人,塞万提斯白天还没有见到过。这会儿都聚到简陋的祭坛前,祭坛上有一尊玛丽亚像,是用番红花颜料草绘而成,下面有一盏油灯。一个矮墩墩的人,穿一件仿玄法衣的无袖外套,衣襟掖在腰际,正在点燃两支蜡烛。塞万提斯吃惊地盯着他手持的短鞭。他把迟到的人都驱赶到祭坛前,这些被驱者或是在哪里睡过了头,或是掷骰子给耽误了。人到齐后,大家同声朗诵插有对唱曲的誓词。接着,持鞭人命令向圣母祈祷,连呼四下:"我的在天之父"。无与伦比的合唱表演在一片震耳欲聋的吼声中结束。

"主啊耶稣基督,为我们流过正义的鲜血,怜悯我吧,因为我是可怜的罪人。"

回声轰鸣,仿佛从四面墙壁迸发而出。真是这样。类似仪式也在同一时间其他牢房里进行。随后,矮墩墩汉子啪的抽了一记响鞭,刹那间,门又开启,飘进一股麝香般芳馨,一群妇女闯了进来,约有三四十人,头上戴着各不相同的华艳花朵。看来她们已习惯于在这里猎取夜间短暂的欢乐。

新来的囚犯不可能睡好觉。牢房里毫无拘束,可以随心所欲,大吹特吹,干你喜欢干的事。光线从多处映射而入:祭坛、两幅圣像和左右两扇大门。看守一如海船上的值班员,每隔半小时便大声传呼:"嘿——啦!嘿——啦!啊——呵!"还用长钺撞击石板,铿然震耳。

他终于打起盹来。忽然,一束强光刺开了他的眼睑。在闪烁的火炬中,出现了一批假面人:一个着红衣的刽子手,两名警察和一个天主教僧侣。他们拖着一个毫无生气的脏女人,脖子上套一根绳索。"罪大恶极的犯人就得这样死去!"四人同声咆哮,伪装的嗓音震人欲聋,还伸手乞讨施舍。"夜夜都是这样的,"被褥与塞万提斯相联的邻囚加本巴隆停尉告诉他,"督办每个月都要向作这事的人征收月金"。

早晨起来,他发现洗不成脸。他拿出一半现金交给了狱卒,换取进院子洗脸的方便。那里有一个在喷水的喷泉,位于两架大绞刑台之间。

几小时之后,大厅里发放面包,给每三个囚犯发一大块烤焦的黑面包。由于大家都没有刀子,不得不跑到外面求助,于是排成了一条长龙,齐集到一个专切面包的人跟前。那人把每个大块面包切成四等份,其中一份留给自己,拿去搞零售。想必他也得支付督办的钱吧。

塞万提斯坐在卧铺上啃嚼面包,懒洋洋地观察两只蠕动的臭虫艰难地爬过破被子。正在这时,古契耶列斯突然在他面前出现。朋友一脸通红,直喘粗气,不知是吃力还是激动所致。他那半曲的左手拎着一个满装葡萄酒的细颈大肚瓶。他瞥了一眼可怜的卧铺，又赶上见到了一只臭虫，另一只瞬间隐匿不见了，——古契耶列斯伤心得啧啧咂舌。"我们走吧，老头子！"他只说了这么一句话。米盖尔顺从地站起身来，他来这里之后还没来得及解开自己的包裹呢。古契耶列斯小心翼翼地伸出一只手搂抱了他，然后带领他穿过挤满人的通道和楼梯，从"铁牢"中走了出来。塞万提斯原以为自己获释了，对古契耶列斯无限信任。可是到了铜门旁边，他们却转向了一架新楼梯。他紧随着引路者。

楼上敞开着一扇门，他们走进一间相当宽敞的房子。里面光线充足，四下清洁。

"这个住处刚缴足了一个月的房费，我的米盖尔。不过，你住这里也不会久的。待你脑子好使时，就写份申请。然后我给你缴足他们的200塔勒，那时你就自由了！"

古契耶列斯把拎来的大肚酒瓶摆到桌子上，一抹银白色阳光折射在深红色酒上，异彩缤纷。塞万提斯愁眉不展地呆望着这绚丽的景况。

朋友离去后，他照旧懒洋洋地坐在房子中央，怪诞牢房里叫人感伤的嗡嗡声还时不时传进室里。

这层楼全是督办兼租户的讲究房间。其余房子都租赁一空。少数寄宿者受到细心的护理，就像住在舒适的宾馆似的。

不多时，看门人进室，送来文具和一叠印花纸。

"遵照刚走的那位先生的嘱咐，特送来写申请用的文具。阁下千万别忘了这件事！"

塞万提斯点了点头。

"还需要什么，阁下请到门边击掌两声。今天晚饭是鳗鱼与加胡椒汁的牛舌，另有几盘小菜。"

塞万提斯当即顺从地坐了下来，拿过纸，蘸了蘸鹅翎笔。毫无疑问。这次囚禁将被解除，其荒谬性是显而易见的。那么，下一步怎么办呢？等把三扇大门甩到身后，冲出这鬼地方，重又出现在塞维利亚大街上，他会有什么好处呢？……

他用公文式的奇巧花体字谨慎地写起来：

"致马德里王国最高统计局局长先生。"就只有这一句，再也写不下去了。他的目光间或盯住那面挂在案上的镜子。镜子挂得不高，不是用玻璃而是用抛光白铁制成的，呈上宽下尖的三角状，镶在红木框子里。塞万提斯对镜自照，想不到竟是这副模样！连鬓胡子和长长的颔须不久前还是金黄色，如今却变成白不呲咧的了。鼻梁两侧还有两条长而深的衰老皱纹。嘴呢……他细察了一下牙齿，剩下八九颗就不错了，而且彼此错开，咀嚼食物困难。能联想起过去的，只有一双眼睛了，眸子里还隐含执拗的生命力。其它全然变了，可恶镜子显示的整个人像过于瘦长，因而可怜又可笑。有好几个月他都没有照过镜子，眼下对镜端详，不由凄然一笑，这条命总算还在嘛！他提起了笔，又开始了无意识的涂写。他漫不经心，在办公纸上自画肖像，先描出了面部轮廓，精精瘦瘦，颧骨高耸，鹰钩鼻子老长。将这幅肖像寄给局长，会比任何语言更富表现力。而要是把一己骑骡、腋夹权杖，为那该死差事而在石子路上奔波的形象描下来，敢情更妙！

他把这个形象还真的画了出来，深表欢喜。不过，结果得到的不是政府那匹目光炯炯的胖骡，而是一具形体不全、精力衰竭的马骨架子。上面端坐一个身材瘦溜的骑士，一双细长腿败兴地下垂，腋下夹根权杖，球头不是圆形加冕状，而画成了一杆向前尖挺的矛状物。

配合长矛的，还有其它一些装备。他用铠甲之类的外衣、钢盔似的无脸甲的帽子来装饰自己。又在长筒靴子上画了马刺，还有一些巨大的风车轮子。统计局的老爷们，让你们瞧瞧，这是怎样的一位骑士，他为了你们的金库而到满目疮痍的灾区去抢劫了。

骑士啊骑士！他横遭厄运终于滚下马来，坐到牢里休息了。他终于有了闲空，一种奇特的惬意感袭上了心头……善良的古契耶列斯把这一切安排得何等巧妙！一个人在入墓之前要细细儿瞧瞧自个儿，哪怕只是一次。

这墓地怕是近在咫尺了。

在宽敞的单人牢房里，他开始来回踱步，努力探究过去的是非，一心要把它弄个水落石出。

不过，往事过于庞杂，泾渭不分，错综难理。希望，决心，失望，新的冲动和新的失望——风波起伏，难以鉴别。"教堂，海洋，宫殿"——全是幻想与绝望。一个小小芝麻官，吸血鬼。受到百姓的唾骂，遭到农民石块的攻击！像他往常的信念那样，你手握金子，可当你松开五指时，蓦见掌心是脏兮兮的。眼前现出了一幕幕幻象——房间正中站起了威尼斯女人吉娜，粉脸漾起了奸笑；奥地利的唐·胡安的举荐信；他年青时的最幸福的憧憬，却成了注定长期为奴的判决书。幻想。全盘幻想！前途茫茫！他暂时还不算老，还没有僵化，眼前永远是幻象，幸福的幻象，自由的幻象。绝望，只有绝望！啊，它的面貌多么吓人！卑鄙老在审判陷于幻想中的人。

房里渐黑，他一点儿也没有察觉。看门人给他端上的晚饭，他没有动一下。他年复一年地无休止地流浪，他一次又一次地沿着过去的路慢慢行走。这骑士自觉像个幽灵在独往独来。幻想加梦想！做西印度的长官或法官的梦想，那早就变了诗人荣誉的梦想，曼却乡下世界的梦想……

可想到这里戛然而止。想到在埃斯基维亚斯的日子，他总有一种隐约的愧疚。他很久没有见到卡塔利娜了，尽管她在抚育他的婴儿！他的婴儿——在幻想中还是那么小。此刻，他仿佛看见了卡塔利娜和她的那些书。她坐在地板上读那些破烂书，是那么心神专注。这些书里满是优雅的无稽之谈，而她迷信的正是这个。他仿佛看见辽阔的国土上有成千上万个卡塔利娜，她们全然满足于神话般的幻想，全然满足于伟大过去的最后一次狂妄的遗迹，全然满足于奥利万特和克拉利安[①]之流用光彩夺目的武器把巨人和巫师打翻在地。塞万提斯心目中的英雄却不是这样的。

他的英雄是……他走近桌子，在摇曳的烛光照耀下，他看见了那幅笨拙的自画像。不，他的骑士不是妙龄少年，不是美妙的司智天使，而是一个精神饱满但骨瘦如柴的老头儿，这人因与那些几乎被忘却的幽灵交往而

[①] 奥利万特和克拉利安，皆为传说中的骑士。

变得有点愚鲁,他相信骑士时代还没有结束,那么在人世间干一番事业不是十分壮丽吗?当他骑在皮包骨的驽马上走遍现今的西班牙,走过贫穷的曼却平原(那里的农民为一枚鸡蛋的价钱而悲愁不已),他的每一步都遭受过多少疯狂而痛苦的笑话。当他为了荣誉和拯救无辜而不停地投入战斗,他是令人感动的狂人;他顽固地幻想抓住那些逝去不返与正在消亡的东西,到处碰上战斗,被人打翻马下,站立起来,又继续前往,毫不绝望,把老人凝滞的目光投向远方,迎接不可泯灭的幻想的光芒……

楼下响起了夜间例行的三次吆喝,要锁大门了,祈苦式的祈祷也开始了。祈祷声透过地板和墙壁,使整个牢房也由于成千囚徒的枯燥哀祷而微微打颤。可他却再也听不到声响了。他抓起了鹅翎笔。在致局长申请书的涂鸦画之下继续写道:

"在曼却的某个村里(我不想提及村名),不久前住着一个伊达尔戈。他跟一般骑士那样,有祖传的长矛、古老的盾牌、一匹驽马和一条猎犬……"

二 骑士

外面传来恭敬的叩门声。直到第三次叩击时,米盖尔才从手稿上抬起头来。进来了两个人,是加木巴隆和波拉尔特。

这个即待发配的圣上奴隶,走上前来,施了个礼。跟在他身后的波拉尔特先生,没长胡子,也没有头发,腰有点驼,是受笞刑的结果。这两人都是有求而来的。

谈话是关于一个叫包菲的人,今天在监狱院内被绞死。他们打算把他埋掉。

"当然,阁下知道",加本巴隆温文地解说,"人的偏见千差万别,亡人则尤其关心一己的坟墓。因为遗憾的是,他被禁采用基督教葬礼,所以才希望有一块刻上适当铭文的石碑,立在墓边。他很想要一块菲拉布尔大理石,只是价钱太贵"。

塞万提斯从箱子里翻出古契耶列斯留下的钱,给了来人一些。

他们却没有离去,而是想表白插手这事的来龙去脉。

"很可惜，"波拉尔特先生用一副假嗓门说道。"阁下没亲眼见到他上绞刑！值得一看。临刑时的衬衣穿得很合体，像是定做好的。头发弯卷，梳得挺漂亮。他礼请僧侣讲话，深为赞赏，最后昂首走上刑台，不像猫儿跳，却也不太慢。他抻平衬衣褶子，整理好了，再将绞索套上脖子。再不能更高要求了！"

"够了，"加木巴隆打断了他的话。"说得太多！你影响他老先生的灵感了。"

已经走到了门边，他又说道：

"那这事我们什么时候再唠唠呢？今天夜里《ABe》① 之后行吗？"
"行，请来吧。"塞万提斯说道。

鉴于来人打断了他的工作，他决定休息一会儿，便把桌子移到开着的窗户边。他将视线投向宽阔的河岸街和河面上。顺着那个方向望去，但见特里安纳上空映出条条绛红射线和宝石绿光束——太阳刚西沉不久。

他从这个窗口临眺夕曛，已有四五十次之多。监禁行将结束。他的申请虽然还没有寄走，不久前古契耶列斯却去过马德里，为他的官司奔走交涉。

因此塞万提斯对他非常感激。这才是患难真交！不过，他本人并不急于提前释放出狱。在这间牢房住上一年三载，他还不至于会拒绝，因为可以在这里写完作品。

艺术的关键在于起步。他开了个好头儿，走上了一条幸福的康庄大道。

堂·吉诃德从来就不是一个头脑简单的怪物，是骑士小说把他弄得头脑不清的。他曾为高尚的狂热所诱惑，做了许多疯子做的反常事，他的语言却是充满智慧的。

早就不止他一人在四方游荡了。他身旁还有个骑毛驴的桑丘·潘萨在

---

① 意为"祈祷"。

一溜儿小跑。桑丘是个普通人，一个烤制粗面包的面包师。这位未来的地方长官跟在吉诃德的身后，时不时摇一摇头，但还是相信他，部分出于贪欲，部分源于对光明正大的幻想存有较大的模糊崇拜，他那农民式的肥胖背脊极易忘却挨过的鞭打。

原先的宫廷大臣，却是个酒馆老板，给堂·吉诃德授予骑士名号；与风车展开了一场前所未闻的可怕的厮杀；忠诚的驽骍难得向凶恶的牧羊人复仇；折磨人的冒险随后又顺从地转移到施了魔法的城堡，堂·吉诃德把硬纸头盔去换一顶曼布利诺①魔法金盔，——实际是换取理发师的锃亮脸盆……

文思如清泉，汩汩喷泻而出。围绕所描写的事物，历史与人物的巨流汹涌澎湃。他在30年的漂泊生涯中的所见所闻，如今获得了抒发的良机。

一切都融汇到第一次幸运灵感所塑造的框架中：奴隶史、爱情史、流浪史——这些都荟萃一起，像是在其乐也融融的梦境里。

就像在酣梦中无言揭示的真理那样，他无言地感受到秘存于堂·吉诃德消瘦面庞上的全部特征。两人相对观望，正在写作的人则沉默不语，他要对镜中最初偶现的面容保密，好将它一一写入书中。对奥地利的唐·胡安也要保密，胡安是剽悍杰出的最后一名骑士。他曾以童稚式鲁莽争夺过王权。对那个已在今秋去世的隐居埃斯库里奥的国王保密，监狱中的俘虏因先王受挫、幻想破灭而付出代价，也要秘而不宣。

他简直是在写一部大快人心的书，嘲笑了骑士小说……会受到欢迎吗？读者需要吗？当整个世界都已苏醒，正在迈向新的真理时，西班牙土地上仍残留着伊达尔戈精神，以极大的盲目性漫游过去时代，人民对此能理解吗？他一耸肩，这有啥解释的？故事与蕴涵是个统一的整体，就像水果与芳香分不开一样。

塞万提斯幸福盈怀。他知道自己得天独厚，这本书举世无双。

他那骑士的名声已飞越了这间"修道室"的门槛。出现了第一次确证——第一个非凡的征候，荣誉的曙光初露了。

头一条消息兴许是看门人传出的：楼上那个人正在日夜不停地赶写骑

---

① 曼布利诺，摩尔人的君主，传说他有一顶魔法金盔，戴上就能刀枪不入。

士小说。有人开始来造访。来访者不是循规蹈矩的人。"铁牢"和"鼠疫病房"是那些劣迹斑斑，要处绞刑的人，都爬到楼上看独臂先生在那里构思创作。

他没有拒绝求见，毫不妄自尊大，还尽一己所能款待来访者。他写书的消息不胫而走，传遍了各个牢房。那些好打架的囚徒、老鸨、土匪，都赞扬起他的诙谐。他们一组一群地分批来访。首批社会人士也在三周前来到这里，其中还有女士们。当时他朗读了与风车大战的一段，到第二天塞维利亚足有半数居民晓得了这个故事。监狱督办也亲自光临，他不太像个投机商，倒像一名文弱书生，实际正是个投机商。他请求将一章手稿暂借他一下。晚上他在城里老爷们的皇皇集会上作了朗读。

今天聚会的只有牢里人，没有使人厌烦的城市来访者。还不等哭诉般的祈祷合唱结束，下边牢犯就挤满了米盖尔的房间。他们或靠在墙上，或蹲在地板上，房门被迫大开，走廊里也到处是人，脸挨脸地站着。塞万提斯端坐桌边的两支蜡烛之间，人群把他紧紧围住。

他十分高兴，今天没有局外人，这就是他高兴的原因所在。他和蔼可亲，等待众人安静下来。在摇曳不定的烛光中，他环视了一把把森森胡须，一个个脱发秃顶和一种种奇怪发式；又瞥了一眼头一排露出的破烂麻织拖鞋，扫视了一下黄色紧身衣和宽大的红系带，还有带补丁的背心，包裹裸体的粗毛毯子，以及揉皱磨破的瓦龙领，有的领子上还分明沾上了妇女脸上的脂红和袒露胸部的白铅粉。

"堂·吉诃德正在把自由赐给一大群不幸者，他们正被强行押解到他们很不想去的地方。"

这段故事说的是20个囚徒被判去大帆船做奴隶的事。他们的脖子上锁着一条条长链子，在警卫的森严押送下，正被驱赶着朝海湾走去。堂·吉诃德拦住了他们，问明情由，决定释放他们。

"我的骑士天职要求我向压迫者宣战，并保护毫无防卫能力的人。亲爱的弟兄们！你们真的犯罪了吗？有的可能是无情拷打被逼供的，有的可能是因为贫穷或没有可靠的辩护人，还有的可能是遭到法院不公正的判决。"

押送兵当然不同意把囚犯随便放走。堂·吉诃德于是挺起长矛向国王的警官刺去，把他搠翻在地。这是一个信号，暴动随之而起，卫兵大败而逃，罪犯们获得了自由。

群情亢奋，欢声雷动……塞万提斯举起了残臂。故事未完待续。

他把结局念完，听众才明白，被解放的囚徒对狂妄的救星一点也不感谢。反而齐声嘲笑他，用石块打他，还用他的金盔打断了他的肋骨，撕破了他和桑丘的斗篷，然后四散逃跑……

最后只剩下四个：驴子、驽骍难得、桑丘和他老先生本人。驴子垂头丧气地立着，似在沉思，时不时抖动两只大耳，像在提防雨点般的石块还会袭来。被石块打翻在地的驽骍难得，直挺挺地瘫在主人身边。桑丘仅穿一件背心站在那里，因害怕警察而浑身颤。堂·吉诃德伤心已极，原因是他甘冒危险拯救别人，而别人反而恩将仇报。

一阵兴高采烈的叫喊声淹没了他最末一句话，烛光在爆发的笑声中摇曳不定。人们大声喊叫，拍击大腿。女人们怒不可遏，尖声狂呼，拥抱邻人，热烈亲吻。是的，这就是成功啊！

可这却不完全是塞万提斯期待的结果。怎么会是这样呢？命运本身已向他们表明，谁也不会穿上不堪一击的脆甲，奋不顾身地去拯救他们。而他们除了大声嚎叫以示理解外，再没有别的什么了。他们的嚎叫也证明，他们的难友用石块攻击拯救者是无罪的。塞万提斯并没有想入非非，是他们的表现给他证实了这一点。由于这个证实，他心里感到一阵冰凉。

他站起身来，高举一支蜡烛。用它那摇曳不定的烛光照亮听众。坐在最前排地板上的有加木巴隆，这个圣上奴隶天天等着锁链套上颈脖。他乐得哈哈大笑，笑得直往后仰，笑得跪倒在邻近的一个女人身上，笑得嘴巴咧成血盆大口……

他们很不情愿地散走，喊声平息。他们身上的那股臭味从敞开的窗户飘逸而出。

头顶上展示出一幅秋夜星光璀璨的壮丽天幕。特里安纳上空的晚霞褪尽，但余晖仍在熠熠闪亮。

他微笑了。他自顾惊讶，为什么要指责囚徒呢？就因为他们大笑吗？笑堂·吉诃德是应该的。他到底为什么悲伤呢？

但总有一天（他的构思如此），摘掉假面的真理，会从他的书中体现出来，昭示给每一个人。总有一天他要讲话。不是很快，是在书尾，在数百次冒险和数千页之后，他要说出魔法般的咒语。他决定在巨大建筑的后门口放一把打开他密室的小钥匙……

堂·吉诃德走近了末路。朋友们围着他，桑丘呜呜咽咽，同他谈起新的游历，谈起新立的功勋。然而理想的布带从他迷惑的眼睛上永远脱落下来。他说道：

安静一点，我的先生们，安静一点！去年的鸟巢，今年的鸟不能用。我不再是曼却的堂·吉诃德。我仍然是从前名叫善良的阿隆索的阿隆索·吉哈诺。

又过了若干年，他的书终于写完了，用的是朴实的、披肝沥胆的、魔法般的语言——完美无缺。

在特里安纳上空仍然闪烁一丝儿亮光。他看见正在慢慢退隐的一个高大的、骨瘦如柴的骑马人。一个经过空间和时间而正在追逐闪光明灭的骑士——他那驽马的蹄子在西班牙的土地上一步一绊，而骑士那高尚而又可笑的脑袋几乎要触上天际星斗了。

奇特的机缘，奇异的爱
——记初入人生的塞万提斯

志耕 何瑞 编译

走向社会的机缘

16世纪，在号称"太阳不落"的西班牙，国王菲利浦二世的王位继承人——唐·卡洛斯王子，在受父王的监禁中蹊跷地早早离世。罗马教皇派了他的至圣使者、年轻的主教朱里奥·阿克瓦维瓦前来吊唁。其实，吊唁是借口，私下的真正目的是为菲利浦和梵蒂冈之间的纷争而来。尊大而险恶的菲利浦不把教皇放在眼里，公开声称，他要献身于主和圣洁的教义，而绝不献身于教皇，"为西班牙，而不是为教皇"。此时，西班牙控制着半个世界，只有三股势力还可勉强与其对峙，这就是法兰西王国、威尼斯共和国和教皇国。教皇有常驻西班牙使节，但一事无成。菲利浦国王冷冷地把他搁置一边，很少接见。教皇庇护五世希望他的吊唁特使能够达到他的一般官员未能达到的目的。他选了他所垂爱的主教阿克瓦维瓦。只有22岁的阿克瓦维瓦，笃信上帝，身居高位而性情温和，有才有智，能言善论。这次出使，身负重任。双方面临脱离关系的危险，西班牙教会要独立的迹象已经很明显了，摩擦很多，教皇力图消除隔阂。现在就看这位至诚至敬的国王怎样选择：或者是信仰之盾，惩邪恶之剑，那是可敬的恭顺；或者是践踏圣威，建立独立的西班牙教廷，也就是叛教了！在后一种情况下，教皇不把国王开除教籍决不罢休!

经过种种阻挠、侮辱、折磨才得谒见不可一世的国王。阿克瓦维瓦不辱圣命,振作精神,侃侃而谈,历数了菲利浦国王一系列违背圣父精神的作为。他谈锋出色,既谦逊又自信,每一段话中都加进了赞扬国王功勋的话,而随后便表示出教皇的伤心和抱怨,甚至诅咒、恫吓。一切都说完了,他等待回答。国王听罢,低眉轻吟般地说起来。用的是西班牙语,又不完全是西班牙语,是一种戏弄性的拟拉丁语,其含义有时使交谈者勉强听懂一点,而大部分听来莫名其妙,简直是一种巧妙的游戏。

主教真想抱头痛哭。本来,懂得意大利语和拉丁语,出使欧洲任何地方都足够用了,没想到对付菲利浦这种人是例外。国王讲话似乎非常详尽,声音中带一种优雅而富于表现力的节奏和显而易见的安适的快感。从语流中时而蹦出那么一两句让主教似懂非懂的话。最后,他用一句彬彬有礼的意大利语结束了谈话:

"这就是我能告诉您的一切,主教,我不再耽搁您了。"

阿克瓦维瓦离开王宫,面色死白,疲惫不堪,况且他正重病在身。随从神甫法比奥·福玛伽里老头担心地看着自己的主人,也是自己所带大的孩子,催他赶快离开这儿:"这儿的气候对你不利。"但主教不想立刻返国。不返回干什么?他对神甫说:"我要学西班牙语,你去找个教师来!"

"您干什么用得着西班牙语?"

"我们不能排除再次谒见的可能性,那时就痛快地来两三段西班牙语叫国王大吃一惊……"

法比奥无可奈何,从一个养奶牛的村子里的人文学校找来一群小伙子,足有一打,都是饥肠辘辘怪可怜的样子,等候在主教住所的前庭。

前庭弥漫着人们呵出的热气。前来竞选的人实在够多。大半是年轻人,营养不良,面目灰暗,戴着粗呢料的学生围领,并排坐在铺着丝绒的石凳上,把帽子拿在手里揉着,互相交换着含有敌意的目光。谁会在这次抽彩中得到前所未闻的头等呢?

主教让法比奥把等候者一个一个地往里放。老头来到前庭，目光盯在一个人身上，这人表现出与所有这些紧张得透不过气的年轻人截然不同的神态。法比奥走近这男子，后者离开座位站在他面前，身材魁梧，鬓发灰白，未留胡须，穿一件黑色绸袍，戴一顶无檐峨冠。

"您老先生没走错地方吧？"福玛伽里的问话彬彬有礼，因为这位陌生人的服饰表明他是个渊博的学者，"我们取用一人是为了别的目的"。

"目的我知道，尊敬的先生，我正是为此而来。"

福玛伽里欠身延客，朝门口走去。这时一个身材匀称、有一双机敏活泼的眼睛的年轻学生，走到学者身旁，他的穿戴与众人一样——好像略整洁一些，——迟疑地随学者往里走。

"你先在这儿等一下"，穿长袍的人说，"不然你会使事情搞糟的"。

学生顺从地回到自己座位上。他的胆敢依靠庇护，招来周围许多恶意的目光。

"主教大人"，法比奥规规矩矩地通报道，"这位先生也坐在等候的人中间，我觉得把他第一个请进来是公道的"。

学者自报了姓名，这就是颇有名望的唐·胡安·洛贝斯·德·奥约斯，如他所谦逊地补充的那样，他是瓦利阿多里德大学的博士和全西班牙皆知的语言艺术学校的校长。

"您的来访使我感到很荣幸"，阿克瓦维瓦指指安乐椅请客人落座，"我很珍重这荣幸，却不敢相信，以您的博学会肯教授最简单的知识"。

"主教阁下，出色的候选者大有人在，这不难想到，我是特意领我一个学生来的，希望以我的举荐来帮助他。"他注意到，主教脸上微微现出遗憾的神色，便接着说道："运气是盲目的，我斗胆使它睁开一点眼睛。"

"坦率地说，您老人家是愿我慧眼识人吧。我正拭目以待。"

人文学者谦恭一笑："随我来的青年很腼腆，他一向把自己的才华深藏不露。受人夸奖时，他会起而反驳，他自己是不可能自荐于主教阁下的。但因为他很有天赋……"

"他只要懂西班牙语就够了。"

"懂西班牙语！问题就在这儿！只有懂拉丁语的人，才会懂西班牙语。而他是多么精通拉丁语呀！这个可以证明。"

他从博士长袍的褶子里抽出两个四开本的纸本,用一双箍着黑色紧袖的手捧给主教。

"这是什么?"阿克瓦维瓦问道,却没去接那本子。他内心已经在提防这个极力要把本子塞给他的办学老手和拉丁语权威。

"这头一个本子,"奥约斯回答说,"登载着一首诗,它曾使我的学生在公开诗赛中得到头奖。头奖,主教阁下,虽然在我国通常只有门第很高或者有得力庇护的青年才能得到它。这第二本……"

"还是说头一本吧!也许您老人家愿意朗读一下这首诗?"

"非常高兴,"人文学者说,"当然了,这是一首格洛萨①。"

"格洛萨是什么?"

这样的无知之至使奥约斯感到惊讶。

"在我们的诗赛中,"他带着几分自豪的口气解释道,"通常让候选人把一个主题按照诗格来作,要求立刻把它展开演义成一阕完美无瑕的诗,同时还要把主题诗行加以重复。"说着,他读了起来:

> 过去的事我不伤悲,
> 我总会成为幸福的人,
> 一旦实现了我的憧憬,
> 幸福自会翩然而至。

"大概,主题就是祸福无常吧?"

"这就是格洛萨,"奥约斯说。

> 悄无人知地翩然而去,
> 温柔的幸福已消逝。
> 不要呼唤,不要枉然叹惜,
> 也不要束缚它的双翅。
> 它高踞黄金宝座之上,

---

① 西班牙抒情诗中的一种形式,盛行于中世纪。

听凭祈祷而不予答对——
但这一切于我却是无谓!
我的心从不忧愁苦闷。
我一定将是幸福的人,
因为过去的事我不伤悲。

"糟糕透顶!"福玛伽里神甫用拉丁语发表了他的见解。

人文学者转过身去,内心深感不快。阿克瓦维瓦暗暗向自己的同伴投去严厉的目光。

"我只是觉得,"福玛伽里神甫辩解道,"诗里有些明摆着的矛盾,一会儿幸福是一只鸟,长着翅膀在天上飞;一会儿它是个统治者,坐在宝座上。可这些一下子……"

"我的先生,在艺术中,绝不能把这看成矛盾。文艺作品是在不断地使情节有所变换,而每一个新的闪念都在赋予它新的色彩和光华,这是最起码的规则。"他以怜悯的口气作了结论。"可以继续读吗,主教阁下?"

"请吧。"

我不迷惑于美誉盛名,
不为权欲而苦苦焦虑,
……

"于此足够了,"主教说,"我深信不疑。"

"但这不是全部,还差两节呢!"

"这些诗,当然,水平很高啊,奥约斯大师。可是您用什么向我证明,这位慧敏的拉丁语学者对教授西班牙语能愉快胜任呢?"

"证据在第二个本子里。"说着他硬把第二册递给阿克瓦维瓦。主教只得接过去。

本子用纸精良,硬封皮上赫然印着标题素描:王室的灵柩彩罩,上面标满了徽号、表记、人像和题辞,蜡烛环绕,旌旗飘拂。

"这个,主教阁下,您手里这本书,不是别的,正是王室关于尊敬的王后前不久逝世的记事集,昨天才印出来。其中被权威评论家精选出的,那首悼亡颂诗,便是出自我所举荐的而被刚才那位先生称其诗糟糕透顶的年轻人之手。"

"请您不要伤心见怪,忘掉它吧。那么,关于颂诗……"

"那就是用西班牙语写成的,您,主教阁下,还不能读通。我以我的威望请您相信,写这些诗用的是北卡斯提尔地区最纯正、最明快的语言,富于比喻和极优雅的辞采,绝没有现在流行的那些日常俗语。"

"噢,是这样!"

"我这学生,仪表优雅,这与他的出身很有关系。他出身于一个上等家庭,名门望族,伊达尔戈①……"

人文校长看了一眼漠然望着窗外的福玛伽里,然后在自己的安乐椅上往前探了探身子:

"伊达尔戈被用作一个特称,形成了一个亲族……"他轻声地、有似耳语式地结束了谈话。

"果真吗?"阿克瓦维瓦接着说,"真有趣,我很高兴。"

"我可以叫他来吗?"

"有烦您了,奥约斯大师。"

人文学者告辞了,阿克瓦维瓦用一种介于问候和祝福之间的极得体的手势送走客人。

前庭传来奥约斯的高声呼唤:

"米盖尔,主教大人在等你!"奥约斯开门走了。

一个目光活泼的青年走进屋来。当他深深鞠躬直起身来时,脸上突然异常滑稽地闪现出莫大的惊讶。显然,青年本来想会见到一位白发长老,但如今一看竟是个与他同龄的人。他的嘴巴微微张开,而一双炯炯有神的眼睛却瞪得滚圆。甚至他那血统纯正的鼻梁也现出一副滑稽的样子,——好像它是独自率先地摆在一张未成形的脸上,而其余的是随后才安上去的。

"请走近些呀,"主教说着,并感到喉咙直发痒,想笑出来。"您的校

---

① 西班牙中世纪领有少量土地的贵族骑士。

长热心地给您讲情了。"

"奥约斯大师对我施恩非浅,主教大人。他知道,我很穷,便想帮助于我。"

嗓音十分成熟,虽然不深沉,听起来却充满着刚毅的热情。

"您是个诗人,正如我所知道的,"阿克瓦维瓦扬起手中画着灵柩彩罩的本子。

"正因为如此,我不相信,主教大人,我会是个合格的语言教师。当一个人迫不得已根据种种旨意去写拉丁文或西班牙诗的时候,他终不免会失去自然。诗与日常用语是两种不同的东西。"

"换言之,你是认为,我不该在学生中找教师,对吗?"

他的脸泛红了。

"我刚才在那儿等着的时候,确实想过,任何一个珠宝商或者兵器匠,都可以教您。"

"请坐吧。"主教说。青年落座。"您这样说,好像是您并不十分希望取得这个位子。"

"我是热切地希望得到它,主教大人,这将是无比的幸福。但我很怕会使您失望。"

"可您是有特长的。兵器匠或什么人用的都是市井俗语。而您,出身于荣耀的家庭,您是高贵的……"

"这是什么意思?"

"哦,您的老师不会说错,您,是伊达尔戈。"

"噢,天哪!"

"怎么,请您说说,这个词是什么意思?这词听起来很尊贵。"

"Filius de aliquot——贤人的儿子,这个词听起来的确很尊贵,但它丝毫也不意味着什么。每个人都可能是伊达尔戈。比如说,每一个应诏住在王府里的人都是。"

"您说的兵器匠也会被认为是伊达尔戈吗?"

"也会的,主教大人。"

福玛伽里在墙角拨弄了一下胡子,他服气了,悄悄地对主教做了一个赞许的怪相,但阿克瓦维瓦没有理睬他。

尽管年轻，但以其地位，阿克瓦维瓦常常接触到的是贪欲和宫廷的谄媚。而这个青年是过于淳朴了。这也许是假装的吧？

"如果我们达成协议，"他十分郑重地说道，"您就得在近期内去国离乡，不瞒您说，您在我们教廷中的这个位子，是根本不起眼的，职位并不比侍卫和仆从高，请您不要抱任何幻想。"

"我到罗马去将会很幸福，主教阁下。"

"您的出身族系同样也不会给您带来任何特权。您当然还不清楚，在罗马有多少人在向大主教们炫耀他们的家族出身。"

"大人这话我就不懂了。"青年困惑地说。

"别再装假了！"阿克瓦维瓦眉宇间耸起一道不耐烦的皱褶，"要知道，您的老师已经告诉我，您是大主教的侄子"。

"什么大主教？"

"塔拉冈的加斯巴尔，塞万提斯大主教。"

"要是有这事，我当然该知道，主教大人。"

"这么说，这不是真的？"

"我不认识他，对他我一无所知。"

怀疑的皱纹从阿克瓦维瓦脸上消失了。他和神甫交换了一下目光，福玛伽里便走去打开门解释道：

"人选已经定了，大学生诸君。主教大人深表歉意。"

脚步声，议论声。人们走了，留下一片妒羡的回声和人体的气味。

而这位幸运入选的年轻人，就是米盖尔·台·塞万提斯·萨阿维德拉。这个名字在以后的岁月里，和他的《堂吉诃德》一起，冲出了西班牙的国界，走向了全世界。

初恋的狂热和痛苦

1569年，塞万提斯跟随阿克瓦维瓦大主教远离了故土，来到教皇的都城罗马，实现了年轻人驰骋大千世界的心愿。但他禁不住挂念在家的父母和手足，写了一封详细的长信，描述在异乡的奇闻和复杂的感受，贮满了单纯青年的骨肉之情。

信中首先提到他托人给家里带去 40 列阿尔的银票①，虽然数目不多，将来或许天主开恩，使他财运亨通，就可以解除二老的贫困了。

依次问到姐姐安德列娅、露依莎和可爱的弟弟罗德里戈生活如何，特别是弟弟是否实现了自己的愿望参加了皇家军队。塞万提斯希望这能成为事实。

谈到罗马城，规模是如此庞大，仅其中的梵蒂冈皇宫，就拥有上千幢建筑。

塞万提斯晓得，家里人们最感兴趣的是他有没有亲眼见过教皇。他引以为荣地说，已有过两次这样的机会了。

说到他的主人，阿克瓦维瓦是为学西班牙语才召他随侍的，但主教用来学习的时间比塞万提斯想花的时间要少得多。因此，他常常无所事事，可以随心所欲地出行。他漫无目的地闲逛，闲逛时唯一可做的事是细心观察这个城市。

在罗马，教堂就是一切，或者说，这里没有任何别的职业。平日和礼拜天，从大街上看起来毫无两样。罗马人的主要工作是无聊的散步。轿式马车之多使塞万提斯感到不可思议，达官贵人们乘坐其中，悠闲自在地游逛。这些轻便马车往往在轿篷上开几个圆孔，以便向外瞭望，观赏临街窗内的姿容秀丽的女子。

西班牙的服饰在罗马非常流行，塞万提斯自然穿家乡服装。他穿的是黑色衣服，巧得很，他的外衣的式样与教会的法衣很少区别。

"就是这样，孩子，"福玛伽里对他说，"你要是剃发为僧，就可以得到一笔不小的进项。不然的话，你住在这块地方干嘛！"

老头子好心地谆谆教导米盖尔。

对于年轻的米盖尔来说，志在教会和笃信上帝，那就像呼吸一样，是极自然的事。在城里游荡时，他常常到顺路的教堂去做祷告。教堂的确不少：不同时代的建筑，规模有大有小，色彩多种多样，矗立在各个角落。但米盖尔很快为自己选定了一处上帝之家，它始终令他神往。

这就是圣玛丽亚·亚德-马尔迪列斯教堂，百姓们都叫它"圣玛丽亚

---

① 西班牙银币。

圆亭"。此亭古时另有称呼,名"万神殿"——到这里,米盖尔就觉得心神愉悦,无需任何祷词和赞歌,建筑物本身就是再虔诚不过的神思。在任何地方他也没有像在这儿感觉那么良好,那样空灵自在,仿佛即刻要参鸾腾天,飘然绝世,穿过金碧辉煌的高阙奔入光明世界。

因此他常到万神殿。这里没有供祈祷用的凳子,只好跪拜在大理石和斑岩铺成的古老的地板上。

这一天,他祈祷完毕,站起身来打算离开时,一个陌生女人——他一直没觉察到她进来——突然抬起头来。她那张略显宽大、神采飞扬、富有性感的脸庞,露出坦率的召唤的表情转向他。他不失身份地急忙离去了。但第二天,又是这个时刻,在教堂里,她仍跪在老地方祈祷。

在西班牙,未离家时,他从未亲近过女子,确切地说,是从未见到过。西班牙女子是从不让人瞧的。假如偶尔在远处看见一位女子,那她必是穿着裹得严严实实的服装——絮着棉花、富有弹性而又坚固的服装,连头发也总是遮蔽不露,耳朵则是藏在硬领里边。

而这个到处都是单身汉的宗教都城则不然。无论实行禁欲主义的教皇怎样频繁布道,无论颁发什么样有关服饰和风习的法令,但昔日很多富有人生乐趣的东西还是保存下来了。尽管西班牙时尚到处生根发芽,罗马女人却能使马德里的服饰具有某种解放女性的佻㒰风格,使柔韧的彩色丝绸服装显现出身姿的曲线。皱褶领变成花边宽领,优雅地衬托着自然卷曲的、金光灿烂的头发,大大方方地露出脖颈和胸脯。

他决定跟踪这位漂亮的女子。但走到教堂出口的圆柱下时,他却丧失了勇气。她消失在河岸上杂乱的小巷中了。

第三天,他老早就在原地方等着。但他再也不能静心地祈祷了。他站起身在教堂里徘徊,抑制不住自己内心的不宁。祈祷者们向他投去不满的目光。她没有来。第二天还是没来。她再也不来了。一只钓钩钩住了他的心。那张长着翘鼻子的、宽宽的明朗诱人的面孔,他觉得太美了,并且夜复一夜地变得美丽无比。

到了秋天,有一次他去银行,就是不久前支给了他第一张在西班牙取钱的银票的那家银行。这是他第四次去。他那位患病的主人几乎根本不能再上课了,但总是找借口多次给他提高薪金。

他快步如飞地奔过安格尔堡桥,迅速左转到托尔·圣格温尼亚大街。那位西埃那银行家住在这里一处极为雅致的古屋里。总共只有三个窗子,楼下进门处有两棵门柱,二层和顶层带有凉台,账房在后院,穿过一条昏暗的走廊通向那里。屋里四处堆放着邮袋和包裹之类——这西埃那人不仅从事银钱生意,并且经营货物邮送。米盖尔高高兴兴地办完了一应手续,小心地放好收据,走了出来。

院子里寂然无人。他无意中抬头向楼上望了一眼,他呆住了。那里,上面,第二层,他发现了她。她身穿浅绿色便服,站在一扇敞开的窗子前。这既然是西埃那人的住所,想必她就是他的妻子了。他无法移开目光,默默地凝视不动,由于激动和紧张而泪水盈眶。她给了他一个模糊而诱人的侧影。他终于费力地走开,到了走廊里,他不得不倚在墙上,而后控制住情绪,摇摇头,振作一下精神,毅然走出门去。

而她又露出面来,她跑到对面的窗外,站在凉台上,伸出双臂支着石台沿,微微向前探出身子,于是宽大的绿绸袖子垂落下来。她直勾勾地望着他,容光焕发的脸上堆着笑意。

他还没来得及把此种情景琢磨透,有人拉了一下他的手。是一位中年妇女,佣人装束,她像说家常话一样毫不拐弯抹角,请他跟她走,说太太在等他。

铭刻在心的人,失而复得。直弄得米盖尔如醉如狂,异想天开。

塞万提斯随佣人装束的中年妇女往楼上走,楼上有他日夜思念的那位美丽的女子。在昏暗的楼梯上,他两脚磕磕碰碰,中年妇女只得搀扶着他。上了楼,佣人走开了,在狭小无窗,燃着两盏神灯的前室里,他终于与在万神殿做祷告的女子会面了。

"我常常注意到您",她微笑着用一种并非罗马口音但令他心醉的语调说道,"我们到底相识了"。她欠身相邀,拉开帷幔显出一个大房间。

这里阳光充足,陈设着两张安乐椅,一个梳妆台,中间是一张床,宽大华美,铺着绣金的绸罩单。

年轻的米盖尔一次也没进过罗马的家庭住室,也从未得过机会与城中任何一个女子交谈,如果不算那几个女佣人和小店女掌柜的话。他的生活都是在梵蒂冈的男子氛围中度过的。因此,他不具备比较和鉴别的能力。

这女子觉察到了青年异样的神态，略显得有些尴尬。

"您是教士？"当他们面对面落座后，她不敢肯定地指指他的衣服询问道。

米盖尔竭诚地匆忙作答，好像他是坐在这儿接受考试。但他很快就为自己的声音所振奋。一旦精神振奋，他的谈吐就异常漂亮，对言辞驾驭自如，稍稍鼓起勇气来利用她的好奇心。他分明地意识到，自己配不上，但显然，命运注定在她身上了——这是他见到的唯一一个铭刻在他心上的女子，失而复得。——一件偶然的事情引他来到罗马无数宅邸中的一处，而恰恰就在这里他又遇见了她。

此刻，突发的激情控制了他。面对着她，他描述了在圣玛丽亚圆亭，在千年的石板地上，在神目之下，他俩的相遇，从他见到她的那次起，从她消失在河边杂乱的胡同中的那一瞬间起，自己便无法凝神祈祷；描述了他想与她相见而再也不能之后自己的绝望。而突然，突然，——玄奥不测的命运带来了无限的幸福！

他讲得如醉如狂。从她轻盈的服饰、柔软的肢体上飘散出比他所熟悉的神香更令人心醉的芬芳——这是一种混合着隐约可闻的浓烈香料味的、充满活力的年轻肉体的气息。

突然，她猛地站起身来说明，他必须即刻离开。

"那再也不能来了？"他近乎无声地问道。

她思索片刻，同时仔细地瞧了他一眼。突然发出一阵不可思议的笑声，这使她闭上了那双神采奕奕而斜视的眼睛，大张着富于魅力的嘴唇，白皙的喉颈绷紧起来，随后她紧紧地握住了他的双手。

哦，当然，他还可以来，但要在固定的时刻。早晨，永远只能是早晨，并且只能是在每礼拜二，其它所有时间都有危险。她把他送出门来，又补充了几句含糊不清的话，他回到自己梵蒂冈塔楼上的住所时，才理出个头绪。从那些话中可以知道，她是一个商人的遗孀，过着独居生活，等待着有利可图、条件具备而万无一失的再嫁机会。

当他在礼拜二伴着第一声晨钟来到时，一眼便看出来，这淡黄色头发的女子情绪不佳，像是没有睡足的样子。她几乎不打算掩饰由于这无意义的冒险所产生的懊悔心情，对着想用一番恭维话引起她兴致的年轻的米盖尔做出一副恶意的怪相。而突然，未经任何情绪过渡，她打断话头，起身扑在卧榻上，粗鲁而急不可耐地向他求爱。其实，贵重的丝绸罩单早预先从床上取了下来，细心叠好，搭在长凳上。

年轻的米盖尔毫无经验。她的下垂的嘴角上带着不在意的微笑，满脸瞧不起地接受他的爱抚。他在狂热之中一无所见，否则他就会被她的表情刺得清醒些。但她很快收起了轻慢的笑容。

这种事米盖尔完全是个生手。但他已经萌生了情欲，自然的本能指给了他满足欲望的通路。在她用两手撑起他的肩膀，惊异地瞧着他的眼睛的一瞬间，好像是第一次见到他。

"你冷静冷静！你这样会伤害你自己，也伤害我！"

过后，他躺在她的怀抱中休息的时候，她仍在不断地打量他。

"你真是个奇怪的小老师。"他带着敬意说道。

这张与她相偎的脸霎时变得格外漂亮了。他不再是个孩子，不再是个贫穷的半拉子出家人，而是一个唇线露着刚毅，目光闪烁着生命力的男子汉。血统纯正的鼻子的双翼缓慢而有力地扇动着。浓密蓬乱的栗色头发柔软地覆在前额上。

新的生活开始了。米盖尔现在只是从拥抱到拥抱地活着。极度的欢乐充满了他的心田和每一根神经。他表现出异乎寻常地友善，甚至可以拥抱农民的拉小车的毛驴。他在罗马街头无休无止地游玩，来发泄自己的精力，不顾那些暗中窥伺着行人的强盗恶棍，他沿着施了魔法一般荒凉凄怆的近郊寻寻觅觅。但有一个人拉住了他的手，使他像受电击般清醒过来。

"你这是怎么啦，孩子？"福玛伽里说道，"未来的教士应当步履庄重，循规蹈矩。你怎么在教士的台阶上跟在舞厅里似的飘来飘去？"

神甫情绪不大好，骂了一通。原来圣父决定禁止教界人士蓄须，而福玛伽里留着一把农民的大胡子，这在圣彼得大教堂是独一无二的，他以此为骄傲，"服从？没门儿！"——他对每一个准备听命的人都这样宣称。花甲之年了，再换一副面孔——哼，他不干！他几次见教皇本人都是带着这把胡子。禁止蓄须，真是异想天开！

米盖尔友爱地安慰他。这年轻人有一副始终如一的善良、厚道的心肠。"这件事办不到，"他肯定地说。过去所有这样的禁令，都是虚晃一枪，可靠的资料都说明了这一点。过个把月就丢在脑后了。

"谢谢你，孩子。"神甫喃喃道，"你真会给人宽心。但在这种荒唐的服从中生活，难道不是耻辱吗？在这么广大的土地上也许有另一种日子可过。"究竟是什么日子，他没有说。

使米盖尔着迷的女子叫吉娜，是威尼斯人。这是数周之前年轻的米盖尔了解到的，除此之外，再没有别的了。在早晨这段熔金烁铁的时间里，她很少讲话。他没有遇到特别的阻力，便得到了每礼拜前来两次的允许，现在又加上了每礼拜五。往往是他来时，她正睡眼惺忪，零乱的房间里还没有为二人幽会做准备。他骂她懒婆娘，瞌睡鬼，她则诡谲叵测地眯起眼睛。但他的欲火是难以抑制的。而从第一次拥抱起，已使她无餍足地倾心于他了。

偶尔他提一些问题商量，总是压抑着恐惧，因为婚姻大事已迫在眉睫，也许那将断送一切。每念及这些，念及这些造孽的事使这个憨直求婚者付出的代价，他便痛苦万分。他将永不敢放松自己的忏悔，因为要想甩掉这罪孽是不可能的。

但上帝慈悲，并不会因这难熄的欲火而抛弃他。

他从未得到过回答。吉娜往往把他紧搂在自己雪白的胸脯上，窒息了他的问话。但这样不是更好吗？因为纵使现实生活之光照射在他们二人之间，他自己又能说什么呢？能给她什么允诺呢？关于自己的前途，能谈些什么？不错，他的心里倒是充满了一种博大而朦胧的希望。在自己的塔楼里他常常幻想，幻想着心爱的人将与自己分享诗人、战士甚至新大陆发现者的尊崇和荣耀，当然，他决不要做教士。可以肯定，他将永远不会厌弃她，不会厌弃她的肉体及其芳香，她的嗓音，她的笑声。但不弄清她的真面目，他无法生活。

但或许她在等待？等待着只是打碎一切枷锁的那句话？也许，他的缄默使她积怨在胸？难怪她那样孤僻，有时是骇人的沉默。也许，就因为他没有把话表明而毁掉了一切。

但有一次，当他打破了沉默，谈起将来他们一起生活，当他吐出"结婚"这个字眼的时候，情况变得令人震惊。吉娜发出一连串的大笑——一种他从她嘴里从未听到过的凄厉的笑声，听起来那样刺耳，使人不寒而栗，又那样尖刻狠恶，不可遏止。

"你想和我结婚，出家人！"终于，她发出一串颤抖的音节。"你想跟我一块儿在那个塔楼里过日子，吃耗子肉喝清水来养活我吗？哼，还想得出更愚蠢的主意吗！"像往常一样，谈话在无餍足的热吻中不了了之。

没办法，关于她，他什么也了解不到。唯有一个话题能使她的谈兴大起——她的故乡威尼斯城。她信教十分虔诚，准备以脱罪之身还于上帝。米盖尔这一点是知道的。但她痛恨罗马，痛恨它的庄重，它的古板教条的生活，无以数计的教士和龌龊的修道士，他们一队一队地唱着赞美诗，如牛负重地游动，节日期间清冷的街道，嚅呓不绝的钟声，还有随处可见的片片废墟。她讲述过故乡威尼斯，那里居民之稠密、生活之热烈为世界之首。一座处在交织河路中的水城，金碧辉煌的大广场，每值入夜，街巷和广场都沐浴着柔和的灯光，此时出游，更加赏心悦目。来自世界各地的巨大旅游人流，五光十色、优雅迷人的服饰；这些人的前来，不为祈祷和忏悔，而真正是为了交际，为到游乐之邦来游乐，为了把钱花在那些精美的物品上。丽爱托更是人山人海，许多装饰华丽的小游艇载着精心打扮的妇女，个个骄傲地端居于坐垫之上招摇过市。每当讲起这些，她就变得谈笑风生。

"在那儿每一个穷船夫也都穿得漂漂亮亮，"她高声感叹道，"我情愿用罗马所有大主教们的黑袍来换船夫的一条红裤子！到了狂欢节，整个富丽堂皇的城市，喜庆活动在数周之内连绵不绝，使人尽兴的化装舞会如旋风卷动，圣马可广场就是个永久性的大舞会，每一个小院都是一个隐秘的包厢。所有的人都逍遥自在，无忧无虑，友爱亲善。统治这里的不是残忍无情的穷修士，而是政府，它鼓励人们欢乐地生活；和蔼可亲的警察也从不干涉人们……"

"你怎么总是提起警察？"他横插一句，因为他已不是第一次从她嘴里听到这个词，"你有什么事碍得着警察？难道罗马的警察使你受委屈了吗？"他带着笑容这样问。

但她诧异地望了他一眼，愤而不语了。

这是在礼拜二。

礼拜五他来的时候，手里拿着一个小包，里面是一条打算送给她的丝绸头巾。当时门还没开，他先用手敲了几下，而后便用铜门锤用力敲打。周围一片静悄悄。他住了手，预感到事情不妙，但还舍不得离开，这时在曙色朦胧中她的女佣人从他身旁溜过。自从她把他从街上领回的那天起，他就再没见过她。他喊住了她，询问女主人在哪里。

"走了。"她尖刻地说，"您不是看见没人开门吗？"

"去哪儿了？"他叫喊起来，"去找她的新郎倌吗？她嫁人了？"

女佣人从头到脚打量着他，好像他是一个来自异国他乡的新奇动物。

"当然啦！没错，就是出嫁了。嫁给了一位王子！"

"请不要耍笑人！请您说清楚。"他从衣袋掏出钱来。"她住哪儿？我会见到她吗？"

"噢，是的，您可以见到她，并且非常方便。您知道葡萄牙拱门吗？"

他摇摇头。

"那您去打听吧。在那儿您肯定能遇见她。"

"在什么时间呢？"

"当然是晚上，要晚一些。"说完她就向楼梯走去。

"可房子是什么样的？"他追着叫问。

"您自己会看到的。"

白昼漫长得没有尽头。而倒霉的运气又故意捉弄他，正好这天晚上他被邀请去上课。近来这样的情况很少有。往常阿克瓦维瓦总是让他做些动笔的事务：抄写东西和整理公文。当时如果有空，便朗读朗读，算是上了西班牙语课。而今天是这样：他坐在自己主人的安乐椅对面，二人一人拿一本西班牙作家洛贝·德·鲁埃达的作品来诵读。这是著名的喜剧《阿尔梅莉娜》，年轻的米盖尔一向把它看作范本，甚至读后使他产生一种神秘的成名欲望，有朝一日也在戏剧上一试身手。

可是今天他却觉得这简直是一派胡言和臆造。剧中所谈，尽管有如神奇的药剂和爱情的琼浆，但与他脉管中炽燃的、着魔的欲火相比，是一钱不值了！只有从未体验过这种情感的人才会说出那样空洞无聊的话来。他神不守舍，更无暇顾及红衣主教那还未臻完善的发音和语调。

"您没有全神贯注啊，唐·米盖尔，"阿克瓦维瓦合上书，友爱地关切地说，"您的气色不太好，您哪儿不舒服吗？"

米盖尔急忙道歉,说他每年冬天降临都畏寒,很早就是这样。

"罗马的冬天比你们的马德里还温暖些。是否您的住处不大遂心?塔楼上您的房间烧得暖和不暖和?"

"这些都安排得好极了。"病魔缠身的主人对他如此关心,他很感动,忙请主教放心。

红衣主教到底还是让他回去了。

已经9点钟了。而且又一个不顺利,宫殿周围的大门都已关闭,并有人严密把守。不久前才开始,每逢夜间离开教皇城寨的人必须持有通行证。米盖尔一再想跟守卫交涉,但瑞士兵根本不想听他的解释,操着喉音极重的德语断然拒绝了他。他匆忙返回,沿着各处的楼梯和通路徘徊,穿过一处一处的花园,一道一道的回廊,一层一层的院落,终于,在最僻远的一个后院里,他找到了一个小门——帕斯台露门,没人把守,也没关闭。从这里出去是一片荒地。

他绕过一个高大的建筑,越过篱墙和壕沟,穿过沉寂的勃尔戈小巷,好容易来到圣安格尔堡大桥。他从这里沿着河奔跑起来。河沿上坑坑洼洼,漆黑一团。12月潮湿的夜倒还不冷,只是没有月亮。他经过了梯布勒港湾,那里停泊着两只破烂不堪的帆船,其中一只吊着一盏绿灯笼,闪着微微的幽光。船主的狗被急促的脚步声惊动而吠叫起来。

他按照指定的方向,离开河沿,来到一条笔直的大街上,这是利别塔街。突然,他一下子撞在什么东西上,绊倒了。仔细一看,原来街上横躺着一块古旧的方尖碑,已经碎成四大块。有人告诉过他这个地方。这地方离他的目的地不远了。黑暗中,在他的右方显出一座奇异的建筑物,他按着人们的描述辨认出,这是奥古斯都皇陵。从墓顶的窟窿里长出来的树木,在夜色中摇曳不定。这庞然大物的周围分布着一些低矮的小巷。

不知她在哪个地方。

这一带是那些贫穷的外国人的居住区。各族人有各族人自己的街巷。各地方的名称也由此而定,如希腊大院、斯拉夫胡同、葡萄牙拱门。街上闪过一些毫无善意的面孔。米盖尔上前询问,答话很不耐烦,懒得开口。但这还不大要紧,只是有一点使他非常苦恼——她怎么可能住在这样的环境里呢!他停下了脚。

葡萄牙拱门原来不过是一围破砖墙，缺口处新建了两个木阙，往里可以看到一条曲曲弯弯的小巷。

里面火光闪烁。左右两旁的双层小楼与围墙衔接，围成一个个圈落，里面插着火把，把幻景般的夜色映得扑朔迷离。米盖尔感到像在可怕的梦中巡游一样。但见几十个女人一群一伙地聚在一起，服饰杂错，有几个奢华富丽的，大部分披着次等料子的灰斗篷。她们闲聊着，来回转悠，一面招呼着正躬腰曲背在女人群中仔细寻觅的男人们。窗子里大都灯光通明，里面传出詈骂和欢笑声。

突然，他无意中就站在了她的面前。火光把她那张宽而扁的白脸映成血红色。她和另外四个人站在一起。她发现了他，点一下头叫起来：

"快看这儿呀，他来了！他想跟我结婚。他是个牧师，可是想来娶我呢！大胆点儿呀，唐·米盖尔，别不好意思！在这儿您可以跟我不分白天黑夜地结婚。只不过在塞拉尔宫比在城里价钱要贵一些，结一次婚你得付一个斯库刀银币呢！"

周围发出起哄的笑声，她越发自豪起来，果真走向自己的房门。房门正好在他身旁。

他往后一闪，却无法收回自己的目光。一个醉汉在一间屋子的门槛上绊了一下，狠劲撞在他身上。他在两座房子之间找到一道夹缝，跌跌绊绊地跑开，来到冷风嗖嗖的旷野上。

他觉得自己死到临头了。

教皇憎恨皇都的放荡风习，决心把上流社会的高级暗娼统统清除掉。在他看来，她们是魔鬼的恶种。然而首脑们的独身主义，并不能使生活十分困难的卖身妇女数目减少。教皇曾颁布过驱逐女人的谕令，欲使圣都泥沙荡净。女人们搬迁的结果是凄惨的，她们在奔往热那亚或那波利或威尼斯的路上，遭到匪徒的野蛮劫掠，很多人被打死，侥幸逃脱的，在极度惊慌和绝望中返回了罗马。她们受到比较温和的待遇，被留下来了，但中心市区不准居住，都被迁到犹太人居住区，就是那极为荒凉偏远的奥古斯都皇陵附近。在笞刑的威胁下，无论白天黑夜，她们谁也不敢离开自己的闺房。

这是三年前的事。除了教皇本人，谁也不想维护这条法规。禁令遭到违抗，终至被完全抛到脑后。不久，在那被指定的住处剩下的只是一帮最粗俗的女人。其他人，受到自己崇拜者的庇护，在优雅的庭院中重新定居下来。平常，她们只是在自己的窗口往外观赏，如果想走出房门到男人中间去转转，那只好去教堂。去教堂总是无可非议的。

但这年冬天，有人向老多米尼克僧告了密，这又使他怒火填膺。于是一份名单草就，打击突然降临：警察队伍依次闯入居民住宅，将那些毋庸置疑的人全部押到一个统一地点。奥古斯都皇陵旁的犹太人居住区被责令筑起圈墙。

米盖尔从前在宫中见到过这张名单，当时没留神——那时与他无干。现在再看这张名单，它令人惊骇地变大起来，上面满是抄录者的花体字："女郎帕那达，托芙丽，斯卡皮，苏吉，索比奥……"托芙丽——原来就是她，吉娜！

他在剧烈的羞愧和痛苦之下病倒了。当他还是个孩子的时候，在家乡阿尔卡拉就这样病倒过。那是因为有两个身高体壮的孩子欺负他，他被扭住双臂，无可奈何地挨揍。那时，像现在一样，生命机能下降，身染热病，梦呓使他离开了现实。

又是一次热病的袭击，他躺在自己的塔楼里硬邦邦的床上，没有人关照。拙笨的仆人两次给他送来饭菜，见每次都原封未动，便不再送了。

第五天，福玛伽里发现他的这位门徒隐匿不见了。当他见到米盖尔躺在草垫上，头烧得滚烫，眼睛闪着失神的光，床头的水罐一干二净，他真是惊骇非常。房间里没有生火，四壁透风，一片冰冷。

神甫把病人裹在皮被里，像包婴儿的褪褓似的把他抱在怀里，咚咚地跑过走廊和楼梯，来到自己房间里。现在，塞万提斯躺在汉尼拔壁毯之间舒适的床上，与世隔绝，静心休养。

大夫来了，依波利托·本沃林迪医生，额头高耸，神情庄重。他开始观察病人，接着听诊、叩诊，反复琢磨，费了好半天工夫。

"热病。"最后他断定，开了药方离去了。

福玛伽里一刻也不离开自己的门徒。到第四天，热症减轻，第五天便消失了。

米盖尔康复了。但在他年轻的心灵里，那被疯狂的爱火炙烫留下的创伤，却没有随之而愈合。一阵阵莫名的隐痛，不时地在折磨着他。

福玛伽里神甫为了慰藉这颗稚嫩的心，不断地给他带来些关于目前战事的新消息。那些充满英雄气概的传说，把青年米盖尔的心鼓荡了起来。哦，只有赶快抛开罗马，才能驱散笼罩在心头的阴郁。他未必命中注定要做教士，除此之外还有另一种天地，那里更辽阔，更宏大，更具有英雄气魄。他应该到那里去，去追随战场上胜利的旗帜。

他决心已下，做了又一次生活的选择。

1570年春夏之交，米盖尔离开了罗马，进入了西班牙船队，开始了一个军人惊险的海战生涯。

（原载《名人传记》1988年第6期）

后　记

　　李禾瑞（1930—2013），笔名何瑞。河北沧州任丘人。1958年毕业于北京大学俄语系。特殊年代里，长期遭受政治迫害和不公正待遇。"文革"结束前，先后在天津轧钢一厂、天津有色拔管厂劳动改造，在天津冶金工业学校任教。"文革"结束后，于1980年调入河北师范大学中文系外国文学教研室任教，主讲俄苏文学，并重点研究苏联当代文学。先后发表了《鲁迅与俄苏文学》《资产阶级人道主义的演变》《肖洛霍夫与〈人的命运〉——兼谈评论的职责和创作的自由》《苏联当代文学的若干问题》《两部奇妙的作品——〈我是猫〉与〈白比姆黑耳朵〉之比较》《永远闪光的精神遗产——从鲁迅到曹靖华到一代知识分子》等论文，翻译出版了《生命的二次方——塞万提斯传》《塞万提斯的初恋》等译作。1990年退休后，仍笔耕不辍，继续进行苏联当代文学的研究，出版了专著《1950—80年代的苏联文学》（花山文艺出版社，2009年）。

　　河北师范大学文学院为纪念已去世的先辈老师，决定出版这些先生的文集。编辑李老师的文集对我来说责无旁贷。我是李老师调入河北师范大学中文系后教的第一届学生，毕业后留校任教，和李老师同在外国文学教研室。这部文集包括了李老师的专著、论文、译著三部分，主体是他的专著《1950—80年代的苏联文学》。这部书稿最初由李老师的儿女们转录为电子版，我的同学王志耕，80级的张福堂，81级的李秋水、孟庆平曾为该专著的出版尽心竭力。编辑老师的文集，就像再次走进课堂，聆听老师的教导，沐浴着老师的恩泽。以此文集，表达我们对李禾瑞老师永远的怀念。

  谨记。

河北师范大学文学院　王少杰
2016 年 12 月

图书在版编目(CIP)数据

李禾瑞文集/李禾瑞著；王少杰编.--北京：社会科学文献出版社，2021.3
（燕赵学脉文库）
ISBN 978-7-5201-2246-7

Ⅰ.①李… Ⅱ.①李… ②王… Ⅲ.①俄罗斯文学-文学研究-20世纪-文集 Ⅳ.①I512.065-53

中国版本图书馆CIP数据核字（2018）第029293号

·燕赵学脉文库·

李禾瑞文集

著　　者 / 李禾瑞
编　　者 / 王少杰

出 版 人 / 王利民
项目统筹 / 宋月华　李建廷
责任编辑 / 李建廷　刘晓飞

出　　版 / 社会科学文献出版社
　　　　　 地址：北京市北三环中路甲29号院华龙大厦　邮编：100029
　　　　　 网址：www.ssap.com.cn
发　　行 / 市场营销中心（010）59367081　59367083
印　　装 / 三河市尚艺印装有限公司

规　　格 / 开　本：787mm×1092mm　1/16
　　　　　 印　张：23.75　字　数：372千字
版　　次 / 2021年3月第1版　2021年3月第1次印刷
书　　号 / ISBN 978-7-5201-2246-7
定　　价 / 168.00元

本书如有印装质量问题，请与读者服务中心（010-59367028）联系

▲ 版权所有 翻印必究